U0711652

原版插图本

浮士德

［德］约翰·沃尔夫冈·冯·歌德（Johann Wolfgang von Goethe）

杨武能◎译

Faust

CNS PUBLISHING & MEDIA 湖南文艺出版社 HUNAN LITERATURE AND ART PUBLISHING HOUSE 博集天卷 CS-BOOKY

图书在版编目（CIP）数据

浮士德：全2册 /（德）歌德（Goethe, J.W.V.）著；杨武能 译. --长沙：
湖南文艺出版社，2014.11
书名原文：Faust
ISBN 978-7-5404-6908-5

Ⅰ.①浮… Ⅱ.①歌… ②杨… Ⅲ.①诗剧－剧本－德国－近代
Ⅳ.①I516.34

中国版本图书馆CIP数据核字（2014）第223320号

上架建议：青少年阅读·经典名著

浮士德（全2册）

作　　者：［德］约翰·沃尔夫冈·冯·歌德（Johann Wolfgang von Goethe）
译　　者：杨武能
出 版 人：刘清华
责任编辑：薛　健　刘诗哲
监　　制：陈　江　毛闽峰
特约编辑：薛　婷
版权支持：文赛峰
版式设计：崔振江
封面设计：张丽娜
内文排版：八度出版服务机构
出版发行：湖南文艺出版社
（长沙市雨花区东二环一段508号　邮编：410014）
网　　址：www.hnwy.net
印　　刷：北京天宇万达印刷有限公司
经　　销：新华书店
开　　本：880mm × 1270mm 1/32
字　　数：525千字
印　　张：20
版　　次：2014年11月第1版
印　　次：2014年11月第1次印刷
书　　号：ISBN 978-7-5404-6908-5
定　　价：59.00元（全2册）
（若有质量问题，请致电质量监督电话：010-84409925）

目录
Contents

说不完的《浮士德》 001

献　词 001

舞台上的序幕 ... 003

天堂里的序幕 ... 012

019/ 悲剧第一部

夜 ... 020

城门前 ... 040

书斋（一）... 56

书斋（二）... 71

莱比锡，奥厄尔巴赫地窖酒店 ... 94

巫　厨 ... 108

街　头 ... 121

黄　昏 ... 126

散　步 ... 133

邻妇家 ... 136

街　　头 ... 144

花　　园 ... 147

园中小亭 ... 154

森林和岩洞 ... 156

格莉琴的卧室 ... 163

玛尔特的花园 ... 166

井　　旁 ... 173

内外城墙之间的巷道 ... 176

夜 ... 178

大教堂 ... 187

瓦普几斯之夜 ... 190

瓦普几斯之夜的梦 ... 207

晦暗的日子 ... 216

夜，旷野 ... 219

监　　狱 ... 220

233/ 悲剧第二部

第一幕

风景优美的野外 ... 232

皇　城 ... 238

宽阔的大厅 ... 253

御　　苑 ... 294

说不完的《浮士德》

德国大文豪歌德（Johann Wolfgang Von Goethe，1749—1832）的诗剧《浮士德》，是一部旷世不朽的巨著。它在问世后的近两个世纪里，先在德国继而在欧洲乃至全世界，引起了越来越多的重视，不仅被一再地翻译成世界各国的文字，而且文化繁荣的国家和民族都有不止一种译本，研究它的著作、论文成千上万，汗牛充栋。[①]在不同的时代和文化背景中，人们不断地从不同的角度，带着不同的审美眼光对《浮士德》进行观察；而这部巨著呢，就如同一块硕大的水晶，随角度、背景和审美眼光的变化而变化，永远闪烁着美丽迷人的异彩。正如研究《红楼梦》有“红学”，研究莎士比亚有“莎学”，在世界范围内研究《浮士德》也已形成文学领域里的一个独立学科，被称为“浮学”。

像《浮士德》这样长久地保持着巨大生命力和吸引力的经典作品，在德语文学中真是绝无仅有，在世界文学中也是屈指可数。它是马克思“最喜爱的”一部德语文学著作，被他读得烂熟。马克思早年写过一部命运悲剧《兰尼姆》（未完成），其主人公贝尔蒂尼就被认为是“《浮士德》里的靡非斯特菲勒士（魔鬼）苍白无力但可辨认出来的翻版”[②]。他在自己的论著里还经常引用《浮士德》，或者巧妙地借用书中形象，或者创造性地发挥书中的思想。

① 参见《德国文学代表作》，德国金德勒尔出版社，182—184页。

② 柏拉威尔：《马克思和世界文学》，梅绍武等译，三联书店，1982年，23页。

他特别欣赏靡非斯特冷峻尖刻的嘲讽，曾让这个魔鬼现身说法，帮助揭示金钱、货币“带来邪恶堕落”和“助长异化现象”的资本主义的社会现实。[①]列宁同样也非常喜欢《浮士德》。他流亡国外时只带了两本文学图书，其中一本就是歌德的这部伟大诗剧。他在西伯利亚的流放地也经常读它。统一德国的“铁血宰相”俾斯麦也推崇《浮士德》到了无以复加的地步，称它为德国人“世俗的《圣经》”[②]，说只要“带着它，一个人即使终生独居在孤岛上，也不愁精神寄托”。

诚然，对于歌德的《浮士德》，近二百年来并非只有推崇和赞美，特别是在歌德逝世后不久的19世纪上中叶，特别是对诗剧的第二部，批评和贬斥真不算少。甚至有些原本十分景仰老诗人的年青一代作家，如赫勃尔、默里克、凯勒以及海涅等，不完全理解这部巨著，也加入了批评者的行列。但是，随着时代的前进，研究的深入，好心人的误解和反动势力（如德国的纳粹“理论家”）的曲解渐渐消除了，《浮士德》像一座深深埋藏在地下的宝藏，终于为越来越多的人所认识和珍视。

《浮士德》对后世作家们的影响更非同一般。海涅、拜伦、普希金和屠格涅夫等大诗人、大作家，都写过类似题材或主题思想的诗剧；平庸之辈的仿作更不计其数。到了20世纪，在《浮士德》启迪下写成的作品仍不断地出现，其中最著名的为托马斯·曼的长篇小说代表作《浮士德博士》（1949年）、卢那察尔斯基的《浮士德与城》（1918年）、高尔基未完成的长篇小说《克里姆·萨姆金的一生》（1927—1937年），以及法国杰出诗人瓦雷里的戏剧片段《我的浮士德》（1940年）等。在中国，一提起《浮士德》，人们自然会想起文学巨匠郭沫若，因为他不仅是这部世界名著的译者（俄译本则出自著名诗人帕斯捷尔纳克的笔下），而且本身的诗歌和戏剧创作深受《浮士德》的影响。[③]

① 柏拉威尔：《马克思和世界文学》梅绍武等译，三联书店1928年，104—106页。

② 海涅在《论浪漫派》中也有类似说法，见人民文学出版社中译本，55页。

③ 关于欧洲文学受《浮士德》影响的详情，可参阅《〈浮士德〉研究》，董问樵著，复旦大学出版社，1987年，148—162页。

诗剧《浮士德》分上下两部，共计12,111行，篇幅虽不算短，毕竟是有限的，但相比之下，它的魅力和影响力几乎无限、无穷。何以会如此？原因在哪里？

原因首先在于作品本身无比丰富、异常深邃、复杂而又多层面的思想内涵。是的，它是如此丰富、深邃、复杂而又多层面，以至不同时代和不同民族的读者，都可以从中发现一些新的东西；以至一代一代的研究者，对它总是说不完，道不尽。

罗马帝国的基督教思想家奥古斯丁在其所著的《基督教教义》一书中，曾引用下面这首在中世纪广为传诵的小诗来说明、归纳《圣经》诠释工作的繁难和艰辛——

字面意义多明了，
寓言意义细分晓，
道德意义辨善恶，
神秘意义藏奥妙。

这个古老的“四重意义说”，今天仍受到西方现代阐释学的重视，对我们阅读、理解和欣赏一些内涵丰富、深邃的文学作品也确实不乏启迪、指导作用。试想，堪称经典的文学巨著，哪一部不是多义的呢？

然而，要想诠释“世俗的《圣经》”《浮士德》，仅有奥古斯丁的“四重意义说”似乎已经不够，因为它有着更多更深的含义。

《浮士德》给我们讲述一个“异人”，一个永远不安于现状、永远自强不息的德国男子的故事。他的一生痛苦曲折，却敢作敢当，豪迈悲壮。

《浮士德》让我们跟随主人公的足迹，时而在人间，时而在地府，时而在天国，时而从现实回到往古，再从往古返回现实，并面向未来，一路上经历和目睹了无数或黑暗凄惨，或壮丽恢宏，或神奔鬼突，或圣洁和谐的场面和境界。人生世象尽在眼前，七情六欲了然于心。《浮士德》真可谓是一面人生的宝鉴，反映着善与恶、美与丑、光明与黑暗之间形形色色的没完没了的斗争。

人们常讲《浮士德》是对“欧洲文艺复兴以来三百年历史的总结”，或者更确切地说，是“对西欧启蒙运动的发生、发展和终结，在德国的民族形式中加以艺术概括，并根据19世纪初期资本主义的发展，展望人类社会的将来”①。一句话，《浮士德》不仅仅是某个德国男子的故事，而且是西欧漫长而重要的历史时代的一个缩影。

《浮士德》是歌德的主要代表作，第一部问世于1808年，第二部问世于1832年，为完成它，歌德前后总共花了六十年的时间。歌德说过，他一生的创作只是“一番伟大的自白的一个个片段”，《浮士德》无疑是这些“片段”中最典型和最重要的一个。它不仅折射着歌德一生的主要经历，也是诗人兼哲人的他对社会、人生和宇宙的重大问题长期思考的结晶。这后一点更加重要，《浮士德》因此成了一部富于哲理的智慧之书。书中到处都是意味深长的警句、光彩照人的思想。从整体上看，它回答了哲学所关心的几乎所有重大问题，诸如宇宙的形成、万物的起源、认识的性质、人生的意义乃至人类发展的未来，等等。

《浮士德》虽说与歌德本身的生活经历和思想发展关系密切，但作品的主人公并不等于作者，而是一种资本主义上升时期的新人的典型。所谓“浮士德精神”，也可以说是一种新的文化精神的体现。普希金曾将《浮士德》誉为一部“现代生活的《伊利亚昂纪》”，郭沫若曾称《浮士德》是一部“时代精神的发展史”②，都强调歌德的诗剧在西欧思想文化史上曾有的现实意义和现代意义。

不用全部，仅仅上述的几个方面乃至其中的某一个方面，就足以使《浮士德》的思想内涵异乎寻常地丰富、复杂、深邃，也就难怪诠释、研究《浮士德》会形成一门专门的学问，世界各国的学者对书中的问题，诸如什么是

① 引自董问樵《〈浮士德〉研究》，复旦大学出版社，1987 年，34 页。

② 参见郭沫若《浮士德简论》，收入人民文学出版社 1978 年版的郭译《浮士德》第一部。

“浮士德精神”，会仁者见仁，智者见智，不断地做出富有新意的解释。至于一个多世纪以来各国文学中出现的大量以浮士德的故事为题材的剧本、小说和诗歌，实质上同样是作家们企图做出新的解释的尝试。

使《浮士德》成为不朽杰作的不仅仅是它的内容，它十分独特的艺术形式同样起了重要的作用。换句话说，赋予《浮士德》无穷魅力的另一个因素，是诗剧独特的艺术形式。它丰富多彩，复杂多变，而且与思想内涵有着水乳交融般的不可分割的联系。可是正由于它独特、丰富而又复杂，在好些方面可能就还不合我们的欣赏习惯，会增加阅读和接受的困难。这儿只粗略地说一说《浮士德》的艺术特点。

首先，《浮士德》是一部诗剧，同时具有戏剧和诗歌的特点。故事情节与人物的思想、情感和个性，主要用对话、独白以及西欧传统戏剧的合唱来表现；而所有的对话、独白和功用很多的合唱，又都以诗体写成，都像诗歌一般凝练、含蓄和富于暗示性。在这部巨著中，诗体和格律可谓多种多样，并且随着人物、场景、时代的变化而相应改变，语言显得格外丰富多彩。以体裁分，《浮士德》中既有古希腊无韵的自由体颂歌和哀歌，又有古希腊悲剧的三音格诗；既有北欧古典的长短格无韵诗，又有浪漫主义的短行诗乃至德国民歌；诸如此类，不胜枚举。至于内容，或赞颂，或抒情，或叙事，或喻理，或讽刺，或调侃，应有尽有，简直令人目不暇接。如此林林总总，变化有致，整个看来与我国的古典戏曲倒颇多相似之处，只是“质地”完全不同罢了。

其次，《浮士德》作为“欧洲文艺复兴以来三百年历史的总结”，时间的跨度极大，从德国中世纪即将结束的16世纪，一直延续到19世纪初的资本主义原始积累和自由竞争时期，所应涵盖的历史事件和故事内容非常多，但一部作品不管多么大的篇幅，都无法如编年史般将它们一一述及。所以，诗剧的剧情极富跳跃性，其间的省略和空白，都需要读者用想象，或者更确切地说用自己原有的历史和文学知识来加以弥补，因此就不像读一般消遣性的通俗小说那样愉快轻松，却更堪玩味和咀嚼，读者会体会到更多的参与、探索、发现和想象力驰骋、思考力增强的乐趣。

最后，恐怕也最重要的是,《浮士德》内容深邃、复杂和多层面，既生动而具体地反映出德国的社会和政治现实，如对格莉琴的悲惨遭遇的描写，对德国宫廷生活的揭露，又充满天马行空似的大胆而奇异的幻想，如写浮士德寻找古希腊的美女海伦，与她结合和生子等，而且在这些世态百象背后，隐藏着丰富的精神内容和深刻的哲学寓意。所以，诗剧使用的艺术手法与此相适应，也不可能单纯和统一。人们常讲,《浮士德》在艺术手法上是现实主义与浪漫主义相结合的典范，这是对的，但还不够。笔者认为，还必须大大地强调歌德对象征这一艺术手法普遍、大胆和天才的运用。

《浮士德》全剧终了时，有一首总结性的“神秘的合唱”：

一切无常世象，
无非是个比方；
人生欠缺遗憾，
在此得到补偿；
莫可名状境界，
在此已成现实；
跟随永恒女性，
我等向上、向上。

“无非是个比方”！比方就是比喻，就起着象征的作用。这首“合唱”乍听起来确实神秘，实际上却揭示了诗剧在艺术审美方面的奥秘：浮士德的整个故事，无非是个比方或者象征罢了。而深刻的比方和象征，通常都带有莫可名状、难以言喻和朦胧的性质，这就更加丰富了诗剧的寓言意义和神秘意义。像上引“合唱”中的“永恒女性”究竟象征什么问题，就很难做出完全明确的、肯定的解答。这样的问题，在《浮士德》中可谓比比皆是，难以回避。

是的，《浮士德》最重要的艺术特点是大量地使用象征、典故和比喻。这些象征、典故和比喻，还不局限于一词一句，一时一事，不仅仅涉及人物原型、故事模式、文学意象或某个局部的思想母题，而且贯穿全书，几乎无所不在。甚至可以说，整部诗剧，以及诗剧主人公浮士德博士的整个故事，都是建构在象征、典故和比喻之上。拿人物来说，不只天主、靡非斯特、海伦、欧福里翁、忧愁等虚拟的形象是象征，浮士德、瓦格纳、格莉琴，以及皇帝宫中和战场上实存的各色人等同样也如此。

众所周知，凡是文学作品中的象征、典故或比喻，无不包藏着深厚的民族文化积淀。诗人歌德身为德国人，他的民族文化是欧洲文化的一部分，其来源一般来说主要有三个：一、日耳曼民族固有的文化；二、以《圣经》为主要载体的希伯来基督教文化；三、经过意大利文艺复兴得以发扬光大的古希腊罗马文化。在这一大前提下，《浮士德》中的象征、典故和比喻，同样植根于这三种对我们来说是异质的文化。它们要么取自德国的民间故事或传说，如浮士德博士的故事和魔男魔女在瓦普几斯之夜的传说；要么取自基督教的信仰及其经典，如诗剧开场时至关重要的两次赌赛就与《旧约全书·约伯记》的两次赌赛有着渊源；要么取自古希腊罗马传说，这样的例子更是比比皆是，不胜枚举。

对于我们中国的读者来说，欣赏与接受《浮士德》这部巨著的困难，恐怕也主要在于理解和把握书中层出不穷的象征、典故和比喻。

诗剧《浮士德》既有曲折、多变和动人的情节，又富于文化底蕴和哲理思辨，因此不能与普通揭示社会矛盾的戏剧等同视之——虽然它也揭示了若干突出的社会矛盾。从总体上看，《浮士德》可以说是一部以诗体写成的、带有悲剧色彩的象征剧或者寓意剧，是一部诗的哲学或者哲学的诗。

内容和形式两个方面的丰富、复杂、独特，使《浮士德》成了世界文苑中的一枝奇葩，成了几部屈指可数的吸引一代又一代研究者的杰作之一。但与此同时，对于广大读者，它也几乎成了一部难解的“天书”。普通的欧洲人和德国人已经是如此，生活在另一种文化背景中的中国人更是这样。诗剧的第一部有一个凄美动人的爱情故事作为情节核心，倒还容易阅读和理解；第二部则大不一样，不只一般人读不下去，连郭沫若这样思想敏锐的诗人和学者也是如此：他在1920年前后只能欣赏和翻译《浮士德》第一部，直到又过去了二十六年，待他的阅历、见识大大丰富，思想更加成熟，自以为能理解第二部的深刻含义时，才下决心将它翻译出来。对这种现象，歌德做了如下的解释：

> ……第一部几乎纯粹是主观的。一切都产生于较狭隘的、更热情的个人，这种人的半蒙昧状态也许能讨人们喜爱。但第二部里几乎完全没有主观的成分，所呈现的是一个更高尚、更宽广、更明朗、更冷静的世界；谁要是不曾奋斗求索过有了些人生阅历，谁就会对它一筹莫展。

尽管如此，我们不应半途而废，置《浮士德》的第二部于不顾，虽然对于中国读者来说，要真正读懂它是难上加难。这就要求我们在开始阅读前做充分的思想准备，有进入深山探宝的地质工作者一般的正确态度。

现代阐释学（Hemeneutik）告诉我们，对一部作品的理解程度，主要取决于阅读者本身的“先结构”，即所谓“先见”“先知”“先有”等。拿通俗的语言来讲，就是取决于读者本身已有的文化修养、人生阅历以及阅读欣赏的训练。读者的“先结构”离作者越近，阅读理解的障碍就越少。这儿所说的理解，自然是广义的，多方面的，审美鉴赏也是一个重要方面。至于我们的“先结构”，离生活在十八九世纪的德国大诗人和大思想家歌德是远之又远的。要想阅读欣赏由他毕生心血凝聚成的宏伟巨著《浮士德》，我们别无他法，唯有尽量完善自身的“先结构”。具体地讲，我们必须对诗剧中所涉及的时代、社会、民族、文化传统、宗教信仰乃至神话传说等，尽可能地增进了解。

再者，要想读懂并且欣赏《浮士德》这部内涵无比丰富的“智慧之书”，除了有严肃认真的态度和一定的知识储备，还必须方法得当。最重要的，似乎应该是遵照先易后难、由表及里这一循序渐进的原则，首先弄清楚《浮士德》的“字面意义”，即它的具体故事内容，再深入考虑其他方面。当然，这儿所说的“易”也是相对而言，用诗剧形式写成的《浮士德》的“字面意义”与其说多么明了，倒不如讲仍然颇为费解。下面先给诗剧的结构、内容勾勒出一个轮廓，以方便读者找到深入堂奥的门道。

首先，《浮士德》的故事内容并非全部出自诗人歌德的创作。早在16世纪以前，德国就已流传着许多关于浮士德博士以及与他类似的奇人异士的传说。这些传说不仅被搜集整理成民间故事书大量出版，编成木偶戏四处上演，还引起歌德之前的一些杰出的作家的注意。例如英国剧作家马洛（Christopher Marlowe）和德国启蒙思想家、作家莱辛（Gotthold Ephraim Lessing）等，都曾写过以浮士德博士的传说为素材的剧本。歌德儿时就在市集上看过演浮士德离奇经历的木偶戏，稍长又在父亲的藏书中读到有关的民间故事书，对那位非凡的博士留下了极其深刻的印象。还不满二十岁，歌德已决心改写浮士德的故事，并开始构思和安排情节，但他最后完成这项工作，已是八十二岁高龄。歌德把写诗剧《浮士德》视为自己的“主要事业”，为之倾注了全部的心血。

再者，民间传说中的浮士德也确有其人。在16世纪或更早一点儿的德国，确实曾出过一位浮士德博士。据传他是个很有能耐的炼金术士，为了获取知识、权力和享受，竟然写血书将自己的灵魂抵押给魔鬼，最后果真被魔鬼抓进了地狱。在普通老百姓眼中，浮士德博士实在是个既神秘又可怕，却极富吸引力的人物，所以关于他的民间传说才经久不衰。只不过真正发现他的巨大意义和精神光彩的，是莱辛、歌德等一些本身就思想先进和具有反叛精神的作家。因此，尽管16世纪欧洲大陆上空已映照着意大利文艺复兴的曙光，马丁·路德已发动了影响全欧的宗教改革（1517年），但是这些资产阶级的思想解放运动，仍未能动摇德国顽固而强大的封建统治，社会仍处在中世纪的黑暗蒙昧状态中。在当时的德国，敢于以非常的手段追求财富、知识、权力和享受的浮士德，真算得上一位思想先进的离经叛道者。具体地讲，他所从事的炼金术，不就是一种为获取财富而进行的原始科学实验吗？他将灵魂出卖给魔鬼，不就是对宗教这一封建统治支柱的背叛和亵渎吗？至于他的冒险精神和义无反顾的勇气，更堪为创业初期的资产阶级的榜样。

正因为如此，传说中的浮士德对于德国新兴资产阶级的伟大思想家和诗人歌德，产生了巨大的魅力。但是，歌德对这个人物暧昧神秘的形象特别是最后下地狱的悲惨结局非常不满，所以决心加以改写。经过他的充实和提高，故事也更加动人，更加富有深意。事实是，歌德的《浮士德》不仅集前人之大成，而且在思想内涵和艺术形式两个方面，都有许多新的创举。

《浮士德》分为两部，第一部共计二十四场，分场不分幕，第二部则为五幕十七场。在第一部的剧情正式展开之前，我们还读到一段《献词》和两个序幕。《献词》大约作于1797年歌德正式开始写《浮士德》第一部时，他四十八岁，想到自己的“主要事业”屡做屡辍、完成无日，旧日挚友如赫尔德等多已谢世，不禁感慨系之；《献词》可以说是作者下决心继续写《浮士德》的抒怀和自励。

《献词》之后紧接着的《舞台上的序幕》，也是歌德开始写第一部时加上去的，与剧情本身完全没有关系。实际上，作者只是让三个登场人物即戏班班主、剧作家和丑角，分别表明自己的戏剧观。有的研究者认为剧作家就是作者歌德的代言人，看来并不正确。因为，三者的观点各有偏颇：班主只重视上座率和票房价值，丑角只重视演出的娱悦作用，他们都主张尽量投观众之所好，其的他则不怎么在乎；剧作家则刚好相反，强调的是表现自己的内心，希望的是作品流芳后世，对眼前的现实和观众不屑一顾，颇有点儿“艺术至上”和“为艺术而艺术”的意思。我以为，歌德写这个序幕只是让观众或读者在进入诗剧主人公浮士德的奇异世界之前，先看看作者所处的那个时代的实际社会风貌，体验在一个典型的德国露天剧场中的特殊气氛。实际上，那儿本身就演出着一场人生活剧。只要细加品味，这“舞台上的序幕”也并不枯燥。

至于下一个序幕即《天堂里的序幕》，就重要得多了。人称它为全部诗剧的总纲，应该说是一点儿不错的。它对故事或者说情节本身的的确确起到了引导和分界的作用，并与全剧的结尾遥相呼应，是整个故事不可或缺的部分。它的中心内容是天上的主宰（天主）与魔鬼靡非斯特之间的一场争论和赌赛，争论的对象则为我们故事的主人公浮士德。他被他们视作世人的代表：魔鬼认为他野心勃勃，好高骛远，永不知足，不会有好下场；天主则相信浮士德在努力追求时即便难免有迷误，即便会暂时堕入魔道，也终将会走上正途。两者的看法大相径庭，于是打赌，由靡非斯特去引诱浮士德，看他是否会放弃自己高尚的追求，弃善从恶，成为魔鬼的俘虏。天主之所以这样做，是因为他觉得有一个魔鬼在身旁作祟，反倒能刺激和推动贪图安逸的世人不懈地努力，起到相反相成的作用。

接着诗剧正式开场：对追求知识已感厌倦和失望的老博士以灵魂和魔鬼靡非斯特打赌，然后在魔鬼的帮助下回复青春，遨游“小世界”和“大世界”，先后经历了对男女之爱，对宫廷中的权势财富，以及对以古希腊艺术为代表的美的追求和享受，结果均未能获得心灵的满足。最后，在围海造田这一征服自然和替大众谋福利的事业中，百岁高龄且双目失明的主人公终于找到了“智慧的最后结论”，对眼前的一瞬说出魔鬼一直期待他说的那句决定赌赛胜负的话：“你真美啊，请停一停！”然后心满意足地倒下死了。然而他的灵魂，并没有如约定的那样被靡非斯特抓进地狱，而是由天使们护送着上了天堂，因为对于“爱人之人，爱能指引道路”，因为“他永远奋发向上”。于是，被称作悲剧的《浮士德》有了一个光明、乐观的结尾。

就其故事内容来说，我们可以把《浮士德》简单地归纳为：一出悲剧，两个赌赛，五种追求。我们在前面说了，浮士德博士被天主和魔鬼看作世人或者说人类的代表，事实上歌德也是这么看的，我们同样不妨这么看。以此为出发点，我们可以进一步认为，浮士德博士的五种追求——加上他在与魔鬼打赌前对知识的追求——就象征着人生一个个不同的境界，而其中最有意义和最崇高的追求和境界，即投身于替大众谋幸福的事业。悲剧主人公获救升天的乐观结尾，就象征天主也即作者歌德对于人类光明未来的预见。《浮士德》的重大思想意义和超越时代与国界的魅力，正在于这种积极向上的、富于人类精神的人生追求上，正在于这种高瞻远瞩和富有现实意义的对于人类未来的预见上。

笔者无意以太多的唠叨和先人之见，破坏读者的钻研和发现之乐，更何况面对的本是说不尽的《浮士德》，因此，对这部诗剧的介绍也就只好挂一漏万，在此打住。

德国当代著名的文学批评家汉斯·马耶尔说："歌德的伟大始终是和他的语言不可分割地联系在一起的。"有的学者干脆讲，谁不懂德语，谁就别想欣赏歌德和他的《浮士德》。这意思就是，《浮士德》不可译。或者，通过译本读《浮士德》，得不到预期的效果。事实也证明，这话不无道理。

但是，非德语国家的人士并不因此就真的不读不译《浮士德》了。从20年代到现在，我国已出现近十种《浮士德》译本。其中，早期的郭沫若译本和周学普译本，当今的董问樵译本（复旦大学出版社）和钱春绮译本（上海译文出版社），虽难尽善尽美，却也各有千秋，都为《浮士德》在中国的被接受起过作用，做了贡献。

笔者在跟冯至老师研究《浮士德》和学习前辈名译的基础上，两年多以前斗胆接受约请，不揣浅陋，不怕困难，又重译《浮士德》这部"智慧之书"，因为它实在值得一读再读，一译再译，也经得起一读再读，一译再译。尽管是重译，但我在实际工作中碰见的问题和困难仍然不少，所费的精力和心血仍然难以计数。

至于《浮士德》的这个新译本成败如何，则只有诚恳地期待着广大读者做出品评，衷心地欢迎同行的专家和师友给予指正了。

和当年的郭沫若一样，在终于译完这部书时，我也自认为做了一件很有意义的事，深感欣慰和幸福。为此，我要特别感谢已故的冯至老师，感谢所有给过我支持、帮助和教诲的家人、朋友和老师。

杨武能

1996 年 5 月锦水河畔四川大学

献　　词[1]

你们又走近了，飘摇无定的形影，
就像当初，在我迷茫的眼前现形。
这一回啊，我将努力把你们抓住？
那大胆妄想，我对它仍一片痴情？[2]
好，随你们争先恐后，你推我拥；
随你们蹿出雾霭，围绕着我汹涌！
随着你们的到来，空中弥漫灵氛，
青春的热血啊，又令我心胸激动。

你们带来了欢乐时日的欢乐情景，
一些可爱的身影也随之冉冉上升；
恰似一个渐渐淡忘的古老的传说，
初恋和友谊也一样被回忆、重温。
痛苦重新体验，怨恨复生出怨恨，
叹人生之旅，难逃出歧路、迷宫，

① 早在 1771 年于斯特拉斯堡上大学的时候，歌德就动了用民间传说的浮士德博士的故事写一部悲剧的念头。1773 年他开始写《浮士德》初稿，之后却数次中断。到了 1797 年年近半百之时，他又压抑不住内心的冲动重新提起笔来继续已然停顿多时的创作，不禁百感交集，遂成此诗。它生动、深刻地道出了诗人写作这一巨著的前后经过和心境，故后来被用作全剧的《献词》。

② 对于年轻的歌德，敢于写《浮士德》确实需要很大的勇气。

哀良朋挚友，一个个都先我而逝，
让眼前幸福骗去他们美好的光阴。[①]

那些听过我早年的唱段的人，
他们啊已听不到我以后的歌吟；
友好的聚会已经是杳无踪迹，
唉，最初的回响也寂然无声。
我的悲歌将为陌生的人群而唱，
他们的喝彩啊一样会令我心惊。
那些曾经喜欢我的歌的人，
他们纵然活着，也四散飘零。

长久克制的欲望猛然将我攫住，
对肃穆的幽灵世界我充满憧憬。
于是我开始歌唱，如轻声絮语，
我音调忽高忽低，似风鸣琴[②]声。
我突然浑身战栗，泪流个不停，
已经铁硬的心中，又充满温情；
仍然拥有的，仿佛从眼前远遁，
已经逝去的，又变得栩栩如生。

---

① 诗剧的许多人物都有生活中的原型，而且多为歌德早年的恋人或朋友，有的已不幸夭亡。续写悲剧，重温旧梦，诗人心潮难平。

② 风鸣琴，当时流行的置于庭园或窗口的风动发声器。歌德晚年曾以“风鸣琴”为题写了一组抒情诗。

舞台上的序幕[①]

戏班班主，剧作家，丑角

班　主　每逢艰难困苦的时刻，
您二位总是给我帮忙，
说吧，如今在德意志，
你们对营业有何设想？
我渴望观众看得舒心，
他们活，也让别人活。
柱子已竖起，台板已铺上，
谁都盼着一台好戏开场。
众人睁大眼睛怡然坐定，
巴望着对剧情大吃一惊。
我知道如何满足大众口味，
心中却感到从未有的困窘：

① 作于1797—1800年。形式上可能受了歌德十分喜爱的印度诗人迦梨陀娑的名剧《沙恭达罗》的启发，只不过《沙恭达罗》的序幕仅为导演和一位女演员的对话，《浮士德》的序幕则内涵更加丰富，完全可以视为一场有关戏剧的意义和价值、戏剧与人生的关系，以及戏剧创作和观众接受的相互影响等问题的大讨论。三个角色各执己见——实际上都反映了作者观点的不同侧面，因此最终也没有做出是非曲直的简单评判。

虽说是啊他们没看惯杰作，
然而也读过许许多多戏文。
要既新鲜又好看又有意义，
咱们真不知该怎么演才成。
本班主自然乐于看见：
观众如潮涌向这戏园，
一个个咬紧牙关往里挤，
要挤进永生的窄门[①]一般；
天大亮，还不到下午四点，
票房前已挤得乱作一团，
为抢张票险些折断脖子，
那情景活像面包店遇饥荒年。
对各色人等，唯剧作家能
创造奇迹；朋友，今天全靠您！

剧作家 哦，快别提起那杂乱的人群，
一看见他们我就失去了诗兴。
请把潮涌的观众遮挡在幕外，
我不愿被他们卷着随波而行。
不，请你让我去宁静的天国，
在那儿诗人的欢乐才叫纯净；
在那儿爱情友谊假天神之手，
创造、培育我们的幸福心灵。

唉，不管是内心深处的激情，

① 永生的窄门，典出《新约全书·马太福音》第7章："你们要进窄门……引到永生，那门是窄的……"

不管是唇齿间的絮语温存，
不管失败不是成功，
通通会被狂暴的瞬间鲸吞。
往往需要历经岁月的考验，
完美的形象才会浑然天成。
闪亮的东西只能存在一时，
真品才会在后世永葆青春。

丑　角　我可不愿听什么后世不后世，
如果硬要我来把后世说道，
又叫谁替现代人制造笑料？
他们需要它，也该得到它。
我这样乖巧的小伙儿，我想，
任何时候都该是宝中之宝。
谁只要能说会道，巧舌如簧，
就不会为观众的任性气恼；
我希望他们来得很多、很多，
好把震惊四座的信心提高。
所以只管乖乖儿干出个样子，
只管想入非非，让幻想的
众弟兄什么理性啊，智慧啊，
温情和激情啊，来个大合唱，
但记住，别把卖呆装傻忘掉！

班　主　不过特别需要戏多又热闹！
观众来看戏，就想看够看饱。
只要剧情复杂，场景花哨，

看得人目不暇接，目瞪口呆，
二位就肯定赢得广泛赞扬，
就肯定走红，被捧上九霄。
对付人多的办法唯有戏也多，
说到底，谁都需要照顾到。
上个大拼盘，不怕众口难调，
管叫散场时观众个个叫好。
一部戏，最好都是片段、折子！
观众准欢迎这样的杂拌儿，
做起来容易，端上桌也方便。
一部完整的大戏有什么用？
观众最终要把它撕成碎片。

剧作家 您不觉得，这样的伎俩太低级？
对真正的艺术家，实在不相宜！
只有那些拆烂污的高手行家，
看起来呀，才能真正叫您满意。

班　主 您这样责备我，我并不觉委屈：
常言说得好，工作要有成效，
必须坚持用最得劲的工具。
想想吧，您要劈的是块软木；
看清楚，您在为什么人编戏！
一些人百无聊赖才走进剧场，
一些人吃得太多才来消饱胀，
而最最讨厌的还是另外一些，
纯粹因为读腻了报刊的文章。

观众纷至沓来像参加假面舞会，
被好奇心驱使，个个健步如飞；
女士们浓妆艳抹，争着亮相，
不过是义务登台，没出场费。
您待在象牙塔上做什么美梦？
剧场已挤满，您还不觉快慰？
仔细瞧瞧您眼前的衣食父母！
他们是半数冷漠，半数粗鲁。
这个想的是看完了戏去打牌，
那个想在妓女怀中春风一度。①
可怜的傻瓜，您又何必多事，
一定要去难为那文雅的缪斯？
告诉您，只管编造，越多越妙，
如此这般，您总会达到目标。
要紧的只是教观众晕晕乎乎，
要满足他们，确实很难办到——
您怎么啦？是兴奋还是病了？

剧作家 去去去，去另外找个奴仆！
自然赋予诗人做人的权利，
它至高无上，神圣无比，
难道要我亵渎它，为了你！
他打动人心依靠的什么？
他制胜万物用什么武器？
难道不是从他胸中迸出的、

① 这一段实际而生动地写出了当时德国观众素养和水平的低下。它使人想起莱辛关于高水平的观众是产生杰出的民族戏剧的条件的论断，对认识我国文艺界的某些现象也不无启发。

又摄世界入他心中的合音?
当造化将那永恒的长线
漫不经心地绕在梭子上,
当芸芸众生纷乱地呈现,
发出嘈杂而讨厌的声响,
是谁分割永远单调的流动,
赋予它生气和抑扬顿挫?
是谁把单一结合成整体,
奏出优美和弦,荡气回肠?
谁使怒吼的风暴感情激越?
谁让燃烧的晚霞神态端庄?
是谁把娇艳迷人的春花
铺撒在情侣漫步的路上?
是谁用本无意义的绿叶
编织成顶顶荣耀的桂冠?
谁统一众神,稳定奥林匹斯?
是由诗人体现的人的力量。

丑　角　　那就请好好使用这种力量,
去搞您那文人墨客的勾当,
把那些情场上的冒险效仿。
偶然相遇便依依不舍,
一来二去已坠入情网;
刚尝到甜头又生出怨恨,
幸福之中就有哀痛滋长,
如此这般凑成小说一部。
咱们何不照样演上一场!

从漫漫人生您尽管捞取！
生活本如此，唯众人糊涂，
因此您怎么写都肯定有趣。
花花绿绿的场面中夹带点儿清纯，
众多的谬误里闪烁着一星真理，
如此便酿造出最醇美的烧酒，
足以叫世界兴奋得忘乎所以。
于是青年的精英济济一堂，
聆听您的剧作传达的启示；
于是一颗颗年轻敏感的心
从您的大作汲取伤感的营养，
于是这个激动，那个悲泣，
都以为您说到了他们心坎里。
他们一会儿哭，一会儿笑，
崇敬着夸张，欣赏着空虚；
成年人您做什么也不讨好，
年轻人却总对你心怀感激。

剧作家　请容我也回到青年的时代，
那时节我自己同样在成长，
那时节我的诗泉日夜涌溢，
一首接一首地把新歌吟唱，
那时节我看世界轻雾弥漫，
每个花蕾都给我美好希望，
那时节我采摘万千的花卉，
铺撒在所有山谷的幽径上。
那时节我一无所有却富足：

既渴求真理，又耽于幻想。
请再给我狂放不羁的激情，
再让我把幸福的苦酒品尝，
赐予我恨的力量爱的权利，
还给我啊宝贵的青春时光！

丑　角　朋友，青春你总能派用场，
如果你战斗中被敌人包围，
如果紧紧搂住你脖子的
是一位千娇百媚的女郎，
如果荣耀的桂冠远远招手，
在你难于取胜的赛跑会上，
如果令人眩晕的狂舞过后，
你还要通宵达旦痛饮一场。
不过呢，老爷子您的任务
是鼓起勇气，舒展手指，
弹奏世人熟悉的老调，
是迈开脚步优哉游哉，
走向自己既定的目标；
我们却不因此小瞧你。
说年老反倒幼稚不对，
实际上咱们真正年少。

班　主　咱们讨论得已经够啦，
让我瞧瞧二位的本事！
与其老是在这里磨嘴皮，
不如干些个有益的事体。

侈谈灵感什么的有啥用?
磨磨蹭蹭它不会光顾你。
老兄既然以剧作家自居,
就请您把戏文提调驾驭。
您清楚咱们需要什么:
咱们要喝就喝烈酒醇醪,
快给我酿造,十万火急!
今天不做明天休想成功,
每一天都不能白白过去。
能做的就该果断去做,
必须及时地抓住机遇,
并且捏紧它小辫儿不放,
坚持到底,一定有成绩。

二位清楚,德国的舞台
谁都可以尽情地做试验;
布景道具嘛多多往上搬,
今儿个别为我考虑节俭。
大天光、小天光和星星①
您不妨也通通用上;
水、火、峭岩、飞禽走兽,
缺少了哪个也不像样。
于是从这狭小的舞台
你们将畅游宇宙八级,
将从从容容地走过
天堂、人间和地狱。

---

① 大天光指太阳,小天光指月亮,典出《旧约全书·创世记》第1章。

天堂里的序幕 [①]

上帝和众天使
靡非斯特菲勒士 [②] 尾随其后
三位大天使走到台前

拉斐尔 太阳和着古老的曲调，
与同宗兄弟竞相歌唱，
为完成它既定的行程，
步伐雷霆般威武雄壮。
阳光照耀令天使振奋，
尽管不明白何以这样；
玄妙崇高的造化之工啊，

① 作于 1798 年，实为全剧丰富深刻的思想总纲。表面上袭用了《圣经》中包含的基督教的教义，例如创世之说等，以利于读者和观众的接受，实则充满了歌德自己对宇宙、自然、世界、人类乃至魔鬼的独特看法，充满了辩证的哲学思维。一些假“天主”之口说出的至理名言，如“人要奋斗失误免不了”“善良人在追求中纵然迷惘，却终将意识到有一条正途”“人在努力时太容易松懈，很快会爱上绝对的清闲；因此我乐意造一个魔鬼，让他刺激人，与人做伴”等，都是开启《浮士德》这部以难解著称的思想宝库的钥匙。

② 靡非斯特菲勒士（Mephistopheles）简称靡非斯特（Mephisto）。这个来源于希伯来文的名字原本含有撒谎者、作恶者、善的否定者和破坏者等意义。诗剧以它称呼魔鬼，赋予了比基督教那个以引诱人犯罪为能事的魔鬼撒旦更多的意义。

不减创世当日的辉煌。[①]

加百列 用不可想象的飞快速度，
壮丽的地球在自行旋转；
让光明如同天国的白昼，
把可怖的沉沉暗夜替换；
大海掀起一阵阵的狂潮，
高峻的山岩下浪花激溅；
日月星辰永远飞速行进，
牵动着大海牵动着高山。[②]

米迦勒 一阵阵风暴争先恐后，
在海陆之间刮来刮去，
围绕着自身形成圆圈——
摧毁一切的狂野暴力。
闪电燃起了破坏之火，
滚滚巨雷在路上驰驱。[③]
主啊，你的生活多么从容，
我们对此深怀敬意。

三位大天使 阳光照耀令天使振奋，
尽管不明白何以这样；
玄妙崇高的造化之工啊，

---

① 此节以古希腊哲学家毕达哥拉斯（前 580 至 570 之间—越前 500）之说来解释天体的运行，是一曲宇宙的壮丽颂歌。

② 歌颂的对象从天空转到了地面。

③ 大自然不总是阳光灿烂，也有风雨雷霆严酷的一面。

不减创世当日的辉煌。

靡非斯特 主啊，多承您又许我靠近，
并且垂询鄙处的种种下情，
再说您平素就乐意看见我，
所以也见我和天使们同行。
请原谅，咱不会夸夸其谈，
即使列位把咱讥笑、看轻；
只要您还没革除笑的习惯，
我一激动准教你忍俊不禁。
太阳啊宇宙啊我没啥可讲，
我只看见人类实在是可怜。
这尘世的小神[①]老一个样子，
仍没改创世之日的怪德行。
他也许还能活得好一点点，
要是您没给他天光的虚影；
他称它理性并且独自享用，
结果只变成畜生中的畜生。
我看他啊，请您千万原谅，
简直就像那长腿儿的蛐蛐，
不住地飞过来啊、蹦过去，
一钻进草里便又哼哼唧唧；
他要总待在草中倒也罢啦！
偏偏爱用鼻子去翻拱垃圾。

① 尘世的小神，指人。视人为神，可以说是欧洲文艺复兴时期以来一种进步的、有代表性的思想，在歌德的作品里多有表现。

天　主　难道你没别的可以告诉我？
你来就为没完没了地抱怨？
难道人世一点儿看不顺眼？

靡非斯特　是的，主！我看仍旧糟得要命。
世人凄惨度日，实在教咱怜悯，
再折磨这些可怜虫，我于心不忍。

天　主　你可认识浮士德？

靡非斯特　那个博士？

天　主　我的仆人！

靡非斯特　可不！他为您提供特别服务。
这傻瓜啊好像不食人间烟火，
永远心神不宁，老向往远处，
对自己的傻毛病却多少有数；
从天上，他想摘最美的星星，
在人间，他想登享乐的极顶，
不管远方近处，近处远方，
他都心潮激动，欲望难平。

天　主　如果眼下他侍奉我还浑浑噩噩，
那我很快会领他进入清明之境。
小树发出青芽，园丁就已知道，
往后有花果装点一个个好年景。

靡非斯特　赌什么？我要您将这奴仆失掉，
倘若您允许我试一试身手，
我会慢慢引他入我魔道！

天　主　只要他还活在人世上，
你爱怎么着就怎么着。
人要奋斗失误免不了！

靡非斯特　那我就多谢了；须知我从来
不喜欢去对付那些个死人。
丰满鲜艳的脸蛋最令我高兴。
侍弄尸体的活儿我不在行，
我有的是猫抓老鼠的本领。

天　主　好吧，你爱怎么办就怎么办！
要是你能将他的灵魂逮住，
不妨引诱他背离他的本原，
领着他同走你的堕落之路，
但是你得认输，如果发现：
善良人在追求中纵然迷惘，
却终将意识到有一条正途。

靡非斯特　行啊！不久自有分晓。
我不担心我会输给您。
请允许我欢呼雀跃，
当我终于达到目标。
我要他津津有味吃泥土，

像那著名的蛇——我的婶母。[1]

天　主　到那时候你尽可以随便，

对你的同类我从不讨厌。

在所有否定的精灵当中，

这家伙最少给我惹麻烦。

人在努力时太容易松懈，

很快会爱上绝对的清闲；

因此我乐意造一个魔鬼，

让他刺激人，与人做伴。

而你们真正的神的孩子啊，

享受这生动而丰富的美吧！

永恒的造化生生不息，但愿它

呵护你们，用温柔的爱之藩篱。

世间万象缥缥缈缈，动荡游移，

坚持思考，把它们凝定在心里。

（天界关闭，众天使散去）

靡非斯特　（独白）

我乐意时不时来看看这老头儿，

并且挺小心，生怕和他闹翻。

身为伟大的主，他对魔鬼也

和和气气，这老头儿硬是不简单。

---

① 典出《旧约全书·创世记》：变作蛇的魔鬼引诱人类始祖夏娃吃了禁果，天主便罚蛇以腹爬行，终生吃泥土。

悲剧第一部

一言为定!
当我对某一瞬间说出:
你真美啊，请停一停!
就随你把我套上锁链，
我心甘情愿走向沉沦!
那时就可以敲响丧钟，
你就满了服役的期限，
钟会停止，针会坠落，
我的寿数便算已耗完!

夜

高拱顶的哥特式房间，狭窄、拥挤，
浮士德不安地坐在书桌旁的圈椅里

浮士德 如今，唉！哲学、法学和医学，
遗憾还有神学，[①]
我全已努力钻研，
可到头来我仍是个傻瓜，
并未比当初聪明半点儿！
枉称硕士甚至博士，
转眼快到十年，
牵着学生们的鼻子
左右东西原地打转——
最后却发觉一片茫然。
我因此真叫忧心如焚，
虽然比所有蠢货，比博士、
硕士、作家、牧师都要聪明；
虽然我没疑虑、内疚的困扰，

① 哲学、法学、医学和神学为欧洲中世纪的四大学科。戏一开场便提到它们，以及上面对哥特式拱顶的居室描写，都渲染出了剧中人所处的时代环境。

地狱啊，魔鬼啊我全不担心
然而欢乐也被完全剥夺，
不敢自诩有任何真知，
不敢将民众教育指引，
或以青年的导师自居。
我既无产业也无金钱，
也没有荣耀没有盛名；
这么活下去啊连狗也不肯！
所以我才潜心魔法，
尝试假神魔的力量和口舌，
把一个个的奥秘探明；[①]
希望不用再流着臭汗，
去强不知以为知地胡扯；
还希望我能够发现
世界核心的凝聚力，
看清所有动力和种子[②]，
不再咬文嚼字胡扯淡。

朗朗的月光啊，但愿今夜
你最后一次看见我的烦恼！
多少回了，我通宵难眠，
在书案旁迎接你的来到：
于是忧郁的朋友你来
将我的典籍和书签照耀。
唉！真想披着你的银光，

① 中世纪之前，意在认识和驾驭自然的魔法、巫术，实为科学的始祖，中外皆然。

② 此处的“种子”为术士的用语，意即元素或构成宇宙万物的基本物质。

漫步在高高的山顶上，
随精灵们绕着山洞飞旋；
在洒满你幽辉的草地徜徉，
扫净知识的雾障，沐浴
你的清露，还我身心康健！

唉！难道我仍要困守牢狱？
这该死的墙洞幽暗霉烂，
透过它有色玻璃的阻隔，
连日光月华也黯然惨然！
一直到高高的拱顶底下，
尘封虫蠹的书本堆积如山，
四周围着烟火熏黄的纸罩，
人陷入其中转身也艰难；
周围散放着试管烧杯玻璃瓶，
还塞满形形色色的仪器，
它们全是老祖宗的遗产——
这就是你的世界！这也能算世界？！

谁想你竟然问，为什么
你的心在胸中闷得可怕？
为什么一种难言的痛楚
会把你所有的生机扼杀？
上帝创造生气勃勃的自然，
原本为让人类生存其间；
你却将它远离，来亲近
烟雾、腐臭和死尸骨架。

走！快！快逃向广阔天地！
这部神秘的著作，它出自
诺查丹玛斯[①]的手笔，
难道它还不足以引导你？
一旦你得到自然的指点，
就会看清星辰的轨迹，
顿时获得心灵的力量，
把神灵间的对话洞悉。
要想将这些个灵符弄懂，
在此苦思全是枉费心机。
身边漂浮的神灵啊，你们
听到了就请回答我的问题！
（翻开大书，看见大宇宙[②]的符记）
哈！才这么看上它一眼，
我便突然觉得心旷神怡！
年轻而神圣的生命的幸福感
忽然沸腾激荡在我的血脉里。
写下这灵符的莫非是位神灵？
它平息了我胸怀中的躁动，
使我可怜的心里充满欣喜，
让我怀着神秘莫测的激情，
去揭示周遭自然力的奥秘。
我也是神吗？如此心明眼亮！
符记的线条看得清清楚楚，

① 诺查丹玛斯：法国医生和星象学家（1503—1566）的拉丁文名字。他曾任法国国王查理九世的御医，出版过诗体《预言集》。

② 大宇宙、小宇宙，为当时一些神秘学家的术语，前者指我们现在所说的宇宙或大自然，后者指人世。

突然悟出了造化的玄机。
这下我才真懂了先哲之言：
“神灵的世界本未关闭，
只是你闭目塞听，心已死去！
弟子啊，快振作，别懈怠，
用红色朝霞将胸中尘埃荡涤！”

宇宙万物交织成一个整体，
相互依存，才富有活力！
宇宙之力在不断消长，
把黄金的吊桶[①]相互传递！
鼓动着散发福馨的灵翅，
从天而降，渗透大地，
有和谐的天籁响彻寰宇。
何等壮观啊！唉，也只壮观而已！
无尽的自然啊，我从何处把握你？
丰乳——众生之源，天地之根，
我枯萎的心胸对你们无限渴慕，
可你们在哪里？你们在哪里
涌溢、滋养，却把焦渴的我抛弃？
（不耐烦地翻到另一页，看见了地灵[②]的符记）
这符记我感觉完全不一样！
地灵啊，你与我更加亲近；

① 黄金的吊桶，对此有各种理解和诠释，较简明的是指其为循一定的轨道运行不息的发光的天体，如人所能见的太阳或月亮。

② 地灵，中世纪时人们相信每个星球都有一个代表其精神的精灵。这儿的地灵也很难下个确切的“定义”，可以理解为充沛的生命活力的象征等。

我已感到浑身力量在增长，
热血沸腾，像饮了葡萄新酿；
我感到已有闯荡世界的勇气，
去把人世间的苦与乐担当；
去与狂风暴雨搏斗、周旋，
即使船将沉没也全不惊慌。
突然黑云压顶——
明月不再发光——
灯火不知去向！
烟雾腾腾——红光闪烁——
在我头顶周围——一股阴风
从拱顶蹿下来
扑到我的身上！
显形吧，受我召唤的精灵，
我已感到你在我身边游荡！
哈！我的心快要裂开！
为获得新体验感官全部奋张！
我觉得整个的心都给了你！
你必须显形！必须显形！
哪怕我为此把老命赔上！
（抓住书，神秘地念诵地灵的符咒。红光一闪，火焰中出现了地灵）

地　灵　谁在召唤我？

浮士德　（背过脸）
面目好怕人！

地　灵　你拼命地召唤我，
久久吸吮我的灵氛，

现在却……

浮士德 噢！你太教我受不了！

地　灵 你苦苦哀求我与你相见，
要听我嗓音，观我容颜；
你诚心的祈求打动了我，
我来了！你这位超人却吓破胆，
真是可怜！你心灵的呼唤何在？
哪儿是那创造和包容宇宙的
广阔胸怀？它又怎能蓬勃向上，
充满欢欣，敢与我等神灵比肩？
拼命趋附我的浮士德啊，
我但闻你的声音，你人在何处？
难道你是条胆小的毛毛虫，
一嗅出身边有我气息弥漫，
就浑身战栗，朝他处逃窜？

浮士德 你这火的精灵，想我将你逃避？
我浮士德在此，要与你比高低！

地　灵 生命的狂潮，
行为的激浪，
我上下沉浮，
我来而复往！
生生复死死，
永恒的海洋，
往返地交织，
火热地生长，
傍着时光飞转的纺车，

我织造神性生命之裳。①

浮士德 你匆匆周游世界的神祇，

我觉得我与你十分相似！

地 灵 你只像你理解的神灵，

不像我！

（消失）

浮士德 （几乎惊倒）

不像你？

那像谁？

我——神的化身②！

竟然不像你！

（传来敲门声）

该死！我知道是谁——我的助手——

无上的幸福就此遭断送！

这个蹑手蹑脚的书呆子，

他冲犯了我丰沛的灵气！

（瓦格纳穿着睡衣，戴着睡帽，手里端着一盏灯。浮士德不快地背转身去）

瓦格纳 请原谅！我听见您在朗诵。

您准是在念古希腊的悲剧？

从戏剧艺术我想捞点儿好处，

要知道，眼下它正吃香着哩。

我常常听见人们把它称赞，

① 这一节诗为地灵的自述。由此我们也可看出歌德的自然哲学观：生命无所不在，永不枯竭；生命由时光“织”成，死亡也是生命的一部分……

② 如剧中多次称人为“小神”“神的儿子”一样，这里浮士德自视为神的化身，也是歌德一贯的人道主义精神的表现。

说戏子可以当牧师的教席。

浮士德 不错，如果牧师是个戏子；
时不时也确实有这种事体。

瓦格纳 唉！我们整天关在书斋里面，
连节假日也难得把世界观看，
只是从望远镜中将它遥望，
如何说服世人，将世人引导？

浮士德 你要无所感觉便无所获得；
若是想征服所有观众的心，
须先有原始而强烈的喜悦
发自你深深的心窝。
你只管坐着！只管拼拼凑凑，
用别人的残羹剩菜烧份杂烩，
从自己行将熄灭的柴灰堆里，
吹出可怜巴巴的几星儿余火！
孩童和傻瓜也许因此服了你，
如果这对你口味，合你心意——
可你永远不能做到心心相连，
如果你说的话不是来自心底。

瓦格纳 演说家的成功全靠一张利口，
我深感自己在这方面太落后。

浮士德 你追求成功必须正大光明！
别做头戴铃铛帽子的小丑！
智慧和真理自有雄辩之力，
无须有一条灵巧的舌头；
只要诚恳实在，心口如一，
你哪儿还用得着字斟句酌？

是的，就算你言辞再漂亮，
就算你能够说得天花乱坠，
也只是秋风飒飒吹过落叶，
既空洞无物，又索然寡味！

瓦格纳 我的主啊！艺术长存，
我们的生命却很短暂。
在兢兢业业的追求中，
我却常感到心烦意乱。
有心要登高峰，寻源头，
想找捷径和手段却太难！
还不等走完一半的路程，
可怜的家伙已离开人间。

浮士德 羊皮古书未必是止渴的圣泉，
只需喝上一口便永久会灵验。
倘若泉水不是涌自你的内心，
就不会使你觉得清凉、甘甜。

瓦格纳 请原谅！沉潜于古代精神
实在也是一种莫大的乐趣，
能观察一位先哲如何思考，
能了解我们又有多高造诣。

浮士德 哎呀呀，高得直抵星空！
朋友，过去的时代对我们
好比打着七重封印的秘籍。[①]
你称为时代精神的那东西，
它终归不过是过去的时代

① 典出《新约全书·启示录》第5章："我看见坐宝座的右手中有书卷，里外都写着字，用七印封严了……在天上、地上、地底下，没有能展开、能观看那书卷的。"比喻永远无解的秘籍、"天书"。

反映在学究先生的精神里。
那结果确实经常十分糟糕！
世人一见你们会立刻逃掉：
一箱臭垃圾，一屋子破烂，
充其量一出改朝换代的闹剧，
再加一些实用的格言、教条，
完全和演戏的木偶一个腔调！

瓦格纳 可这世界！还有人心和精神！
对它们谁不想有些个见识。

浮士德 是的，什么是你所谓的见识！
谁又有权利对真理直呼其名？
少数几个人确实有过些见识，
可够傻的，竟对世人一片至诚，
向庸众表露自己的观点情感，
结果被钉上十字架或受火刑。[①]
朋友，夜已深了。我请求，
我们就此中断今天的讨论。

瓦格纳 我倒情愿一直坚持下去，
好和您讨论，增长学识。
可是明天开始过复活节，
请容我再请教其他问题。
我虽说学习刻苦，知识渊博，
然而更希望无所不知。
（下）

---

① 指为拯救世人而被钉死在十字架上的耶稣，以及受宗教迫害、为科学献身的、布鲁诺、伽利略等伟大的科学先驱。

浮士德 （独白）

这人的脑袋瓜儿充满妄想，
钻起牛角尖来不晓得收场，
贪婪的手指挖出几条蚯蚓，
就兴高采烈像真掘着宝藏。

怎能容这个傻瓜粗声大气，
冲犯弥漫在我周围的灵气？
可是啊，这次我倒该感谢他，
感谢这特可怜的凡夫俗子！
我原本已绝望得神志昏乱，
多亏他把我拖出危险境地。
唉！那神灵实在高大伟岸，
我自觉像个侏儒，渺小无比。

我，神的化身，自诩已与
永恒的真理之境近在咫尺，
在澄明的天光中自我欣赏，
想极力脱干净身上的凡气；
我，自以为已超越二品天使①，
有自由之力流贯自然的血脉，
一边创造一边享受神的生活，
如此狂妄自负，真后悔莫及！
一声响雷，震得我自容无地。

① 天使分九个品级，二品天使为所谓知天使（司智天使，Cherup）。浮士德自以为超过他，是因为认为自己除了智慧还有创造能力。

我真不该妄自与你相比！
我虽有力量把你召唤来，
却没有力量足以留住你。
在那幸福而神圣的一瞬，
我自觉那么渺小，那么伟大；
而你却残忍地把我推回
命运渺茫的凡人的境地。
谁能教我？什么该回避？
要我听从那内心的冲动？
唉！我们的行为一如我们的烦恼，
同样把我们的生命行程阻挠。

就连精神最美妙绝伦的收获
也难免掺杂格格不入的异质；
我们努力达到这个世界的善，
结果欺诈、虚妄却被称为更好。
还有给我们生命的神圣情感，
也在尘世的劳碌中僵死掉。

幻想常喜欢展开勇敢的翅膀，
满怀希望朝着永恒之境翱翔；
幸福一次次被时光旋涡淹没，
一间小小的房子也令它满足。
忧愁随之潜入心灵深处筑巢，
在那儿弄出种种隐秘的痛苦，
还不停折腾，破坏掉快乐安宁；
为掩盖自己，它不断变换面目。

可以是老婆、孩子、田园、房屋，
可以是火灾、洪水、匕首、鸩毒；
并不曾出现的危险常使你战栗，
永远不会有的损失总教你痛哭。

我不像神啊，我深有体会！
我像蚯蚓，只知翻拱泥灰，
我以尘垢为食，苟延性命，
被路人一踩，便葬身土堆。

这高耸的墙壁和一格格书架，
不正是些逼得我窒息的灰土？
这塞得满满一屋的破烂家什，
不正是腐烂发霉的尘垢污物？
要我在这样的地方实现理想？
要我也许读遍千万卷的经书，
才明白普天下的人都曾受难，
幸运儿只个别地存在于往古？
空空的骷髅头，你干吗冲我冷笑？
你可曾也像我一样懵懵懂懂，
寻找轻松的白昼，却迷失在黄昏，
历尽艰辛却仍未把真理找到？
你们带着轮、齿、辊、环等器械，
你们啊自然会将我讽刺讥嘲：
我吃了闭门羹，想拿你们当钥匙，
尽管匙齿已掰弯，门闩却拔不掉。
在光天化日之下，大自然

绝不肯摘去它神秘的面纱；
它不肯对你显露的你休想强求，
不管是用钳子拔还是用杠子撬。
你这台老仪器我从来不曾使用，
你摆在这儿，是我父亲用过你；
你这只旧滑轮将熏得越来越黑，
只要书案上茕茕孤灯尚未熄灭。
我本可以更好耗费这点儿家当，
让它拖在这儿流酸汗实在窝囊！
从父亲手里继承下来的遗产，
你本该努力实实在在地占有。
无用的东西只会是沉重的包袱，
只有及时创造的能变有用之物。

然而为什么我老盯着那个地方？
那小瓶像磁石吸住我的目光？
为什么我心中蓦然豁然明亮，
就像暗夜的森林里有月光荡漾？

你好啊，你这唯一的长颈瓶，
我从架上取下你，怀着虔诚！
我敬重你盛着人的聪明才智，
你是柔和的安眠药水的结晶，
你是致人死命的玄妙的法门，
请你今天报答你主人的深恩！
我一瞅见你，痛苦便得到缓和；

我一抓起你，渴慕就已然平静。
精神的狂潮渐渐沉落沉落。
我被引到了一片无垠的海洋，
脚下海水闪闪发光，平明如镜，
我向往新岸，当新的一天来临。

一辆火焰车鼓着轻盈的羽翼，[①]
朝我冉冉飞来！我已感觉到，
准备循着新的轨道冲入太空，
那儿的气氛清新，活动单纯。
这崇高的生活，这天神的极乐，
你，刚才还是只虫子，可配获得？
配得，只要你坚决转过身去，
不再留恋这大地上阳光和煦！
鼓足你的勇气，推开那小门，
溜进它里面可是人人都乐意。
是时候啦，你该用行动证明，
男子汉的尊严不输于神的权力：
在那幽暗的洞穴前别打哆嗦，
尽管幻想在洞中苦苦折磨自己；
要勇敢地直奔那窄窄的入口，
尽管那儿是烈火熊熊的地狱；
坦然而又坚决地迈出这一步，
不怕铤而走险，滑落进空虚。

① 典出《旧约全书·列王纪》下篇第2章：忽悠火车火马将二人隔开，以利亚就乘旋风升天了。

下来吧，晶莹洁净的酒杯！
快离开盛着你的古老匣子，
我已有许多年没再想起你！
你曾被传来递去，熠熠生辉，
在先祖们的欢乐的宴会上，
令严肃的客人也怡然陶醉。
你杯壁上饰满精美的花纹，
接杯者有义务吟诗来说明，
吟罢诗再将美酒一口喝干，
使我忆起年轻时彻夜聚饮。
可今夜我不再把你往下传，
也不借你的美饰展露才能；
这儿有褐色液体，劲道十足，
你一倒入咽喉，便长醉不醒。
它是我自行挑选，自行调制，
让我开怀畅饮这最后的一口，
欣喜地迎接即将来到的黎明！
（他举酒杯到嘴边。传来钟声和合唱）

众天使合唱 基督复活了！
愿欢乐赐予众生；
导致堕落的罪孽，
与生俱来的罪孽，
悄悄缠绕着他们。

浮士德 哪儿来的低沉钟鸣，嘹亮歌吟
猛然从我嘴边拖开我的酒杯？
难道这沉郁的钟声它在宣告
人们已经开始把复活节欢庆？

唱诗班，你们唱起曾经由天使
在黑暗的墓畔唱过的慰灵曲，
为了给新的誓约以庄严确认？

众女子合唱 我们用香膏
把圣体敷护；
我们忠实信徒
放他入墓窟；
我们用洁净布带
把他层层裹住；
可他不知去向，
我们的基督！

众天使合唱 基督复活了！
愿赐福爱人之人；
他经受住了考验，
不管是阴郁的日子，
还是幸福的时辰。

浮士德 你们雄壮而委婉的天籁，
干吗下顾我这尘网中人？
去环绕那些温柔的人吧。
我纵听见福音，却缺少虔信；
奇迹是信仰最宠爱的孩子。
从灵境中传来美好的讯息，
我却没有勇气向那儿奔进。[①]
不然，我打小儿已听惯这声音，
而今它又来召唤我重返人生。

① 因为浮士德知道自己是离经叛道之人。

也曾在安息日的肃穆静谧中，
向我垂赐过天国仁爱的亲吻；
浑厚的钟声意味深长地鸣响，
祈祷是令我心旷神怡的事情；
一种不可思议的甜蜜憧憬，
驱使我去漫步草地和森林，
在我热泪盈眶的双眼面前，
我感到一个世界正为我诞生。
这歌声宣告青春的欢乐嬉戏，
还有春之祭的自由幸福光景；
回忆唤起了我童年的情感，
使我悬崖收脚，不再轻生。
继续唱吧，甜美的天国之歌！
我热泪涌流，世上又有我生存！

众弟子合唱 被埋葬者
已经升天，
庄严崇高，
生气盎然，
享变化之乐，
尝创造之甜；
唉，我等吮大地之乳，
仍羁守在苦难尘寰。
他让我们苟延于此，
对众弟子不问不管。
主啊，我们痛哭，
为你又幸福升天！

众天使合唱 基督复活了，

从腐朽的尘寰；
你们也该高兴地
挣脱重重羁绊！
用行动赞美主者，
对人表现仁爱者，
友好供人食物者，
巡游四方传道者，
预言天国极乐者，
主与你们同在，
近在你们身边！

城门前

各色人等来到城外踏青

手工业学徒数人 干吗往那边走?

另外几个学徒 咱们去“猎人之家”①。

前边的几个 我们倒想上“磨坊”去。

学徒一 我劝你们去“河滨饭店”。

学徒二 去那儿的路太没劲。

学徒三 我随大溜。

学徒四 最好还是上古堡村。那里有
最标致的姑娘,最可口的啤酒,
还可以痛痛快快地挥动拳头。

学徒五 你小子真正叫忘乎所以,
挨了两回揍还不过瘾?
咱不去,那地方太怕人。

使女一 不,不!我还是回城里去好。

使女二 在白杨树下肯定能将他找到。

使女一 那对我有多大的意义?

---

① “猎人之家”,以及下边的“磨房”和“河滨饭店”都是歌德故乡法兰克福美茵河畔的著名酒店和餐馆;古堡村就是该市东南郊的奥伯拉特村。

他来这儿只为陪伴你，
只会带着你上跳舞场。
你俩快活，我讨没趣。

使女二 今儿个他肯定不会放单飞，
他说那个鬈毛将和他一起。

学生一 瞧那些姑娘步履轻盈，快如闪电！
哥们儿，快！咱们快去把她们陪伴；
一罐浓烈的啤酒，一盒燥辣的烟卷，
一个花枝招展的妞儿，是我全部心愿。

市民少女 快瞧那两个英俊小伙子！
真丢人现眼：大家闺秀
他们不来追，却偏偏
跟在丫头屁股后头撵！

学生二 （对学生一）
别着急！后边来了两个，
衣着打扮挺招人喜爱，
我邻家的少女也在里面。
这小妞儿很叫我动心，
她俩静悄悄地往这儿走，
最终会来到咱们身边。

学生一 不，伙计！我讨厌忸忸怩怩。
快点儿！别放过可口的野味。
平日里抹桌扫地的手，
礼拜天会抚摩得你陶醉。

市民一 那个新来的市长，我实在是厌烦！
自从他上了任，便越来越不要脸。
他究竟为本市干了些什么？

难道情况不是一天坏似一天?
他要我们比啥时候都俯首帖耳,
苛捐杂税多得超过了往年。

乞　丐　（唱）
好心的老爷，漂亮的太太，
讲究的穿着，红红的脸蛋，
你们发发慈悲瞧一瞧我哟，
把我苦命人可怜可怜!
别让我白白又唱又弹!
只有乐善好施才会快乐。
让这普天同庆的节日，
也带给我一些个收获。

市民二　节假日我最高兴的莫过于
听谈论战争和战场的喧声，
当山后边遥远的土耳其
国与国之间又动了刀兵。[①]
我站在窗前，喝下一小杯酒，
看各色船只顺流漂向下游;
傍晚回到家里，心满意足，
把太平与太平盛世祝福。

市民三　高邻啊，我和你一样!
任他们打得头破血流，
搞他妈个天下大乱;
只要咱家里一切照常。

老婆子　（对市民少女）

① 大概指第六次俄罗斯土耳其战争（1787—1792）。俄国女皇叶卡捷琳娜联合奥地利，欲将土耳其赶出欧洲。

嘿！年轻美人，好不妖娆！
谁见了你们不会神魂颠倒？
可别太得意！这样已不错！
你们要什么，我准能办到。

少女一 阿迦特，快走！我总提防着，
不和这样的老巫婆招摇过市；
虽然她曾在圣安得烈[①]之夜，
让我目睹了未来的白马王子——

少女二 她也让我在水晶球中见了他，
和几个骑士在一起，英俊高大，
我回头四望，把心上人寻找，
只可惜他不肯见我，也是白搭。

众士兵 高墙和雉堞
围护着城堡，
姑娘们全都
调皮又高傲，
两个我全要！
吃力又危险，
犒赏却很高！

号角在召唤，
我们齐奋进，
不管会凯旋，
还是将送命。
好一次冲锋！

---

① 圣安得烈，耶稣基督的十二门徒之一，后被钉死在X形的十字架上。他的纪念日为11月30日，当时的年轻信女们常于其前夜请巫婆术士占卜未来。

好一场人生!
姑娘和城堡
一定会归顺。
吃力又危险,
犒赏却喜人!
士兵齐迈步,
勇敢向前进。
(浮士德和瓦格纳上)

浮士德 温柔的春之光带来生机,
解放出冰封的河流小溪;
山谷中浮泛起一片绿意;
残冬它年已老,力已衰,
只好去荒山野岭中躲避。
仓皇中它还送来一阵阵
夹着雹子的稀疏的骤雨,
噼噼啪啪洒遍绿色大地;
可太阳容不得任何白色:
到处都在发芽,在生长,
她要万物多彩而富生气;
只不过此处还缺少鲜花,
她因而代之以红男绿女。
你不妨从高岗上回过身,
看一看你背后那座城市。
从黑洞洞的城门里挤出
男女老少,三教九流,
谁都想领受春阳的沐浴。
他们庆祝主的复活新生,

因此自己也获得了新生——
他们从低矮发霉的房舍，
从手工业的作坊和帮会，
从山墙和屋顶的压迫下，
从小街和陋巷的窒闷里，
从教堂内阴森森的黑夜，
一齐来到阳光下的大地。
瞧啊，瞧！花园和田野
四处活动着踏青的人群；
宽阔的河面上来来往往
漂荡着艘艘欢乐的游艇；
最后的一艘刚离开河岸，
人装得太多，几乎要下沉。
就连远远的山间小道上，
也闪动着花花绿绿的衣裙。
我已经听见村里的欢声，
这儿是民众真正的天堂，
人人欢呼雀跃，老少不分。
在这儿我是人，才能是人！

瓦格纳 跟您一起郊游，博士先生，
在我乃莫大的收获和荣幸；
要我单独一人我才不来呢，
我是一切粗鄙事物的敌人。
拉琴、吆喝以及玩九柱戏①，
那声音通通叫我讨厌透顶。

① 在野外玩的九柱戏类似现代的保龄球，很可能为其前身。

他们一个个都真像中了邪，
还称这是唱歌，这是高兴。

村民们 （在菩提树下载歌载舞）
牧羊人打扮起来去跳舞，
头戴花环，腰扎丝带，
身上穿着漂亮的衣服。
大伙儿已在欢蹦乱跳，
围绕着高高的菩提树。
唷嘿！唷嘿！
唷嗨萨！唷嘿！嘿！
提琴拉奏着舞曲。

他急急忙忙挤过去，
用胳膊肘撞了撞
一个年轻的姑娘；
活泼的姑娘转过脸，
说：‘这可真是不像样！’
唷嘿！唷嘿！
唷嗨萨！唷嘿！嘿！
‘你别这么没教养。’

说罢却一起跳起来，
跳到西来又跳到东，
衣裙全部在飘动。
跳得脸红耳又热，
手挽手儿把气歇。
唷嘿！唷嘿！

啃嗨萨！啃嘿！嘿！
胳膊和腰肢蛮亲切。

‘别和我这么黏黏糊糊！’
对自己的心爱的人儿，
有几个男子说话算数！
他到底哄她去到旁边，
远远地离开了菩提树。
啃嘿！啃嘿！
啃嗨萨！啃嘿！嘿！
歌声、琴声来自远处。

老农民 博士先生，您真太好啦，
身为渊博的高人雅士，
今儿个竟也劳动大驾，
来光临这民众的节日。
请您举起最美的杯子，
饮下这满满一杯新酿，
并且高声祝福：愿它
不只为您解渴，还使您
身体健康，福寿绵长。

浮士德 我接受这养身怡神的佳酿，
感谢诸位，也祝诸位安康。
（村民们围成一圈）

老农民 真的，您做得很是不错，
能在喜庆日子与民同乐；
因为在凶险艰难的时期，
您给我们帮助实在很多！

从前这个地方热病猖獗，
乡亲们发高烧奄奄一息，
多亏令尊大人竭力救治，
一些人今天才仍然活着。
那时候您自己年纪轻轻，
为治病救人也走家串户；
尸体一具一具地被运走，
您却侥幸没被死神逮住。
您经历了一次次的考验，
救人者自有上天的救助。

众村民 祝经过考验的好人永远健康，
做民众的救助者，地久天长！

浮士德 你们该敬畏的是天上的主，
他教人助人，也给人帮助。
（与瓦格纳继续往前走）

瓦格纳 受到民众爱戴，伟大的人，
您定会有特别的感触！
谁要能凭借着自己的天赋
取得这个地位，谁就真幸福！
父亲急着让孩子识君尊颜，
人人挤到您跟前，向您请教，
琴停止了拉，舞停止了跳。
民众列队将自己的恩人迎候，
还兴奋得向空中抛甩便帽：
差一点儿就对您双膝跪下，

就像是迎面碰见圣体[①]来到。

浮士德 再过去几步，坡上有块石板；
我们可以歇歇脚，坐在上面。
当初我常独坐在石板上沉思，
并祈祷斋戒，真叫苦不堪言。
满怀着希望，信仰也很坚定，
不断流泪、绞手、哀声长叹，
乞求天主大发慈悲，终于
把受瘟疫折磨的人们赦免。
而今民众的喝彩在我听来，
就像讽刺；你若能看透我的心，
就知道先父和我何等内疚，
面对这样的荣誉何等汗颜！
我父亲是一位正直的术士，
对自然界和它运行的规律
冥思苦想，虽有些怪念头，
却独辟蹊径，为人勤勉诚实。
他爱与一帮炼金术士交往，
常独自待在幽暗的丹房里，
按照一个又一个的秘方，
要使相克的元素熔合为一。
勇敢的求婚者红毛雄狮
在温汤中与百合仙子匹配，
然后双双受到明火的熬煎，

① 圣体，是一片象征耶稣基督身体的薄薄面饼，被视为无比神圣，每当遇见神职人员捧着圣体的游行队伍到来，人们都要下跪。

从一处洞房向另一处逃逸。[1]
直到后来烧瓶中斑斑驳驳，
说是年轻的女王穿了彩衣。
丹药炼成，病人照样送命，
没谁问究竟治好过什么人。
就用这种魔鬼的灵丹妙药，
在这一带的高山和深谷，
我们的行事比瘟疫更凶狠。
我就给许多人分发过毒药，
他们慢慢死去了，我却得
亲自领受对凶手的赞扬奉承。

瓦格纳 为此事您何必心生懊恼！
那医术原本是别人所教，
您尽心竭力为大众操劳，
做个诚实男子已经够好。
您年轻时尊敬您的父亲，
他乐于将您这徒弟收留；
成年后您学问大有长进，
您的儿子将会更有成就。

浮士德 哦，迷误的海洋无底无垠，
有希望浮出者乃幸福之人！
我等不知道的偏偏很需要，
百无一用的却恰好知道。
唉，何必用这烦心的话题

① 这四句是欧洲中世纪的炼金术士的行话术语。红毛雄狮，指熔金所得之红色的氧化汞，代表阳性金属“种子”；百合仙子，指熔银所得之白色盐酸类溶液，代表阴性金属“种子”。以为二者结合可产生能治百病和点石成金的所谓“智慧之石”。

来败坏我们这眼前的乐趣！
瞧瞧那些绿树环绕的村舍
在火红的晚霞中光彩熠熠。
红日沉落，又度过了一天，
为促进新生，她一直向前。①
唉，可惜我不能插翅飞翔，
去永远跟随她，把她追赶！
要能，我将俯瞰脚下的世界，
它静卧在永恒的晚霞里面；
将目睹千山披红，万壑凝翠，
看银色小溪与金色大江融汇。
无论多高的山，多深的谷，
再也挡不住天神般的脚步；
在惊异的眼前，海洋和港湾
也会敞开自己温暖的胸脯。
然而女神看起来终将沉没；
我心中不断涌起新的冲动，
赶紧去啜饮她永恒的光辉，
面前是白昼，背后是黑夜，
头顶有青天，脚踏有碧水。
太阳隐遁，一场美梦做完！
唉，精神的羽翼实难获得
肉体的翅膀与之相伴相随！
然而每当头顶的浩渺蓝天
传来云雀的嘹亮歌声；

① 太阳在德语中为阴性名词，故称“她”。

每当挺拔的松树的梢头，
有雄鹰展翅，盘旋飞行；
每当鹤群越过平原湖海，
奋力飞返那遥远的故乡；
我心中便渴望向上、向前，
这是人与生俱来的天性。

瓦格纳 我自己也常常胡思乱想，
这种冲动却从未感到过。
森林和田野很容易看厌，
鸟儿的翅膀我永不羡慕。
一卷卷一页页地钻书本，
也给我另一种精神快乐！
冬天的长夜会春意融融，
全身心充溢幸福的暖意，
啊！一翻开珍贵的羊皮古典，
整个天国便会来俯就你。

浮士德 你只意识到你的这种冲动，
哦，千万别去认识另一种！
我的胸中，唉！藏着两个灵魂，
一个要与另一个各奔西东：
这一个沉溺在粗鄙的爱欲，
用吸盘把尘世紧紧地抱住；
另一个却拼命想挣脱凡尘，
飞升到崇高的先人的净土。
哦，要是在天地之间的空中，
有精灵在进行统治和操纵，
那就请从金色暮云里降落，

带我去开始绚丽的新生活！
是啊，哪怕只有件魔术大氅，
托着我去游历无数的异邦！
它绝对不会被我放弃、调换，
即使给我皇上的华贵衣裳。

瓦格纳 快别唤尽人皆知的精怪，
它们充斥于周围的雾霭，
正巴不得从四面八方，
把千灾百难向世人引来。
北方有尖尖的魔齿进逼，
它的舌头箭矢般锐利；
从东方袭来的是旱魔，
食人之肺，断人呼吸；
它们若来自南方沙漠，
就使你头顶烈焰如炙；
若从西方拥来，便先给你凉爽，
后把你和田园、沃野一起溺毙。
它们性喜偷听，幸灾乐祸，
随叫随到，急于坑害我和你；
它们佯装成天堂的使者，
撒谎时天使般柔声细语。
咱们还是走吧！天色已昏暗，
空气清凉，雾幕正降落大地！
到晚来方知道家园的可贵。
干吗老站着，朝远处傻看？
暮霭中叫您发愣是啥东西？

浮士德 你不见有条黑狗在田间游荡？

瓦格纳　早看见啦，但似乎很平常。
浮士德　好好看看！你当这畜生是啥？
瓦格纳　是条狮子狗，自然未改本性，
在努力把主人的踪迹搜寻。
浮士德　你难道没发现，它由远而近，
正兜着圈子，不断逼近我们？
我要没花眼，在它所到之处，
身后有一个个火旋往上升腾。
瓦格纳　我只看见一条狮子狗，
您花眼啦，确实可能。
浮士德　我倒觉得它是绕着我们的脚，
在画将我们束缚的道道魔圈。
瓦格纳　它围着我们，怯生生地跳来跳去，
因为找不到主子，却见俩陌生人。
浮士德　圈子更小了，它已到近旁。
瓦格纳　您瞧，一条狗！并非什么幽灵。
它狺狺叫着，迟疑地趴在地上，
直摇尾巴。一切全是狗的脾性。
浮士德　过来吧！来跟我们做伴！
瓦格纳　这是一条地地道道的蠢狗。
你停下脚，它便站着等候；
你唤它，它便向你扑上来；
你丢了什么，它替你拾取，
为追你的手杖可跳进河里头。
浮士德　你或许对，我没发现精灵的
迹象；一切都出自训练有方。
瓦格纳　狗只要驯养得品性优良，

甚至会受到哲人的赞赏。
是啊，它完全配受您的青睐，
它是大学生们培养的高才。[①]
（他们走进城门）

① 瓦格纳妄断黑犬为大学生们所养。

书斋（一）

浮士德带着狮子狗上

浮士德 我离开了城郊和旷野，
沉沉暮色已笼罩着那里，
它用神圣的预感和恐惧，
把我们向善的心灵唤起。
经过一次次莽撞冒失，
狂暴的欲求已经安息；
胸中萌发出仁爱之念，
还有对主耶稣的爱意。

安静点儿，狮子狗！别乱窜！
你在那门槛上嗅些什么？
去乖乖躺在那火炉后面，
我将给你我最好的靠垫。
你为让我们开心、高兴，
曾经在山道上跑跑跳跳，
我也要给你很好的款待，
只要你这客人不吵不闹。

啊，每当这斗室里边
重新点燃柔和的灯盏，
我的心里便豁然开朗，
整个胸中也光明一片。
希望的蓓蕾重新绽开，
理性的金口重新发言，
于是啊我们又开始渴望，
渴望生命的溪流、涌泉！

别叫，黑犬！神圣的乐音
正缭绕回荡在我心灵，
不容掺杂狗的吠声。
我们习以为常：人们
对不懂的真理大加讥嘲，
对难于把握的善和美
嘀嘀咕咕，心怀怨恨；
难道狗儿你也愤愤不平？

可是，唉，尽管我十分希望，
却再无满足的快感涌出胸膛！
为什么巨流会迅速干涸，
害得我们重又忍受焦渴？
这情况我已是多次经历。
不过缺陷还可弥补代替：
我们学习珍惜超凡的事物，
我们渴望获得上天的启迪，
从《圣经·新约全书》里面，

它的光辉最高贵、美丽。
我急着翻开这古老的
宝典，怀着一片至诚，
要把它神圣的原文
翻译成我亲爱的德语。
（翻开一部大书，着手翻译）

我写上了："太初有言！"①
笔已停住！没法儿向前。
对"言"字不可估计过高，
我得将别的译法寻找，
如果我真得到神的启示。
我又写上："太初有意！"
仔细考虑好这第一行，
下笔绝不能过分匆忙！
难道万物能创化于"意"？
看来该译作："太初有力！"
然而就在我写下"力"字，
已有什么提醒我欠合适。
神助我也！心中豁然开朗，
"太初有为！"我欣然写上。

要我留你与我同住。
黑狗啊，你可不能狂吠，

---

① 这儿描写浮士德翻译《新约全书·约翰福音》第1章第一句时细加斟酌的情景。句中的难点和核心词"logos"原出希腊文，含有词、言语、上帝之言、理念、理性、宇宙法则等多重意义。浮士德的思考和选择反映出了作者歌德对于宇宙中何为本原问题的哲学观点，但所谓的翻译只能算是诠释。

你可不能乱叫！
像你这么讨厌的伙伴，
我身边真是容不了。
你我当中总有一方
必须离开这小小书房。
我不愿，却得下逐客令，
门开着哪，快请快请！
怎么回事？怎么回事？
天下怎会有这种事情？
只是影子？还是原形？
黑犬变得多长多大了啊！
它仍在飞快上长、上升！
哪儿还像一条狗的样子！
我把何方妖孽带进了屋子！
它看上去已像一只河马。
火红的眼睛，尖利的牙齿。
哦！我清楚你了！
对你这未成气候的小鬼崽儿，
所罗门的咒语蛮合适。[①]

众精灵 （在走廊上）
里边已有一个被困住！
待在外边！别跟进屋！
像狐狸戴上了铁锁链，
那魔头好不心惊胆战。
注意！注意！

① 欧洲中世纪流行过一部假以色列王所罗门之名出版的降魔驱邪书，叫《所罗门锁钥》。

他蹿上，蹿下，
荡来，荡去，
已经挣脱出来。
你们要能救他，
就别把他抛弃！
要知道，为我们大家，
他也出过不少力。

浮士德 要对付这个畜生，
须先念四大咒文：

火精快燃烧，
水精快涌迸，
风精快飘散，
土精快使劲。

谁不了解
四大元素①，
不识其力，
不谙其质，
就休想把
精灵降服。

借烈焰隐身吧，
火精！
喧嚣着汇流吧，

---

① 四大元素，与中国的“五行”类似，只不过内容和排列顺序有异。

水精！
像流星闪烁吧，
风精！
保家宅安宁吧，
英苦布斯[①]！英苦布斯！
快来把事了清。

这畜生身上
没四大元素，
它静静躺着冲我狞笑，
我还没击中它的痛处。
现在来更厉害的，
你给我听着。

你小子可是
地狱的游魂？
瞧瞧这道符记，
它能降服一切
鬼魅和幽灵！

它身体已经膨胀，
毛也竖了起来。

该死的东西！
可识这字迹？

① 英苦布斯（Incubus），在拉丁文原意为梦魇，后有了家宅之神的含义。浮士德则用它来呼唤土精。

它从未萌芽，
它没被表达，
它流贯宇宙，
它横遭刺扎！①

被镇压在了火炉背后，
这畜生膨胀得像头大象，
渐渐地塞满整个屋子，
欲化作烟雾流散逃亡。
别长到天花板一般高！
大师脚下是你躺的地方！
你瞧，我并非虚张声势。
我还可用圣火烧你！
用三位一体②的圣火，
你该不希望！
用我最厉害的法术，
你该不希望！

靡非斯特　（烟雾散去，穿着漫游学者的服装从火炉后踱出）
干吗吵吵？先生有何事要小的效劳？

浮士德　原来这就是狮子狗的实质！
一个浪荡学生？叫我笑破肚子。

靡非斯特　我向博学的先生您致敬！
您可害得我浑身汗淋淋。

---

① 浮士德举起了耶稣基督受难的十字架，上面写有“INRI”这四个拉丁字母（“拿撒勒的耶稣，犹太人之王”的缩写）。

② 三位一体，按照基督教的教义，圣父、圣子、圣灵三位一体。这儿所指为一种象征三位一体的三角形标记，据说可以发射火光，降服魔鬼。

浮士德 请问你怎么称呼？

靡非斯特 对于一个藐视言语的学者，
这问题我看真是微不足道。
他远远地避开所有的表象，
一心探寻事物本质的奥妙。

浮士德 可是对于你们这种角色，
名字通常已把本质反映。
人若称你们蝇神、破坏者、说谎者，
你们的本质便已经分明。
够啦，你到底是何精灵？

靡非斯特 老想作恶却总是把善促成，
我便是这种力量的一部分。

浮士德 你这哑谜有什么含义？

靡非斯特 我就是那个精灵，它惯于否定！
但也有理；因为万物既然生成，
理所当然也有毁灭；
所以最好全然无所生成。
你们所谓罪过啊，破坏啊，
简言之，被称为恶的一切，
正是我的本质特性。

浮士德 你自称一部分，
站在我面前不是挺完整？

靡非斯特 告诉您一些实际情形：
人类是一群井底之蛙，
爱把自己的世界无限夸大——
我乃构成太初万有的一部分，

也即黑暗的一部分，是我生育了光明；[①]
光明忘恩负义，背叛黑夜母亲，
竟想夺取她的特权，把空间全占领，
然而费尽心机仍旧徒劳，
因为光永远不能和物体离分。
它源于物体，因物体而显得美丽，
却也被物体阻挡不能前进，
因此我希望过不了多久，
光将随着物体走向沉沦。

浮士德 这下我算弄清了你的职责！
对大宇宙你无可奈何，
于是动手来把小宇宙毁灭。

靡非斯特 自然还没取得多少成绩。
凡是与虚无对立的存在，
比如眼前这愚蠢的世界，
我虽然已经费尽了心机，
也没能将它损害，不管是用
地震、风暴还是火灾、水灾——
到头来陆地和海洋依然如故！
对人和畜生这些浑蛋，
我简直就是一筹莫展：
他们被葬送的还少吗？
然而总有新鲜血液在供给。
长此以往我真会发疯！
从地里、从水里、从空中，

① 作者借魔鬼之口又道出了一种宇宙形成的观点，而且十分有意思的是，与我国老子《道德经》里的“玄母”之说颇为吻合。

不管是干是湿是冷是热，
总有无数的胚芽在萌动！
如果我没把火焰留给自己，
那我就完全没有武器可用。[①]

浮士德 你可冲着永远活跃的、
伟大神圣的造化之力，
挥动魔鬼冷酷的拳头，
然而仍旧是枉费心机！
你这混沌所生的怪胎，
你该改弦易辙，另谋高就！

靡非斯特 这咱们确实该细加思考，
不过可以留待下次再说！
今天让我告辞，好不好？

浮士德 我不知这话从何说起。
咱俩今天可算已相识，
啥时想来都悉听尊便。
这儿是窗，这儿是门，
烟囱[②]你也清楚在哪里。

靡非斯特 对您明说吧！我想跑，
还有一个小小的障碍，
就是您门槛上的魔脚[③]——

浮士德 原来是五角星令你难堪？
嘿，告诉我，地狱之子，
它既能镇住你，你又如何

---

① 魔鬼被称作“死亡天使”，它憎恨一切生命，故以四大元素中唯一不容生命存在的火为自己的武器。

② 西方人迷信烟囱是妖魔、巫师、鬼魅的出入口。

③ 魔脚，指画在门、窗、床铺等处象征基督的五角星形驱魔符，因有些像天鹅的脚爪印，故被称作魔脚。

骗过它，混进了书斋里面？

靡非斯特 您仔细瞧！它没画好；
那个冲着外边的尖角
有个豁口，您该看到？

浮士德 这真是再巧不过！
你成了我的俘虏，
全因偶然的缘故！

靡非斯特 黑狗进屋时无所察觉，
现在情况发生了变化：
魔鬼没法儿从屋里逃脱。

浮士德 可你干吗不跳窗户？

靡非斯特 魔鬼和幽灵有条规矩：
打哪儿进，打哪儿出。
进可随意，出受束缚。

浮士德 连地狱里边也有法律？
这倒不错，可以放心
和绅士们把契约订立。

靡非斯特 答应您的一定让您享受，
保证不会打丝毫的折扣。
不过事情不能操之过急，
下次咱们可以好好合计；
眼下嘛我求您多多原谅，
高抬贵手放小的我出去。

浮士德 请再待上个一时半会儿，
先给我讲个有趣的故事。

靡非斯特 先放我走！我很快回来，
到时候问什么随您喜爱。

浮士德 可并非我设的圈套，
是阁下你自投罗网。
有一回难再有第二回，
抓到魔鬼哪能随便放。

靡非斯特 您既喜欢，我也准备
留在这里把您陪伴；
不过条件是得让我
变变魔术供您消遣。

浮士德 乐于领教，悉听尊便；
只是你的戏法得真好看！

靡非斯特 在这一个钟头，朋友啊，
您的感官所得到的享乐，
将把单调的一整年胜过。
精灵们将唱柔媚的歌儿，
还让您观赏美丽的景致，
全都并非空虚的幻术。
您的鼻子会嗅到香气，
您的嘴巴会尝到美味，
舒服安逸得真没法儿说。
事先还不用什么准备，
我们已经到齐，开始！

众精灵 阴暗的拱顶
快快地消散！
让蓝天浩气
更加和蔼地
向室内窥探！
乌黑的浓云

快流失隐遁！
星星亮闪闪，
太阳送进来
柔和的光线。
天国的孩子，
美丽的女神
冉冉地降临，
飘过你身边。
你满怀渴慕，
紧跟在后面；
衣襟和裙带
猎猎地飞舞，
掠过了平野，
掠过了庭园；
相爱的人们
在默默思考，
结一世情缘。
凉亭挨凉亭！
藤蔓绕藤蔓！
葡萄沉甸甸，
木桶已盛满；
倒进榨汁槽，
酒浆泡沫翻；
下泻如小溪，
刷刷流淌过
洁净玉石滩；
让巍峨群峰

俯卧身后面；
绕青葱丘陵，
汇聚复漫延，
成平湖一片。[①]
成群的水禽，
尽情吮甘霖；
振翅迎红日，
奋飞向光明；
降落岛屿上，
环岛波浪涌，
岛影漾湖心。
但听船过处
歌唱夹欢声；
处处绿野中，
翩翩跳舞人；
民众聚郊野，
寻乐驱劳顿。
这儿有人在
攀越过山丘，
那儿有人在
湖面上游泳，
还有的滑翔飞行。
人人都热爱生活，
人人把远方憧憬，
憧憬那可爱的星辰，

① 在梦境里，葡萄酒流成了溪，汇成了湖。

憧憬那仁慈的女神。

靡非斯特 他睡着了！真行，你们这帮轻飘的
小东西！你们唱得他酣梦沉沉！
为这场音乐会我会给你们报偿。
他先生还不是逮得住魔鬼的人！
用甜蜜的梦影将他迷惑，
让他沉溺在痴妄的海洋；
可要破除这门槛的灵符，
我还有劳一只利齿硕鼠。
无须我长时间念念有词，
已有只窸窸窣窣跑来听吩咐。

我乃大老鼠和小老鼠的主子，
还管苍蝇、癞蛤蟆和虱子臭虫，
现在命令你爹着胆子往外走，
去替我把那道门槛啃坏，
就像它刚刚抹上了猪油——
你一下已经跳到跟前来！
抓紧干吧！那碍事的犄角
在最前边的棱上，朝着室外。
再咬一口就会大功告成。
浮士德，继续做梦吧，咱俩暂时拜拜！

浮士德 （苏醒过来）
怎么，我又上了当受了骗？
蜂拥的精灵已经烟消云散，
梦里我明明看见那个魔鬼，
谁料却逃走了一条卷毛犬。

书斋（二）

浮士德，靡非斯特

浮士德　有人敲门？进来！是谁又来烦我？
靡非斯特　是我。
浮士德　进来！
靡非斯特　你必须叫三遍。
浮士德　进来呀！
靡非斯特　这样嘛您才讨我欢喜。
希望咱俩能相处和睦！
为了打消您的怪念头，
我特地扮成年轻贵族，
身穿绲金边的红衣裳，
外披挺括的锦缎大氅，
帽子上插着雄鸡羽毛，
腰间挂把锋利的长剑，
现在就直言把您相劝，
劝您同样地打扮穿戴，
以便您也能自由自在，
去把人生的滋味体验。

浮士德　我不管穿什么样的衣服，
都感到尘世生活的痛苦。
我太老啦，没法儿玩世不恭，
又太年轻，不能无动于衷。
世界究竟能给予我什么？
要知足克己！克己知足！
就是这支老掉牙的旧曲，
永远喧响在每个人耳畔；
就是这沙哑的歌声，
把我们的终生陪伴。
清晨醒来我总心惊肉跳，
忍不住要痛苦哀号，
眼见着光阴一天天逝去，
却一事无成，夙愿难遂；
就连一点点欢乐的预感，
也难免吹毛求疵的干扰；
心中的任何创造冲动，
都遭受万种丑恶的阻挠。
夜幕降临，我上床就寝，
可同样感到心神不宁；
睡眠不能带给我休息，
噩梦一次次将我惊醒。
神灵虽然寄寓在我胸中，
能深深地激动我的内心，
他主宰我的所有力量，
却无力造成外界感应。
因此活着对我已成累赘，

我渴望死啊，痛恨生。

靡非斯特 可死神从来不真受欢迎。

浮士德 幸福啊，谁能在凯旋时头戴
死神的桂冠，即使它鲜血淋淋！
幸福啊，谁能在狂舞后被他
送入少女的怀抱，长眠不醒！
唉，只要能从神灵的伟力获得
振奋鼓舞，我甘愿灵魂沉沦！

靡非斯特 可那天夜里有杯褐色液体，
某人端在手里却并未真饮。

浮士德 窥探他人看来是先生您的爱好。

靡非斯特 咱不全知道，却了解许多事情。

浮士德 每当熟悉而甜美的声音
带我离开混乱可怕的现实，
每当有欢乐时日的余响
诱使我把童年的情感忆起，
我就诅咒一切的骗人伎俩
缠绕束缚住了我的灵魂，
并且用迷惑与谄媚的锁链，
禁锢它于湫隘可怜的肉体！
先要诅咒种种傲慢的思想，
精神用它们把自己困扰！
还要诅咒光怪陆离的世象，
感官被它威逼，无处逃避！
也要诅咒那梦中的诱惑，
它哄我们相信声名之不朽！
也要诅咒占有欲，不管它

是妻子儿女还是奴仆和犁头！
我还要诅咒玛门[①]，他既能
用财富使我们铤而走险，
也能为我们的好逸恶劳
铺设好软绵绵的褥垫。
诅咒葡萄的甘美液汁！
诅咒爱情的忘我痴迷！
诅咒希望！诅咒信仰！
特别要诅咒忍耐谦让！

众精灵合唱（不露形迹）
唉！唉！
用重拳的一击，
你破坏了
美好的世界；
它正坍塌，倾圮！
一位半神将它摧毁！
向彼岸的虚无，
我们清扫它的废墟
并且哀叹
美好世界已经失去。
你尘世之子啊，
强大有力，
要重建世界，
在你胸中，
并且更加壮丽！

---

① 玛门（Mammon），语出《新约全书·马太福音》第6章，意为金钱、财富，也常指财神，如在此句中。

要耳聪目明地
开始新的
人生之旅，
要让新的歌儿，
响彻云霓！

靡非斯特 这一帮只是
我的小伙计。
他们劝您去享乐、创业，
说得多么聪明在理！
他们引诱您
去广大的世界，
抛弃使您
心灵枯槁的孤寂。

别再咀嚼烦恼忧愁，
它像秃鹰咬噬你的生机；
最下流的聚会也使您感到
人与人在一起。
然而拖您下水
也不是我的本意；
我虽并非伟人，
但只要您肯结交我，
和我一道把人生经历，
我就心甘情愿
立刻隶属于您。
我将做您的伙伴，
将满足您的心愿，

做你的仆人，你的奴隶！

浮士德 要我怎么报答你？

靡非斯特 报答还早，不必着急。

浮士德 不，不！魔鬼无不自私，
上帝明鉴，它绝不轻易
为别人谋什么利益。
干干脆脆提条件吧；
这种仆人会把危险带进家里。

靡非斯特 今生今世我保证做您奴仆，
听您差遣绝不偷懒含糊；
可在彼岸世界重逢的时候，
您得对我尽同样的义务。

浮士德 彼岸世界我不大在意，
你先把这个世界砸烂，
随后才能有一个新的。
这大地涌溢出我的欢乐，
这太阳照耀着我的忧郁；
只要和它们分道扬镳，
以后不管怎样都没问题。
在将来，在另一个世界，
人们是不是也爱也恨；
是不是也分上下尊卑，
对此我一点儿不再感兴趣。

靡非斯特 既这么想，就可放心大胆。
签约吧，用不了多少天，
我就让您看见我的本事，
欣赏到还没人见过的东西。

浮士德　可怜的魔鬼你想要啥花招儿？
一个抱负远大的人的精神，
何时曾被你的精神领会到？
你有的不过是充饥的画饼，
不过是水银一般的赤金，
抓到手里便会从指缝溜掉。
一场永远不会赢的赌博，
一个在你怀中就勾引旁人、
对人频送秋波的小娇娥，
或者不过是耀眼的荣誉，
像一颗流星从长空划过。
让我看看未摘先腐的果实，
让我看看天天新绿的枝柯！[①]

靡非斯特　这样的差事休想把我吓倒，
我能大量贡献这样的珍宝。
不过，是时候啦，朋友，
咱俩静下心来把条件聊聊。

浮士德　一旦我安心地躺上软床，
那就随便你把我怎样！
你要能甜言蜜语哄骗我，
使我自满自足、自我欣赏，
你要能使我沉溺于享乐，
那我的末日就已到啦！
这就是我打赌的筹码！

靡非斯特　好啊！

---

① “未摘先腐的果实”和“天天新绿的枝柯”都是神话传说里的事物，浮士德认为非魔鬼所能办到。

浮士德　一言为定！

当我对某一瞬间说出：

你真美啊，请停一停！

就随你把我套上锁链，

我心甘情愿走向沉沦！

那时就可以敲响丧钟，

你就满了服役的期限，

钟会停止，针会坠落，[①]

我的寿数便算已耗完！

靡非斯特　想好了，咱是不会健忘的！

浮士德　对此你享有充分的权利，

我行事大胆却并不冒失。

我一旦停滞便沦为奴隶，

不管是听命他人或是你。

靡非斯特　在今天博士们的宴会上。

我就要当个称职的仆役。

不过有一点！好也罢歹也罢

我恳求先生给我个字据。

浮士德　你这迂夫子，还要字据干吗？

你不知道，大丈夫说话算话？

我一旦承诺，必定终身信守，

难道还不足以使你满意吗？

世界化作万千洪流奔腾向前，

难道我能被一个诺言阻拦？

然而这虚妄已深入我们心里，

---

① 当时的时钟一停止走，指针便垂下到六点处。

谁又乐意挣脱它的纠缠？
有福啊，忠诚而又坦诚的人，
他永不后悔，不管做何牺牲！
只是那写上字盖上印的羊皮
谁都厌恶，就像可怕的幽灵。
言语在鹅毛笔底下奄奄一息，
起支配作用的是羊皮和蜡泥。[①]
你这恶魔，你要我给你什么？
是金属、大理石、羊皮或纸？
是要我用錾子、凿子或用笔？
我让你挑选好了，尽管随意。

靡非斯特 瞧先生您怎么啰啰唆唆，
信口开河，实在太性急？
任何一张小纸片都行啊，
只是签字得用鲜血一滴。

浮士德 只要使你称心如意，
那就不妨照此办理。

靡非斯特 血真是一种很特殊的液体。

浮士德 别担心我会撕毁这契约！
我用尽全力追求的东西。
它正好是我对你的承诺。
过去我把自己估计过高，
实际上却与你相差不多。
伟大的地灵它将我藐视，
自然之门在我眼前紧锁。

① 其时的重要文书都以红色蜡泥封口，然后在上边加盖印信。

思维的线索已经被扯断，
对所有知识我早就憎恶。
让我们在感官的深渊里，
去解燃烧的情欲的饥渴！
请在神秘莫测的魔罩中，
立刻准备好奇迹一个个！
让我们投身时间的洪流！
让我们卷入事件的旋涡！
任痛苦和享乐相互交替，
任成功与失意彼此混合，
真正的男子汉只能是
不断进取，不断拼搏。

靡非斯特 对于您既无目标，也无限制。
您喜欢在哪儿都啃上一嘴，
喜欢把飞逝的东西抓取，
就尽量吃吧，只要对口味，
就赶快抓吧，别冒傻气！

浮士德 听着，这儿讲的并非什么享乐，
而是要陶醉于最痛苦的体验，
还有由爱生恨，由厌倦转活跃。
我胸中对知识的饥渴业已消逝，
不会再对任何的痛苦关闭封锁。
整个人类注定要承受的一切，
我都渴望在灵魂深处体验感觉，
用我的精神去攫取至高、至深，
在我的心上堆积全人类的苦乐，
把我的自我扩展成人类的自我，

哪怕最后也同样失败、沦落。

靡非斯特 噢，相信我，这硬饼子
我已经啃了好几千年，
从摇篮到棺材，还没谁
能消化掉这老面坨坨！
相信我吧，只有上帝
才能把整个世界把握！
他存在于永恒的光明，
却把我们驱赶进黑暗，
给你们的不过昼和夜。

浮士德 可我仍要试试！

靡非斯特 悉听尊便！
不过我还是有点儿担心：
生命苦短，艺无止境。
我想，您该学习学习，
去结识求教一位诗人。
让他先把幻想驰骋，
搜集一切高贵的品质，
堆在您光荣的脑门儿：
雄狮的勇猛，
牡鹿的灵敏，
意大利人的热血沸腾，
北方人的沉着坚定。
让他给你揭示那秘诀，
如何既大度又奸滑，
怀着青春火热的激情，
按计划爱上一位美人。

我自己也想与他结识。
并且称他小宇宙先生。

浮士德 我打心眼儿里企盼
能得到人类的王冕，
如不可能，我又算啥？

靡非斯特 到头来您是啥——仍旧是啥。
不管您头戴鬈发无数的假发，
不管您脚蹬底厚盈尺的靴袜，
您本来是啥——将永远是啥。

浮士德 人类的精神财富，我感到
徒然地聚敛于自己的身上，
如果到头来我仍坐在这里，
内心没任何新的力量增长；
比从前的我未有丝毫提高，
与无尽的自然仍相距迢遥。

靡非斯特 我的好先生啊，你的见解
也不比一般人来得高明；
咱们必须更加聪明地行事，
要及时享乐，别让生命逃遁。
拉倒吧！双手和双脚，还有
脑袋和屁股，自然全是你的；
可我得到的一切实在享受，
难道不同样也为我所拥有？
比如我能花钱买六匹骏马，
是不是拥有了它们的力气？
我纵横驰骋，我风光得意，

不就像有了二十四条腿似的。[①]
所以说抓紧呀！快快抛开
所有空想，径直闯进世界！
一个冥思苦想的家伙，告诉你，
犹如一头牲口碰见了恶灵，
只会在那荒野里转去转来，
全不见身旁有青青牧场存在。

浮士德　那咱们怎么开始呢？

靡非斯特　马上离开这个鬼地方。
这儿真是一间刑讯室！
折磨自己，折磨学生，
你究竟算过的啥日子！
让胖胖的邻居接着干吧！
干吗劳而无功白费力？
你掌握的知识的精髓，
可不能告诉那班孺子。
听，已有一个在过道里！

浮士德　我不可能这时候见他。

靡非斯特　可怜的孩子已等了很久，
不该让他离开时空着手。
来，给我您的袍子和便帽；
穿戴着它们我想必很妙。
（更换衣帽）
喏，现在就让我露上两手！
我充其量只耽搁一刻钟；

① 这也是“金钱万能论”在文学中的一个著名范例。

您抓紧准备去做逍遥游！

（浮士德下）

靡非斯特 （穿着浮士德的长袍）

别理睬什么理性，什么科学，

休谈这是人类的最高权力，

只管沉溺于奇幻迷人的魔法，

让诓骗的精灵给你更多力气，

这样我已无条件地将你驾驭——

命运曾赐予他一种精神，

使他好高骛远、桀骜不驯，

他匆匆忙忙只顾往前闯，

对人间的欢乐不闻不问。

我要拖他进放荡的生活，

经历平庸而无聊的人生，

让他无所适从，惶惶不安，

让美酒与珍馐飘飘摇摇

悬挂在他不知餍足的嘴边；

让他乞求振作而不可得，

就算不曾委身于我魔鬼，

遭到毁灭却一样是必然！

（一个学生上场）

学　生 不久前我才来到贵地，

想要拜访和请教先生，

对先生我满怀着敬意。

四海之内谁不仰慕您！

靡非斯特 我很高兴，你这么讲礼！

其实我并不比常人高明。

敢问你可曾在别处学习?

学　生　恳求先生，千万把我收留!
我怀着最大的决心和希望，
钱也够用，而且血气正旺;
我妈妈她原本挺舍不得我;
为学真知，我仍来到远方。

靡非斯特　那你算找对地方啦。

学　生　坦白说，我已经准备离去:
这样的墙壁，这样的房间，
实在是一点儿不合我的意。
地方这么狭窄，这么憋气，
没有树或任何绿色的东西;
待在这房里，坐在这凳上，
我会失去视力听力思考力。

靡非斯特　这嘛只是个习惯问题。
刚出生，婴儿就欢喜
吸吮母亲的乳房不成?
可马上他就乐此不疲。
你同样也会一天比一天
更贪恋这智慧乳房的。

学　生　我十分乐于投入智慧的怀抱，
告诉我，如何才能达到目标?

靡非斯特　暂且别谈那么许多，
先讲你选什么系科。

学　生　我希望自己学识渊博，
上知天文，下知地理，
成为一个大科学家，

能窥破自然的奥秘。

靡非斯特　你的路子算是走对了，
但还要集中精力才好。

学　生　我将投入整个的身心，
可在夏天美丽的假日，
自然啦，我希望也能
消一消遣，解一解闷。

靡非斯特　光阴似箭哪，时间真得抓紧，
想节约时间，唯有有条不紊。
亲爱的朋友，因此我劝你
首先选修逻辑学。在课堂，
你的精神将受严格的培训，
恰像穿上西班牙的长筒靴[①]，
一旦将来上了思维的跑道，
就不会东倒西歪，昏昏沉沉，
就不会胡跑乱跳，撞鬼迷路，
而是迈起步来更稳重、谨慎。
随后还要对你反复训练，
养成你按部就班的习惯，
比如吃喝这种一下就成的事，
也必须分它个一、二、三！
须知思维工厂就像纺织厂，
出好的产品得有能干工匠；
要脚一踩就牵动万千纱线，
梭子来而复往，急如飞燕，

① 西班牙的长筒靴，欧洲中世纪一种相当于老虎凳的刑具。

棉纱悄悄流动着，流动着，
万千经纬交织只需一转眼。
哲学家随后登上讲堂，
向你证明必须这个样：
假设甲如此，乙如此，
那么丙和丁只能如此；
假如甲不存在，乙不存在，
丙和丁也就永远不会存在。
这理论深受各地学子的赞扬，
只不过还没谁成为能工巧匠。
谁要生动地认识和描述事物，
就首先得把其中的精神驱逐，
这样子才能将各个部分把握，
只可惜精神的联系就此失落。
化学家称之为“自然处置”，
他哪里晓得是在自我讽刺。

学　生　您的教诲我不完全明白。

靡非斯特　我的话将来你定能领会，
只要你知道把一切还原，
然后再把它们分门别类。

学　生　您的话我是越听越糊涂，
脑袋里好像转着车轱辘。

靡非斯特　修完逻辑，最要紧的是
还得好好去弄形而上学！
这样，不适合人脑的东西，
你仍然能把它深刻把握。
不管能还是不能钻进去，

反正有派用场的漂亮术语。
至于刚进校的头一学期嘛，
要尤其重视按部就班学习。
你们每天排的都是五节课，
铃声一响就应该在课堂里！
你还得认认真真做好预习，
把要讲的章节先钻研仔细，
为的是到课堂更好地发现，
老师讲的一切已印在书里；
尽管如此你还得勤做笔记，
就像圣灵在亲口传授圣谕！

学　生　您的教诲我一定牢记！
我明白做笔记何等有益；
须知黑字写在白纸上，
才能放心大胆带回家去。

靡非斯特　不过我得请你选个专业！

学　生　法律我可不高兴选学。

靡非斯特　你的想法我不认为不好，
对这门课我是太了解了。
它承袭过去的法令条律，
就像永远治不好的痼疾，
一代一代地向后世遗传，
从此地传染蔓延到彼地，
扰乱理性，颠倒善恶，
倒霉啊，你这当孙子的！
至于我们与生俱来的权利，
遗憾啊，它却根本不提。

学　生　您的话使我更加讨厌法律。
哦，能受您教诲真是幸福！
眼下我几乎想把神学攻读。

靡非斯特　至于说到神学这玩意儿嘛，
我也不想把你引入迷途；
然而岔道、歧路没法儿避免，
里边还藏着许多的毒素，
而且极难与真药区分清楚。
学这门课最好认准一位老师，
并要把他的话当金科玉律。
总的来看——要死抠字面！
这样就包你能经过安全口，
踏进那坚定的信仰的神殿。

学　生　可文字总不会没有意义呀！

靡非斯特　得！得！只是不能过分拘泥。
要知道正是缺少意义的地方，
用文字及时弥补越发地必需。
用文字可进行精彩的辩论，
用文字可建立完整的体系，
对文字你可以坚信不疑，
抠字眼你可以不差毫厘。

学　生　请原谅，我问了您这么许多，
不过呢，还劳驾您再讲几句。
对医学我也想听听您的高论，
就不知老师您是否还乐意？
三个学年实在是太短太短，
哦，上帝，多宽广的领域！

哪怕只有先生的一些点拨，
就可以放心大胆地继续摸索。

靡非斯特 （自言自语）
我已讨厌讲得这么平淡委婉，
现在得好好重新把魔鬼扮演。
（提高嗓门）
领会医学的精神很容易，
先把大小世界研究一番，
到头来是医活还是医死，
全看上帝乐意或不乐意。
你为求学四处奔波，白费气力，
人只学得会他能学的东西；
一个人只要能抓住时机，
他就已经算是大有出息。
你小子身材长得倒不错，
再说嘛也不缺少勇气；
只要你有足够的自信，
其他人也就会信赖你。
特别要学会对付娘儿们；
她们永远在叫苦连天，
可千种病痛你全可以
从一个点上给予治愈；
只要你装出正经模样，
她们就没一个不服你。
你的头衔先已说服她们，
你的医术定然高超无比；
紧接着便可大胆地摸遍

别人多少年才敢碰的区域；
按脉搏也必须得法，
目光要火热而狡猾，
满不在乎地捏一捏纤腰，
瞅一瞅她腰带是否扎紧。

学　生　这听起来好多了！
总算让人摸着了头脑。

靡非斯特　朋友啊，理论是灰色的，
而生命之树常青。①

学　生　我向您起誓，我如大梦初醒。
您要允许我改天再来叨扰，
我将认认真真恭听您教导。

靡非斯特　只要做得到，乐意效劳。

学　生　可我不好空着手离去，
必须再捧上这纪念册，
劳驾您惠赐亲笔题词！

靡非斯特　好的，好的。
（写好后交还）

学　生　（朗读）
尔等即如神，能辨善与恶。②
（毕恭毕敬地合上本子，退出书斋）

靡非斯特　好好遵循这古训和我蛇姨的教导，
你自以为像神，将来总不免懊恼！

---

① 这两句诗在《浮士德》乃至整个歌德的作品里都最为脍炙人口。但饶有趣味的是，这并非浮士德的话，而是由靡非斯特说出的。

② 原文为拉丁文。本是蛇在天堂里引诱人类的始祖夏娃偷吃禁果时说的话（典出《旧约全书·创世记》第 3 章第 5 节）。

（浮士德上）

浮士德 咱们去哪里？

靡非斯特 去哪里全随您的意。

咱们先看小世界，后看大世界。

您将优哉游哉地修完学业，

真是既有益处，又快活安逸！

浮士德 只不过长着这么大把胡子，

我已经缺少放荡的勇气。

任何尝试我都必定失败，

永远没法儿适应这个世界；

在人前我总是自惭形秽，

总是感觉十分的狼狈。

靡非斯特 我的朋友，一切都不会有问题；

只要懂得生活，只要相信自己。

浮士德 可咱们到底怎么离开这房子？

马在哪里？车和车夫在哪里？

靡非斯特 咱们只需要打开这件斗篷，

它便会托着您我飞到空中。

只是你迈出这勇敢的一步，

没必要带上个大大的包袱。

我只需准备一点儿火气①，

就能够飘飘然离开大地。

我们轻装上路，迅速飞升；

祝您开始新的人生旅程！

① 火气，大概指氢气之类的可燃气体。

莱比锡，奥厄尔巴赫地窖酒店[①]

快活的酒徒们边饮边聊

弗洛士[②] 怎么没有人喝？没有人笑？
是不是如何表情也要我教！
往日里一个个都兴高采烈，
今儿个咋变成了些湿稻草！

布朗代尔 还不是怪你自己一点儿没表现，
既不肯干傻事，也没胡扯淡。

弗洛士 （把一杯酒淋在他脑袋上）
这下你两样全齐啦！

布朗代尔 你他妈是个双料浑蛋！

弗洛士 是你自找的，我不过满足你的要求！

司贝尔 要吵架的哥们儿，请爬出去！

---

① 德国有在地窖特别是在市政厅的地窖开酒店的传统。歌德在莱比锡上大学时经常光顾的奥厄尔巴赫地窖酒店开业于 1530 年，至今生意兴隆，堪称典型。古时候大学生多爱在此酗酒闲聊，打架斗殴之事也时有发生。

② 酒徒们的名字都是当时各年级大学生的绰号：在德语里，弗洛士（Frosch）意思是青蛙，指初进校的一年级学生；布朗代尔（Brander 或 Bmandfuchs）意思为红狐狸，指二年级学生；司贝尔（SiebeL）可能有筛子的意思，指三年级学生；阿特迈耶（ALtmayer）和我们所谓的“老油条”差不多，指老资格的四年级学生。

咱们须开怀畅饮，高歌一曲！
嚯啦！嚯！预备——起！

阿特迈耶 倒霉，真要我的命哟！
拿棉花来！这小子快震破我耳膜。

司贝尔 只有当屋顶也发出回响，
才显出男低音的雄浑力量。

弗洛士 对对对，谁听不惯尽管爬！
啊！嗒啦，啦啦，嗒！

阿特迈耶 啊！嗒啦，啦啦，嗒！

弗洛士 调门儿已经对齐。
（唱）
亲爱的神圣罗马帝国啊，
怎样才能不分崩离析？[①]

布朗代尔 陈词滥调！呸，政治歌曲！
太讨厌！不必为罗马帝国操心，
你们真该每天早晨感谢上帝！
至少我不是它的皇帝和宰相，
就这点我已经对主万分感激。
不过呢咱们还是不能没头领，
因此乐意尽选教皇[②]的责任。
你们清楚推举这号子人物，
关键是看他有哪一些品行。

弗洛士 （唱）
飞起来吧，夜莺夫人，

① 德意志国王奥托一世在962年由罗马教皇加冕，创立了所谓日耳曼民族的神圣罗马帝国。13世纪以后帝国就四分五裂，17世纪的三十年战争（1618—1648）使其进一步瓦解，可以说名存实亡。

② 大学生们在学期结束时聚会酗酒，选酒量最大者为“教皇”。

多多问候我那小爱人！

司贝尔 别问候啦！这种调调咱不要听！

弗洛士 我就问候，就亲吻！你不准不行！

（唱）

开开门呀！夜深人静。

开开门呀！情哥在等。

开开门呀！天色已明。

司贝尔 好，尽管唱！尽管把她赞美夸奖！

我呢，只是忍不住好笑、好笑。

她先耍了我，对你也会来这一套。

她只配找个怪物做她的情郎！

让这家伙和她在十字路口[①]把情调；

让一头从布罗肯峰[②]归来的老羊精

疯跑到她面前咩咩叫声“晚上好”！

对一个有血有肉的男子汉，

这丫头片子实在太不配。

别说还要我去问候她，

我简直想把她窗户砸碎。

布朗代尔 （捶桌子）

注意！注意啦！请听我说！

诸位都承认，我懂得生活；

这儿坐着些痴情的哥们儿，

按照咱们团体里的规矩，

在此良宵我当使他们快乐。

---

① 德国古代迷信以十字路口为鬼怪聚会之所。

② 布罗肯峰，德国名山哈尔茨山的最高峰，也是传说中的妖魔鬼怪聚会场所（详见“瓦普几斯之夜”一场）。

听好了，一支最新的流行歌曲！
请把反复的那句齐声应和！
（唱）
地窖住着只大老鼠，
靠脂肪奶油把日度。
肚儿长得呀肥又壮，
像路德博士[①]一个样。
厨娘去给它下了毒，
从此老鼠不得安宁，
活像尝到了相思苦。

众人齐声吆喝 活像尝到了相思苦！

布朗代尔 它奔来奔去蹿进蹿出，
见到水坑就喝个没够，
房子全被它啃破抓烂，
仍不能平息胸中恼怒；
它拼命地乱蹦又乱跳，
可怜的畜生已快玩完，
活像是受够了相思苦。

众人齐声吆喝 活像是受够了相思苦。

布朗代尔 大白天便心里发怵，
它一跑跑进厨房屋，
倒在火炉旁喘呼呼，
还浑身上下直抽搐。
投毒的女人笑着说：
“哈！它在那儿发哀鸣，

① 路德博士，指德国宗教改革的领袖马丁·路德（Martin Luther，1483—1546）。

活像受够了相思苦。”

众人齐声吆喝 活像受够了相思苦。

司贝尔 瞧这帮傻瓜有多么开心！
活像给可怜的老鼠下毒，
也是什么了不起的本领！

布朗代尔 老鼠们看来很受你宠爱？

阿特迈耶 他小子既秃顶又大腹便便，
运气不佳心肠就跟着变软！
看见那老鼠肚儿胀得滚圆，
自然而然便与它同病相怜。[①]

（浮士德和靡非斯特上）

靡非斯特 我首先得带领您去
参加酒徒们的欢聚，
让您看看生活多么容易。
这帮家伙每天都在过节。
庸俗无聊，却舒适安逸，
像小猫咬着尾巴转圈子，
人人各得其所，心安理得。
只要他们脑袋不痛，
店主同意继续赊账，
就天下太平，万事大吉。

布朗代尔 那俩小子像是远道而来，
一看那怪样子就可明白；
到此不过才一小时，我猜。

弗洛士 说得很对！我要把咱莱比锡颂扬！

① 司贝尔正失恋，故言。

它不愧为小巴黎，市民都有教养。

司贝尔　你看这俩外乡佬是搞啥的？

弗洛士　瞧好了！咱只要酒一满杯，
就能掏出他们的根根底底，
像拔小孩的牙齿全不费力。
我估计他俩出身贵族家庭，
样子傲慢还愤愤不平。

布朗代尔　准是两个江湖骗子，我打赌！

阿特迈耶　也有可能。

弗洛士　瞧着吧，我去将他们盘问！

靡非斯特　（对浮士德）
小子们永远不识魔鬼本相，
纵然他已把他们攥在手上。

浮士德　先生们，你们好啊！

司贝尔　二位好，谢谢！
（从侧面打量靡非斯特，低声）
这家伙怎么瘸了一条腿？[①]

靡非斯特　可允许咱们一块儿坐坐？
即便没有美酒佳酿可饮，
和诸位聚聚也十分快乐。

阿特迈耶　您先生好像娇生惯养。

弗洛士　你们从利帕赫动身大概很晚？
可先与汉斯先生一道用过饭？[②]

靡非斯特　今儿个咱们和他失之交臂！

---

① 凡人迷信魔鬼长着一条人腿一条马腿，故走起来一瘸一拐。

② 利帕赫，莱比锡西南面的一个村子；汉斯，德国男人最常用的名字之一，故也是德国人的泛指或代称。“利帕赫的汉斯”在当时有愚蠢的乡巴佬儿的意思。

要说聊天那还是前一回。
他谈起表兄弟来没完没了，
还让我代他向你们一一问好。
（朝弗洛士鞠躬）

阿特迈耶 （轻声）
栽了吧！他懂得哩！

司贝尔 一只老狐狸！

弗洛士 喏，别着急，我这就把他套起！

靡非斯特 要是在下我没有听错，
各位刚才正齐声歌唱？
是啊，在这穹隆的屋顶下面，
歌声回荡，悠扬婉转。

弗洛士 您看来才是位行家啊。

靡非斯特 噢，不！能耐很小，劲头倒足。

阿特迈耶 那就给咱哥们儿来上一曲！

靡非斯特 诸位乐意，不妨来一百曲。

司贝尔 只是得最新最新的！

靡非斯特 我们刚去了西班牙，那是个
充满醇酒和歌声的美丽国家。
（唱）
从前有一位国王，
他养了只大跳蚤——

弗洛士 听听！一只跳蚤！你们明白吗？
不过对于我，跳蚤倒是好宾客。

靡非斯特 从前有一位国王，
他养了只大跳蚤，
他十分地疼爱它，

就像是他亲宝宝。
一天他传唤裁缝，
那裁缝迅速赶到。
“给王子量身衣服，
裤子同样得量好！”

布朗代尔 别忘记叮嘱裁缝，
要替我比量精确，
裤子出现了褶皱，
他小子当心脑壳！

靡非斯特 于是乎纨袴绒袍
穿到了跳蚤身上；
它衣襟缀着绶带，
十字架挂在胸前。
不久它当了大臣，
荣获一枚大勋章。
连它的兄弟姐妹
也全都青云直上。
宫中的夫人老爷
一个个叫苦不迭，
王后和宫女一样，
被它们狠咬狠蛰，
而且不许掐它们，
即使痒得了不得。
咱们会一下把它掐死，
要有哪只敢叮咱试试。[①]

---

① 靡非斯特唱的这支《跳蚤之歌》讽刺了封建君王的昏聩无聊，后经俄国的穆索尔斯基等大音乐家谱曲，成了流传全世界的男中音艺术表演歌曲。

众人齐声吆喝 咱们会一下把它掐死，
要有哪只敢叮咱试试。
弗洛士 好啊！好啊！真是太好啦！
司贝尔 凡是跳蚤都该有这下场！
布朗代尔 要捏起指头，逮个正着！
阿特迈耶 万岁，自由！万岁，葡萄酒！
靡非斯特 我原本也乐意为自由干杯，
要是你们的酒不这么酸臭。
司贝尔 什么话？你敢再说！
靡非斯特 我只担心老板会不高兴，
否则就取出咱们的窖酒，
款待款待各位贵客佳宾。
司贝尔 只管取来好啦！有事我负责任。
弗洛士 真弄来好酒，我们定把你夸奖。
只是品尝可得有足够的分量；
须知要我说出酒坏或是好，
喝一大口实在是还嫌太少。
阿特迈耶 （低声）
我觉得他俩来自莱茵河畔。[①]
靡非斯特 请给我找一把木钻！
布朗代尔 拿钻子来有什么用？
莫非门外蹲着酒桶？
阿特迈耶 店堂后有老板的一筐行头。
靡非斯特 （操起钻子，问弗洛士）
说吧，想喝哪种名酒？

① 德国莱茵河沿岸盛产葡萄和美酒。

弗洛士 什么什么？您真有各种酒？

靡非斯特 我让谁都有挑选的自由。

阿特迈耶 （冲弗洛士）

啊哈，你已开始舔嘴唇！

弗洛士 好吧！让我挑我就挑莱茵酒。

咱们国产的美酒最最有品头。

靡非斯特 （在弗洛士座位前面的桌子边上钻一个洞）

快弄些蜡来，马上做塞子！

阿特迈耶 啊，原来是变魔术。

靡非斯特 （冲布朗代尔）

你呢？

布朗代尔 我想喝真格的香槟，

而且要泡沫往外喷！

（靡非斯特钻好洞；一酒徒做好蜡塞，把洞塞上）

布朗代尔 老是排外倒真不行，

国外经常有好产品。

真正的德意志人不妨恨法国佬，

但喜欢喝法国酒也没什么不好。[①]

司贝尔 （靡非斯特走近他的座位）

坦白说，酸的我喝不惯，

请给我一杯，但要真甜！

靡非斯特 （钻孔）

托卡伊酒[②]马上往外流。

阿特迈耶 慢着，先生，请看着我的脸！

我瞅出来，您是逗咱们玩。

---

① 香槟酒（champagne），原产于法国。

② 托卡伊酒，产于匈牙利托卡伊地方的名酒。

靡非斯特 哎！哎！对你们这种贵宾，
那岂不是太放肆了一点儿？
赶快！有啥愿望请直说！
到底哪种酒老哥才喜欢？

阿特迈耶 哪种都行！只是别问个不休。
（孔全部钻好并已塞上）

靡非斯特 （打着怪异的手势）
葡萄挂在葡萄架！
羊角生在羊脑顶！
酒本液体藤本木，
木桌也有酒涌进。
观察自然宜深透！
面对奇迹须相信！
喏，快拔开塞子，尽情痛饮！

众酒徒 （拔下塞子，目睹着各自挑选的酒流进杯中）
哦，多美妙的甘泉啊！

靡非斯特 当心，一滴也别给我洒出来！

众酒徒 （一杯接一杯地喝着，唱着）
咱们喝得实在太舒服，
活像是五百头老母猪！

靡非斯特 这帮小子来了劲儿，瞧他们有多高兴！

浮士德 我可是想要走啦。

靡非斯特 还是先观察观察，
看他们兽性大发。

司贝尔 （不小心把一滴酒洒到地上，变成了火焰）
着火啦！快救火！
地狱烧起来啦！

靡非斯特 （对火焰念念有词）

安静点儿啊，和蔼的元素[①]！

（对众酒徒）

这次嘛还不过是一朵炼狱之火。

司贝尔 搞什么鬼？等着！叫你吃不了兜着走！

看起来，你对哥儿几个还认识不够！

弗洛士 看他再敢给咱们来一次！

阿特迈耶 我想不如干脆叫他滚蛋。

司贝尔 我说老兄，你好胆大，

在这儿玩哄人的戏法！

靡非斯特 住嘴，老酒桶[②]！

司贝尔 你这扫帚杆儿[③]！

还敢口出恶言？

布朗代尔 等着！叫你吃一顿饱打！

阿特迈耶 （拔开桌沿上的一枚塞子，孔中朝他喷出火来）

我烧着啦！我烧着啦！

司贝尔 魔法巫术！

捅死他！这小子不受法律保护！[④]

（众酒徒拔出刀来，冲向靡非斯特）

靡非斯特 （摆出认真的架势）

虚假的形象和言辞，

变换了地点和意识！

既在这儿也在那儿！

---

① 不容生命存在于其中的火是魔鬼的元素，唯有魔鬼能和它和睦相处。

② 酒桶，形容体态矮胖。

③ 扫帚杆儿，形容体态瘦高。

④ 在宗教享有巨大权威的欧洲中世纪，异教徒和施邪法的人不受法律保护，常遭迫害。

（众酒徒呆住了，面面相觑）

阿特迈耶 我这是在哪儿呀？多美的地方啊！

弗洛士 漫山遍野的葡萄！我没看错？

司贝尔 一伸手就摘得着喽！

布朗代尔 在这片绿叶底下，
瞧藤多粗！颗粒多大！
（他抓住司贝尔的鼻子；其他人也互相抓着，并举起刀割）

靡非斯特 （仍一本正经地比画着）
迷误啊，把障眼的魔带摘掉！
魔鬼咋开玩笑，尔等好好记牢。
（与浮士德一同消逝；众酒徒撒手，散开）

司贝尔 这是怎么啦？

阿特迈耶 咋搞的？

弗洛士 这不是你的鼻子吗？

布朗代尔 （冲司贝尔）
可你的倒在我手里！

阿特迈耶 我挨了一下，手脚全麻木！
快给我椅子，我已站不住！

弗洛士 不，快说到底出了什么事？

司贝尔 那小子在哪儿？要让我找到，
他别想活着走出这个屋子！

阿特迈耶 他骑着一只酒桶……飞，飞，
飞出去了，是我亲眼看见……
我的双腿却像灌了铅，没法儿挪动。
（转向桌子）
主啊！可还有美酒在涌进？

司贝尔 通通是骗人的鬼把戏和幻觉！

弗洛士 我却感觉硬是喝到了酒。

布朗代尔 可那些葡萄又是咋搞的?

阿特迈耶 你说，难道真不该相信奇迹?

巫　厨

矮灶里燃着火，上面蹲着一口大锅
锅中热气腾腾，蒸汽里变幻出各种形象
一只长尾母猿蹲在锅旁边撇打浮泡，防止锅内漫溢
公猿带着幼猿围在灶旁取暖
四壁和天花板上挂满了女巫的种种奇形怪状的用具
浮士德和靡非斯特上

浮士德　巫术邪法只令我反感；
在这狂乱荒诞的所在，
你保证我能重获康健？
要我来求教一位巫婆？
说她这脏兮兮的汤药
能使我变年轻三十年？
倒霉，如果你就这两下子！
我已经不存半点儿希望。
难道自然和某个高士
没发现任何妙药灵丹？

靡非斯特　朋友，瞧您又在夸夸其谈！
确实有办法教您再变青年；

只不过它写在另一本书里，
而且自成一章，奇妙非凡。

浮士德 我希望知道究竟是什么。

靡非斯特 好的！这种办法不用花钱，
也无须找医生或巫婆神汉；
您只需马上跑到地头，
开始挖土，动手耕田，
把身体和精神的活动
限制在狭小的圈子里，
饮食同样要非常简单，
和牛马同甘共苦，心安理得，
自己收获，自己把肥料增添。
这就是最好的办法，我相信，
它包您活到八十岁仍像青年。

浮士德 我过不惯这样的生活，
双手也不肯紧握锄头，
狭隘的环境不适合我。

靡非斯特 既如此就只好求教巫婆。

浮士德 可干吗非这老婆子不成！
魔汤难道你自己不能做？

靡非斯特 这真是消磨时光的好办法！
有工夫我不如多多把桥造。[①]
熬魔汤不仅要技术和学问，
还有耐心同样一点儿不能少。
必须长年累月地潜心从事，

① 德国民间迷信传说：魔鬼为造桥的好手，有时为自己造，有时应人们的要求造，代价是第一个或第十三个过桥人的灵魂归他所有。

时间越漫长药效才会越好。
而且需要的原料各式各样，
没有哪一样不是稀罕怪异！
尽管是我魔鬼教会了巫婆，
要亲自动手我却不乐意。
（看见了长尾猿[①]）
瞧，多么机灵的种族！
这是男佣！这是女仆！
（对长尾猿）
好像女主人不在家？

众长尾猿　她正在赴宴，
飞出了烟囱，
还未见返还！

靡非斯特　通常她要耽搁多久？

众长尾猿　要等我们把脚爪暖够。

靡非斯特　（对浮士德）
您觉得这些机灵的畜生如何？

浮士德　这么讨厌的东西我从未见过！

靡非斯特　哪里话，进行刚才这种交谈，
真使我感到无比的快乐！
（对众长尾猿）
喏喏，快告诉我，宝贝儿，
你他妈的在锅里搅些什么？

众长尾猿　咱们在熬周济叫花子的稀粥。

靡非斯特　那来光顾的人一定很多很多。

---

① 长尾猿（Meerkatze），在当时被认为是介乎人与兽之间最聪明的动物。

公　猿　（凑近靡非斯特，设法讨好他）

哦，快来掷骰子，
让我捞上一笔，
从此变得富裕！
我手头太拮据，
只要弄到了钱，
活着就有意义。

靡非斯特　猢狲只要能中彩票，
也会感觉幸福美妙！

（这时候幼猿们玩弄着一只大球，把球滚到了台前）

公　猿　这就是世界，
它时升时降，
滚去又滚来；
响声似玻璃，
破碎何其快！
内部空荡荡，
表面多光彩，
这儿更明亮：
我还活着呢！
爱儿要小心，
快快地走开！
不走准丢命：
球本陶土造，
说炸就炸坏。

靡非斯特　这只筛子有什么用处？

公　猿　你要是一个小偷，
我能立刻认出你。

（跑到母猿跟前，让它透过筛子窥视）
用这筛子透视透视！
要认出一个小偷来，
不妨直呼他的名字！[①]

靡非斯特 （走近火炉）
这只罐子呢？

公猿和母猿 好个乡巴佬！
罐子不认识，
锅也不知晓！

靡非斯特 放肆的畜生！

公　猿 拿走这拂尘，
坐在椅子里！
（强按靡非斯特坐下）

浮士德 （刚才一直站在一面镜子跟前，时而靠近，时而退开）
我瞧见什么？在这魔镜里，
好一位天仙般的美女！
爱神呀，把你的劲翼给我，
让它挟我向她的仙宫飞去！
唉，我要能脱离这地方，
我要有向她走近的勇气，
我要能见她，哪怕在雾里！
这是一个女性最美的形象！
女性怎么可能竟这般美丽！
瞧魔镜中横卧着她的玉体，

---

① 其时德国时兴这种用筛子甄别小偷的装神弄鬼办法：由巫师之流的人手持筛子，口中念咒，同时呼叫可疑人员的名字。据说叫到作案者，手中的筛子便会“自行”转动起来。

难道这不就是天国的化身？[①]
如此姿容尘世间何处寻觅？

靡非斯特 自然喽，造物主六天辛劳，
临完成自己也忍不住喝彩，
他必定会玩出一些个高招。[②]
眼下嘛您尽可以瞧够看饱；
我有法儿给你找这么个宝贝，
谁走运就会当上新郎官，
把心里的漂亮妞儿娶到。
（浮士德一个劲儿地瞧看镜子。靡非斯特四仰八叉地躺在圈椅中，手里摇着拂尘，接着说）
咱坐在这儿像金殿上的国王，
手持王笏[③]，只差把王冠戴上。

众猿猴 （在此之前做出种种稀奇古怪的动作，这时便大声吆喝着，给靡非斯特抬来一顶王冠）
哦，请行个好，
用汗水和鲜血，
把王冠粘粘牢！
（它们行动笨拙，把王冠摔成了两半，抱着它跳来蹦去）
祸事已经闯下！
我们说，我们看，
我们听，我们叹……

浮士德 （冲着镜子）

① 镜子里呈现出古希腊美女海伦的影像。

② 典出《旧约全书·创世记》：上帝创造人类和宇宙万物用了六天，到第七天始得休息。

③ 王笏，靡非斯特所持拂尘为驱赶苍蝇用，而魔鬼又为苍蝇神（Fliegengott）或苍蝇之王，故他称驱蝇的拂尘为“王笏”。

我完啦！我已经快要发狂！

靡非斯特 （指指猿猴）

我也被闹得呀晕头转向。

众猿猴 只要运气好，

只要碰了巧，

办法不用找！

浮士德 （如前）

我已经心急火燎！

咱们得赶快逃掉！

靡非斯特 （姿态同上）

好，您至少得承认，

它们是诚实的诗人。

（这当口儿，母猿没注意搅拌，锅里溢了出来；灶中蹿起熊熊火焰，从烟囱冲了出去。巫婆惊叫着穿过烈火，从烟囱中降落下来）

巫　婆 嗷！嗷！嗷！嗷！

该死的猢狲！该死的猪！

不管好锅子，烧伤主妇！

该死的劣畜！

（看见了浮士德和靡非斯特）

这儿出了什么事？

这俩家伙搞啥的？

你们想要干什么？

怎么溜进咱家的？

小心遭我魔火烧，

一直烧进骨子里！

（把汤勺伸进锅里，将火焰泼洒到浮士德、靡非斯特和众猿猴身

上。猿猴一齐呜咽啜泣）

靡非斯特 （把拿在手里的拂尘掉转头来，用柄敲打坛坛罐罐）

打碎！打碎！

流出汤水！

瓶儿叮叮！

真叫开心！

这节奏，老妖婆，

与你合拍。

（巫婆愤怒而又惶恐，连连后退）

认得我吗？你这骷髅，你这臭女巫！

竟然不认得你的主子和师傅？

谁和我作对，我就狠狠揍他，

定把你和你的猴儿精全打趴。

对这红褂儿你竟不再有敬意？

还有这雄鸡毛你也不知来历？

难道我已藏起我的本来面目？

难道还用我自报姓名、家族？

巫　婆 哦，原谅我失礼了，主师！

要知道我没见您的马蹄子。

还有您那俩乌鸦[①]又在哪里？

靡非斯特 这次就算是便宜了你，

毕竟咱爷儿俩不见面

已经有相当多的时日。

文明把世界舔遍了，

舌头也把魔鬼触及；

① 北欧神话的大神奥丁有两只乌鸦作为信使和随从，后来在民间传说中转化为魔鬼的爱鸟。

北方之魔早已隐遁，
哪儿还有角、尾和爪子？
马蹄嘛我是少不了，
却会让我在人前遭嫌弃；
我装假腿肚已有多年，
就像某些个摩登少年。①

巫　婆　（手舞足蹈）
在舍下与撒旦老爷您重聚，
我高兴得快要把理智失去！

靡非斯特　不许直呼我的名讳，巫婆！

巫　婆　为什么？它对您有啥问题？

靡非斯特　这名字早就写进了神话传说；
然而人类的情形仍旧差不多，
摆脱一个撒旦②，又来许多恶魔。
你称呼我男爵老爷就挺不错；
咱堂堂骑士，和别的骑士一样。
你该不会怀疑咱高贵的血统；
瞧这儿，可佩戴着家族的纹章！
（做一个下流动作）

巫　婆　（纵声大笑）
哈哈！哈哈！瞧您这德行！
您是个流氓，永远老模样！

靡非斯特　（对浮士德）
我的朋友，这门道您得掌握！

---

① 当时男人多穿短裤长袜，瘦削者装上假腿肚以显得健壮。

② 撒旦原为天使，因犯罪堕落，被贬到人间，成了引诱人犯罪的魔鬼。也说他就是在伊甸园中引诱夏娃、亚当偷吃禁果的蛇。

有了它，能够对付众多巫婆。

巫　婆　说说吧，二位老爷需要什么？

靡非斯特　一大杯你那著名的饮料，
不过我要的是陈年货色；
年代越久远，效力越好。

巫　婆　好的！这里就现存有一瓶，
我自己也时不时把它啜饮；
而且已经一点儿臭味没有，
我乐意给二位爷杯里斟满。
（压低嗓音）
可这汉子一旦贸然喝下，
您知道，他就活不长啦。

靡非斯特　他是咱好哥们儿，得殷勤伺候；
我要你献上丹厨的上等美味。
快画你的魔圈，念你的魔咒，
给他斟上满满一杯！

巫　婆　（动作怪异地画了个圆圈，放些奇怪的东西进去。这时，玻璃杯开始叮当作响，锅子也发出音乐声来。她又搬来一部大书，把众猿猴推进圆圈里，让它们有的当祭台，有的掌火把。她示意浮士德，要他走过去）

浮士德　（对靡非斯特）
不不，告诉我，这是干什么？
这荒唐的玩意儿，疯狂的动作，
无聊透顶，纯属骗人的把戏，
在我真是既熟悉又讨厌不过。

靡非斯特　嘿，胡闹！不过为了逗笑；
只是别那么一本正经才好！

充医生她不得不装模作样，
为的是让汤药对您真有效。
（强推浮士德跨进圈）

巫　婆　（装腔作势地大声念书）
你必须记牢！
将一变成十，
二可以不要，
随即得出三，
你于是富足。
四可以舍掉！
由五再由六，
女巫我言道，
弄出七和八，
功德圆满了：
九九归于一，
十等于零蛋。
这便是女巫的九九表！

浮士德　我觉得老婆子胡言乱语发高烧。

靡非斯特　这才开头，结束还很早很早，
我了解，整本书都是这腔调；
为念它，我浪费过许多光阴，
要知道一部自相矛盾的怪书，
聪明人和傻瓜同样莫名其妙。
朋友，艺术永远新鲜又古老。
任何时代都遵循这不二法门：

通过由三归一，再举一反三，①
以谬误充当真理，进行说教。
如此的喋喋不休却无人干涉；
要知道谁又肯和傻子打交道？
话听在耳里，人便习惯认为，
这里边的含意必定真是不少。

巫　婆　（继续念叨）
知识的伟力
寓于全世界！
不假思索者
将得到赠予，
于无所求中
自然地获取。

浮士德　听她胡诌些什么呀？
我脑子简直要炸掉。
耳畔像有万个傻瓜，
在齐声地胡说八道。

靡非斯特　够啦，够啦，我说大仙
快取来你的神奇药汤，
把杯子斟得满得不能再满。
这饮料不会将我朋友损伤，
他是条汉子，头衔多的是，
已喝过不少上等酒浆。
（巫婆做了许多过场，把药汤倒进一只杯子里；
浮士德举杯到嘴边，杯中冒起朵朵火苗来）

---

① 讽刺基督教的“三位一体”说。

靡非斯特 抓紧喝下去！喝！快喝！
它将使您心中充满快乐。
您既已和魔鬼称兄道弟，
难道对火苗儿还有畏惧？[①]
（巫婆除掉了魔圈，浮士德走出圈外）

靡非斯特 赶紧出来！你可不能待着。

巫　婆 但愿这饮料使您感觉不错！

靡非斯特 （对巫婆）
你希望我给你什么报答，
只好等瓦普几斯节再说。

巫　婆 说的比唱的还好听啰！
可是不缺少特殊效果。

靡非斯特 （对浮士德）
快过来，让我给您指导指导；
您绝对有必要出一通大汗，
药力才能把浑身内外渗透。
随后我教您爱好游手好闲，
您很快会感到由衷的欣喜，
当爱神在您心中活蹦乱跳。

浮士德 我只想赶快再看看那镜子！
那女性的身体实在太美丽！

靡非斯特 不！不必！这女性的典范，
她将会活生生地走向您。
（低声地）
瞧着吧，肚里灌了这碗药汤，
看任何娘儿们都跟海伦一样。

---

① 魔鬼相信火是他的元素，如鱼之于水。

街　　头

浮士德上[①]

玛格莉特走过

浮士德　美丽的小姐，可容我冒昧
挽着您的手，送您回家去？

玛格莉特　我不是小姐[②]，生得也不美，
无须谁护送，也能把家回。
（脱身离去）

浮士德　天啊！这小妞儿真叫俊！
这样的美人我从未见过。
如此端庄，如此文静，
却又矜持得教人爱怜。
红红的嘴唇，光滑的脸庞，
我在世之日一定不会遗忘！
那低垂着眼睑的模样儿，
也深深地铭刻在我心上；
还有回绝得如此痛快，

① 浮士德喝过女巫的药汤，已变成一个气血旺盛、风流多情的年轻男子。

② 玛格莉特是一个平民女子，故不以小姐自居。

也实实在在惹人喜爱！

（靡非斯特上场）

浮士德 听着，你必须把这姑娘给我弄来！

靡非斯特 噢，哪一个？

浮士德 她刚才走过去了。

靡非斯特 那个吗？她刚去过神父那儿，
请神父为她彻底办了告解[①]；
我曾偷偷从忏悔间旁走过，
知道这姑娘真是无邪清白。
她去办告解实在是多余，
对这种女子我无能为力！

浮士德 可她已经满了十四岁呀。

靡非斯特 您这口气真像个花花公子，
巴不得好花朵朵都属于您，
自以为想摘什么就摘什么，
不管它是贞操，还是荣誉。
可是啊并非总能随心所欲。

浮士德 我说尊敬的假正经先生，
别再给我搬这清规戒律！
干干脆脆告诉你老兄吧：
如果这甜蜜可爱的人儿
今夜我不能搂她在怀里，
咱俩到子夜就各奔东西。

靡非斯特 行不行得仔细考虑！
仅仅为了瞅准机会，

① 办告解，天主教徒洗刷自身罪过的仪式，即新教的忏悔。方法是教徒向神父或牧师坦陈自身触犯教规的言行乃至思想，以求赦免。通常教徒都跪在教堂中的忏悔间办告解。

至少也需两个星期。

浮士德 我只要能安静七个钟头，
就用不着劳驾你这魔头
去把那可爱的人儿引诱。

靡非斯特 您这话讲得真像个法国佬；
不过呢请您也不要不耐烦：
想摘就摘的果子哪会可口？
好事多磨，只有克服困难，
经过捏弄撮合，逃跑追求，
您才能把那小娘抱在怀中，
那乐趣便会极大而且长久，
如威尔施①小说里常写的有。

浮士德 不用这样我已垂涎欲滴。

靡非斯特 您别责骂，我也不开玩笑。
告诉您吧，对这小美人儿，
操之过急只会把事情搞糟。
莽撞冒失将会是一无所获；
咱们得耐心地用点儿技巧。

浮士德 快给我弄些那天使的饰物！
快把我领到她歇息的所在！
给我弄条戴在她胸前的围巾，
或是一根撩起我欲火的袜带！

靡非斯特 为了表明我理解您的痛苦，
愿帮助您把它减轻、消除，
我不再浪费一分一秒时间，

---

① 威尔施，指南欧的意大利、西班牙和法国等国。

准备今天就领您去她住处。

浮士德 能见到她？得到她？

靡非斯特 不！

她将去邻居家里串门儿。

您呢完全是独自一人儿，

可以提前满足一切欲望，

在她的香氛里尽情陶醉。

浮士德 可以去了吗？

靡非斯特 还早着呢。

浮士德 替我准备点儿送她的礼物。

（下）

靡非斯特 一来便送礼！行！能如愿以偿！

我知道一些好地方，

埋藏着古代的宝藏；

我得去搞上它几样。

（下）

黄　　昏

狭小而整洁的卧室

玛格莉特　（梳辫子，并在头顶上盘起来）

要知道今天那人是谁，
我不怕付出一些代价！
看来倒是仪表堂堂，
必定出身高贵人家；
从他的额头我已能断定——
不然他哪儿会这么胆大。

（下，靡非斯特和浮士德上）

靡非斯特　进来，轻点儿，快进来呀！

浮士德　（沉默片刻）

请你让我一个人待着！

靡非斯特　（四下窥探）

并非每一个姑娘都这么整洁。

（下）

浮士德　（环顾室内）

柔美的暮色啊，我欢迎你！
是你将这圣地弥漫、充溢。

甜蜜的相思咬噬着我的心！
你用希望的甘露维持生机。
小小的居室处处都流露出
宁静、整洁以及自满自足！
哦，贫穷中的富裕充实！
哦，局促中的人间福地！
（倒在床边上的皮圈椅里）
接住我吧，椅子！你曾张开手臂，
接纳先前的人们，在乐时或苦时！
多少次啊，曾经有一群群的儿孙
在这老爷爷的宝座旁倚靠、环立！
没准儿就在此地，为了一点儿圣诞礼物，
我那还长着丰满的娃娃脸的小爱人
吻了祖父干瘪的手，虔诚地表示感激。
哦，姑娘，你那充实和贞洁的精灵，
我仿佛感觉，它正围绕我鼓动羽翼。
像一位慈母，它每日每时给你教导，
教会你把桌上的台布铺得整整齐齐，
甚至还有如何在脚下撒垫白色沙砾。①
哦，可爱的小手，能和天使相比！
陋室因为你而变成了天国，
天国就在此地！
（撩开床帷）
突然啊，我是多么欣喜！
恨不得久久流连在这里。

① 在地面上撒白色的细沙，是当时保持干燥、洁净的常用方法。

自然哟，你在轻梦之中，
便将一位天使造就培育；
姑娘就躺卧这张床上，
酥胸充溢着温暖的生机；
神圣而纯洁的纺车啊，
织造化育出人间的仙女！

可你啊！是什么领你来此地？
我感觉，你已经心醉神迷！
你想干什么？为何心情沉重？
可怜的浮士德，我已不认识你！

此间有迷人香氛将我包围，
我欲占有她是如此情急，
好似沉溺在爱的梦中！
或者只是气压玩的把戏？[①]

倘若此刻她突然进房来，
你将如何向她认罪赔礼？
大丈夫，唉，一下变渺小！
在她面前你将五体投地。

靡非斯特　（上）
快走！我见她已到了楼下。

浮士德　走吧！走吧！从此不再来！

靡非斯特　这儿有只分量不轻的匣儿，

---

① 浮士德怀疑自己心情的变化是受了气压的影响。

我从别的地方弄来了它。
只管把它放进这橱柜里，
我起誓，准乐坏那小娇娃。
我为您放进去一件宝贝，
好把另一个宝贝赚回。
赌博归赌博，钱不能白花。

浮士德 我不知道该怎么办。

靡非斯特 您就问个没完？
也许您想把宝贝留给自己？
要这样我就奉劝您这色鬼
不如把大白天的光阴珍惜，
也省得我再为您奔来跑去。
我希望，您千万别吝啬！
我抓头搓手，好生焦急——
（把匣儿放进橱柜，重新锁起来）
走啊！赶快赶快！
都只为这甜蜜的妞儿
能让您随心所欲去爱。
可您先生的嘴脸神情
却像是正要走进课堂，
面对着灰扑扑的课本，
把物理学和玄学宣讲！
快走呀！
（下）

玛格莉特 （端着灯）
房间里真是热，真是闷，
（推开窗户）

可刚才外边不是这情形。
不明白我怎么会这样子——
真希望妈妈快回到家里。
我浑身上下感到寒冷——
真是个胆小的蠢东西！
（一边脱衣服，一边唱起歌来）

图勒[①]王 从前图勒有一位国王，
他忠诚地度过了一生；
他有一只黄金的酒杯，
是他爱人临终的馈赠。

他视金杯为无上珍宝，
宴会上总用它把酒饮；
每当一饮而尽的时候，
他都禁不住热泪滚滚。
国王眼看自己快死去，
便算计他有多少座城；
他把城市全赐予太子，
单留金杯不给任何人。

海边耸立着一座宫殿，
殿内有座祭祀的高台，
国王在台上大摆宴席，
把周围的骑士们款待。

① 图勒，欧洲传说中的一个极为遥远的北方岛国，也有人揣测为冰岛，但无确证。

这时老酒徒站起身来，
饮下最后的生之烈焰，
然后举起神圣的酒杯，
扔到汹涌的海潮里面。

他望着金杯往下坠落，
见它沉入深深的海底。
随后他合上他的眼帘，
再也不沾那琼浆一滴。①
（打开橱柜放衣服，看见了首饰匣）

这漂亮的匣子从哪儿来？
这衣橱我可明明锁好了。
真怪！匣子里可能有啥？
也可能有谁为了借钱，
把它送给妈妈做抵押。
瞧，带子上挂着钥匙，
我想，我完全可以打开它！
上帝啊，快看，这是什么？
我真是一辈子没见过，
珠宝首饰满满的一匣！
贵夫人戴上好过节赴宴。
这项链由我戴上合适吗？
到底是谁的，这些珠宝？
（用首饰打扮起自己来，走到镜子跟前）

① 图勒王的故事表现了夫妇之间的忠贞不渝，在欧洲流传甚广。值得注意的是，主人公系一男性，并且贵为国王。这在封建时代恐怕主要反映了受压抑的女性的愿望和理想。

这耳环要真是我的就好啦!
戴上它我马上换了容颜。
姑娘哟，美貌能帮你干啥?
你生得再美，长得再俊，
世人也一样地视若等闲，
多半出于怜悯才把你夸。
人人追逐金钱，
样样依赖金钱，
咱们穷人，唉，可怜!

散　步

浮士德若有所思地踱来踱去
靡非斯特向他走来

靡非斯特　屁个爱情！真他妈的头脑发昏！
只可惜不知道怎样咒骂才更狠！
浮士德　怎么啦？干吗发这么大的火？
你这副嘴脸我一生从未见过！
靡非斯特　恨不得让魔鬼马上把我逮走，
如果我自己不是魔鬼的头儿！
浮士德　你脑袋里究竟什么不对劲？
哇哇乱嚷，活像发精神病！
靡非斯特　想想吧，送给格莉琴[①]的首饰，
竟然让一个神父给弄走！
她母亲发现了您的礼物，
心里面立刻便感到发怵：
这娘儿们嗅觉十分敏锐，
呼吸惯了祈祷书的气味，

① 格莉琴，玛格莉特的昵称或爱称，意即小玛格莉特。

屋里的家什，她全要嗅一嗅，
怕有不洁之物，味道不对头。
她心里明白，那些首饰
不会带来幸福而是祸事。
“不义之财啊，孩子，”她叫道，
“将把灵魂束缚，把血液消耗。
我们把它献给圣母马利亚，
却会得到上天赏赐的吗哪[①]！”
小玛格莉特撇撇嘴，心想，
对别人送的礼有啥好挑剔，
可不是嘛！人家如此慷慨，
哪儿能坏心肠，不信上帝？
母亲立即请来一位神父，
神父还没听完这件奇事，
已急不可待，欲饱眼福。
他道：“这考虑确实挺好！”
要想占有宝物，必须能够镇住。”
教会的肠胃真十分强大，
能整吞下一个个的国家，
从来没啥时候会吃不消；
信女们啊，所以只有教会，
能把这不义之财消化掉。

浮士德　这就叫天下乌鸦一般黑，
犹太佬和国王同样贪财。

靡非斯特　镯子、项链、戒指通通收去，

① 吗哪，摩西带领以色列人出埃及时所得到的天赐的食物，典出《旧约全书·出埃及记》。

好像只是些破烂玩意儿，
表示感谢也是勉勉强强，
跟拿了一篮核桃差不离，
答应给她们上天的报偿——
母女俩因此放心又满意。

浮士德 格莉琴现在怎样？

靡非斯特 她坐卧不宁，惶惶不安，
不知自己想干什么，该怎么干，
白天黑夜都想着那些首饰，
更思念那位送礼的男士。

浮士德 爱人苦闷教我心里难受。
马上再去给她弄一些来！
前一次的实在还不太够。

靡非斯特 行啊！对老爷您一切不过儿戏！

浮士德 那就动手，按照我的吩咐，
还要想法勾搭上她的邻妇。
魔鬼做事本不该拖拖沓沓，
快快去弄一只新的首饰匣！

靡非斯特 好，我的老爷，一定遵命。
（浮士德下）

靡非斯特 这样一个痴情的大傻瓜，
为了逗他的小爱人开心，
不惜炸毁太阳、月亮和星星。
（下）

邻妇家

玛尔特独自一人

玛尔特　求主宽恕我亲爱的丈夫，
他实在是有些对不住我！
一个人满世界东游西荡，
丢下我在家中做活寡妇。
我可从来没给他添烦恼，
真心地爱着他，上帝知道。
（哭泣）
没准儿他已死啦！——我好命苦！
真那样，至少也该有张死亡证书！
（玛格莉特上）

玛格莉特　玛尔特太太！

玛尔特　什么事，格莉琴？

玛格莉特　我差点儿没跪下去！
我又发现了一只匣子，
紫檀木做的，在衣柜里，
匣内东西比上次还多，
而且都很贵重很精致。

玛尔特 这次可千万别对你妈讲，
要不她会马上送去教堂。

玛格莉特 哦，你瞧瞧！哦，你瞧瞧！

玛尔特 （替玛格莉特戴首饰）
嘿，你呀真是个有福的姑娘！

玛格莉特 可惜我既不能戴上街，
也不敢去教堂赶礼拜。

玛尔特 你只管经常上我家来，
悄悄把这些首饰佩戴；
对着镜子走上个把小时，
咱们同样会心情愉快。
等到将来有过节的机会，
你再慢慢地让人把眼开：
先戴条项链，再加对耳环。
你妈准不注意，注意到也好交代。

玛格莉特 可送两匣首饰的究竟是谁？
这事总教人觉得不怎么对！
（有人敲门）

玛格莉特 天哪！可能是我妈妈。

玛尔特 （从窗帘缝中窥视）
是一位陌生的先生——进来！
（靡非斯特上场）

靡非斯特 这么冒冒失失来到府上，
一定得请二位太太原谅。
（对玛格莉特敬而远之[①]）

---

① 玛格莉特清白无邪，身上有一股令魔鬼生畏的正气。

我来找玛尔特·施韦德兰夫人！

玛尔特 我就是，先生您有啥事情？

靡非斯特 （低声对玛尔特）

能够认识您，已很荣幸；

府上眼下正好有贵宾。

请原谅我的唐突冒昧，

我准备下午再来拜会。

玛尔特 （粗声大气）

哈哈，你猜怎么着，姑娘，

先生他把你当成一位千金！

玛格莉特 我只是一个穷人家的孩子；

先生心太好啦，哦，上帝！

这些首饰珠宝可不是我的。

靡非斯特 嘿，并非仅仅因为这些首饰；

还有敏锐的目光，高贵的举止！

真是高兴啊，能够留在这里。

玛尔特 先生到底有什么事？恳请……

靡非斯特 真希望带来的是好消息！

但愿您别因此生我的气；

您丈夫死了，他让我问候您。

玛尔特 死了？我的心肝！天哪！

我的丈夫死啦！我还活什么哟！

玛格莉特 唉！好姐姐，不要太难过！

靡非斯特 听我讲讲他悲惨的情况！

玛格莉特 我宁可一辈子不谈恋爱，

免得生离死别、痛断肝肠。

靡非斯特 乐中定有苦，

苦中定有乐。

玛尔特 请把他临终的情形告诉我！

靡非斯特 他安葬在了帕多瓦[①]，
紧靠圣安东尼墓旁，
他安息的凉爽卧榻
就在那神圣的地方。

玛尔特 您别的什么也没带给我吗？

靡非斯特 带啦！一个大大的、难于兑现的
请求：得为他做三百场弥撒！
除此我兜儿里啥东西也没有。

玛尔特 什么？没点儿看得的？没件首饰？
哪怕是讨饭，哪怕饿肚皮，
为了给未亡人留一点儿纪念，
任何小手艺人也会省下点儿啥！

靡非斯特 夫人，我打心眼儿里为您遗憾；
不过呢，他也真没胡乱花钱。
而且对自己的过失很是悔恨，
是的，他比你更怨命运的不幸。

玛格莉特 唉，人活在世上太不幸了！
我一定为他多做几次祈祷。

靡非斯特 您真是一个可爱的姑娘，
似乎已该马上找位新郎。

玛格莉特 噢，不，眼下根本谈不上。

靡非斯特 即使不嫁人，找个情人无妨。
能把心爱的人儿抱在怀里，

---

① 帕多瓦，意大利北部的一座小城，城里有著名的圣安东尼墓地。

实在是老天最大的奖赏。

玛格莉特 我们这地方可没这种风俗。

靡非斯特 什么风俗不风俗！

反正我行我素。

玛尔特 还是请您讲讲我丈夫的事吧！

靡非斯特 我站在他临终的卧榻前，

那是一堆腐草，只比垃圾稍好，

他身为基督徒，临终时才发觉，

在这尘世他欠的孽债实在不少。

"天哪，"他大叫，"我真恨自己，

竟这样把我的事业和老婆抛弃！

唉！回首往事，心痛欲碎！

但愿她今生别再把我怪罪！"

玛尔特 （哭泣）

我的好人啊！我早已原谅他。

靡非斯特 "可上帝知道，她比我有更多罪过！"

玛尔特 他撒谎！哈！快进坟墓还把胡话说！

靡非斯特 自然喽，他奄奄一息说着胡话，

我呢只勉强听明白意思是啥。

他讲："我并没有虚度光阴，

先给她搞出些娃娃，再把面包挣；

所谓面包，是从最广义上讲，

我自己却未把应得的一份安享。"

玛尔特 他竟忘记了所有恩爱，所有忠诚，

还有我的日夜操劳和艰辛！

靡非斯特 也不是，这些他对你衷心感激。

他说："当我离开马耳他岛，

我曾虔诚地为老婆和孩子祈祷；
那一天赶上天公也还算作美，
我们的船截获了土耳其运输队：
满满一船献给大苏丹的珍宝，
勇敢者自然不会没有犒劳。[①]
我也得到了自己应得的一份，
公平合理，要说真不少。”

玛尔特 什么什么？在哪儿？
没准儿埋起来了吧？

靡非斯特 鬼知道在东南西北的哪旮旯。
不过一位漂亮女郎挺关心他，
当他在那不勒斯漂泊、流浪；
她给了他许多的恩爱和情意，
他临终之时还痛在心上。[②]

玛尔特 这个恶棍！忍心抛弃亲生骨肉！
我们的一切困苦，一切不幸，
都不能阻挡他去堕落、鬼混！

靡非斯特 是嘛！他把命都玩掉了。
要是我处在您的位置呢，
我会用一年把他哀悼，
然后便留心另把爱人找。

玛尔特 上帝啊！再找第二个人，
像我这故去的前夫那样！
很难再有如此痴心的傻瓜。
他只是太喜欢东游西荡，

① 玛尔特的丈夫实际上在外边当海盗。

② 暗示患了性病。

迷恋外国娘儿们和外国酒，
还经常进出该死的赌场。

靡非斯特 好啦好啦，就这么拉倒，
要知道从他那一方面，
对您恐怕也原谅不少。
以此为条件，我起誓，
我愿与您换订婚戒指！

玛尔特 哦，先生您真爱开玩笑！

靡非斯特 （自言自语）
到时候我自然会溜之大吉！
这婆娘甚至想魔鬼守信义。
（对格莉琴）
小姐您现在心里怎么想？

玛格莉特 先生这话是什么意思？

靡非斯特 （自语）
这丫头真是无邪又善良！
（提高嗓门儿）
再见了二位，太太小姐！

玛尔特 哦，请先生马上告诉我！
我希望有张证明，写出我的心肝
何时、何地、因何亡故并且安葬。
我这人办事一向讲究个规矩，
想把丈夫的讣告登在《周报》上。

靡非斯特 好的，太太，有两个证人讲话，
事实真相便能取信于大家，
我还有一位很风雅的伙伴，
为了您我愿带他去见法官。

我这就去找他。

玛尔特 哦，拜托拜托！

靡非斯特 这位姑娘呢，是不是也来一下？

挺不错的小伙子，见过世面，

对小姐们总表现得温文尔雅。

玛格莉特 见到那位先生我会满脸绯红。

靡非斯特 即使见任何国王也不用激动。

玛尔特 那么我们今晚恭候二位，

在我房子后边的花园内。

街　头

浮士德，靡非斯特

浮士德　怎么样？行不行？可有希望？

靡非斯特　好极啦！瞧您已经心急火燎。
不久格莉琴就会投入您怀抱。
今晚便带您去邻妇玛尔特家见她；
这娘儿们满身的浪气，
生来就是为了拉皮条。

浮士德　这倒不错！

靡非斯特　不过，也要咱们给帮点儿忙。

浮士德　这叫投桃报李，理所应当。

靡非斯特　我们只需出具有效的证明，
证明玛尔特的丈夫的遗骸
已安葬在帕多瓦的圣地旁。

浮士德　太妙啦！咱们得先来趟长途旅行！

靡非斯特　神圣的单纯①！那有啥要紧？
不明不白照样可以做证。

---

① 神圣的单纯（Sancta Simplicitas），拉丁语。15世纪捷克著名的宗教改革家扬·胡斯受教会旧势力迫害，被处以火刑。他看见一个老信女往火堆上添柴，便发了这个后来成为典故的感慨。

浮士德 没更好的主意事情肯定吹了。

靡非斯特 我的圣人啊，您叫难改本性！
未必这是一生中头一回，
您信口开河，出具伪证？
对上帝、对世界和世间的活动，
对人、对人头脑和心中的感情，
难道您不曾努力地下定义？
不是心高气傲，胆大妄为？
可您反躬自省，就得承认：
跟对她丈夫之死的了解一样，
您对世界和人也是头脑昏昏！

浮士德 撒谎！诡辩！你本性难移！

靡非斯特 对啊，可您不知其二，只知其一。
难道明儿个您不会去欺骗愚弄
老老实实的可怜的格莉琴，
对这个姑娘许下海誓山盟？

浮士德 然而是发自内心深处。

靡非斯特 好！妙！
接着还有永恒的忠诚和爱情，
独一无二、强烈炽热的冲动——
难道它们也是发自内心？

浮士德 够啦！干就是！——我觉得，
对于心中纷乱如麻的感情，
我努力搜索却未找到名称，
只得全心全意去体验世界，
把一切最崇高的词语搜寻，
而对燃烧在我心中的情焰，

只好称它无穷、无限、永恒，
难道也是魔鬼的欺诈行径?

靡非斯特 我反正没说错!

浮士德 听着！记住就是——
请别再教我费劲伤神——
谁自以为是，巧舌如簧，
就肯定会不输只赢。
得啦，我讨厌老讲废话，
算你对，我真是别无他法。

花　园

玛格莉特挽着浮士德的手臂，
玛尔特陪着靡非斯特，
双双在园子里踱来踱去

玛格莉特　我感到，先生您纡尊降贵
只出于怜悯我，叫我惭愧。
在外旅游者大多爱献殷勤，
不管她对不对自己口味。
先生您见多识广，我很清楚，
听我平淡的谈话您准乏味。

浮士德　姑娘一言一瞥都意味无穷，
对于我胜过世间所有贤哲。
（吻她的手）

玛格莉特　别难为自己啦！怎么能吻我的手？
它那么不干不净，又粗又厚！
什么脏活儿累活儿我全得干！
妈妈她对我要求可是十分严。
（走过台前）

玛尔特　喏，先生，你们干吗总往来奔波？

靡非斯特 唉，职业和义务迫使我们如此！
要离开有些地方也真教人难过，
巴不得能够留下来多住些日子！

玛尔特 这么在世界上游游荡荡，
年轻的时候倒也无妨；
可时移世易，命运不佳，
老光棍独自走向坟墓，
那滋味儿谁乐意品尝。

靡非斯特 从长远看，确实感到可怕。

玛尔特 所以先生该及时想想办法。
（走过台前）

玛格莉特 是的，不见面也就会忘掉！
你们已经习惯于逢场作戏；
再说先生有的是知交好友，
他们的修养哪一个我好比？

浮士德 噢，亲爱的，那所谓修养，
它常常不过是浮夸和浅薄。

玛格莉特 怎么讲？

浮士德 唉，心地单纯和天真无邪
从来不识自身的神圣价值！
谦卑和恭顺因此成了
自然给予人最高的赏赐——

玛格莉特 只要您有一会儿想着我，
我便会对您念念不忘。

浮士德 您多半经常一个人在家里？

玛格莉特 是的，我们家倒是家务不多，
尽管这样还是得有人干活儿。

我们没有女仆；做饭扫地，
织织缝缝，我从早忙到晚。
而对所有这些家务事，
我妈她都特别啰唆！
倒不是她非得这么俭省度日，
我们原本比别人更富裕阔绰：
父亲留下了一笔可观的遗产，
再加城外一个园子，一幢小楼。
不过眼下我倒清清静静；
我的哥哥正在服兵役，
我的妹妹已离开人世。
为照顾她我确实吃够苦头；
这孩子实在是招人爱怜，
我愿再为她受苦已不能够！

浮士德 她若像你，也定是位天使。

玛格莉特 我带她长大，她打心眼儿里爱我。
父亲死后，她才来到人世。
当时母亲已病得不成样子，
我们都觉得不再有什么希望，
她却慢慢慢慢活了下来。
尽管如此，母亲也不能想象
自己去喂养那可怜的孩子。
于是我独自把她抚养，
用牛奶兑水充当乳汁。
她蹦跳嬉戏在我膝上，
一天天在我怀里成长。

浮士德 您一定感到无比的幸福。

玛格莉特 不过也熬过许多艰难时日。
夜里她的摇篮靠在我床边，
只要她稍微动一动，
我立刻就没法儿入眠。
一会儿喂她奶，一会儿哄她睡，
一会儿抱起来拍着摇着在屋里
走来走去，直到她不再哭泣。
一大早便起来洗洗涮涮，接着
又上菜场买菜，下厨房做饮食，
如此日复一日，永远没有个完。
老这样，先生，有时也感心烦；
不过吃饭倒挺香，睡觉倒挺甜。
（走过）

玛尔特 可怜我们女人也遭到拖累，
要老光棍回心转意实在难。

靡非斯特 不过我能否浪子回头，
全看你们女人的手腕。

玛尔特 直说吧，先生，您从未找到过对象？
您的心没有被拴牢在任何地方？

靡非斯特 常言说得好：金银珠宝再好再多，
也不如自家的炉灶，贤惠的老婆。

玛尔特 我是问，您从来没动过心吗？

靡非斯特 到哪儿人们都对我礼遇有加。

玛尔特 我想说，您从来没有当真过？

靡非斯特 和女性交往岂可闹着玩。

玛尔特 嘿，您没明白我的意思！

靡非斯特 那我觉得真是件憾事！

不过我明白——您心眼儿挺好。

（走过）

浮士德 我一进花园，哦，小天使，

您就把我认出来了吗？

玛格莉特 我马上垂下眼帘，您没瞧着？

浮士德 那天您从教堂里出来，

我实在有些鲁莽唐突，

请问您是否把我宽恕？

玛格莉特 我很狼狈，从未碰见过这种事情；

谁也不能责备我的品行。

唉，我当时想，难道你的举止

有啥叫他觉得轻佻和不正经？

所以嘛他才会一时兴起，

径直拿这妞儿开心开心。

我坦白承认！不知为什么，

当时心中也对您有些动情；

不过呢肯定我挺生自己的气，

我气自己没有对您更凶更狠。

浮士德 亲爱的！宝贝儿！

玛格莉特 等一等！

（摘下一朵翠菊，一片一片地扯掉花瓣）

浮士德 这是干什么？做花球吗？

玛格莉特 不，只是闹着玩。

浮士德 怎么玩？

玛格莉特 去去！您会笑我的。

（一边扯下花瓣，一边嘀咕）

浮士德 你嘀咕些啥呀？

玛格莉特 （稍许大声一点儿）

他爱我——他不爱我。

浮士德 好个纯洁的天使啊！

玛格莉特 爱——不爱——爱——不爱——[①]

（扯下最后一片花瓣，欣喜异常）

他爱我！

浮士德 是的，我的乖乖！让这花的谜语

成为神的证言：他——爱——你！

你可明白我的意思，他爱你！

（握住她的双手）

玛格莉特 我浑身战栗！

浮士德 哦，别害怕！让这目光，

让这紧紧相握的双手

告诉您我难言的情意：

倾心爱恋，我感到欣悦，

这欣悦之感绵绵无尽期！

永生永世！——穷尽意味着绝望。

不，永无尽期！永无尽期！

玛格莉特 （紧握他的双手，随后挣脱，跑掉。浮士德站着沉思片刻，然后去追赶姑娘）

玛尔特 （上）

夜色已经降临。

靡非斯特 是啊，我们也要告辞了。

玛尔特 我真想留你们多待一会儿，

无奈这个地方实在不行。

---

① 当时恋爱的人习惯以数花瓣的方式来占卜。

左邻右舍好像都无所事事，
好像都没有什么正经营生；
死死盯着人家的一举一动，
他们动辄就会乱嚼舌根。
咱们那一对儿呢？

靡非斯特 飞跑上了那条小道。
像鸟儿一样快活逍遥！

玛尔特 他像已经喜欢上她。

靡非斯特 她也喜欢他。
世界原本就这样。

园中小亭

玛格莉特跳进亭中，藏在门后，
手指尖按在嘴唇上，从门缝往外窥视

玛格莉特 他来了！
浮士德 （上）
嘿，你这淘气精，竟敢招惹我！
看我不逮住你！
（他吻玛格莉特）
玛格莉特 （也抱住他亲吻）
我的好人儿！我打心眼儿里爱你！
（靡非斯特敲门）
浮士德 （气得跺脚）
谁呀？
靡非斯特 好朋友！
浮士德 畜生！
靡非斯特 该走啦！
玛尔特 （上）
是啊，先生，够晚的了。
浮士德 我可以送你吗？

玛格莉特　妈妈她会——再见！

浮士德　我一定得走？

再见！

玛尔特　回见！

玛格莉特　但愿很快再见！

（浮士德和靡非斯特下）

玛格莉特　仁慈的主啊！这样的男人

他什么会考虑不周到！

在他面前我只感到羞愧，

他要什么都只能说好。

我是个可怜的傻女孩呀，

不明白他爱我为哪般。

（下）

森林和岩洞

浮士德 （独自一人）

崇高的精灵[①]啊，你并没有
白白在火中向我显露容颜，
而赐予了我请求得到的一切。
你把壮丽的自然给我做王国，
赐予我力量去享受和体验。
不只让我冷静而惊讶地探访，
还准我深入造化幽邃的胸怀，
就像窥探一位挚友的心田。
你领芸芸众生从我眼前走过，
你指点我，教我在静静林间、
在空气和流水里把同类发现。[②]
当狂飙咆哮林中，哗哗地
把参天巨松撼倒，附带着
挤压塌周遭的枝丫和树干，
引出山冈沉浊、空洞的呼喊，
你就领我走进安全的岩洞，

① 精灵，指第一场出现的地灵。

② 在生气勃勃的野外，浮士德心胸开阔，获得对生命的新认识和感悟。

让我反躬自省，于是我胸中
邃密的奇境豁然展现眼前。
随后我眼前升起一轮皓月，
遥遥地给我抚慰：在岩壁间，
从湿润的林莽里便缥缥缈缈，
呈现出古时候的银色姿影，
缓解了我静观内省的渴念。
我终于领悟，人生没有什么
十全十美。你让我享受到
与神们越来越接近的欢乐，
却给我个再也离不开的伙伴；
给我个冷酷而放肆的家伙。
他使我自惭形秽，还用空话
把你给我的恩赐彻底抹杀。
他忙不迭地扇起我胸中烈火，
让我一心把那个美女[①]牵挂。
我踉跄在渴慕和享乐之间，
享乐中又心生更强的渴慕。
（靡非斯特上）

靡非斯特 这样的生活您大概已过腻？
老这么下去您怎么会欢喜？
偶尔试一试自然倒是挺好，
不过随即得来点新东西！

浮士德 我希望，你有更多的事可干，
上好的日子，干吗惹我心烦！

① 美女，指他在女巫的魔镜中见过的美女形象。

靡非斯特　得！得！我乐意让您一人清静，
只是说起话来也别一本正经。
您这位伙伴刻板、粗暴又任性，
离开了实在也没什么好伤心。
一天到晚忙得不亦乐乎！
老爷喜欢什么，不喜欢什么，
您教人永远也捉摸不定。

浮士德　听听，你这是什么口气？
你惹我讨厌，还要我感激。

靡非斯特　可怜的凡夫俗子，没有我，
您的日子过得像什么样？
不是我把您治愈，恐怕您
还沉溺在乱七八糟的空想里；
没有我，您说不准早已
从这个地球上销声匿迹。
您干吗像只猫头鹰一样，
整天枯坐在山洞和岩缝里？
您干吗要学习那癞蛤蟆，
从湿岩和霉苔把养料汲取？
这么个消遣法真叫不坏！
看来呀博士您旧性未改。

浮士德　流连在荒野，你哪理解
给了我何等新鲜的生命力。
是啊，要对我的幸福稍有预感，
你这鬼滑头哪会再领我来这里？

靡非斯特　真是幸福快乐如在天堂！
彻夜地露宿在高山顶上，

把大地和天空拥在胸膛，
妄自尊大，以神灵自居，
深入地心，凭借着空想，
感受六日之伟业①于方寸，
鬼知道傲然将什么乐享，
转眼间来他个泛爱万物，
干净而彻底地超凡脱俗，
最后把那高尚的本能②——
（做个猥亵动作）
我不便说是什么——根除。

浮士德 呸，恶心！

靡非斯特 这么讲当然教您不高兴；
您有理由正经地呸上一声。
须知正经的心里念念不忘，
却不便对正经的耳朵点明。
总之我给您这享受的机会，
让您好不时地想入非非；
不过坚持不了多长时间。
您又会变得疲惫不堪，
要再拖下去一定不耐烦，
不忧心忡忡也发痴发癫。
够啦！你的宝贝待在家里，
百无聊赖，郁郁寡欢。
她对您真个念念不忘，
爱你实在是非同一般。

① 指上帝用六天创造宇宙万物，典出《旧约全书·创世记》。

② 暗示人的性欲。

您开始爱她爱得发狂，
如解冻的溪流汹涌泛滥；
您已把爱情注入她心中，
自己却熄灭了爱的火焰。
我想大老爷您最好别再
稳坐林中，装神充王，
而是去找那年轻的妹子，
把欠她的相思债偿还。
可怜她真是一日三秋，
整天价呆立在窗户旁边，
仰望浮云飘过古老城垣。
“我要是只小鸟儿！”①
她夜以继日唱个没完，
一会儿高兴一会儿悲伤，
一会儿更两眼泪汪汪，
随后好像是平静下来，
可仍旧深情地把您想。

浮士德　你这条毒蛇！毒蛇！

靡非斯特　（自语）
行！我又把你逮住了。

浮士德　该死的东西！给我滚开，
别再提起那美丽的女郎！
别让我贪恋她甜美的躯体，
我的知觉本来已近乎疯狂！

靡非斯特　这咋行？她认为您已逃跑，

① 这是当时流行的一支德国民歌中的一句，紧接着的歌词是：“要也有两只翅膀，我就飞到你的身旁。”

难道您真让她说准了？

浮士德 我近在她的身旁；就算远离，
也永远不会把她抛弃、遗忘。
是啊，她的唇就算吻主的躯体，
在我心中也会燃烧起妒忌。

靡非斯特 对啊，朋友！我也常心怀嫉妒，
嫉妒您那玫瑰花下的双生小鹿。[①]

浮士德 滚！你这皮条匠！

靡非斯特 好！您骂吧，我只觉得可笑。
上帝一造出男人和女人，
立刻认定这是最崇高的职业，
并亲自为他们把机会创造。
快走啊，您真他妈要命！
是要您去您宝贝的卧室，
不是要您去忍受死刑。

浮士德 躺在她怀抱里真是令人销魂！
我偎依着她的酥胸温暖身心！
我不是一直感觉到她的痛苦？
难道我不是逃兵、亡命徒？
不是一个永远漂泊的无赖？
不就像一挂愤怒狂奔的瀑布，
从峭岩到峭岩，落进深谷？
一旁的她却天真而又懵懂，
住着阿尔卑斯山间的小屋，
生活在一个小小的天地里，

① 典出《旧约全书·雅歌》第三首："你的两乳好像百合花中吃草的一对小鹿，就是母鹿双生的。"路德的德译本中将"百合"译成了玫瑰。

终日忙着各式各样的家务。
我这个上帝厌恶的坏蛋，
我冲垮、卷走岩石，
把它们摔打成碎末，
却仍旧不感到满足！
还非得葬送她、她的安宁！
还要把她当牺牲送进地狱！
快帮我缩短这可怖的时光，魔鬼！
必须发生的，就让它马上发生！
我愿承担她不幸的罪责，
随她坠入深渊，走向毁灭。

靡非斯特 又热血沸腾，又情焰高烧！
快进去诓诓她呀，您这呆鸟！
小可怜儿的一旦看不见出路，
马上就会想到一了百了。
愿勇敢坚持的人长命百岁！
平日里您可算是已入魔道。
身为魔鬼竟然也灰心丧气，
我看世间没啥比这更糟糕。

格莉琴的卧室

格莉琴独自坐在纺车旁

格莉琴 我已失去安宁，
我的心儿烦闷；
我再也找不回
失去了的宁静。

没了我的爱人，
死一样地冷清；
世间所有一切
通通叫我寒心。

我可怜的头脑
已经狂乱颠倒，
我可怜的心智
已经破碎枯槁。

我已失去安宁，
我的心儿烦闷；

我再也找不回
失去了的宁静。

我伫立在窗前，
翘望着心上人；
我奔出了家门，
一心将他找寻。

他的步履豪迈，
他的仪态高贵，
他唇边常带笑，
他眼里闪光辉，

他的谈吐优雅
如同潺潺小河，
难忘啊他的吻，
和他手的紧握！

我已失去安宁，
我的心儿烦闷；
我再也找不回
失去了的宁静。

胸中充满渴望，
催我去他身旁。
要是能找到他，
一定搂住不放！

我要将他亲吻，
吻个心满意足，
即使吻得窒息，
我也全不在乎！

玛尔特的花园

玛格莉特，浮士德

玛格莉特 答应我，亨利！

浮士德 什么都行啊！

玛格莉特 告诉我，你怎么看待宗教？
你是个心地很善良的人，
可我想你对它看法不好。

浮士德 别谈这个，宝贝！你知道我对你好；
为了爱人我可以流血牺牲，
也不想破坏谁的感情和宗教。

玛格莉特 这还不行，自己还必须有信仰！

浮士德 必须？

玛格莉特 唉！我真希望能说服你！
你竟然不屑于参加圣礼。

浮士德 我对它们心存敬意。

玛格莉特 可不存在渴望。
你已久未去赶弥撒，办告解。
你到底信不信上帝？

浮士德 我亲爱的，谁又敢讲：

“我信仰上帝？”
不妨去问教士或圣者，
他们的回答呀，看来
只会是对问者的揶揄。

玛格莉特 这么说你是不信喽？

浮士德 别误解我，可爱的人！
对他谁敢直呼其名？
谁能自以为，
我对他虔信？
谁能有所感悟，
并且敢于说出：
我就是不信神？
这包容万物者，
这维系万物者，
他不是包容维系着
你、我和他自身？
头顶，天不是浑然穹隆？
脚下，地不是平稳凝定？
不是有永恒的星辰升起，
慈蔼地将人间照临？
我不是凝视着你的眼？
万物不都在涌向
你的头，你的心？
不都永远神秘地、
有形无形地活动在你附近？
让它们充满你的整个心胸，
当你完全陶醉于这种感受，

你就可以随心所欲地
称之为幸福！心！爱！神！[①]
对他我却无以名之！
感情即是一切；
名称不过是声响，
是环绕日光的云影。

玛格莉特 道理嘛都说得十分美妙；
和神父讲的也不差多少，
只是言辞不一样罢了。

浮士德 在充满阳光的尘世上，
善良人无处不这么讲，
但谁都用自己的言语；
干吗我又不能不一样？

玛格莉特 你的话听起来也差不离，
可是我总感觉还有问题；
要知道你毕竟不信上帝。

浮士德 可爱的宝贝！

玛格莉特 我早已感到心里不舒服，
看见你和那样的人搅在一起。

浮士德 怎么啦？

玛格莉特 那个你常带在身边的人，
他教我打心眼儿里感到厌恶；
一生中没有任何东西
如此刺痛我的心，
像此人那可憎的面目。

---

① 浮士德的这一段表白，充分显示了他和作者歌德本人的泛神论即无神论的世界观。玛格莉特误以为它近似神父的说教，两者实际上有本质的差别。

浮士德　宝贝，别担心他！

玛格莉特　他一来我便心神不宁，
平素我可善待所有人；
然而每当我渴望见到你，
对他的恐惧便油然而生，
并认为他一定是个坏蛋！
上帝饶恕，要是我冤枉了好人！

浮士德　这样的家伙也肯定有。

玛格莉特　和他交往我从来不肯！
他每一次跨进门来
就东张西望，含讥带讽，
而且有些个盛气凌人；
显然对什么都不抱同情。
他的额头上分明写着，
他不喜欢信仰虔诚的人。
在你的怀抱里我感到
如此快活、自在、陶醉，
他一来我立刻心中发紧。

浮士德　你呀，真是个敏感的小天使！

玛格莉特　这感觉已完全把我控制，
只要他一朝我们走来，
我甚至觉得不能再爱你。
一见他我便没法儿祈祷，
心灵深处仿佛被噬咬，
你呀，亨利，想必也如此。

浮士德　那是你对他反感！

玛格莉特　现在我必须离去。

浮士德 唉，难道我就不能
安安静静在你怀中躺一小时，
和你紧紧地心胸相偎相依？

玛格莉特 唉，可惜我不是独自就寝！
今夜我乐意为你打开房门；
只是呢我妈妈睡得不沉：
咱俩要是让她给碰见了，
我会立刻没有了小命儿！

浮士德 我的天使，这不要紧。
这儿有一小瓶安眠药！
只要倒三滴进她的饮水，
包管她一觉睡到天明。

玛格莉特 为了你我什么不能干啊？
但愿不会对她健康有损。

浮士德 要那样我还会劝你，心肝！

玛格莉特 亲爱的，只要看见你，
不知怎么我便百依百顺；
我为你已做了许许多多，
再没什么不能做的事情。
（下，靡非斯特上）

靡非斯特 那小妞儿，她走啦？

浮士德 你又偷听了吗？

靡非斯特 我听了，而且听得详细分明，
博士先生接受了教义的考试；
希望这没使您觉得扫兴。
姑娘们全非常注意，想知道
您是否循规蹈矩，是否虔诚。

她们想，
虔诚的男人肯定温顺。

浮士德 你这怪物没办法洞悉，
这忠诚而可爱的人儿
唯有一个信念在心里。
只有这信念使她幸福，
她又因它自苦，总以为
会把自己的心上人失去。

靡非斯特 您这超肉欲的纵欲的追求者，
一个小姑娘已教您心醉神迷。

浮士德 你这火焰和粪土合成的怪胎！

靡非斯特 姑娘她对相面术倒真是很精，
在我跟前不知怎的总不自在，
是我的嘴脸泄露了我的隐情；
她感觉出，我准是一位天才[①]，
或者甚至就是魔鬼本身。
喏，今天夜里——

浮士德 与你有什么相干？

靡非斯特 我嘛自然也感到欣喜！

---

① 天才（genie 或 genius），是德国狂飙突进运动时期常挂在人们嘴边的一个时髦名词，意即有坚强个性和特殊禀赋的人。人们以崇尚天才的形式来号召个性解放。靡非斯特自命为天才，按当时的理解不能说完全没有道理。

井　　旁

格莉琴和丽丝馨带着水壶

丽丝馨　压根儿没听见芭芭拉的事吗？
格莉琴　一点儿没有。我很少和人往来。
丽丝馨　肯定喽，西碧勒今天才告诉我的嘛！
她到头来也一样上了当。
还自以为多了不起！
格莉琴　怎么啦？
丽丝馨　发臭啦！
她现在吃喝都喂养着俩。
格莉琴　唉！
丽丝馨　活该她到头来受这报应。
跟那小子一直纠缠不清！
让人家陪着散步，
赶舞会，逛乡村，
在哪儿都出风头，
喝的是葡萄酒，吃的是肉饼；
自以为是个大美人，
脸皮厚得毫不害羞，

竟然接受他的礼品。
拉拉扯扯，搂搂抱抱；
一朵花儿终于凋零！

格莉琴 可怜的丫头！

丽丝馨 瞧你还同情她！
当咱们整天蹲在纺车旁，
到晚上母亲也不让出门，
她却跟情郎甜甜蜜蜜地待在
黑暗的过道，门前的长凳，
一点儿也不感到时光难混。
这下活该她抬不起头来喽，
只好穿着囚衣去忏悔罪行！[①]

格莉琴 他肯定会娶她的。

丽丝馨 他有那么傻！机灵小伙儿
到别处照样海阔天空，
他也早溜得无影无踪。

格莉琴 真坏！

丽丝馨 就算她嫁给他，也没什么好。
青年们会扯烂她的花冠，
咱们会在她门前撒碎草！[②]
（下）

格莉琴 （走回家去）
往常别家的姑娘有失检点，
我责骂起她们来多么大胆！
舌头从来没打结的时候，

---

① 基督教徒十分重视所谓童贞，未婚怀孕被视为大罪。

② 旧时德国陋习。对于婚前已怀孕生产的女子，在行婚礼时人们常以此法进行羞辱。

对人家的过错毫不留情面！
黑的总嫌它还不够黑，
恨不得再给添油加醋，
以示自己清白和幸福美满。
现在自己也丢人了吧！
然而——实在可爱，实在美好，
主啊！那让我铸成大错的根源！

内外城墙之间的巷道

壁龛中供着一尊痛苦圣母像①，
像前摆着几只花瓶

格莉琴 （插鲜花于瓶中）

你苦难深重的圣母，
请俯下你的圣颜，
垂怜我的痛苦！

你利剑穿心，
怀着千般哀伤，
仰望儿子殉难的惨状。

你仰望着天父，
发出声声的哀叹，
为了他的和你的苦难。

可对我所受的

---

① 指正在哀悼被钉在十字架上的耶稣的圣母马利亚塑像。为表现她的悲痛，雕塑家常在她心口象征性地插上一把剑。

彻骨的痛楚，
谁又有同感?
只有你知道，唯有你知道，
我可怜的心儿为何发怵，
为何战栗，有什么期盼!

我无论走向何处，
都难受，难受，难受，
在这心胸里边!
只要一人独处，唉，
就痛哭，痛哭，痛哭，
哭得心碎肠断。

今天清晨，
我在我的窗前，唉，
为你采摘这些鲜花，
曾用泪水把花浇洒!

一大清早，
朝阳刚照进我小房，
我已坐在床上，
悲伤又凄凉。

救救我！帮我摆脱
耻辱和死亡!
苦难深重的圣母啊。
请垂怜我的不幸哀伤!

夜

格莉琴家门前的街道

瓦伦廷 （士兵，格莉琴的哥哥）

我常常参加朋友的饮宴，
没少听众人吹牛扯淡；
他们一个个在我的面前，
起劲儿地把少女之花称颂，
同时一个劲地把杯干——
我胳臂肘支撑着餐桌，
沉着冷静地一旁坐着，
笑眯眯地捻着胡须，
听凭小子们胡扯乱说；
随后端起一大杯酒，
说道："谁爱怎么活怎么活！"
不过呢，全国有哪个女子
比得上我亲爱的妹妹？
配给格莉琴她端茶倒水？
于是咣咣当当！举座喧腾！
一些人喊道："说得对，

她使全体女性感到荣幸！”
这一下夸夸其谈者全哑啦。
现在可好！——我恨不得
扯光自己头发，不再见人！
任何无赖都可以谩骂我，
讥讽我，对我嗤之以鼻！
我就像个赖债的家伙，
听人说什么都冷汗直沁！
我恨不得给他们一顿饱打，
却没法儿把他们的话否认。

是谁过来啦，那么蹑手蹑脚？
一行两个人，如果我没看错。
是那小子我定立刻抓住，
准让他别再想把命活！
（浮士德和靡非斯特上）

浮士德 就像在圣器室的彩窗前，
有长明灯向上忽闪忽闪，
越往两旁光线越见暗淡，
黑暗步步向前方进逼，
我胸中也如黑夜一般。

靡非斯特 我焦躁虚弱像只小猫，
偷偷地爬过了救火梯，
再悄悄地把院墙绕；
偷一偷嘴，交一交尾，
这在我完全符合节操。
须知后天又是瓦普几斯之夜，

我已经是技痒难耐，
预感到过节的美妙，
准备要狂欢个通宵。

浮士德 我看见那后边华光闪闪，
莫非有宝藏正冒出地面？

靡非斯特 你即将从地下取出那钵，
并因此感到意外的惊喜。
最近我往里边瞟了一眼，
它盛满了漂亮的银狮子①。

浮士德 没有首饰，没有指环，
让我把心爱的人打扮？

靡非斯特 这种玩意儿我发现有一件，
好像是那串珍珠项链。

浮士德 好啦！去会她不带礼物，
我心里实在感到痛苦。

靡非斯特 其实您不用于心不安，
能占的便宜为啥不占！
让我贡献一件艺术真品，
趁眼下满天繁星璀璨：
我要给她唱首道德之歌，
好更有把握地把她蒙骗。
（抱着齐特尔琴自弹自唱）
一大清早啊，
小卡特琳，
你干什么

① 银狮子，铸有雄狮纹饰的银币。中世纪人们多相信可以意外地从地底下掘到宝藏，歌德就写过一首著名的叙事诗《掘宝者》。

来到情郎的家门？
不行啊，不行！
他放你进去时
还是少女，
出来已变成妇人。

你千万得当心！
一成好事，
便道再见，
女孩儿啊真可怜！
你们要自爱，
就别给任何小偷
献出一点儿真情，
除非戒指已戴稳。

瓦伦廷 （冲出来）
该死的家伙！骗子！
你在这儿勾引谁？
先砸烂你这鬼琴！
再打肿你的臭嘴！

靡非斯特 琴碎成两半！

瓦伦廷 整个已完蛋！

靡非斯特 这下轮到你的脑袋被砸烂！
博士先生别跑！振作精神！
紧紧跟上我，我有办法。
快拔出您的拂尘[①]来呀！

① 拂尘，指佩剑。

只管冲刺！由我招架。

瓦伦廷 你就招架吧！

靡非斯特 我干吗客气？

瓦伦廷 再看这个！

靡非斯特 没问题！

瓦伦廷 我看这家伙是个魔鬼！
怎么？我的手麻木啦！

靡非斯特 （叫浮士德）
快刺啊！

瓦伦廷 （倒下）
哦，天哪！

靡非斯特 这小子现在老实啦！
赶快！咱们得马上离开：
有人已在叫抓凶手，抓凶手。
我尽管善于对付警察局，
却逃不过血腥的制裁[①]。

玛尔特 （探出窗口）
来人啊！来人啊！

格莉琴 （在窗口）
快拿灯来！

玛尔特 （同前）
只听见在吵，在骂，在打，在杀。

众　人 那地上已死了一个！

玛尔特 （走出家门）
凶手呢？逃走了吗？

---

① 指杀人者被法庭以上帝的名义判死刑。

格莉琴　（走出门来）

谁躺在那儿?

众　人　你妈养的儿子。

格莉琴　万能的主啊！这是造的什么孽？！

瓦伦廷　我要死了！很快，

很快就要死了。

你们这些娘儿们喊啥？哭啥?

还不过来，听我给你们讲!

（众人把他围住）

我的格莉琴，瞧，你还年轻，

还远远不够聪明,

把自己的事情弄糟啦!

我老老实实地告诉你:

你已经成了个婊子,

而且是自作自受啊。

格莉琴　哥哥！上帝！怎么这样骂我?

瓦伦廷　别把上帝牵扯进来!

可悲的事情已经发生,

结局怎样已由不得你。

一开始你勾搭上一个,

很快他们便蜂拥上门,

要是开头已经有一打,

马上嫖客会挤满全城。

一旦结下了耻辱之果,

你只好将它偷偷养活,

还得扯起黑夜的纱幕，
将它的头脸掩藏包裹；
是的，你真想把它杀死。
纵然它能活下来长大，
也终将暴露身世形迹，
面目绝不会变得美丽。
偏偏它样子越是丑陋，
倒越是喜欢出人头地。

我真已经预见到未来，
正派的市民全鄙弃你，
都将你这个妓女回避，
像回避带病毒的尸体！
当他们盯着你的眼睛，
你心中便不由得战栗！
再不会让你戴金项链！
再不准你在祭坛旁站立！①
再不许你穿着挑花衣裙，
到舞会上去春风得意！
你只能在阴暗的角落，
和乞丐残疾人混在一起。
即使是上帝将你饶恕，
这世上也没你容身之地！

玛尔特 快求上帝饶恕你的灵魂！
你难道想遭更大的报应？

① 在中世纪的德国，失去贞操的女子被禁戴金首饰和禁穿华丽的衣服，也不得参加宗教仪式。

瓦伦廷　你这拉皮条的无耻婆娘，
我真想扑到你干瘪的身上！
我要狠狠给你一顿饱打，
好把我的罪过通通清偿！

格莉琴　哥哥！我好命苦啊！

瓦伦廷　我说，别哭天抹泪啦！
一旦你抛弃自己的清白，
就给了我的心致命一击。
我作为堂堂的一名军人，
不惜一死，为走近上帝。
（死去）

大教堂

安魂弥撒，管风琴伴着合唱
格莉琴站在人群当中
恶灵立于她身后

恶　灵　格莉琴啊，你大大地变了，
不再像从前那样纯洁无邪，
不再来到这祭坛的面前，
手捧翻得破损了的经书，
一半出于戏耍之心，
一半怀着对主的信仰，
口中喃喃地把经念！
格莉琴啊！
你的头脑哪儿去了？
你的心中怎么会有
如此深的负罪感？
你为你母亲的灵魂祈祷？
是你害得她痛苦长眠！①

① 为与情人幽会，格莉琴给母亲误服了过量的安眠药，母亲于睡眠中死去，没能办告解。按照基督教的信仰，她因此要带着生前的罪孽长期在地狱中受苦。

谁的鲜血洒落你家门槛？
——而且你的腹中
不是已经在蠕动膨胀，
不是已使你和它恼火，
因为预感到眼前的灾难？

格莉琴 唉！唉！
这些萦绕我脑中的思想，
这些内疚自责，
我真恨不能抛到一旁！

合　唱 等天怒之日来临，
世界将化为灰烬。①
（管风琴声）

恶　灵 怒火将你攫住！
喇叭发出哀鸣！
坟墓纷纷震颤！
而你的心
从死灰中
被重新震醒，
去经受炼狱中
烈火的酷刑！

格莉琴 我真想逃离这里！
那管风琴的鸣响
教我快要窒息，
那唱诗班的合唱
教我胆寒心悸。

---

① 合唱的圣诗为拉丁文。天怒之日，指上帝横怒地进行末日审判的时候。

合　唱　一旦末日审判开庭，
一切隐私都将暴露，
一切罪行都被严惩。①

格莉琴　多么憋闷啊！
墙壁的列柱
将我紧逼！
穹隆的屋顶
将我压抑！——闷气！

恶　灵　躲起来吧！罪孽和耻辱
终将暴露无遗。
想要空气？想要阳光？
可悲啊，你！

合　唱　可怜的罪人有啥可说？
我该求谁来替我开脱？
正义之人也难免咎错。②

恶　灵　你的嘴脸会使
圣洁者转身规避。
与你握手会使
清白者胆寒恐惧。
可悲啊！

合　唱　可怜的罪人有啥可说？

格莉琴　高邻，您的药瓶③——
（晕倒）

---

① 合唱的圣诗为拉丁文。

② 合唱的圣诗为拉丁文。

③ 当时妇女们常随身带着盛有提神香盐的小药瓶，以防在公众场合打瞌睡或者眩晕。

瓦普几斯之夜[1]

哈尔茨山中，施尔克和厄伦特[2]的附近

浮士德，靡非斯特

靡非斯特 您可想骑上一把长长的扫帚？
我希望有强壮的公羊当坐骑。[3]
还远着呢，离咱们的目的地。

浮士德 只要觉得两腿还有气力，
这根拐杖就够令我满意。
缩短路程有啥意义！
在迷宫似的山谷中徐行，
再攀上这些个峭岩，
看崖头涌泉似珠帘倒挂，
倒使崎岖山径无限风情！
白桦林间已经春意融融，

---

① 瓦普几斯（Walpurgis），原为德国艾希施台特地方的本笃会修女院院长。她生前品德高尚，抵制巫术，受到民众爱戴，779年逝世后成为天主教的圣女。每年5月1日是她的纪念日。德国民间传说：每年在瓦普几斯祭日的前夜，妖魔鬼怪都要在哈尔茨山中的布罗肯峰聚会狂欢，对圣女瓦普几斯代表的正统教会不无挑战和示威之意。

② 施尔克和厄伦特，去布罗肯峰的两个必经之地，悬崖、密林、沼泽当道，当时行走十分危险。

③ 西方民间传说中的魔女多以扫帚、叉棍、公羊为坐骑。

甚至松树也感到了春天；
我们的腿脚该也有感应？

靡非斯特 对春天我确实毫无感觉！
我体内还像冬天般寒冷；
倒希望一路上雪压霜裹。
天空中升起红色的残月，
那么悲凉，那么暗淡冷清，
赶路的人难以迈开脚步，
不时地撞着岩石和树干！
容我召来一团鬼火吧！
我见那边有团燃得正欢。
喂，伙计！能不能来这边？
干吗白白在那儿燃烧？
劳驾你，照着我们往上登攀！

鬼　火 敢不从命，只希望能克服
区区这天生的轻佻习性：
我啊总是弯来拐去地前进。

靡非斯特 哎，哎！你想向人类学习；
照直走吧，看在魔鬼的分儿上！
否则我把你的小命儿吹熄。

鬼　火 我看出您是咱家的主子，
乐意遵从您的调遣指使。
不过请想想今天的乱劲儿，
要我鬼火在山中给您带路，
就请别要求太苛刻严厉。

浮士德、靡非斯特、鬼火（交替歌唱）
我们好像已经进入

梦幻和魔法的领域。
好好带路，争取荣誉!
让我们迅速地前进，
到达广阔荒凉的去处。

看树林紧接着树林
飞也似的向后退去，
峭崖纷纷弯下腰背，
长鼻岩好似鼾声大作，
山风呼呼如同喘息!

漫过石滩，流经草地，
大小溪流向山下奔去。
是水声潺潺？歌声袅袅?
还是呢喃的爱的怨诉，
还是极乐天国的音调?
是我们的爱和向往，
如同那些古代的传说，
在持久地共鸣回响。

呜呼！呜呼！声音渐近，
是野枭、田凫和松鸦
彻夜不眠地在那儿啼鸣?
是腿杆长肚子大的蝾螈
在茂密的草莽中穿行?
树根如同一条条长蛇，
在沙石岩壁间盘绕蜿蜒，

伸出一根根怪样的带子，
要吓唬我们，束缚我们；
粗壮的枯树像活了过来，
把乌贼似的长长触手
一齐伸向旅人的头顶。
成群的形形色色的老鼠，
在苔藓和荒冢中逡巡。
还有密密麻麻的萤火虫
挤挤挨挨地在空中飞旋，
为的是把旅人诱入迷津。
请告诉我该如何行事，
是止步呢，还是前进？
眼前的岩石和树木
全在旋转，在扮鬼脸；
还有鬼火也不断增多，
不断膨胀，没了没完。

靡非斯特 大胆地抓牢我的衣襟！
我们已到了中部峰顶。
瞧那山间的闪闪金光，
我想您定然又喜又惊。

浮士德 奇异的光焰闪烁谷中，
熠熠然如红色的晨曦！
光华逐渐向深渊渗透，
一直射到了谷底里去。
这儿雾气腾腾，浓烟滚滚，
那儿云蒸霞蔚，光华灿烂，
随后渗流出一条细细火线，

随后迸涌出一道金泉。
它蜿蜒曲折流了一段路程，
让千百条支流在谷中弥漫，
眼下到了一处逼仄的犄角，
又突然汇聚成一条大川。
于是附近火星四射，
好似金沙飞洒九天。
快瞧啊！那整个一面峭壁，
仿佛都已经被点燃！

靡非斯特 财神爷为过瓦普几斯节，
宫殿装饰得多辉煌漂亮？
你能目睹它真叫作幸运；
我已感受到来客的狂放。

浮士德 旋风多么猛烈地刮过空中，
抽打得我这后颈好生疼痛！

靡非斯特 您得抓紧岩壁老朽的肋骨，
不然会跌进无底的深谷。
雾霭使夜色变得更加浓重。
听，林中的怪响震耳欲聋！
猫头鹰被惊得四处飞窜。
那常青的宫殿的圆柱
也噼噼啪啪纷纷折断。
碎裂的枝叶嘁喳低吟，
倾倒的树干声似雷鸣！
拔断的根须吱呀作声！
混乱可怕如天翻地覆，
断树残枝堆叠在一处，

狂风呼啸着，咆哮着，
掠过废墟一片的峡谷。
你可听见来自高空的声音？
在远方？在附近？
是的，在整个山中，
荡漾着狂野的魔怪的歌声！

众魔女 （合唱）
残梗黄黄，幼苗青青，
魔女们便来到布罗肯。
那儿正举行盛大聚会，
高踞上首是乌良[①]先生。
乱石枯枝被踩在脚下，
魔女屁臭，羊骚难闻。

声　音 包玻[②]老母独自前来，
胯下的母猪已怀幼崽。

合　唱 当尊敬者就该对他尊敬！
包玻夫人快请！请先行！
老母她骑着一头肥母猪，
一大群魔女紧紧随其后。

声音一 你来走的哪条路？

声音二 我越过伊尔泽崖[③]！
曾瞅了瞅猫头鹰的窝，
见它一双眼瞪得贼大！

声音三 哦，见鬼！

---

① 乌良（Urian），魔鬼撒旦的别名。

② 包玻（Baubo），希腊神话中的谷物女神得墨忒耳的乳娘，以淫荡著称，故在此作为淫秽的魔女的代表。

③ 伊尔泽崖，布罗肯峰背面的一处危岩。

跑这么快干吗？

声音四 我被擦破了皮，

你只看看好啦！

众魔女 （合唱）

道路宽广而又漫长，

干吗挤得疯了一样？

扫帚戳加上叉子刺，

憋死婴儿，弄破肚肠。

众魔男 （半数合唱）

咱爷们儿行进慢如蜗牛，

娘儿们全都赶到了前头。

须知每次去魔头府造访，

捷足先登总是这些婆娘。

另一半 我们对此并不怎么在乎，

就算娘儿们超出一千步；

不管她们如何紧走快跑，

到达目的男人只需一跳。

声　音 （在上方）

快走，快走，快从湖里上来！

声　音 （自底下）

我们愿意一起飞到空中。

我们洗啊，洗得一身溜光，

可惜永远不能接代传宗。

双方合唱 风儿无声，星儿隐去，

朦胧的月儿乐意回避。

群魔齐声呼啸，

火星喷溅如雨。

声　音　（自下方）

等一等！等一等！

声　音　（自上方）

谁在那岩缝里呼唤？

声　音　（在下方）

带我同行！带我同行！

我已经苦苦攀登三百年，

却没法子爬上这峰顶。

我渴望和同类一起向前。

双方合唱　要么骑扫帚，要么骑拐杖，

要么骑叉棍，要么骑公羊；

谁今天要是飞不起来，

那他就永远没有名堂。

半吊子魔女（在下方）

我步履急促，久久追赶；

其他人已跑出老远老远！

我待在家中心神不定，

来这儿却又落在后面。

魔女合唱　油膏给魔女壮胆，

破布权当做风帆，

是木槽尽可作舟；

要飞腾只有今天。

双方合唱　一旦绕过这个山巅，

我们就将飞临地面。

让魔女们纷纷散落

在一片辽阔的荒原。

（群魔降落）

靡非斯特 挤挤撞撞，扯扯拉拉！
叽叽咕咕，嘁嘁咔咔！
闪光喷火，发臭发烧！
魑魍世界，妖魔天下！
抓紧我！否则咱俩各分东西。
您在哪儿啊？

浮士德 （远远地）
在这里！

靡非斯特 什么！已被拖去那边？
这么说我得行使家族的权力。
闪开！福兰[①]老爷驾到！小子们都滚一边去！
这儿，博士，抓住我！好，用力一跳，
咱们就可摆脱这推攘拥挤；
即便对于我辈，也疯狂得过了火。
那边有什么闪着异样的光芒，
那灌木丛有什么将我吸引。
走吧！走吧！咱们快钻进林子里。

浮士德 矛盾的精灵！走吧！我随你指引。
可我想这真叫聪明得无以复加：
在瓦普几斯之夜来逛布罗肯峰，
为的是避开尘世，寻觅宁静。

靡非斯特 快瞧那些五颜六色的火焰！
定是有谁在快活地联欢。
圈子虽小，可并不孤单。

浮士德 可是我更乐意去那顶上。

---

① 福兰（Voland），古德语里魔鬼的别名。

那儿已见火与烟升腾飞旋。
魔男魔女正蜂拥向魔王；
有些个哑谜定然会被揭穿。

靡非斯特 可也会产生一些新的哑谜。
您就让大世界驱驰奔忙吧，
我们不妨从宁静中得到安逸。
在大世界中营造众多小世界，
人类的传统历来便是如此。
瞧那儿年轻的魔女一丝不挂，
只有年长者聪明地遮住身体。
看在我面上，要和和气气；
花力气不多，却大有乐趣。
我听见仿佛有乐器在奏响！
吵得要死！不习惯又能怎样？
走吧！走吧！没有别的办法，
我在前边开路，领您进去，
帮您重新结识一位美娇娘。
说什么，朋友？这场面不小。
往那边瞧瞧！几乎无边无际。
成百上千的篝火一字排开，
跳舞闲聊，烹饪痛饮，加上做爱；
告诉我哟，哪儿有什么更痛快？

浮士德 为引荐我们，你眼下打算
用魔术师还是魔鬼的身份？

靡非斯特 虽然我十分习惯微服出行，
可过节谁不愿拿勋章示人？

我尽管没有表功的箍袜带[1]，
这马脚在家族却荣耀十分。
你可瞧见那蜗牛？它正慢慢
爬向我们；已用它的触手，
嗅出了我的某种非凡身份。
即使想否认我也否认不了。
快走吧，从篝火走向篝火，
我当保媒者，你做求婚人。
（走到几个围着快燃尽的炭火坐着的老魔身旁）
诸位老先生，干吗远远待在边上？
我啊真希望你们被围在中央，
和青年们一块儿饮宴、狂欢；
想独自待着谁都有的是地方。

将　军[2]　谁还能对民众心存信赖？
你对他贡献再多也没用；
须知民众就像那班娘儿们，
永远只把年轻小伙儿青睐。

大　臣　而今眼下世人太不成体统，
所以我把善良的古人赞颂；
那可是真正的黄金时代呀，
不是吗？咱们说啥全管用。

暴发户　当年咱们也真的不愚蠢，
常干些原本违法的事情；
眼下而今可全调了个个，
咱们想安分守己也不成。

---

① 暗示英国国王爱德华三世于1348年设立的嘉德勋章，这种勋章形似他情妇的蓝色箍袜带。

② 以下这些现实生活中实有的人物，都是歌德所憎恶的时代落伍者。

作　家　当今之世内容好些的作品
几乎已经没有什么人肯读！
要说那些可爱的青年啊，
真是自以为是得一塌糊涂。

靡非斯特　（突然变得老态龙钟）
我觉得世人已快受末日审判，
因为我是最后一次来登魔山；
既然我的酒桶已浑浊不清，
这个世界也眼看快玩完。

卖旧货的魔女　先生们请别急着走开！
机不可失，失不再来！
仔细瞧一瞧我的货色，
那真称得上丰富多彩。
要说我店中的存货嘛，
没哪件不是举世无双，
没哪件不曾把人类戕害，
没哪件不曾叫世界遭灾。
没一把匕首不鲜血淋漓，
没一只酒杯未盛过毒汁、
割断健康人的命脉；
没一件首饰不曾引诱淑媛，
没一柄宝剑不曾斩断盟誓，
不曾从背后将对手狠刺。

靡非斯特　我说姑奶奶，你太跟不上时代！
发生的已过去！过去的已发生！
要改弦易辙，花样翻新！
新玩意儿才能把咱们招徕。

浮士德　唯愿我别忘记了自己！
这场面我看像是赶集！

靡非斯特　整个人流一齐往上涌，
您以为在挤人实际上是被人挤。

浮士德　那到底是谁呀？

靡非斯特　好好看看她！
她就是莉莉丝[①]。

浮士德　谁？

靡非斯特　亚当的前妻。
要留神她美丽的头发，
她这独一无二的饰物。
年轻人休想很快逃脱，
一旦她用它把你缠住。

浮士德　那边坐着一老一少两个女人，
看样子舞已跳得颇为尽兴。

靡非斯特　今天晚上可别指望休息。
走，咱们抓紧！已奏起新的舞曲。

浮士德　（带着年轻女子跳舞）
我曾做过一场美梦，
梦见了一棵苹果树；
两个苹果[②]闪耀枝头，
引诱我向树上爬去。

美　女　打从在乐园的时候起，
你便对苹果垂涎欲滴；

---

① 莉莉丝（Lilith），古犹太传说中人类始祖亚当的前妻，后被夏娃顶替而沦为魔鬼，以诱惑男人、伤害儿童为能事。

② 苹果和下文中的窟窿都隐喻女性身体器官，靡非斯特和老魔女的对答无疑下流秽亵。

因为高兴我十分激动：
苹果也长在咱园子里。

靡非斯特 （带着老婆子跳舞）
我曾做过一场噩梦，
梦见一棵裂开的树；
树上有一个大窟窿，
窟窿再大我仍受用。

老婆子 对于你这位马脚骑士，
我要致最诚挚的敬意；
你要是不嫌弃窟窿大，
就请把粗塞子准备起。

臀部见鬼者[①] 该死的东西！竟敢肆意妄为？
鬼怪的腿脚永远正常不了，
我不是早就向你们做过证明？
你们竟跳起舞来，像我们其他人！

美　女 （跳着舞）
这人到底来舞场干吗？

浮士德 （舞蹈着）
嘿！这家伙无所不在。
别人怎么跳，得他来评价。
要是他不能把每一步评到，
这一步就干脆算是没跳。
他最气的是咱们跳向前方。

---

① 影射与歌德同时代而稍长的德国作家尼古拉（Friedrich Nicolai，1733—1811）。此人虽为启蒙主义者，但思想偏于陈腐刻板，曾对青年歌德的成名作《少年维特的烦恼》滥施抨击，拟作《少年维特的欢乐》以示对抗和嘲弄。自称患有因脑部瘀血而致的白日见鬼症，后用让蚂蟥在臀部吸血的奇法治愈。歌德很讨厌他，在作品中不止一次地对他进行讽刺。

他认为差强人意的是
你们一个劲儿地原地打转，
就像他的那个老磨房；
特别高兴你们对他表示景仰。

臀部见鬼者 你们还在跳！真是闻所未闻！
快滚！经过启蒙咱们眼亮心明！
魑魅魍魉一概不问任何法规。
咱们很聪明，特格尔[①]却仍在闹鬼。
我可早已开始清除迷信愚妄，
但总除不干净，真太不像样！

美　女 那就住嘴，别再叫我们厌烦！

臀部见鬼者 我可当面告诉你们妖魔鬼怪，
我很不喜欢精神领域的独裁；
它不是我的心灵所能够忍耐。
（其他人继续跳舞）
今天我看不会有任何收获：
不过也总算是到此一游，
希望在最后离开这里之前，
能够制伏那些诗人和魔头。

靡非斯特 他马上就会去坐到水潭里，
这是他减轻痛苦的老办法；
一旦蚂蟥在他屁股上猛吸，
他的精灵和精神就会痊愈。
（对离开了舞伴的浮士德）
干吗丢下那美丽的少女？

① 特格尔（Tegel），在柏林郊区。传说 1793 年此地洪堡家族的府邸中曾有鬼怪出没。

您与她边舞边唱多惬意！

浮士德　唉！唱着唱着，从她嘴里
蹦出一只红色的小老鼠！

靡非斯特　这挺不错！不用计较细节；
只要不是灰老鼠就够好啦，
寻欢作乐时哪管什么颜色。

浮士德　我还看见——

靡非斯特　什么？

浮士德　靡非斯特，你可看见那远处
孤零零地站着一个美丽的少女？
脸色那么苍白，步履那么缓慢，
脚上好像戴着沉重的刑具。
我不能不承认，我觉得
她像是我善良的格莉琴。

靡非斯特　别理睬她！否则谁都不好办。
那只是没生命的影子和虚幻。
与她接触绝对没有好处；
她凝滞的目光会使人血凝固，
使人整个变成一尊石像；
像你知道的梅杜萨[①]那样。

浮士德　她的眼睛确实跟死人一样，
没有爱人的手去将它闭上。
那真是格莉琴曾献给我的酥胸；
那娇嫩躯体确实曾让我受用。

靡非斯特　那只是魔法，您这容易上当的傻瓜！

① 梅杜萨（Medusa），希腊神话中的蛇发女怪，目光能把人变成石头。

要知道谁都会把她当作自己的娇娃。

浮士德 何等幸福啊！何等痛苦！
我怎么也避不开她的注目。
奇怪，竟用一根细细的红绳，
一条宽度不超过刀背的红绳，
装饰着她这美丽的脖颈！

靡非斯特 完全正确！我看也是这样。
她还可以把脑袋夹在腋下，
因为珀尔修斯已将它砍下。
别只管在这里痴想！
让咱们去那座小山冈；
那儿热闹得像普拉特[①]游乐场。
如果我没有受蒙骗，
那儿确实有好戏看。
可到底有何剧目上演？

剧务总监 戏马上又要开幕。
一出新戏，七部中的最后一部；
此地已习惯上演这么些剧目。
编剧是位业余爱好者，
也是业余演员参加演出。
诸位原谅我这就失陪，
因为已该我拉开大幕。

靡非斯特 很好，在布罗肯峰上与你相遇，
要知道啊这个地方正适合你。

---

① 普拉特（Prater），维也纳近郊著名的游乐场，至今仍为到维也纳的观光客必游之地，在德语文学中常被写到。

瓦普几斯之夜的梦[①]

插剧

舞台监督 米丁[②]的能干的孩子，
咱们今天休息休息。
用苍山幽谷做舞台，
来搬演咱们的戏剧！

报幕人 结婚须经过五十年，
才配称作金婚礼；
可要是能和和睦睦，
这金婚我更觉可喜。

奥布朗 若有精灵在我近旁，
此时此刻就请现形；
仙王他和他的仙后，
夫妇俩相爱又相亲。

① 或名奥布朗和提泰妮娅的金婚礼。这段被称作“插剧”的戏中之戏，从题名到主要情节都显示出受了莎士比亚的《仲夏夜之梦》的影响。仙王奥布朗和仙后提泰妮娅从反目到和好的情节，即出自这部莎剧。

② 米丁，魏玛业余剧场的舞台设计和舞台监督，在 1782 年逝世之前与歌德时有往来，歌德把他写在剧中不无纪念之意。

迫　克[①]　迫克旋转着凑上前，
款步悠悠舞姿翩翩；
随后跟着成百舞者，
和他一道尽情狂欢。

爱丽儿[②]　爱丽儿放声来歌唱，
悠扬婉转天籁一样；
歌声引来许多丑类，
也引来美丽的女郎。

奥布朗　夫妻要想和和睦睦，
就应该向我们学习！
想要夫妻恩恩爱爱，
只需要使他俩分离。

提泰妮娅　丈夫发火妻子埋怨，
那就只管抓住他们，
把妻子打发到南方，
把丈夫送去最北边。

管弦乐队一齐奏响　（最强音）
蚊子哼哼，苍蝇嗡嗡，
青蛙蟋蟀藏在草丛中——
至爱亲朋一道把乐奏，
鼓号齐鸣能把天地动！

独　唱　瞧那边过来一个风笛！
像肥皂泡一般鼓鼓的。
鼻子长得又平又扁的，
只听它一个劲嗒嗒嘀。

---

① 迫克，民间传说里的一个小精灵，伶俐而狡猾，也是《仲夏夜之梦》中的一个角色。

② 爱丽儿（Ariel），莎剧《暴风雨》中的精灵。

还在修炼的精灵 蜘蛛脚杆蛤蟆肚皮，
小翅膀配上小身躯！
虽说凑不成小动物，
却可以凑成歪诗句。

一队小伙伴 时而跳跃，时而细步，
穿过芳馨，踏过甘露；
你纵然脚步急匆匆，
却也到不了天空中。[①]

好奇的旅行者[②] 难道不是化装舞会？
难道我看花了眼睛？
今天在此竟见到他——
奥布朗美丽的天神！

正统教徒[③] 既没利爪也没长尾！
不过仍旧毫无疑问，
就像希腊的那些神，
他也肯定是个魔鬼。

北方的艺术家[④] 我今天所把握住的
确实只是一些素描；
但已在及时做准备，
去意大利游历求教。

道貌岸然者 到这儿来我真不幸：

① 以上这四节诗都意在讽刺德国当时的一些平庸低能却妄自尊大的文艺界人士。

② 似影射和讽刺著有《德国和瑞士游记》的“臀部见鬼者”尼古拉。

③ 影射歌德之友，诗人施托尔贝格（F. LG. Stolberg）。他在放弃自由思想后改信基督教旧教天主教，从正统的立场出发批评席勒的抒情诗《希腊众神》，认为这些异教的神乃是伪装的魔鬼。

④ 对于南国意大利而言，德国确系北方。和所有德国的文艺家一样，热爱绘画艺术的歌德也对意大利充满向往之情，并不止一次前往游历。

这场面实在叫荒淫！
一大群巫女的中间，
仅仅两人喷了发粉。

年轻魔女[①]
发粉如同鱼骨撑裙，
只适合白发老婆子；
所以我赤身骑着公羊，
展示我结实的躯体。

老年贵妇[②]
我们生活重视礼仪，
不好和你们斗嘴皮；
尽管你们年轻娇艳，
但终归会腐烂如泥。

乐队指挥
苍蝇的嘴，蚊子的鼻，
别缠住我的裸体美女！
叶间青蛙，草中蟋蟀，
要注意始终合着节拍！

风信旗
（转向一方）
高朋满座，济济一堂：
女的真漂亮得像新娘！
小伙子一个顶一个，
都是前程远大少年郎。

风信旗
（转向另一方）
真希望大地出现裂口，
吞掉这伙无耻之徒，
不然我宁可加快脚步，
立刻跳进地狱里头。

---

① 据认为是对自然主义文艺家的讽刺。

② 讽刺死气沉沉的保守派。

克塞尼恩[①] 在此我们化成了昆虫，
长着一对锋利的小钳，
来向咱老爷子表敬意，
他并非别人正是撒旦。

亨宁克斯[②] 快瞧！他们挤挤挨挨，
何等快活，何等热闹。
到头来他们甚至还说，
他们的心肠实在太好。

穆萨格特[③] 我真乐意沉湎迷失
在这欢乐魔女之群；
须知她们我更了解，
懒得再把缪斯援引。

过去的时代的守护神[④] 要发迹得紧跟上正派人。
来，快抓住我的衣襟！
布罗肯乃是德国的神山，
它有着特宽阔的峰顶。

好奇的旅行者 告诉我那倔强汉子是谁？
他趾高气扬，盛气凌人。
他伸长鼻子，东嗅西嗅，
“他嘛正把耶稣会士搜寻”。

鹤[⑤] 在清水里捕鱼我喜欢，

---

① 克塞尼恩，在希腊语里原意为“赠礼”，这儿指讽刺性的短诗。歌德和席勒曾作过不少这样的诗以讽刺文坛上的反对者。

② 亨宁克斯，与歌德同时代的作家，在其出版的杂志《时代的守护神》上攻击过席勒，因而遭到讽刺。

③ 穆萨格特，在希腊语里意为“缪斯首领”，即指阿波罗。亨宁克斯用它作为与席勒《诗神年鉴》对抗的诗集的题名。

④ 暗讽亨宁克斯编辑出版的《时代的守护神》，因为它后来更名为《19 世纪的守护神》。

⑤ 指歌德的友人瑞士作家、哲学家拉瓦特尔，因为他身高腿长，走路似鹤。

在浑水中捕鱼我欢喜；
因此你瞧那虔诚信徒，
他也厮混在魔鬼堆里。

凡夫俗子[①] 对于那些虔诚的先生，
一切不过是手段，我相信；
即使在这布罗肯峰上，
他们还在把密会举行。

舞蹈者 那边像新来个合唱队[②]。
远远已听见咚咚鼓声。
别吵！那是芦苇丛中
一群苍鹭在齐唱合鸣。

舞蹈教练 谁都使劲儿踢脚抬腿！
谁都拼命地想出风头！
驼子在跳，胖子在蹦，
哪管它好看还是丑陋。

提琴师 这帮无赖相互憎恨，[③]
斤斤计较绝不饶人；
他们被风笛引到了一起，
像野兽听见俄耳甫斯[④]弹琴。

教条主义者 批评也好，质疑也好，
我不被吵吵嚷嚷迷惑。
魔鬼一定为某种实体；
否则怎么会存在恶魔？

---

① 指神职人员和修行者之外的俗人。

② 合唱队，影射当时一些鼓吹新说的哲学家。

③ 此处批评下面提到的哲学界不同流派的代表人物。在歌德看来，他们都有片面性。

④ 俄耳甫斯，希腊神话中的歌手和琴师，每当他弹琴歌唱，野兽们都会跑来，温驯地躺在他脚下。

唯心主义者 充斥我意识中的幻想
今儿个实在过分专横。
可不吗，我要真是一切，
那今天我不成了痴人？！

唯实论者 事物的本质太伤脑筋，
我没法不讨厌得要命；
这叫作破天荒头一回，
我在此竟站不稳脚跟。

超自然主义者 在这儿我是非常快活，
可以和他们共同作乐；
须知我能从这帮魔鬼
推论出天使很多很多。

怀疑主义者 他们追逐着小小火苗，
自以为快把财宝寻获。
只有疑惑与恶魔押韵，
在此地我可适得其所。

乐队指挥 草中蟋蟀叶下青蛙，
滥竽充数真该咒骂！
蚊子鼻孔苍蝇嘴巴，
你们也算是音乐家！

随机应变者 我们这些快活的人，
拿无忧当作诨名，[①]
用脚既然已经走不通，
所以倒着用脑袋行进。

走投无路者[②] 我们曾靠拍马讨生活，

① sanssouci，法语，意为“无忧”。从这一节起，转入对法国大革命中形形色色的政客的讥嘲鞭笞。

② 影射下野的流亡政客。

而今日子却十分难过！
我们赤着脚跑来跑去，
我们的舞鞋已经跳破。

鬼　火[①]　飘飘然来自沼泽，
刚刚在那儿形成；
眼下已翩翩起舞，
煊赫风流的一群。

流　星[②]　带着耀眼的光芒，
我倏然从天而降，
如今横卧在草里，
谁帮我再回天上？

大胖子　闪开闪开！让路让路！
脚下小草纷纷倒伏，
咱们精灵来了，咱们
腰圆膀大腿杆子粗。

迫　克　别趾高气扬，大模大样，
活像一群鲁莽的仔象，
今天最壮实的不是别个，
还是鄙人迫克才叫胖。

爱丽儿　要是亲爱的自然和精灵
给了你们翅膀能够飞行，
那就紧跟我轻快的步伐，
飞向那边玫瑰山[③]的山顶！

管弦乐队　（最弱音）

---

① 暗讽靠政变爬上高位的暴发户。

② 暗讽失势的昔日当权者。

③ 玫瑰山，仙王奥布朗的宫殿所在地，此处喻理想的境界。

彤云流徙，夜雾飘散，
天顶已是曙光初现；
叶下的气，苇中的风，
一切幻象全无影踪。

晦暗的日子①

旷野

浮士德，靡非斯特

浮士德 身处困厄！完全绝望！长时间凄惨地漂泊在人世，如今却遭逮捕！被当作罪犯关进监牢，受着可怕的折磨啊，这可爱而不幸的姑娘！竟糟到这地步，这地步！——背信弃义的、卑鄙的精灵，你竟对我隐瞒了真相！——只管站着发呆吧！只管让你的鬼眼睛恶狠狠地东张西望！只管站着，面对我执拗地站着，使我讨厌你如同眼中钉！抓起来了！处于无法挽回的悲惨境地！落进了恶魔和没心肝的审判官的手掌！与此同时，你却诓我参加无聊的消遣，不让我知道她与日俱增的痛苦，让她无助地挣扎在毁灭的路上！

靡非斯特 她并非第一个喽。②

浮士德 狗！可恶的禽兽！——你巨大无比的精灵啊，把这蛆虫变回狗的原形，就像它夜里喜欢溜到我跟前的那个样子，在漫不经心的旅行者脚下打滚，等人一跌倒就攀上他的肩膀。这该诅咒的东西，请把它变回它喜欢的原形，让它在我跟前的沙土里爬行，我好将

① 《浮士德》初稿如此，歌德觉得青年时代的这种激情洋溢的散文无法超越，故保留之。

② 意即像格莉琴似的不幸女子司空见惯，不必放在心上。

它踩死！[①]——并非第一个！——天哪！天哪！哪个有良心的人能理解，为什么竟将不止一个无辜者推进苦难的深渊，为什么在那位永远宽恕世人的神[②]的眼里，有了第一个备受死的折磨，还不足以补赎所有其他人的罪愆！仅仅这一个女子的苦难已令我心如刀绞，您却对千万人的不幸发出狞笑，冷眼旁观！

靡非斯特 眼下我们又到了智慧穷尽的边缘，你们人类则会神经错乱。如果您不能坚持始终，当初又何必与我们结成伙伴？您想飞却害怕晕眩，对不？是我们硬攀上您，还是您硬把我们攀？

浮士德 别对我那样龇露你的狗牙！我讨厌得要命！——伟大而庄严的地灵啊，你洞悉我的内心，曾惠临我的书斋，为什么让我和这幸灾乐祸的无耻家伙做伴，使我与他难解难分？

靡非斯特 说完了吗？

浮士德 救救她！否则叫你倒霉！让你受到最可怕的诅咒，千万年不得解脱。

靡非斯特 我解不开复仇者的锁链，拔不掉他的门闩——救救她！——可到底是谁推她进了火坑？是我还是您？

（浮士德怒目四顾）

您想用雷劈我？好在没有打雷的本领赐予你们这些可悲的凡人！[③]击碎持异议的无辜者，暴君难堪时就以这个办法泄愤。

浮士德 带我去！让她恢复自由！

靡非斯特 您想铤而走险吗？要知道在城里您还欠着血债。在杀人现场的上空，复仇的精灵正守候着凶手的归来。

浮士德 你还说这种话？全世界的杀戮和死亡都归罪于你这凶神！带我去，我说，快将她搭救出来！

---

① 靡非斯特第一次是以黑犬的形象出现在浮士德面前，并以在伊甸园中诱惑夏娃的蛇为其祖先。

② 指仁慈的上帝。

③ 在希腊神话里，主神宙斯执掌着雷霆，以其为打击对手的武器。

靡非斯特　我带您去，听我告诉您我能做什么！您以为天上人间全由我大权独揽吗？我乐意使狱吏神志不清，好让您弄到钥匙，用您这人的手牵她出来。我放风！在外边备好魔马，把你们俩载走。我能做的就是这些。

浮士德　那就快动身！

夜，旷野

浮士德和靡非斯特骑着黑马疾驰而来

浮士德 那些人围着刑场干什么？

靡非斯特 不晓得她们在煮啥，忙啥。

浮士德 飘飘荡荡，弯腰打躬，忽上忽下。

靡非斯特 那是一伙女巫。

浮士德 她们在撒灰，在作法。

靡非斯特 过去啦！过去啦！

监　狱

浮士德　（拎着一串钥匙，端着灯，立在铁门前边）
久已忘记的悚惧向我袭来，
我体验到人类所有的悲哀。
她栖身在潮湿的大墙后面，
善良的痴迷使她获罪遭灾！
你迟迟疑疑，怕去她面前！
你畏畏缩缩，怕与她再见！
快！她的死会来自你的拖延。
（他抓住门锁。门内传来格莉琴的歌声）
我母亲，这娼妇
她杀死了我！
我父亲，这无赖
他吞食了我！
我的小妹妹
她在一个阴凉处，
埋葬了我的骸骨；
突然我变作美丽的小鸟，
向林中飞去，飞去！①

---

① 格莉琴歌唱的内容来自著名的《格林童话》，其中收有那篇民间童话《杜松子树》。在童话里，这首歌为化作小鸟的受害孩子所唱。

浮士德　（开锁）

她料想不到，爱人在倾听；

锁链叮当，铺草嘁喳有声。

（走进牢房）

格莉琴　（躲避在草铺上）

唉！唉！他们来啦。死真痛苦！

浮士德　（压低嗓音）

别响！别响！我救你来了。

格莉琴　（滚至浮士德跟前）

您要是个人，就能体会我的苦难。

浮士德　你会把看守吵醒的！

（抓住锁链想要打开）

格莉琴　（跪着）

谁给您刽子手的权力，

让您这么对待我！

还在半夜就来提我。

可怜我，让我活下去吧！

难道明早上时间不够多？

（站起身来）

我还如此年轻，如此年轻！

然而已经得送掉性命！

我也美丽，恰好是我的不幸。

亲密的朋友如今远在天边；

花环扯碎了，花朵四散飘零。

别这么粗暴地抓住我！

行行好吧！我哪儿得罪了您？

别让我白白将您哀求，

我可一辈子没见过您！

浮士德 这悲惨的场面我实难忍受！

格莉琴 我完全攥在您的手心里。

只求先让我喂喂这婴儿。

我把他整夜紧抱在怀中，

他们夺走他，还辱骂我，

说什么我已把孩子淹死。

我再也不会有我的欢乐。

歹毒的人还编歌讽刺我！

那老故事就这么收的场，

怎能容许他们随意胡说？

浮士德 （扑倒在地）

爱人已经伏在你的脚下，

决心打开你脚上的锁链。

格莉琴 （扑向浮士德）

哦，让我们跪下来哀告圣徒！

瞧，这些台阶下边，

这道门槛下边，

就是沸腾的地狱！

那恶魔，

正暴跳如雷，

怒不可遏。

浮士德 （提高嗓门）

格莉琴！格莉琴！

玛格莉特 （留神地）

是朋友的声音！

（跳起来。锁链脱掉了）

他在哪儿？我听见他在呼唤。
我自由了！没谁再将我阻拦。
我渴望飞到他的怀中，
偎依在他的胸前！
他唤格莉琴！他站在门口。
在地狱的喧嚣和嘈杂中间，
透过魔鬼刻毒的嘲讽声，
那甜蜜可爱的声音仍能分辨。

浮士德 是我啊！

格莉琴 是你！哦，再说一遍！
（抓住浮士德）
是他！是他！痛苦全到哪儿去了？
哪儿去了，牢狱和枷锁的恐惧？
是你！是你来搭救我啦！
我已得救啦！
面前又出现了那条街道，
我第一次见到你的街道。
还有那座欢乐的花园，
我和玛尔特等待你的花园。

浮士德 （急欲离去）
跟我走！跟我走！

格莉琴 哦，等一等！
我真想待在你在的地方。
（爱抚着他）

浮士德 快！快！
如果你拖拖拉拉，
咱俩会付出惨痛代价。

格莉琴 怎么？你不再会亲吻？
我的朋友，短暂地分别，
你就丧失了亲吻的热情？
偎在你怀里我为何惴惴不安？
想当初听你言语，受你青睐，
我就整个进了天国里边；
而且你总是吻得我快要窒息。
现在吻我哟！
不然我吻你！
（搂住浮士德）
天啊！你嘴唇冰冷，
迟钝麻木。
你的爱情
现在何处？
是谁给我夺走了？
（背转身去）

浮士德 来！跟着我！宝贝，鼓起勇气！
我无比热烈地拥抱你；
只管跟我走！我就这点儿请求！

格莉琴 （转过身来）
真是你吗？确实是你吗？

浮士德 是我是我！快走吧！

格莉琴 你除掉了我的锁链。
你又把我搂在怀里。
朋友，你知道你解救的是谁？
怎么你竟然对我不觉畏惧？

浮士德 走！走！黑夜已快消逝！

格莉琴 我毒死了我的妈妈，
我淹死了我的孩子。
他不是被赐予了你和我吗？
也赐予你——是你！我真怀疑。
握着我的手！不是在做梦！
你这可爱的手！——可它是湿的！
把它揩干净！我觉得
它鲜血淋漓。[①]
上帝啊！你干的好事！
快把剑收起来，
我求你，求你！

浮士德 让过去的过去吧，
你急死我了！

格莉琴 不，你得活在世上！
我想说说坟墓的事，
明天你就得
将此事料理：
把妈妈葬在最好的位置，
让哥哥紧挨着她，
我则靠边一点儿，
只是别与她远离！
小家伙呢在我胸脯右侧，
除此再没谁和我躺一起！
我曾紧紧偎在你身旁，
真感觉幸福又甜蜜！

① 指浮士德刺死了格莉琴的哥哥瓦伦廷。

可如今我再也无此福分，
想靠近你似乎很不容易，
好像你把我从身边推开；
可你还是你，目光仍然亲切、和气。

浮士德 既然感到是我，就走吧！

格莉琴 到外边去吗？

浮士德 出监狱去。

格莉琴 要是外面有坟墓，
有死神等候，我就走！
从此地走进长眠的寝床，
再远一步也不去——
哦，亨利，你要走了？我也可以！

浮士德 你可以！下决心！牢门开着哩。

格莉琴 我不敢走；我无所指望。
逃有啥用？时时受到监视。
逃出去讨饭也很可怜，
加上良心还受到咬噬！
漂泊异乡实在太悲惨，
他们迟早会捉我归案！

浮士德 我不离开你！

格莉琴 赶快！赶快！
救你可怜的孩子！
快走！沿着小溪，
一直往上走，
跨过小桥，
深入树林，
左边立木板的地方，

在水池子里。

马上抓住他！

他要浮起来，

他还挣扎着！

快救起！快救起！

浮士德 清醒清醒啊！

跨出一步就得自由！

格莉琴 只怕我们过不了那座山！

我母亲坐在一块石板上，

冷不丁会抓住我的发辫！

我母亲坐在一块石板上，

把脑袋一颠一颠；

不是打招呼，不是点头，

是睡着了头变得沉甸甸；

她长眠不醒，让我俩幽会，

度过那多么幸福的夜晚！①

浮士德 求也没有用，劝也没有用，

我只好大胆把你抢走。

格莉琴 放开我！不，我受不了暴力！

别像个凶手似的拽住我！

从前我可是样样依着你。

浮士德 天快亮啦！亲爱的，亲爱的！

格莉琴 天亮！是快天亮！最后一次天亮；

它本该是我举行婚礼的日子！

别告诉谁你来看过格莉琴。

---

① 此处通过神经错乱的女主人公的叙述，回头交代她母亲死的情况。

可惜我那花环呀！
我刚刚才数过的！
我们还会见面啊，
但不是在舞会上。
那儿人群拥挤，但不闻声息。
大广场和一条条胡同
全挤得水泄不通。
钟声发出召唤，刑签已折断，[①]
我被捆得好紧，抓得好牢！
我已被推到了断头凳前。
砍向我脖子的闪闪钢刀
吓得围观者缩起了颈项，
世界死寂如墓穴中一般。

浮士德 哦，真希望世上没我这个人！

靡非斯特 （出现在门口）
走！否则你们都没命。
犹豫拖拉！废话连篇！
我的马儿已浑身颤抖，
曙光眼看出现在天边。

格莉琴 什么从地里冒了出来？
他！是他！让他滚开！
他来这神圣的地方干吗？
想把我捉拿！

浮士德 你得活下去！

格莉琴 上帝裁判！我全由你啦！

① 德国古代在处决死囚时，教堂的大钟一齐敲响，法官还要折断一个小棍儿，掷于刽子手脚下，表示可以开斩了，恰似我国古代监斩官的掷下刑签。

靡非斯特　（冲浮士德）

走！走！不然我把你和她一起丢下。

格莉琴　天父啊，我属于你！救救我！

你们神圣的天使之群啊，

请庇护我，在我周围扎营！①

亨利，在你面前我胆战心惊！

靡非斯特　她已遭到判决！

天上的声音　她已获得拯救！

靡非斯特　（对浮士德）

跟上我！

（带着浮士德消失）

牢房内的喊声　（渐弱）

亨利！亨利！

---

① 《旧约全书·诗篇》第34篇第7节："耶和华的使者，在敬畏他的人四围安营搭救他们。"格莉琴是个非常单纯和虔诚的女子，她讲的话里类似这样套用《圣经》的地方很多。

悲剧第二部

为了实现一个个心愿，
请仰望那明亮的天边！
睡眠只是轻轻裹着你，
抛开它，像外壳一般！
群众经常是迟迟疑疑，
莫犹豫，得勇敢大胆！
高贵的人无往而不利，
他会干而且说干就干。

第一幕

风景优美的野外

浮士德躺在开满鲜花的草地上，疲倦、不安、昏昏欲睡
黄昏时分，成群的精灵翱翔在空中，体态玲珑、优雅

爱丽儿 （由风鸣琴[①]伴奏着歌唱）

当百花如同春雨，
在众生头顶飘洒，
当原野祝福众生，
闪烁着绿色光华，
小小的爱尔芬[②]便四出
扶危济困，胸怀博大；
不幸者受到怜悯，
圣洁也罢，邪恶也罢。
你们绕着他的头颅在空中飞行，
请在此显示爱尔芬高贵的本性，

① 风鸣琴，当时欧洲流行的一种借风力使琴弦振动而发出悦耳音响的乐器，多置于窗口和庭园中；此地为爱丽儿伴奏的应该说只是风声这种天籁。

② 爱尔芬（Elfen），北欧神话中的空气精灵，形象玲珑小巧。

平息他胸中无边的懊恼，
消解他钻心的内疚苦闷，
净化他充满恐怖记忆的内心。
一夜可以分解成四个时段，[①]
别迟疑，要好好利用它们。
先把他的头枕上清凉的软垫，
再汲忘川[②]之水沐浴他的身心，
等他睡到明早上一觉醒来，
僵硬的肢体便又灵活有劲。
爱尔芬们于是大功告成，
让浮士德重见神圣的光明。

合唱队 （轮流交替着独唱、二重唱和合唱）

习习的和风一阵一阵
吹遍绿树环绕的草地，
黄昏垂下雾霭的纱幕，
空中弥漫甜蜜的香气。
轻轻唱起催眠的歌儿，
让心胸像婴儿般安息；
于是乎这疲惫的男子
对白昼将他双眼关闭。

夜幕已经沉沉地落下，
夜空中星星挨着星星，

---

① 罗马人把傍晚六点至次晨六点的一个夜晚分为四时：黄昏，夜间，拂晓，日出。以下精灵们的合唱便依次描述浮士德在这四个时辰中的经历，即入睡、遗忘、恢复和新生。

② 忘川（Lethe），又称迷魂川，是希腊神话冥界里的一条河流，据说人死后喝了这条河的水便会忘记生前的一切。

大大小小，远远近近，
闪闪烁烁，圣洁晶莹。
这边湖上有星光倒影，
那边的夜色更显清明，
一轮皓月朗照着大地，
确保酣眠者幸福安宁。

随着时光一刻刻流逝，
痛苦和欢乐也会消失；
预先体验吧，你即将康复！
要信赖新来到的白日！
幽谷凝翠，丘陵披彩，
茂林绿荫将供人憩息；
起伏的麦浪银光闪闪，
等待着人们收割获取。

为了实现一个个心愿，
请仰望那明亮的天边！
睡眠只是轻轻裹着你，
抛开它，像外壳一般！
群众经常是迟迟疑疑，
莫犹豫，得勇敢大胆！
高贵的人无往而不利，
他会干而且说干就干。

（磅礴的轰鸣，宣告太阳已临近）

爱丽儿 听！听！时序女神[①]的狂飙
震荡着精灵们的耳鼓，
崭新的一天业已诞生。
山岩的巨门嘎嘎分开，
日神的金车辚辚驶来，
光明的声响何等怕人！
大小的号角一齐吹奏，
令你目眩，令你耳鸣，
闻所未闻之声不可闻。
快快钻到那花萼中去，
越深越好，为了安宁；
要钻到叶下的岩洞里，
远离那震聋你的声音。

浮士德 生命的脉搏活泼地跳动，
向太空的曙光温柔致意；
大地啊你也静止了一夜，
又在我脚下焕发着朝气，
又开始用欢乐将我包围，
又激励和坚定我的决心，
向最高的存在不断进取。
晨光中世界已豁然开朗，
茂密的林间正百鸟欢啼，
轻雾在幽谷间缥缥缈缈，
可天光已沉入深深谷底，
千柯万枝一齐吐露新芽，

① 时序女神（Horen），希腊神话主神宙斯的三个女儿，职掌季节顺序的安排和天门的启闭，以便放日神阿波罗的火焰金车出来。

栖息之地一片芬芳馥郁，
花叶之上珍珠摇摇欲坠，
看周遭，身已在天国里。

抬头仰望！山峰似巨人，
正宣告庄严的时刻来临，
永恒的天光他们先享用，
然后才照到下边的我们。
阿尔卑斯山青葱的牧场
眼下又获得光明的馈赠，
光影逐级下移层次分明；
太阳出来了！——可惜太耀眼；
双目刺痛，我背转开脸面。

世事本如此：渴望企盼
一旦努力达到最高境界，
实现之门便会豁然洞开；
可眼下永恒的光源喷射出
大片火焰，惊得人直发呆。
诚然我们想点燃生之火炬，
但包围我们的是一片火海！
多么炽烈地围绕着我们啊！
是苦乐交替的恨？或是爱？
真受不了，只好回首尘寰，
在清晨的雾幔里藏起身来。

就让太阳待在我的身后吧！

那从悬崖绝壁飞泻的瀑布，
望着它我真个叫欣喜难耐。
它翻卷着一层层落进深渊，
随后分解成千道万道急流，
把浪花水沫激溅到云天外。
于是从飞瀑中衍生出虹霓，
似拱桥却有着缤纷的色彩，
它变幻莫测，它时现时隐，
在周围飘散着清凉的香霭。
这景象反映人的努力进取，
细加玩味，你会更加明白：
生之意义就在闪射出光彩。①

① 在瀑布这一磅礴奇幻的自然景观面前，诗人常会进行关于人生宇宙的玄想，歌德还有一首著名的抒情诗《水上精灵歌》，也表达了与这节诗类似的思想。

皇 城

金殿
内阁大臣们正恭候皇帝上朝
号角齐鸣
盛装的内侍和卫队上场
皇帝登上宝座
占星术士侍立于皇帝右手边

皇 帝[①] 我欢迎各位忠于朕的大臣，
你们老远从四方前来朝觐；
明达的占星家已立在身旁，
却为何不见弄臣他的踪影？

近 侍 适才他紧随在陛下的身后，
不小心[②]在台阶摔了个跟斗，
人们已抬走这头大胖猪崽儿，
不知他是死了还是喝醉酒。

近侍二 奇怪的是才一眨眼工夫，
就有另一个来顶他职务。

---

① 应指当时所谓的德意志民族的神圣罗马帝国的皇帝。这场戏非常生动而深刻地反映了整个帝国上上下下的腐败和内忧外患的情形。

② 并非“不小心”，是靡非斯特在作怪。

穿戴打扮得实在叫漂亮，
可鬼模怪样直叫人发怵；
门外的卫士不准他入内，
他面前横挡着月牙利斧——
你瞧，莽撞家伙没被拦住！

靡非斯特 （跪在宝座跟前）
什么遭诅咒却总受眷顾？
什么被渴望却总遭驱逐？
什么时时刻刻受着庇护？
什么遭受痛骂还加怨毒？
什么人陛下您不可召来？
一唤谁人人听着乐开怀？
谁常走近您宝座的御阶？
谁常把自己驱逐出门外？[①]

皇　帝 今儿个你给我少说废话！
在廷上岂容你问这问那，
出谜语本是老爷们的事。
猜呀，我乐意听你解答！
那老小丑怕已魂飞天外，
就让你来我身边接替他。
（靡非斯特登上御阶，立于皇帝左侧）

众人低声议论 新来的小丑——新添的灾难——
他从何处来——怎么进的殿——
老的摔倒了——已经喊完蛋——
那个粗酒桶——这个刨花片——

① 谜底都是一个，即西方君主身旁豢养的弄臣、小丑。

皇　帝　再次欢迎忠于朕的众爱卿，
欢迎你们从四方前来朝觐，
在这良辰吉日聚集于一堂，
空中星象预示着吉祥幸运。
在这样的时日该释忧开怀，
戴上面具开一场化装舞会，
让咱们玩他个痛快又尽兴，
却干吗要来伤脑筋议朝政？
不过尔等既认为非议不可，
那就快发言，把时间抓紧。

宰　相　最高的德行，一如圣者的灵光
围绕着皇上的头颅，也只有您，
吾皇陛下才能够将它付于实行：
它就是正义！——人人热爱的，
要求、企盼而又不可少的正义，
它全靠陛下您把它赏赐予臣民。
可是，唉！如今国中一片狂热，
罪恶在罪恶中繁衍、滋生，
理智对精神哪有什么裨益，
善良、勤谨又何益于人心！
站在高高的殿堂纵目遥望，
你仿佛正在做着噩梦一样；
坏蛋在坏蛋中称王称霸，
非法凌驾于法律的头上，
一个颠倒世界正在发育成长。
盗匪抢人牛马，夺人妻室，
还把祭坛的圣杯、十字架

和吊灯强抢，却逍遥法外，
安然无事，得意扬扬。
法庭里一片怨声，人满为患，
法官却神气十足，高高在上；
愤懑的情绪似波涛汹涌，
骚乱的气氛在不断增长。
作奸犯科之徒肆无忌惮，
因为有共谋者作为倚仗。
判你有罪！你可听好了，
无辜自卫者就这个下场。
整个国家即将分崩离析，
情势注定了它必然灭亡；
唯有理智能够拨乱反正，
可又不知如何将它发扬。
说到底，即使正人君子
也总把阿谀行贿者偏向。
身为法官不能惩处罪犯，
到头来自然与罪犯结党。
我描绘的情景漆黑一团，
其实真想涂抹得更明亮。
（稍稍停顿）
必须赶快做出决断，
救万民于苦难深渊，
否则将会损及皇权。

国防大臣 当今之世真叫兵荒马乱！
你打我杀，我刺你砍，
对我的号令全不理不管。

市民们藏身在高墙后，
骑士们盘踞着险峻高山，
誓与咱官兵对抗为敌，
为保存实力死抱成一团。
雇佣兵们已急不可耐，
要求发饷几乎闹翻了天；
如果不是欠他们的债，
他们肯定早已逃光跑完。
谁拗着众人发布禁令，
等于捣马蜂窝定遭报应；
帝国原本该士兵保卫，
却惨遭他们劫掠、蹂躏。
要听任他们胡作非为，
半个帝国肯定损失殆尽；
虽说外边有诸侯王公，
可谁都不认为事关自身。①

财政大臣 鬼才会依靠这些个盟友！
他们许诺拨来的援助款
早就像水管子断了源流。
再说您广袤的帝国，陛下，
主权究竟掌握在谁的手？
到处都有新出现的豪族，
都想自立门户不受节制，
朝廷眼看着却无力禁阻；
咱们出让了那么多权力，

① 国防大臣这段话和接着的财政大臣的表白，都很好描绘出了当时帝国四分五裂、名存实亡的窘况。

手中可以讲已空无一物。
还有那些什么党什么派，
现在而今也同样靠不住；
他们咒骂也好颂扬也好，
爱憎全搅和得一塌糊涂。
管他保皇派还是教皇党，
都图的大树底下好乘凉；
谁个今天还肯帮助邻里？
人人都只为着自己奔忙。
帝国的财政已断源截流，
人人只顾自已搜刮聚敛，
我们的国库早喊空荡荡。

宫内大臣　倒霉事我也没法儿避免；
我们没有哪天不在节省，
谁想开支仍一天多一天。
每一天我都有新的烦恼，
可厨子却哪样也不曾少：
野猪、牡鹿、獐子和兔，
火鸡、家鸡再加鸭和鹅，
实物贡赋，保证了定量，
所以说还算得比较充足。
可惜是葡萄酒终于干喽。
从前地窖里酒桶摞酒桶，
陈年的美酒佳酿流成河；
如今一滴不剩，贵人们
仍一个劲儿喝、喝、喝。

市政府只好也打开酒窖[①]，
于是你抓大杯我端斗碗，
桌底下残汤剩酒多又多。
现在却得我来付款还钱，
那犹太人硬是不讲情面，
他逼着我预支赋税抵债，
寅吃卯粮，一年又一年。
从此猪身上再也不长膘，
床头的被盖换成了当票，
端上桌的是赊来的面包。

皇帝 （沉思片刻，然后冲靡非斯特道）
说说看，小丑是否也知道什么困难？

靡非斯特 我？哪儿啰！面对您和大人们
我只觉满目生辉！——陛下您
威震四方哪还能缺乏信心？
强权在手，敌意自然消亡，
仁德得到睿智的有力辅佐，
能不百事顺利，国运兴旺？
朝堂群星灿烂，万丈光芒，
哪容黑暗聚集，灾祸滋长？

群臣低声议论 这个坏蛋——老奸巨猾——
阿谀逢迎——顺着竿儿爬——
我已经明白——他想搞啥——
还有啥高招？———纸计划——

靡非斯特 如今这世上哪儿不存在匮乏？

① 德国中世纪时的市政厅常于地窖开设酒店。

他缺这，你缺那，此地嘛缺钱花。
尽管从地板下扒拉不出钱来，
智慧却自有找到宝藏的办法。
矿脉中，墙基下，有已铸的
金币和未铸的金块等人去拿。
列位问我这取宝的是哪一个：
能人的天赋和心智将它开发。

宰　相　天赋和心智！别对基督徒说这话。
这样的言论啊极端危险，
不然烧死无神论者干吗？
天赋是罪孽，心智是魔鬼，
两者搅在一起生出来怪胎，
一个叫“怀疑”的丑娃娃。
咱们这儿不同！——陛下古老的
国度，只产生过两大贵族，
同样是他宝座的显赫支柱。
他们一为教士，二为骑士：
同样经受了所有风风雨雨，
分别从教会和国家领俸禄。
在愚民混乱迷信的头脑里，
却无端滋生出反抗的意识，
于是就有异教徒！有巫卜！
这些家伙败坏了城乡风气。
而今你却放肆地戏弄我们，
想把他们偷带进金殿华屋；
你小丑与他们原本是近亲，

所以沆瀣一气，相互庇护。[①]

靡非斯特 听这番高论，先生实在很有学问！
凡摸不着的，您便以为远在天边，
凡抓不住的，您便根本不予承认，
凡算不出的，您便否认真实确凿，
凡没称过的，您便相信分量为零，
凡非您铸的，那金币便不值分文。[②]

皇　帝 争来争去消除不了咱们的匮乏，
你这么啰唆说教到底想要干啥？
我已听厌了“如果”和“倘使”，
朕只缺钱，有本事马上弄到它！

靡非斯特 您想钱我就去弄而且多多益善，
这事虽说容易要办到却很困难；
钱眼前就有，可想要拿到手里
却是艺术，又有谁知该怎么办？
只想想异族入寇的恐怖年代，
国家和人民如遭受没顶之灾，
有钱人全都吓得仓皇逃跑，
于是将金银财宝随处乱埋。
在强盛的罗马帝国便已如此，
这情形一直持续到昨天和现在。
各种各样宝藏静静地埋藏在地下，
土地是陛下的，宝藏自然归您采。

财政大臣 身为一名小丑，倒是挺会讲话，

① 其时帝国宰相由美因兹大主教兼任，故站在教会这个封建统治的支柱的立场上讲话。

② 靡非斯特这段话尖刻地讽刺了主观唯心主义的哲学观。

这开采权嘛确实从来属于陛下。[1]

宰　相　魔鬼给你们设下了金丝圈套，
这么干渎神违法，肯定不好。

宫内大臣　只要他能满足宫中需要，
就算违法咱也情愿认了。

国防大臣　小丑怪聪明，能遂大家心愿；
当兵的不问来路，只想领钱。

靡非斯特　各位没准儿以为会受我欺骗；
这儿有星象家在，问问他看！
他通晓广阔宇宙的时间方位，
请讲讲，有什么在天边呈现？

群臣议论纷纷　两个坏蛋——心照不宣——
小丑术士——皇座侧畔——
哼哼哈哈——老生常谈——
小丑定调——术士发言——

占星术士　（按靡非斯特的提词讲）
太阳本身它好似一团纯金，
水星信使想博取酬劳宠幸，
金星夫人迷住了你们大家，
从早到晚对你们脉脉含情；
贞洁的露娜[2]动不动耍脾气，
火星烧不着你却声势逼人。
木星永远放射最美的光辉，
土星虽大却远肉眼难看清。
它重量很大，却少有价值，

① 帝国皇帝查理四世于1356年颁布的所谓“黄金诏书”确有有关规定。

② 露娜，罗马神话中的月神。

作为金属不为我们所尊敬。
是的，要朱庇特与索尔[①]结合，
要金银匹配，才会天下欢腾；
其余的一切：宫殿、花园、
酥胸、红颜，要什么有什么。
一切全靠这位大学者弄来，
咱们办不到的事唯有他能。

皇　帝　他说话我总觉有两重声音；[②]
尽管如此却没能让我相信。

群臣低声议论　想诓谁啊——一派鬼话——
皇历天书——巫术魔法——
我早听厌——没少受骗——
他来掺和——骗子一个——

靡非斯特　瞧他们一个个瞪目而立，
对重大的发现心存怀疑，
这个说用曼陀罗花探测，
那个说有黑犬守护宝地。[③]
嘲讽也罢，抱怨也罢，
全都没有一点儿意义，
须知他们脚心终会痒痒，
终会步履踉跄绊倒在地。

列位大人定然已感到

---

① 索尔，太阳神。

② 因为有魔鬼在提词。

③ 曼陀罗，一种根长得像人形的植物，迷信以为它的花有灵性，可以用来避邪和占卜、探宝。黑犬，也常被视为精怪的化身和地下宝藏的守护者。

永恒的自然的神秘影响：
从那大地最深的深处，
有一股生机正向上激扬。
一旦大家的手足抽搐，
一旦站的地方变得异样，
就请马上下决心挖掘，
那地下埋着乐师和宝藏！①

群臣议论纷纷 我的脚沉重得像灌了铅——
我的手像患风湿般痉挛——
我的大脚趾痒痒得要命——
我的脊背疼得像锥子钻——
这种种的迹象都已表明，
最丰富的宝藏近在眼前。

皇　帝 赶快！你休想再溜走，
快证实你的弥天谎话，
马上指出宝藏在哪儿。
你所言不虚，我就把
宝剑和王笏一齐放下，
用御手亲自挖出珍宝；
否则叫你受地狱惩罚。

靡非斯特 去地狱的路我自己知道。
只是我还得一一地指出
哪儿有待掘的无主财宝。
一个农民他在扶犁耕田，
从土块下拾起一只金罐；

① 德国古时迷信的人在摔倒时常要讲：“这儿埋着一条狗（或乐师）！”以取吉利，好像财运到了。

他本想从墙上剥取硝石，
却得到一卷金箔黄灿灿，
又惊又喜捧在瘦手里面。
不管要炸开多少穹隆墓室，
穿越过怎样的暗道、深渊，
自觉的探宝者得坚持奋进，
哪怕地狱冥府近在跟前！
在古老破败的宽阔地窖，
他将发现一排排地摆着
金盆、金碗、金杯、金盏。
还有红宝石镶嵌的高脚杯，
如果他想端起来试饮一口，
陈年的佳酿就摆在他旁边。
不过请相信我这知情人，
那酒桶的木板早已经朽坏，
酒石倒沉淀凝结成了酒坛。[①]
如此佳酿才是酒中的精华，
不仅有黄金和美玉环绕，
还得到黑夜和恐怖的陪伴。
聪明人在此不倦探索寻觅；
大白天想得宝纯系笑谈，
神秘之物都藏在黑暗中间。

皇　帝　神秘随你便！可黑暗没意义！
有价值的东西总得见见天日，
半夜三更谁能识别恶棍嘴脸？

---

① 保存数百年后葡萄酒会因沉淀而在瓶底结出硬壳一样的酒石，在木桶朽坏后仍然盛住尚存的酒浆。这样的酒据说最醇美，并富滋补强身效用。

母牛全呈黑色，猫咪全是灰的！
地下既然埋着沉甸甸的金罐，
那就快拉来犁铧，把宝藏犁取。

麾非斯特 请取来镐锹，亲手掘挖，
御驾躬耕将使您更伟大，
而且会有一大群金牛犊[①]，
争先恐后地蹿出地底下。
然后您便可大胆而随便
装饰您自已和您的爱妃；
五色的珠宝灿烂又鲜艳，
使陛下更加俊美、威严。

皇 帝 那就快吧，快吧！等什么等！

占星术士 （仍由靡非斯特提词）
陛下！请不要这么性急，
让咱们先玩玩各色游戏；
精神不集中达不到目的。
先得控制住自已的情绪，
才能上行下效将宝觅取。
欲行善自己先得是善人，
欲行乐必须先平心静气；
要喝美酒得先榨熟葡萄，
信仰坚定方能见到奇迹。

皇 帝 那咱们就快快活活打发时光！

---

① 金牛犊，为黄金和财富的象征。典出《旧约全书·出埃及记》第 32 章：以色列祭司亚伦在旷野里用民众身上的金饰铸成一只牛犊，奉为神灵，顶礼膜拜。

圣灰节[①]来了，正合咱们愿望。
这一次的狂欢节[②]，无论如何，
要办得更闹热，要赛过以往。
（喇叭齐奏。皇帝退朝）

靡非斯特 劳绩和享乐原本紧密联系，
傻瓜们从不知道这个道理；
就算他们捡到了智者之石[③]，
智者也将会打石头中离去。

① 圣灰节，基督教的重要节日之一，在四旬斋节的第一天，一般在礼拜三，故俗称圣灰礼拜三。这一天神父抹圣灰于教徒头上，以祈神佑，故名。

② 狂欢节，又称嘉年华会或谢肉节，在四旬斋节前持续近一周时间，多在冬去春来的二月末，通常都举行大规模的化装游行和歌舞宴会。

③ 智者之石，欧洲中世纪的术士想象和寻求的所谓灵石，据说能祛病延年，触铁成金。

宽阔的大厅

连着众多偏房
为举行化装舞会而布置装饰得十分华丽

司仪官[①] 你们别以为在德意志的境内，
只有魔鬼、傻瓜、骷髅才开舞会，
今天就有欢乐聚会等着各位。
我主曾经越过阿尔卑斯高山，
御驾亲征，与罗马大军交战，
赢得了一个快快活活的帝国，[②]
为开疆拓土，也令尔等喜欢。
陛下匍匐在教皇的跟前，[③]
乞求得到了统治的大权，
先在自己的脑袋上加冕，

① 司仪官（Herold）一词原意为宫廷内宣读圣谕的宣谕官或传令官，在开化装舞会和游行的过程中，他的职责和现代的晚会主持人一样，与任务较单纯的司仪和报幕员都有区别。

② 962 年，萨克逊国王奥托一世征服意大利，建立了德意志民族的神圣罗马帝国。

③ 为表示君权神授，同时也取得与强大的教会势力的妥协，德意志皇帝须接受教皇的加冕，并跪倒在他的脚下亲吻圣靴。

也使得我们的小帽没有遮檐。[①]
如今咱们人人都得到新生，
咱们个个都通达世故人情，
都乐于拉下小帽直至耳根；
它虽然使人显得呆头傻脑，
骨子里却要多机灵有多机灵。
这不是，他们说来就来啦，
一对对男男女女，卿卿我我，
一路上忸忸怩怩，鱼贯而行。
出的出进的进，一点儿不厌烦；
到头来这世界一如当初，
闹剧笑剧演了成千上万，
依然不过是一个大傻蛋。

一群制花女郎 （在曼陀铃伴奏下歌唱）
年轻的佛罗伦萨女郎，
今晚打扮得十分漂亮，
来到豪华的德国宫廷，
为了博取各位的赞赏。

种种鲜艳悦目的花朵
插在我们褐发的头上，
五颜六色的纱网缎带
在此全派上了大用场。

要知道我们心灵手巧，

① 虽为征服者，日耳曼人在文化和习俗方面却深受意大利人的影响，过狂欢节和在宫廷中豢养小丑弄臣即属此例。

造出的花儿终年开放；
这难道不值得人赞誉，
这难道不应该受嘉奖？

各式各样的纸片布头
拼拼镶镶，对称讲究；
一条一片尽管不起眼，
整个花儿你们看不够。

我们的模样可爱温柔，
制花的女郎原本风流，
要知道亲近艺术创造
对女性乃是先天生就。

司仪官 让大家伙儿好好看一看，
她们头上顶着五色花篮，
或在她们臂弯摇摇颤颤，
让人人都拣喜欢的挑选。
快快使林荫道花团锦簇，
快让眼前出现一座花园！
卖花女郎和她们的花儿，
同样值得诸位欣赏围观。

制花女郎 在这儿卖花真叫热闹，
可不准像集上把价讨，
每朵花都有简短赠言，
谁得到什么自会知道。

结果的橄榄枝[①] 任何的鲜花我都不艳羡，
任何的争斗我都想避免，
因为我的天性与此相反。
然而我却是大地的精英，
却是它安全稳定的保证，
却是人世间和平的象征。
希望今天我能如愿以偿，
能装饰高贵美丽的头顶。[②]

金色的穗环 用克瑞斯[③]的礼物打扮你们，
会显得温柔可爱，十分合身；
让这最受欢迎的实用之物，
成为增添你们魅力的饰品。

幻想的花环 五色奇花似锦葵一般，
开放在苔藓上多鲜艳！
自然界不习惯这等事，
可是尚能够使它出现。

幻想的花束 要告诉你们我叫啥名字，
泰奥弗拉斯托斯[④]也有疑虑；
我不存人见人爱的奢想，
但希望博得有的人欢喜，
我自然乐意委身于他们，
只要他们把我戴在发间，
只要他们能够下定决心，

① 在化装游行的队伍中，各种植物也系人所装扮。

② 用橄榄枝编制的花冠在古希腊象征最高的荣誉。

③ 克瑞斯，罗马神话中的谷物女神，即希腊神话的得墨忒耳。

④ 泰奥弗拉斯托斯（约前372—约前287），古希腊植物学家，著有《植物研究》，在西方被尊为植物学的鼻祖。

把我收容在自己的心坎。
（以挑战姿态）
就让五彩斑斓的幻想
追赶着时髦盛开怒放，
呈现稀奇怪异的形态，
如自然从来不曾那样；
绿色杆茎，金色花钟，
轻盈颤摇，在云发中！

玫瑰花蕾 可是我们藏而不露，
谁蓦然发现实在幸福！
每当那炎夏酷暑到来，
玫瑰花蕾便绽放开来，
谁人不渴望大饱眼福！
含苞绽放，承诺践约！
在花神芙罗拉的国度，
眼、意、心全遵循这规律。
（在绿荫覆盖的走道上，制花女郎精心布置自己的展品）

男园丁们 （由低音曼陀铃伴奏着歌唱）
让花儿只管悄悄地开放，
争妍斗艳，在你们头上，
果实却不会以色迷人，
要受用它，只有品尝。

桃子、李子以及樱桃，
面孔褐红难以讨人好。
买吧！眼睛哪能做评判，
只有口舌辨得出味道。

这些果实已真正熟透，
大快朵颐别缩脚缩手！
对玫瑰不妨吟诗作文，
对苹果非得咬上几口。

且容我们和你们做伴，
撑起摊档在百花侧畔，
让我们以你们为芳邻，
堆起一座成熟的果山。

如此在欢快的藤蔓下，
在装饰一新的凉亭间，
一切的一切应有尽有，
叶绿花红，果实香甜。

（由吉他和低音曼陀铃伴奏着，两支歌队轮番合唱，一面堆叠鲜花果实作为装饰，一面向众人兜售）

（母亲和女儿上场）

母　亲　　当你出生的时候，孩子，
妈妈曾用小帽把你修饰，
你小小的脸蛋儿真可人，
你细皮嫩肉，手脚纤细。
我马上想象你做了新娘，
嫁给一位最阔绰的男人，
当上少奶奶正把清福享。

唉！好多年匆匆过去，

却没有派上任何用场，
求婚者倒是形形色色，
可都匆匆地来而复往。
都怪你正和这个跳舞，
又已跟那个暗暗勾搭，
用胳臂肘把人家碰撞。

尽管我们曾苦思冥想，
举办舞会一场又一场，
还玩猜奖捉迷藏游戏，
可就是没有谁肯上当。
今儿个人人装傻卖呆，
宝贝儿不妨敞露胸膛，
准保有谁来把你缠上。

女伴们　（年轻貌美，成群结队；亲密的谈笑声越来越响亮）

渔夫和捕鸟人　（带着鱼网、钓竿、黏杆和其他器具上场，混进漂亮姑娘队中。男女相互挑逗、追逐、逃跑、搂抱，甜言蜜语，卿卿我我）

一群伐木人　（粗鲁、莽撞、暴躁）

快闪开！快让道！
咱们需要地方，
咱们把树砍倒。
树木轰隆倒地，
咱们把它抬走，
谨防将你碰伤。
诸位弄弄清楚，
好把咱们称颂：
要是在这国内

没咱粗人劳动，
你们达官贵人
尽管诡计多端，
哪得今日尊荣。
你们要搞明白，
没有粗人流汗，
你们定会挨冻。

小　丑　（愚蠢，近乎痴呆）
你们是些蠢人，
生来驼背弓腰。①
我等伶俐聪明，
从来不扛不挑；
须知咱这小帽，
还有破烂小袄，
全都十分轻巧。
咱们终日闲逛，
好不惬意安逸，
趿拉两只拖鞋，
终日招摇过市，
哪儿人多哪儿去。
听凭别人围观，
不怕被人吼嘘；
一有热闹就赶，
一见人堆就挤，
身儿滑似鳗鱼；

① 指伐木人因总是从事扛抬之类的沉重劳动而腰背伛偻；下文中习惯于哈腰躬身的食客以他们为同类，完全是谬托知己，十分可笑。

人多咱才来劲，
欢蹦乱跳嬉戏。
任随列位赞扬，
任随列位咒骂，
咱们全不在意。

众食客 （胁肩谄笑地）
强壮的搬运工
和那些烧炭夫
原本是好兄弟，
也是咱们亲戚。
须知躬身哈腰，
唯唯点头磕脑，
说话委委婉婉，
吹号大小二调，
行事随人心愿，
要热热想冷冷，
有啥毛病可挑？
即使有火焰
熊熊燃烧着
从天往下掉，
还得有木柴，
还得有煤炭，
才能把火引，
才好生炉灶。
随后有煎有烤，
随后又炖又炒，
让真正的食客——

舔盘子的老饕，
时而闻闻烤肉，
时而尝鱼味道，
围着施主餐桌
忙个不可开交。

酒　徒　（醉醺醺地）
今儿个可别跟咱过不去！
咱感觉好自在、好安逸：
愉快的心情欢乐的歌子，
全是咱自己带到了这里。
所以我就他妈喝！喝！喝！
让咱和你碰杯！你！你！你！
你给我从后边滚，滚出来！
碰杯呀，这样才算好样的。

我的老婆她却气得大骂，
嫌我这身衣服实在邋遢，
不管我咋充大老爷们儿，
她仍骂我是没用的破衣架。
可我他妈还是喝！喝！喝！
杯儿碰得叮当响！叮当响！
破衣架哥们儿，快快碰杯！
杯儿响叮当，心中乐开花。

别说什么我糊里糊涂，
其实我感觉十分舒服。
老板不赊，老板娘赊，

临了上酒自有女仆。
我他妈还是喝！喝！喝！
为各位健康干啰！干啰！
你祝我来我祝你！如此
我感觉，就非常不错。
休问在哪儿乐和如何乐，
只要能快活就让咱快活；
我腿脚发软已站立不稳，
爱躺哪儿躺哪儿，别管我！

合　唱　哥们儿一起喝！喝！喝！
相互碰杯，我祝你你劝我！
要注意在板凳上坐稳当，
不行干脆溜到桌子底脚。

（司仪官宣布诗人们登场，自然诗人、宫廷诗人、骑士诗人、温情诗人以及激情诗人鱼贯而入，争先恐后要朗诵自己的诗，结果挤成一团，谁也不能如愿。只有一个溜出来胡诌几句又离去了）[①]

讽刺诗人　我这诗人，列位知道，
以什么为真正的快乐？
那就是我得到了特许，
唱谁都不喜欢听的歌。

（黑夜和坟墓诗人差人来表示歉意，因为他们正和一个刚刚还阳的僵尸进行极其有趣的探讨，由此没准儿又会产生出一种新的诗体来哩。司仪官没别的话好说，只好请希腊神话中的人物上台；他们虽然戴着现代的面具，却仍不失其特性和魅力）

---

① 歌德对乌烟瘴气的诗坛的讽刺，可谓入木三分而且不乏现实意义。

（三位美惠女神[①]登场）

阿格莱亚 我们把优美带给生命；

请将优美放置进馈赠。

嗒利亚 接受中同样应有优美，

如愿以偿真是好事情。

欧佛洛绪涅 感谢是最优美的表现，

当日子过得平平静静。

（三位命运女神[②]登场）

阿特洛波斯 三姊妹中以我为长，

今天应邀把丝线纺，

生命之丝异常纤细，

得多考虑，多思量。

我会挑选精麻细线，

你们感觉柔软轻爽；

我用巧手将它梳理，

叫它平匀细长光亮。

纵情歌舞寻欢作乐，

记住千万别太过火；

须知丝线终有尽头，

当心！它会断的喽！

克罗托 告诉你们，最近几日

---

① 美惠女神，执掌优美和快乐，并能给人各种恩惠。她们是光辉女神阿格莱亚、荣华女神塔利亚和快乐女神欧佛洛绪涅。

② 希腊神话中的三位命运女神为：缫丝女神克罗托，纺丝女神拉克西斯，剪丝女神阿特洛波斯。歌德根据剧情需要将她们的职司和顺序做了改变。

由我来把剪刀操持；
因为对大姐的作风
没有谁真感到满意。

废丝乱线被她拉长，
白白耗费阳光空气；
最辉煌的希望之丝
却被剪断拖进墓穴。

然而我也年轻冒失，
曾犯过错误千百次；
今天一定谨慎行事，
剪刀干脆藏在套里。

我情愿被缚住手脚，
对这地方另眼看待；
诸位在这自由时刻，
尽管玩个痛痛快快！

拉克西斯 唯有我独自持重老成，
承担维护秩序的重任。
我的纺车不停地旋转，
永远是那么不慢不紧。

线儿游动，线儿缠绕，
根根被引上自己轨道，
我不容有一根出岔子，
转着绕着靠近了目标。

啥时候我要粗心大意，
我真怕世界会成问题；
数着时辰，算着年岁，
转眼织女将纱绞收取。[①]

司仪官 现在来的客人，尽管各位
精通古典，却也不能辨认；
她们做尽坏事，你们一见
仍会称她们为尊敬的贵宾。

这就是复仇女神，谁敢想
如此漂亮高大，和蔼年轻？
和她们套近乎你们准倒霉：
小鸽儿会像毒蛇一样咬人。

她们险恶可今天却不可怕，
小丑个个在夸耀自身短处；
她们同样不会来冒充天使，
倒会把对城乡的祸害陈述。
（三位复仇女神[②]登场）

阿勒克托 有什么法呢，你们总对我们轻信：
我们年轻漂亮，像猫咪会讨好人。
你们当中要是谁有了一个宝贝儿，

① 人的寿命以时辰和年岁计量，寿限一到，上帝就会像织女收取纱绞一样将它拿走。

② 希腊神话中的复仇女神为：挑拨女神阿勒克托，嫉妒女神墨该拉，复仇女神提西福涅。她们原本形象狰狞可怖，生着蛇发，眼中流血；根据剧情需要，歌德不仅美化了她们的外表，而且限制了她们的职司，使其活动范围仅限于情人之中。

我们准会在他耳畔一个劲儿磨蹭。

直到讨得他欢心，对他当面直言：
他那宝贝儿还在把这个那个勾引，
并讲姑娘背驼、脚跛、脑袋蠢笨，
挑选她当新娘，那真是万万不成。

同时对那女的我们也会不断纠缠，
让她相信，男的就在几个星期前
还当着别的女人们说过她的坏话！
他俩即使能和好，隔阂已经种下。

墨该拉 那只是玩笑！要等到已结婚成家，
我才把手插，任何情况下都能够
引发疑忌，把最幸福的家庭扯垮；
人心变化不定，时代也不断变化。

谁不喜新厌旧，不是怀中有佳偶，
却痴心妄想把更风流的女郎拥抱？
再幸福的婚姻日久天长也会生厌；
于是避开阳光，到雪地把温暖寻找。

这号人我知道如何处置对待，
随即把忠诚的阿斯摩太[①]请来，
在他们闲适时撒下不和种子，
就这样将一对对的爱人拆开。

① 阿斯摩太，《旧约全书·多比传》（外典）中以破坏婚姻为能事的恶魔。

提西福涅 对薄情的人我不谩骂诅咒，
而是调好毒药，磨快匕首；
你既然去爱别人，那迟早
让毒汁刀尖把你全身穿透。

甜蜜幸福的时光何其短暂，
难免迅速变成仇恨、怨尤！
不容做交易抑或讨价还价，
既然造了孽，就该把罪受。

谁也别唱宽容原谅的高调！
对着群山我发出愤怒声讨，
听！回声也说：誓把债讨！
谁见异思迁，就叫他死掉。

司仪官 你们三位，劳驾往边上让一让，
现在来的客人，和你们不一样。
你们瞧瞧，像一座大山往前移，
彩色的花毯，遮盖着它的躯体，
大脑袋生着獠牙和蛇似的长鼻；
脖子上坐着个女子，娇小玲珑，[①]
手持着鞭儿，将坐骑灵活驾驭。
另一位立在它背上，气宇轩昂，[②]
周围光华灿烂，令我眼目迷茫。
旁边走着一群贵妇[③]，身戴锁链，

---

① 驾驭大象者为智慧女神。

② 胜利女神高高立在象背之上。

③ 贵妇，即紧接着发言的拟人化的疑惧和希望。

有的忧心忡忡，有的神采飞扬；
有的渴望自由，有的自觉自由。
她们都是谁，让她们一个个讲！

疑 惧 冒烟的火炬，摇曳的烛焰，
喧嚣纷乱的聚会朦胧昏暗。
我被铁链紧紧地锁着，唉，
穿行在一行行假面具中间。

滚开，你们可笑的笑面人！
你们的狞笑教人心神不宁；
今夜，我所有的冤家对头
一齐来逼我，我无处逃遁。

在这儿，朋友变成了敌人！
我已经把他的假面具认识；
另一个想杀死我，只因为
被识破，他才悄悄地逃逸。

唉，我真恨不得逃跑出去，
不管天涯海角，东西南北。
哪儿都存在毁灭，我困在
迷雾和恐惧中，脱身不得。[①]

希 望 亲爱的姊妹请接受我问候，
昨天今天你们开化装舞会，
尽情地取乐，尽情地享受；

① 在万众狂欢之时，“疑惧”自然受到厌憎，无地自容。

可是我十分清楚地知道，
明天你们会露出本来面目。
要是我们在火炬的照耀下
不感觉特别自在、舒服，
那么在明朗、清爽的白昼，
我们将完完全全随心所欲，
或结队成群，或独自一人，
在美丽的原野里自由漫步，
想休息休息，想行动行动，
体验一种无忧无虑的生活，
从无匮乏之虞仍不断进取，
到处像贵宾一般受到欢迎，
可以大大方方地走进走出。
如此尽善尽美的境界，
定然存在于世间某处。

智　慧　人类的两大宿敌，疑惧
和希望被紧紧锁在一起，[①]
我不让她们和人群靠近；
快让开！我要拯救你们。

我驾驭着这个庞然大物，
你们瞧，它背负着高塔；
一步一步耐心往前行走，
把崎岖的小道踩在脚下。

---

① 视疑惧和希望为人类的两大宿敌，的确是富有哲理的辩证智慧。

塔尖上伫立着那位女神，
一双翅膀宽大而又轻盈；

她不住地巡视四面八方，
为了能赢得胜利的荣幸。
她身体四周被光华环绕，
照彻四面八方远远近近；
她名字叫作维克托利亚，
是成就一切活动的女神。

佐伊罗－忒尔西忒斯[①] 哈！哈！我来得正好，
我要把你们通通骂倒！
不过上边的维克托利亚，
她才是我选中的目标。
她长着一对白色翅膀，
自以为像那神鹰一样，
无论她往哪儿望一眼，
国土民众就该来归降；
可是啥地方成就大业，
我气不过立刻要诽谤。
把深说浅，把高说低，
把歪变直，把直变斜，
只有这使我健康愉快，
我正向往这样的世界。

司仪官 你这狗东西，我叫你

① 佐伊罗，古希腊的修辞学家，曾对《荷马史诗》百般挑剔。忒尔西忒斯，《荷马史诗》中的一个丑八怪和诽谤者。歌德在剧中将他二人合为一体，生着两个脑袋，两张面孔，矮小似侏儒，不仅状貌奇丑，心肠也极坏。

挨虔诚之杖狠狠一击，
痛得你顿时腰弯体曲！
瞧啊，连体的小侏儒
迅速蜷成讨厌的肉球！
肉球变成蛋——真怪！
并且膨胀，裂成两块。
蛋里滚出一对双胞胎：
一条蝮蛇，一只蝙蝠。
蝮蛇在泥地上爬开去，
黑色蝙蝠飞向屋顶盖。
它俩到外边沆瀣一气，
同流合污我才不愿意。

众　人　（低声议论）

赶快！后边已在舞蹈——
不！我真想拔腿逃跑——
你不觉得有魑魅魍魉
已经把我们团团围绕？
可不？已在我头顶呼啸——
我脚下确实也已感到——[①]
咱们中还没谁遭伤害——
然而一个个心惊肉跳——
这些畜生存心要捣蛋——
欢乐聚会完全被毁掉。

司仪官　在这盛大化装舞会上，
自从我把司仪官担当，

① 指蝙蝠在头顶飞旋，蝮蛇在脚下乱爬。

就兢兢业业守着大门，
既不动摇，也不退让，
防止在此欢乐的场所
各位受到有害的影响。
然而我担心通过窗户
会有鬼魅随空气侵入，
面对种种的妖术魔法，
我不知如何消解破除。
那侏儒所为确实可疑，
嗬！那后边已很拥挤。
原本我想要恪尽职守，
揭示种种异象的含义。
然而对不理解的事物，
也不知道该如何解释，
还望大家能给我教益！
瞧人群中什么在移动?
一乘四匹马拉的巨辇，
正巍巍乎穿越过人丛；
它并没有把众人分开，
也不见何处人潮汹涌。
远远看去它五光十色，
一如繁星闪烁在天空，
又似奇异的魔术灯笼。
辕马的鼻息像风暴乍起！
快让开！我真是惶恐！

驾车童子 停——！

神骏且收起尔等的羽翼，

要听从我驾驭一如往昔，
我叫你们站住就得站住，
我激励你们就奋力前驱——
在这种地方我们要稳重，
看前后左右正人群会聚，
钦慕者围得啊层层叠叠。
司仪官请上场！请循例
描绘我们并且通报姓名，
趁我们还不曾动身离去；
因为我们本是比喻象征，
你就该如此将我们认识。

司仪官 我不知你叫啥名字，
却能够细细描绘你。

驾车童子 那不妨就请试一试！

司仪官 不能不承认：
首先，你的确年轻又漂亮。
虽是个半大男孩，妇女们
已宁肯视你如成年人一样。
我看将来准是个花花公子，
勾引起妇女来会十分在行。

驾车童子 这话倒中听！请往下讲，
并且解谜的话语要吉祥。

司仪官 目光似黑色闪电，鬈发如暗夜，
被宝石饰带衬托得更加明亮！
一袭何等精致而华丽的衣衫
从双肩飘然落下，直至脚掌，
镶着紫缎的边儿，闪着珠光！

人们尽可以嘲讽你像个女子，
然而你现在已能，不管是幸
抑或不幸，取悦一个个女郎，
让她们给你把人的本性宣讲。

驾车童子 还有这一位呢？他堂堂威仪，
赫然站立在华辇的宝座顶上。

司仪官 他富裕仁慈，像是一位国王，
谁得到他宠幸，谁便有福享！
他无须乎把任何东西求取，
他的目光窥见哪儿存在匮乏，
就在哪儿慷慨赠予，而赠予
是比占有和享受更大的乐趣。

驾车童子 你不能说到这里便戛然而止，
你必须把他描绘得更加详细。

司仪官 他仪表尊贵，真不可言传。
我只能说面孔健康如满月，
双颊鲜艳红润，嘴唇丰满，
在华丽头巾映衬下更显耀眼。
身披多褶皱的长袍舒服至极！
对他的雍容大度我有啥可谈？
他是一位君王啊，显而易见。

驾车童子 他乃普路托斯，财富之神，
今儿个他盛装莅临此地，[①]
皇帝陛下渴望与他亲近。

司仪官 那也说说你的来历、身份！

① 仪表堂堂的财神爷普路托斯为浮士德所扮。

驾车童子 我是奢侈浪费，我是诗人，
我是那耗尽自身的财富
才得以自我完成的诗人。[①]
我也富裕得没办法估量，
自认为与普路托斯一样。
他的歌舞饮宴须我助兴，
他缺少的，由我来补偿。

司仪官 如此夸口挺合你的身份，
不过请你显一显真本领。

驾车童子 瞧这儿，我只需手指一弹，
车辇四周便亮煌煌光闪闪。
瞧那儿，已迸出珍珠一串。
（不住地向四周弹指头）
请快捡拾金项链和金耳环；
还有没瑕疵的金梳、金冠，
还有戒指用名贵宝石镶嵌。
有时我也把火花馈赠，
希望在那儿点燃灵感。

司仪官 大家伙儿急忙拾，赶快捡，
赠予者险些陷入包围圈。
他如在梦中弹出珠宝无数，
满大厅你抢我夺他追你赶。
哪知我发觉他又玩新花样；
大家刚拼命抢到手的东西，
又长翅膀似的扑啦啦飞散；

---

① 奢侈浪费被描绘成财富的侍者，诗人被喻为自身财富——精力和心智的靡费者，颇堪玩味。

这就是他们得到的好偿报！
珍珠项链也突然断了串线，
抓在手中变成一群屎壳郎，
可怜的傻瓜想把它们扔掉，
它们却绕着他脑袋嗡嗡转。
还有人没抓到什么实在货，
只逮着几只轻佻的蝴蝶儿。
狡猾的小子吹得天花乱坠，
给的假东西仍旧金光耀眼！

驾车童子 我发现，你只配解释假象，
你作为宫中司仪官的职责
本不在揭示外壳内的本原；
你为此得具有敏锐的慧眼。
不过我呢，避免任何争论；
现在我想和主上您谈一谈。
（转向普路托斯）
这风驰电掣的四马宝辇，
您不也已放心让我驾驭？
我不像您一样善于驾它，
指东它走东，指西它向西？
我不是勇敢地振翅飞奔，
为您夺得了光荣的棕榈？
我不也为您一次次战斗，
而且每一次都取得胜利？
每当月桂冠装饰您头颅，
可不是我亲手精心编的？

普路托斯 倘若有必要让我替你做证，

我愿说你是我精神之精神[①]。
你行事始终按照我的意旨，
你富有超过了我财神本身。
我珍视这绿枝胜过我所有
王冠，为了报答你的殷勤，
我要当众说一句肺腑之言：
亲爱的儿子你真叫我高兴。

驾车童子 （面对众人）
我手中最大的赠品，瞧，
我已向着四面八方散发！
在这人头上正炽热欲燃，
在那人头上已冒出火花；
火花在人头上蹦来跳去，
在这人头上停停，从那人头上滑下，
只偶尔能燃起熊熊烈焰，
耀眼光芒仅闪现一刹那。
许多人只可悲地被灼伤，
还未发觉灵火就已灭啦。[②]

妇女们 （嘀嘀咕咕）
四马高车上立着的那位，
看模样是江湖骗子一个；
他背后蹲着个滑稽小丑，
真叫谁一辈子也没见过：
皮包骨头，活像饿死鬼，

① 精神之精神，意即精华、精髓。

② 这一节描写的似为从事文艺创作的灵感，它像跳跃的火星，只偶尔燃起熊熊烈焰，发出耀眼光芒，但更多的时候是将人灼伤。

你拧他一把他也没感觉。[①]

瘦　子　臭娘儿们，快快给老子滚开！

咱知道，咱从来不讨你喜爱。

想当年妇女还掌管着炉灶，

阿伐利提亚[②]曾经是咱大号；

咱们家日子过得真叫不错，

收入许多许多，支出少又少！

我热衷于装满箱箱和柜柜，

难道这也错了，也算罪愆？

可到了现今这年头儿，

妇女们已不习惯节俭，

个个都变成了败家子，

钱不多却是又贪又馋。

男人们只好忍气吞声，

欠一大堆债还不胜还。

可她们只要勒索到钱，

就讲穿戴，就偷人养汉；

她们还吃香的，喝辣的，

酒肉朋友差点儿成一个兵团。

这使我更加地迷恋金钱，

吝啬我也变成了男子汉！[③]

为首的妇人　守财奴和守财奴比悭吝，

到头来还不是自欺欺人！

---

① 在浮士德扮的财神背后，这个瘪三似的小丑系由靡非斯特化装。他瘦骨嶙峋的形象象征吝啬。

② 阿伐利提亚（Avaritia），拉丁文中的阴性名词，意即吝啬。

③ 吝啬由女变男（德语里吝啬为阳性名词），意味着世风的转变：从前妇女勤俭持家，精打细算近乎吝啬；如今反了过来，吝啬成了丈夫的朋友。

男人们岂容他再来挑唆，
他们原本就抠门儿得很。

众娘儿们 臭瘪三！赏他一个耳刮子！
这干柴棍儿能拿俺怎么样？
老娘们看不惯他这丑嘴脸！
他不过木雕纸糊假人一个，
快揍这小子，姐妹们，上！

司仪官 小心我的权杖！休得喧嚷！
然而根本用不着我帮忙，
那些狰狞可怕的怪物，瞧，
迅速占据了大片的地方，
振动着它们双重的翅膀。
守护财宝的凶龙发了怒，
口喷烈火，鳞片奋张；
娘儿们逃窜，场上空荡荡。
（普路托斯步下车辇）

司仪官 他走下车来，神气活现！
他一扬手，凶龙们[①]已经
把宝箱抬下四马宝辇，
箱里装金子，箱上蹲吝啬。
宝箱卸在普路托斯脚下，
一个奇迹已出现在眼前。

普路托斯 （对驾车童子）
而今你已然摆脱沉重的负载，
轻松自由，快去寻你的灵界！

---

① 在德国民间史诗和传说中，宝藏常常由凶龙看守。

它不在此地！此地杂乱无章
而粗野，周围的形象真叫丑怪。
在那儿放眼望去，玉宇澄澈，
只有善美的事物能受到喜爱；
你属于自己，也只信赖自己，
快去静穆之境！——创造你的世界。[①]

驾车童子 所以我自视为尊贵的使者，
所以我爱你如直系的亲戚。
凡你流连之处都殷实富足，
凡有我在人人全兴奋得意；
他们也常活得荒唐而无聊，
不知该投靠我还是委身你。
你的仆从自然都游手好闲，
我的信徒有服不完的劳役。
我的事业没法秘密地完成，
只要一呼吸我就暴露自己。
再见！多谢你赐予我幸福；
你轻声一唤，我便回到这里。
（和来时一样地离去）

普路托斯 现在已经到打开宝藏的时候，
用司仪官的权杖我触动锁头。
宝箱开了！瞧啊！铁锅里面，
金色的血液在翻滚，在沸腾，
先浮上来皇冠、项链和指环。
后又膨胀，要将其熔化、吞咽。

① 诗人的天地在歌德看来到底还是比富贵之乡澄澈、宁静。

众人 （大喊大嚷）

快瞧那边！活像个喷泉，
金水已涌到宝箱的边缘。
金质的容器正熔化开来，
已铸成的金币翻滚旋转。
杜卡登[①] 像从铸币机往外蹦，
哦，我急得啊胸口打战！
这样的情景我渴望已久！
满地金圆正滚到我面前。
发财机会到了，快快抓紧，
要想成阔佬，只需把腰弯。
咱们这号人手脚十分麻利，
零碎不愿捡，宝箱得独占。

司仪官 你们这些傻瓜在搞什么搞？
要知道这不过是假面玩笑！
今晚上没有什么更大想头；
真以为会赏你们金银财宝？
在这场赌博中就算有些个
铜子儿当筹码，已经够好。
你们这些笨蛋！假象揭穿，
虚伪幻象被当成了真金圆。
对于你们真实是啥？——是虚妄，
你们拼命吊在它的衣角上。
乔装的财神，聚会的君王，
请把这帮愚妇清除出会场。

---

① 杜卡登，德国古时候的金币。

普路托斯 你的权杖原本为此准备，
可把它借我派一派用场。
我将它浸入熔岩和烈焰。
喏，戴假面的人小心点！
看火光闪烁，火星飞溅！
权杖转瞬已经烧得通红，
谁要是靠我太拢、太近，
我就灼伤谁，不讲情面。
现在我开始在场上打转。

叫嚷和拥挤 哎哟，咱们完蛋了！
谁能逃跑就快逃跑！
快退快退，别把我挡着——
我的面孔已遭火星烧灼！
炽热的权杖已压在我身上——
咱们全都完啦，全都完啦。
快退快退！别他妈像垛墙！
退呀退呀，怎么死人一样！
我巴不得飞，只恨没翅膀！

普路托斯 周围的人群已被驱赶尽，
我相信并没灼伤什么人：
人群迅速往后退，
一个个胆战心惊。
让我画个无形的圆圈，
作为维护秩序的保证。

司仪官 这活儿你干得漂亮又圆满，
我实在感激你强硬的手腕。

普路托斯 高贵的朋友还需要忍耐，

还有些捣蛋鬼即将到来。

吝　啬　只要大家喜欢，就不妨
来把这群人欣赏、观看；
哪儿热闹哪儿有好的吃，
娘儿们总会挤到最前面。
我自已也还没人老珠黄，
漂亮的女人永远都漂亮。
今儿个既不用花一个子，
我去风流风流又有何妨。
只不过大庭广众人太多，
要人人听见不能光嘴说，
我有个高招，但愿成功：
我打哑谜，让人人都懂。
光手、脚姿态并不够，
我还得动脑筋想个噱头。
我要摆弄黄金，如同黏土，
我要变出一切，用这金属。

司仪官　这个瘪傻瓜，他想干什么?!
一个饿死鬼，难道懂幽默?
所有的金子被他捏成面团，
在他手中全变得十分软和；
可是不管他如何捏怎样搓，
弄出的形状都丑得没法说。
他转过身去让妇女们观赏，
妇女们全叫嚷着拼命躲避，

样子显得异常反感和不乐。[①]
这流氓却摆出老手的架势，
我担心他如此伤风败俗，
只是为了让自己快活快活。
对此事，我不能沉默不语，
拿权杖来，让我赶他出去。

普路托斯 他全然不知有外来威胁；
让他继续玩愚蠢的把戏，
已快没装傻卖呆的余地；
法律强大，“必须”更有力。[②]

嚷叫声和号叫声 突然间来了粗野的一群，
从巍峨山巅，幽深林阴，
势不可挡，大踏步前进，
簇拥着他们的潘恩[③]大神。
人所不知的，他们知晓，
还挤进空了的圆圈中心。

普路托斯 我认识你们和伟大的潘恩！
你们在一起勇敢迈步前进。
我通晓之事，非人人了解，
开启这禁地，是我的本分。
愿他们时时刻刻好运伴随！
最最奇妙的事儿就会发生；
他们不知道该向何方走去，

① 靡非斯特捏出的是男性生殖器之类的秽亵形象。

② 指大神潘恩即将登场，他们离开已不可避免。

③ 潘恩，希腊神话中的森林牧野之神，生着羊角羊蹄，性情粗狂放荡。在游行队伍中，这个形象由皇帝装扮。

他们没事先考虑这件事情。

粗野的歌声 盛装的人群，珠光闪耀！
他们走上前，粗鲁狂暴，
或高高蹦起或急速奔跑，
步伐矫健，心高气傲。

众孚恩[①] 成群孚恩
舞蹈狂欢，
橡叶冠儿
戴在发间，
耳朵又尖又小，
突露在鬈发外面，
塌鼻子，宽脸盘，
一切都不令妇女讨厌。
只要孚恩他邀请共舞，
绝色美女想拒绝也难。

萨提罗斯[②] 萨提罗斯一蹦一跳随后跟进，
生着两条羊腿，瘦骨嶙峋；
它们原本就该筋瘦而强健。
萨提罗斯为了瞭望四面八方，
喜欢像羚羊一样登上山顶。
他呼吸自由，他心旷神怡，
开始嘲笑山下的老少男女：
生活在乌烟瘴气的深谷中，
竟然感觉那么舒服惬意！
于是这山顶上的清纯世界，

① 孚恩，罗马神话中的林野小神和畜牧神，常跟随潘恩一起活动。

② 萨提罗斯，希腊神话中的半人半羊的小神，栖居于林野，生性淫荡。

便完全归属于我萨提罗斯。

众土精[①] 嘀嘀咕咕跑来一群小人，
他们不乐意成双结对；
身穿苔藓，手持明灯，
争先恐后，迅速前进，
谁都在为自己捞点什么，
拥挤麇集如发光的蚁群；
颠来跑去，十分地忙碌，
前后左右，全都想兼顾。

身为虔诚和善的侏儒的近亲，
是大名鼎鼎的岩石外科医生；
巍巍高山，我们给它放血，
丰满矿脉，我们将它吸吮；
我们高高堆积起铜铁金银，
相互祝愿：“平安！幸运！”[②]
这喊声原本包含一片善意，
我们乃是善良人类的友人。
然而我们开采出来的金子，
却助长了人间的偷盗奸淫；
使骄横汉子有足够的铁器，
胸中萌发屠杀民众的野心。
一个蔑视三戒[③]的狂妄之徒，

① 土精（Gnome），民间传说中住在地下守护矿藏的小侏儒，他们勤劳好动，手持矿灯，聚在一起便似发光的蚁群。

② 在德国，矿工们以“Glueck auf”（平安地上来）为祝福语。

③ 三戒，指“不可杀人，不可奸淫，不可偷盗”。

自然不会把其他的人当人。
这一切并不是我们的过错，
所以你们得忍耐，就像我们。

巨人们 我们被称作野蛮的家伙，
在哈尔茨山中赫赫有名，
赤身裸体，浑身都是劲，
来到此地，个个似巨灵；
右手执着枞树大棒槌，
腰间缠着一根大粗绳，
枝叶扎的围裙简陋不过，
魁梧雄壮胜过教皇卫兵。[①]

水妖[②]合唱（围绕着大神潘恩）
伟大的潘恩
也大驾光临！
宇宙万象全部
体现于他一身。
快活的精灵将他环绕，
翩翩起舞，飘飘摇摇。
严肃的潘恩心存善意，
希望人人快活又欢欣。
即使在蔚蓝色穹顶下，
他仍然始终毫无倦意；
可溪流对他潺潺絮语，
微风轻轻地摇他安息。

---

① 自古以来，罗马教皇便雇用身高体壮的瑞士人做卫队充当潘恩卫士的巨人，故拿他们与自己相比。

② 水妖宁芙（Nymph），神话传说中住在水泽林泉的半人半神的女仙，常随潘恩一起出没野外，舞蹈嬉戏。

当潘恩躺下来午睡，
枝头树叶也屏住呼吸；
沁人心脾的花草芳香
弥漫在静谧的空气里。
水精们也不得欢笑打闹，
站在哪儿就在哪儿睡觉。[①]
可是随后潘恩突然醒来，
一声大吼如同电闪雷鸣，
气势汹汹好似怒海澎湃，
谁都吓得不知如何是好，
战场上雄师也四散逃命，
混乱当中英雄胆战心惊。
该获得荣耀的，给他荣耀！
为我们的引导者祝福祈祷！

土精代表 （冲着大神潘恩）
丰富的宝藏光灿灿，
渗过岩缝细如丝线，
只有精明的幸运棒[②]，
能把它的迷津指点。

我们在阴暗的坑道里，
像穴居野人营建穹庐；
您却在光天化日之下，
慷慨仁慈地分配财物。

① 相传在潘恩午睡时，所有生物都立即安静下来，跟着他睡去。

② 德国迷信传说中可以帮助人探测到矿产和宝藏的魔杖。

眼下我们就在近旁
发现一处奇妙矿源，
有望轻易获得之物
原本教人望眼欲穿。

这事您能把它完成，
大神，请留心照顾。
任何您掌握的财宝，
都将为全世界造福。

普路托斯 （对司仪官）
大难临头我们须保持冷静，
要发生的就坦然让它发生，
平时你可就是大无畏的人。
马上会有可怕的景象出现，
尽管世人和后世顽固否认，
你也要记录得忠实而分明。[①]

司仪官 （握着普路托斯手执的权杖）
侏儒们领着伟大的潘恩，
徐徐地向火的源泉靠近。
火泉从深渊中往上沸腾，
随后又沉落无底深坑，
张开黑色大口阴森怕人；
炽烈的熔岩再一次腾起，
潘恩大神心中好不欢喜，
对这奇异景象心醉神迷。

① 装扮成财神的浮士德在此预告化装游行即将以“火灾”收场。

火泉向左右喷溅出珠沫，
大神怎能相信此等奇迹？
他弯下腰身向坑中细看，
不想胡须掉进火泉里面！
光光的下巴哪像什么人？
用手遮住糊弄我等眼睛。
紧接着出了更大的纰漏，
烧着的胡须飘回怀里头，
引燃了衣襟、头发和花冠，
一场欢喜化作痛苦难堪。
为了灭火众人蜂拥而上，
人人被烧着没个不遭殃。
一阵噼里啪啦的扑打声，
又见冲起新的火苗火星；
霎时间四周都烧了起来，
化装的队伍全葬身火海。

可是眼下我听到了议论，
人们交头接耳、摇舌鼓唇！
永远难忘的不祥之夜啊，
你带给我们多大的不幸！
明天消息就会传遍天下，
谁都不想听却谁都得听；
全国上下但闻高声嚷嚷：
皇帝陛下遭了大灾大难，
这事啊真愿它不曾发生！
皇帝和百官竟玩火自焚。

那引诱他的家伙真该死，
竟让他身上捆满干松枝，
在火旁疯狂地歌舞吼叫，
害得满朝文武全被烧掉。
哦，青年，青年，您难道
永远不能在寻乐时稍加节制？
哦，陛下，陛下，您难道
永远不能既有权威又富理智？

森林已经在火焰中毁掉，
还向上伸出长长的火苗，
火舌舔舐着木条天花板，
眼看整个宫殿就给毁了。
苦难已然到了没法忍受，
我不知该谁把咱们拯救。
帝宫的豪华经一夜火焚，
待到明天唯有灰烬残存。

普路托斯 恐怖已经散布得足够，
现在该设法招来援手！
神圣的权杖快显威力，
击打得大地轰响、颤抖。
你，宽广无垠的太空，
请弥漫凉幽幽的和风；
还有浓重的雾霭、云霓，
你们也翩然飞来这里，
将这燃烧的人群遮蔽！
云絮翻卷，雨声淅沥，

烟雾升腾，火势得抑，
哪儿有火苗就上哪儿，
你们消灾减祸的霖雨，
快将这玩火的戏法儿
化作闪电，光亮无比。
精怪们既要伤害我们，
就该让魔法显示威力。

御　　苑

旭日东升

皇帝携廷臣及男女御侍

浮士德、靡非斯特

穿戴得体而不抢眼，双双跪在地上

浮士德　主上可原谅那失火的游戏?

皇　帝　（挥手示意二人起立）

这样的玩笑我巴不得多些。

突然我见自已被火海围绕，

仿佛冥王普鲁托[①]置身炼狱。

脚底下是漆黑的幽深峡谷，

火苗通红，在每一处洞穴

有无数的烈焰飞卷、腾起，

在头上如穹顶合拢、聚集。

火舌一直蹿到大厅的顶部，

厅堂渐渐在火中失去踪迹。

远处，穿过一列弯曲的火柱，

① 普鲁托（Pluto），希腊神话中的冥王，又名哈得斯（Hades），相传在他统治的地府里永远燃烧着熊熊烈火。

我看见人们排成长长的队伍，
争先恐后地奔向我的跟前，
像往常一样对我顶礼膜拜。
我认出其中许多是我臣下，
顿觉千万火精[①]都归我统御。

靡非斯特 确实如此，陛下！四大元素
都承认您拥有的绝对权力。
刚才您已尝试过火的顺从，
现在您就纵身澎湃的大海，
只要踩着布满珠贝的海底，
便会置身灿烂辉煌的境地；
但见周遭碧波汹涌、荡漾，
镶着紫色的边儿，膨胀成
一座大水晶宫，华美无比；
您居于宫中央，无论上哪儿
宫殿都跟随着一步步迁移。
四周的墙壁更是生机勃勃：
鱼儿成群，往来穿梭如箭；
迎着新的光华，涌上来无数
海怪，却又全到不了宫里。
游龙的金鳞散射着五彩光芒，
鲨鱼张开大口，令陛下解颐。
眼下的宫殿虽也使您喜欢，
海底的热闹却是从未有的。
您且不必离开可爱的人儿，

① 火精（Salamander），传说为四大元素之一的火的精灵，形似巨蜥。

有好奇的尼蕾伊德[1]靠拢来，
欲跻身这清凉的豪华宅第；
年轻的像鱼儿般羞涩、风流，
年长的老于世故；知您驾临，
忒提斯将委身您珀琉斯[2]二世。
再登上奥林匹斯的宝座去！

星　帝　去坐神山的宝座还为时尚早，
那缥缈的所在我倒愿让给你。

靡非斯特　而大地，主上，已经为您所有！

皇　帝　你交了什么好运，怎么能直接
从《一千零一夜》[3]来到我宫里？
你要善讲故事，如同山鲁佐德，
我保证把最高的奖赏赐予你。
日常的俗务不时令我心烦，
要时刻做好为我消遣的准备。

宫内大臣　（*匆匆上场*）
陛下陛下！臣一辈子不敢想，
能幸运地把这样的喜讯呈报，
因为它我真个喜出望外，
面对圣驾还兴奋得直叫：
债务一笔一笔都偿清啦，

---

① 尼蕾伊德（Nereiden），希腊神话中的内海神女，共五十人，忒提斯即其中之一。

② 珀琉斯（Peleus），希腊神话里的蚁民之王，与忒提斯结合生了后来在特洛伊城的神勇无比的英雄阿喀琉斯（Achilleus）。

③ 《一千零一夜》，阿拉伯的民间故事集，我国曾译作《天方夜谭》。内容为某国宰相之女山鲁佐德自愿去陪伴残暴的国王过夜，给他讲神话、传奇，教他听得入了迷。她如此一夜讲一个故事，讲了一千零一夜，终于使国王改恶从善，没再残杀其他来陪夜的妃子。歌德从小就喜欢读《一千零一夜》，创作没少受其影响，此处则直接以它来喻指奇人奇境奇事。

高利贷者已经缩回魔爪；
我摆脱了这地狱的折磨，
天国里未必更快活美好。

国防大臣 （紧紧跟上）
拖欠的粮饷已通通付清，
全军上下重新得到整顿，
士兵们一个个精神抖擞，
老鸨妓女又迎来了财神。

皇　帝 瞧你们真正是扬眉吐气！
满面愁云变成春风得意！
你们跑得实在太快太急！

财政大臣 （上场）
请陛下垂询这些有功之臣。

浮士德 禀明原委是宰相的责任。

宰　相 （慢慢地走上前）
老臣到这般年纪仍欣逢盛世。
请听请看这命运攸关的纸票，
它能够消灾弭祸，创造福利。
（宣读）
兹诏告天下，让人人知晓
这些纸头儿价值一千克朗；
帝国境内埋藏着无数财富，
可以作为它们的可靠担保。
眼下已考虑动手发掘宝藏，
准备用来兑换这些纸钞票。

皇　帝 我感觉这是犯罪，是欺诈！
是谁伪造了我御笔的签名？

如此大逆不道竟未受惩罚？

财政大臣 请陛下想想，是您亲笔签名，
就在昨晚上！您扮大神潘恩，
是宰相带领着我们启奏陛下：
请挥一挥御笔为节日助兴，
同时造福普天下的百姓万民。
您签上了名，随后一夜之间，
它就被魔术师变成了千万份。
为了让民众同样受益，我们
给纸币系列同样加盖上御印，
一十、三十、五十、一百克朗；
您啊想象不出人们何等幸运！
瞧您的京城，原本死气沉沉，
如今挤满了纵酒欢歌的人群。
陛下您纵然是久已圣名远扬，
可今天众人见到它倍感钦敬。
如今二十几个字母真嫌太多，
仅仅您的签名就可赐福万姓。

皇　帝 它确实被百姓珍视如金子？
它真能把军饷和薪俸充抵？
我尽管奇怪，也只好随它去。

宫内大臣 它们已流传开来，欲收不能；
转眼已无处不在，全国通行。
于是乎开张了许多钱庄银号，
用金子、银子承兑这些纸票，
当然，按规矩贴现也少不了。
兑到钱就去肉铺、烤房、酒馆，

一半的世人仿佛只考虑吃喝，
另一半却讲究穿着时髦衣衫。
布贩不停地剪，裁缝不断地缝。
酒馆里“吾皇万岁！”喊声一片。
又是炖又是烧，锅碗瓢盆响连天。

靡非斯特 谁要独自漫步在公园里面，
会看见绝色靓女，打扮妖艳，
一只眼睛掩藏在孔雀翎下，
明送秋波，暗把这票儿窥探；
用不着聪明机智，伶牙俐齿，
只要有它，马上会成就好事。
不用再带讨厌的钱袋和钱包，
小小纸头揣在怀中十分容易，
和情书叠在一块儿同样美妙。
教士们把它虔诚地夹进经卷；
士兵腰带的分量也因此减少，
可以灵活敏捷地转身往后跑。
这一崇高的事业，陛下恕罪，
它经我描述，显得庸俗琐碎。

浮士德 无尽的宝藏，好像被冻结，
深深地埋在您的国土底下，
未派用场。对这巨大财富，
即使想入非非也没法估量；
甚至幻想，哪怕飞得再高，
哪怕拼尽全力，仍旧一样。
只有洞悉自然奥秘的心灵
对无限之物怀着无限信仰。

靡非斯特 这纸头儿能代替黄金和珍珠，
不只使用方便，还一看有数。
既无须论行情，也不必兑换，
有它便酒醉饭饱，享尽艳福。
若想要硬的，自有人给兑付，
倘使兑不完，就再开采金属。
奖杯、项链尽管都拿去拍卖，
只要有票子，立刻能赎回来，
教嘲笑我们的家伙丢人现眼。
谁用惯纸币，别的再不稀罕。
如此一来在帝国的各邦各省，
处处堆满票子、珠宝、金圆。

皇　帝 全靠你们，帝国才得繁荣昌盛，
论功行赏，奖励要尽可能对等。
帝国的地下宝藏就此托付二位，
二位是当之无愧的宝藏掌管人。
远远近近的珍藏你们一概清楚，
若要开采，只须你们号令一声。
望诸位理财高手能够同心协力，
能愉快地完成你们高贵的使命，
把地上和地下的财富合在一起，
保管朕的臣民幸福，帝国兴盛。

财政大臣 我们之间不会出现任何分歧，
我喜欢和魔术师同僚在一起。
（与浮士德一同下）

皇　帝 现在我来发钞票，人人有份，
可得告诉我，你们拿去做甚?

侍　童　（接过赏赐）
我要用它去好好快活快活。

另一侍童　（同上）
我就去为宝贝儿买戒指、项链。

内　侍　（接过钞票）
从今以后我要喝好得多的酒。

另一内侍　（同上）
我已经忍不住把骰子攥在手。

方旗骑士　（慎重地）
我要赎回自己的城堡和田园。

另一方旗骑士　（同样地）
我要让新财富和旧财富做伴。

皇　帝　本想给你们建立新的功业的勇气；
可谁了解你们，要猜结果很容易。
我有数：哪怕给你们再多的金银，
你们从前啥样，将来仍本性难移。

弄　臣　（走近皇帝）
陛下行赏，也请给微臣一份！

皇　帝　你只要一活过来，准把它喝干净。

弄　臣　魔术钞票，我真不懂它的奥妙！

皇　帝　这我相信，你原本就胡乱花销。

弄　臣　又落下几张，我真不知怎么办。

皇　帝　捡起来吧，既然已飘到你前面。
（下）

弄　臣　真的呀，我已五千克朗到手！

靡非斯特　酒坛子，你又能站起来行走？

弄　臣　在我可不稀罕，只是这回最妙。

靡非斯特　　瞧你得意忘形，脸上汗水直冒。

弄　臣　　快瞧瞧这儿呀，它真可以当钱？

靡非斯特　　真的，有了它你只管滥饮饱餐。

弄　臣　　我还可以购置田地、房产、牲口？

靡非斯特　　那还用说！花吧，花光了总会有。

弄　臣　　还有城堡、森林、猎场和鱼池？

靡非斯特　　没问题！

我非常乐意看见你出人头地！

弄　臣　　今晚在庄园里我的梦准保甜蜜！

（下）

靡非斯特　　（独自地）

对咱们小丑的智慧，谁还怀疑？

原版插图本

浮士德

[德] 约翰·沃尔夫冈·冯·歌德（Johann Wolfgang von Goethe）

杨武能◎译

Faust

CNS PUBLISHING & MEDIA 中南出版传媒

湖南文艺出版社 HUNAN LITERATURE AND ART PUBLISHING HOUSE

博集天卷 CS-BOOKY

图书在版编目（CIP）数据

浮士德：全2册 /（德）歌德（Goethe, J.W.V.）著；杨武能 译. --长沙：
湖南文艺出版社，2014.11
书名原文：Faust
ISBN 978-7-5404-6908-5

Ⅰ.①浮… Ⅱ.①歌… ②杨… Ⅲ.①诗剧—剧本—德国—近代
Ⅳ.①I516.34

中国版本图书馆CIP数据核字（2014）第223320号

上架建议：青少年阅读·经典名著

浮士德（全2册）

作　　者：[德] 约翰·沃尔夫冈·冯·歌德（Johann Wolfgang von Goethe）
译　　者：杨武能
出 版 人：刘清华
责任编辑：薛　健　刘诗哲
监　　制：陈　江　毛闽峰
特约编辑：薛　婷
版权支持：文赛峰
版式设计：崔振江
封面设计：张丽娜
内文排版：八度出版服务机构
出版发行：湖南文艺出版社
（长沙市雨花区东二环一段508号　邮编：410014）
网　　址：www.hnwy.net
印　　刷：北京天宇万达印刷有限公司
经　　销：新华书店
开　　本：880mm × 1270mm　1/32
字　　数：525千字
印　　张：20
版　　次：2014年11月第1版
印　　次：2014年11月第1次印刷
书　　号：ISBN 978-7-5404-6908-5
定　　价：59.00元（全2册）
（若有质量问题，请致电质量监督电话：010-84409925）

目录
Contents

悲剧第二部（接上册）

阴暗的走廊 ... 303

一排灯火辉煌的厅堂 ... 310

骑士厅 ... 314

第二幕

高拱顶的哥特式房间 ... 323

实验室 ... 336

古典的瓦普几斯之夜 ... 346

珀涅俄斯河上游（一）... 351

珀涅俄斯河下游 ... 360

珀涅俄斯河上游（二）... 372

爱琴海的岩湾 ... 396

第三幕

斯巴达，墨涅拉斯的王宫前 ... 419

城堡内院 ... 448

阿卡狄亚 ... 469

第四幕

连绵的群山 ... 492

前山顶上 ... 506

伪帝营帐 ... 525

第五幕

旷野 ... 536

宫　　殿 ... 541

深夜 ... 548

子夜 ... 553

宫中宽广的前院 ... 559

埋　　葬 ... 564

高山深谷 ... 576

附录

宇宙和人生　预言和寓言

——试析《浮士德》的哲学内涵（上）... 590

“浮士德精神”与西方近现代文明

——试析《浮士德》的哲学内涵（下）... 604

阴暗的走廊

浮士德，靡非斯特

靡非斯特 干吗拖我来这阴暗的走廊？
那里边不是挺快活挺欢畅，
混在穿红着绿的宫人队里，
不有的是机会逗乐、撒谎？

浮士德 别对我讲你过去如何如何，
说什么为我已把脚掌磨破；
可是如今你这么奔来跑去，
只为的是不向我兑现承诺。
现在来受大臣和内侍驱遣，
倒成了我不堪忍受的折磨。
突然间皇帝陛下心血来潮，
要我使海伦、帕里斯复活；
让他目睹这美男子的典型，
让他亲眼见着绝色的娇娥。

赶快呀！我可是答应了就得做。

靡非斯特 您真叫胡来，竟轻率许诺！

浮士德 伙计啊，是你自己考虑不周，
没充分估计你那把戏的后果；
既然咱们已经使他富裕起来，
就不能不给他声色犬马之乐。

靡非斯特 您想入非非，以为说到做到，
哪晓得面前的坡坎又陡又高；
您已插手最不该插手的地方，
结果会背上新债，糟上加糟！
您以为海伦那么容易招来吗，
就像这些个充金币的纸钞票？
要收拾男魔女巫，魑魅魍魉，
大脖子侏儒，我立刻便遵命；
然而魔鬼的情妇即使很妖娆，
仍没法儿冒充古代的绝色美人。[①]

浮士德 听听，这不是又在重弹老调！
跟你交往我常不知如何是好。
一切障碍都出自你的头脑，
随便施个手段又得另加酬劳。
要办成我知道只需念念有词，
一眨眼，你就能把他俩带到。

靡非斯特 那异教民族与我毫无关系，
他们都栖息在自己的地狱；

---

① 对属于中世纪基督教信仰范畴的魔鬼靡非斯特来说，古代希腊传说中的人物海伦和帕里斯死后自然也栖身于异教的冥间，是他的魔力所达不到的地方。浮士德执意去寻找他们，在他看来难上加难，只会自讨苦吃，“背上新债”。

不过呢办法倒也还是有的。

浮士德 快说，别拖延迟疑！

靡非斯特 泄露天机我真叫不情愿。
女神们端坐在岑寂中间，
周围既无时间也无空间；
要我谈论她们实在为难。
她们就是众母！①

浮士德 （惊诧）
众母！

靡非斯特 吓坏你了吧？

浮士德 众母！众母！——听起来好怪！

靡非斯特 确实怪。这些女神非你们凡人
所能了解，也讨厌我们呼喊她们。
她们栖居在深深的地表底下，
去挖吧，都是你自己找的事情。

浮士德 走哪条路？

靡非斯特 全没有路！入无人涉足之途，
不可涉足；临人所不求之境，
不可乞求。您准备去吗？
没锁须开启，没闩须拔掉，
寂寥将会把您团团围困。
荒凉寂寞的含义您可知晓？

① “众母”（Muetter，德语“母亲”一词的复数），可否理解为化育宇宙万物的母性、“阴”或者《道德经》中的“玄母”？1830 年 10 月 1 日，歌德对艾克曼说：“关于‘她们就是众母！’我只能向你透露一点儿：我曾在普鲁塔克那里发现，古希腊人是把母亲当作女神看待的。来自传说的仅此而已，其余皆为我自己的创造。”这里的“在普鲁塔克那里”，实指歌德曾读过的《马尔凯路斯传》。在这本书中，普鲁塔克写到了古代西西里人对“母亲女神”的崇拜。

浮士德 我想你还是少念这种咒语为好；
它们让我嗅到了巫厨的气息，
让我闻到了往古时代的味道。
我难道不曾被迫与世人周旋？
不曾把玄虚的学问学并且教？
我理智地说出自己的观点，
反对者倒加倍提高了声调；
我厌恶世人种种可耻行径，
于是逃进寂寞，遁入荒郊，
却又不愿孤独地虚度此生，
到头来只得和魔鬼打交道。

靡非斯特 就算是您曾经横游大洋，
见过那茫茫无际的景象，
眼看海涛一浪一浪涌来，
感受过没顶的恐怖惊惶。
然而您到底还见到些什么？
见到碧波之间有海豚穿梭；
见到云、月、日、星当空掠过——
可是在那永远空虚的深处，
您连自己的足音也听不见，
您根本没有实地可以立足。

浮士德 你说起话来像密教大宗师，
一味地想诓骗新收的弟子；
只不过反其道[①]：送我入虚无，
让我在那儿提高技艺和法力；

① 反其道，指尽管都为诓骗新收的弟子，却不像密教大宗师那样许诺一切，而是否定一切。

你待我就像那只小猫崽儿，
你指望我为你火中取栗①。
只管来吧！让咱们穷根究底，
我要发现万有，在你那虚无里！②

磨非斯特 您离开我之前，我要称赞您；
我发现，您了解魔鬼的意义。③
这儿的钥匙，拿去吧！

浮士德 就这小玩意儿！

磨非斯特 先接着，对它可不能小觑。

浮士德 它在我手里长大！亮似闪电！

磨非斯特 您该已看出，它多了不起？
这钥匙将为您探找出捷径，
紧跟它，它领您找众母去。

浮士德 众母！我每次听着都心里发怵！
这我害怕听的究竟是个啥词儿？

磨非斯特 您好保守，听见新词就不舒服？
难道您只想听已听见过的事物？
倘若任何的声谓您都乐意听闻，
那您早就习惯了最奇异的事情。

浮士德 僵化麻木不是我要找的幸福，
惊诧不失为人性最可贵之处；④
不管世界如何使人情感淡漠，

---

① 火中取栗，故事出自法国寓言诗人拉封丹的寓言《猴子与猫》。

② “在虚无中寻找万有”，“有生于无”——又一个与中国古典哲学命题的绝妙“巧合”。

③ 指浮士德对于“无”的理解，因为魔鬼自视为否定的精灵，为“无”。

④ 惊诧、好奇确实是探索的动力，认识的源泉。1829 年 2 月 18 日歌德告诉艾克曼：“人所能达到的最高境界是惊异，如果原始现象令你惊异，你就该满足了。”

只要有所感触便会了解深入。

靡非斯特 那就沉下去吧！我也可说上升！
反正一样！逃离已定型的世界，
走进那物象不再受拘束的国度！
去欣赏久已不复存在的事物；
扰攘世事如浮云聚集您身边，
要挥动您这钥匙将它们驱逐！

浮士德 （振奋地）
好！紧握着它我又觉得有劲儿，
心胸开阔了，好去把大事进行！

靡非斯特 终于有一只烧得通红的宝鼎，
表明您已到达最深处的地心。
借着宝鼎的红光您看见众母，
她们一个坐着，其余的几个
随意地站或走。造型和变型，
是永恒的意识的永恒的依凭。[①]
周围漂浮着宇宙万物的形象，
它们看不见您，只看见幻影。
要壮起胆子，因为危险巨大；
要径直冲着那宝鼎走去，
伸出钥匙去碰一碰鼎身！
（浮士德威严地举起钥匙）

靡非斯特 （端详着浮士德）
好，正是这样！

① 以上靡非斯特在描述虚无之境景象时所讲的两段话，看似作者驰骋想象、信口开河，实不尽然。其中关于上与下、意识与形态、定型与变型、存在与虚无、限制与自由等的表述，都同样富于哲理，颇堪玩味。

它会跟随着您，像忠实的仆人；
被幸福托举着，您将从容上升，
众母尚未察觉，您已携回宝鼎。
当您把它带到宫中，就能
从冥冥中召唤出英雄和美人，
成为第一个完成此举的勇士；
而他就是您自己，不是别人。
然后要继续作法，持之以恒，
直到鼎中香烟化作男神女神。

浮士德 眼下如何行事？

靡非斯特 潜心下沉；
猛跺脚沉下去，再跺脚往上升。
（浮士德跺脚往下沉）

靡非斯特 但愿那钥匙能帮他的大忙！
真想知道他能不能回到地上。[①]

① 在这一场里，歌德从教义、神话、传说、寓言中借用了许多富有象征意义的事物。对诸如钥匙、宝鼎等的解释，在《浮士德》的研究者中也众说纷纭，莫衷一是。我们只要揭下其艺术的神秘纱罩，在理性的指导下发挥各自的想象，同样可以做出独具慧眼的新的解释，体会到研读这部对于欧洲人来说也很难读懂的经典的新意趣。

一排灯火辉煌的厅堂

皇帝和诸侯，廷臣们来来去去

内　侍　（对靡非斯特）
您还欠我们幽灵现形的场面；
快动手吧！主上已经不耐烦。

宫内大臣　刚才圣上还问这事来着；您哪！
别再犹豫迟疑，叫圣上难堪。

靡非斯特　我那伙计已经去办这件事；
他知道该如何着手、处置，
正独自一人守在实验室中，
为不辱圣命而在加紧努力；
须知谁想获得美丽的宝藏，
必须会法术并且十分在行。

宫内大臣　使用什么法术完全无所谓；
陛下只希望看见万事齐备。

金发女郎　（冲靡非斯特）
喂，先生！您瞧我这光光的脸蛋，
然而它会变样，在讨厌的夏天！
那时会出现许多红褐色的斑痕，

遮掩住白净的面皮，十分难看。
想个办法吧！

靡非斯特 可惜哟！如此娇艳的人儿，
五月一到就变成了金钱豹。
去弄些青蛙卵和蛤蟆舌头，
在满月之夜给好好地煎熬，
等到月亏再均匀涂在脸上，
春天一来雀斑就自会脱掉。

褐发女郎 为巴结您，众人直往前挤。
我患冻疮，也来向您求医！
它既妨碍散步又妨碍跳舞，
使我甚至没法儿行屈膝礼。

靡非斯特 允许我踩一踩您的脚吗？

褐发女郎 喏，这本是恋人间的游戏。

靡非斯特 我踩啦，宝贝儿！它大有意义。
用脚治脚，所有毛病全这么医。[①]
过来！听好了！您可不准反击。

褐发女郎 （喊叫）
哎哟，哎哟！你这脚硬得像
马蹄子，痛得人火辣辣的！

靡非斯特 却也治好了您的老病痼疾。
从此您可以痛痛快快跳舞，
和情人在桌子下相互钩踢。

贵妇人 （挤上来）
让开，请让开！我真痛苦难当，

① 此处系戏拟和讽刺 1810 年由哈尼曼（Samuel Hahnemann）医生发明的所谓“同种疗法 / 顺势疗法”（Hoemopathie）。

心窝里像有钻在钻，有火在烫：
到昨天他还以我的青睐为幸福，
如今却背弃了我，和她拉扯上。

靡非斯特 情况是严重，不过告诉您，
您得静悄悄地靠近他身边去，
拿这木炭在他身上画根线，
袖子、外套、肩膀都没关系；
随后他便生出悔恨和内疚。
可木炭您得马上吞进肚里，
不准喝酒和水，只能硬咽；
今夜他就会在您门前叹息。

贵妇人 您这不会是毒药吧？

靡非斯特 （愤怒）
夫人您必须、务必对咱尊重！
为找这木炭[①]我几乎把腿跑断；
它是从行刑的柴堆上捡来的，
为使它烧旺盛，咱从没偷懒。

侍　童 我害相思了，可人说我没成年。

靡非斯特 （脸转向一旁）
真不知该听谁的才好。
（冲侍童）
年纪太轻的，不可去碰运气。
上了年纪的，才真会宝贝你。
（挤过来许多其他人）
又新来这么多！真教人受不了！

---

① 木炭，指从处死女巫、异教徒的人犯的火刑堆中取来的木炭。西方人迷信与执行死刑有关的东西均具有魔力。

为解围，只好露出真实面貌；
这虽下策！但情况实在太糟。
哦，众母，众母！快放回浮士德！
（环顾四周）
大厅里的灯火已经变得昏黄，
宫人们突然间开始来来往往。
只见他们排成了整齐的队列，
穿过长长的过道，远远的回廊。
瞧！他们聚集在古老的骑士厅，
人多得几乎容不下，厅虽宽敞。
厅内的壁上饰着彩色的挂毯，
各处的壁龛陈设着盔甲刀枪。
这地方我看用不着施法念咒，
幽灵们定会自动地登台亮相。

骑士厅

光线朦胧幽暗
皇帝和廷臣已进入大厅

司仪官 我的老差事是为演戏报幕，
这装神弄鬼勾当真难为我；
一切都如此地混乱和荒唐，
想合理解释准得把头想破。
椅子、凳子都已一一备齐，
陛下的座位应该正对墙壁；
这样他能舒服地欣赏壁毯：
毯上绣着伟大的古代战役。
大臣长老在这儿坐成一圈，
无背长凳密密地挤在后面；
在这招神请鬼的阴森时刻，
仍有情侣依偎在身边。
成，大家已经按礼仪入座，
已准备好，请幽灵把形现！
（大喇叭吹响）

星　士 一场好戏马上就要开场，

皇上有旨：墙壁快退到两旁！
再没障碍，魔法好就此施展；
壁毯消失了，如被大火席卷；
墙壁裂成两半，一齐转向后面，
变得像座戏场，场景异常深远，
冲着我们射来神秘的亮光，
这会儿已该我去舞台前方。

靡非斯特 （出现在提词人的小洞里）
从这儿我希望获得众人的青眼，
悄声耳语乃是魔鬼的口才特点。
（冲着星士）
你老兄精通星座运行的节奏，
我的悄悄话自然也能理解透。

星　士 展现这儿的一切，全靠法力：
一座古老的庙堂，宏伟无比。
一行一行排列着粗大的圆柱，
活像当初阿特拉斯把天扛起；①
它们两根便可支撑一幢大厦，
全部一起足以托举大山一匹。

建筑家 古典风格！意即臃肿而笨重，
我真不知该怎样来将它赞颂。
粗糙叫高雅，笨拙称伟大。
我情有独钟的却是轻灵挺拔。
尖峭的拱顶能使人神思飞驰，

① 海伦、帕里斯乃希腊神话中的人物，故这儿的舞台背景也是以巨大的圆柱支撑为特点的古希腊罗马庙堂。阿特拉斯（Atlas）也是希腊神话中肩扛天穹的提坦巨人，常被后世塑造成扛着地球的大力士，或作为建筑物的立柱。

这类建筑总令我们心向上帝。[①]

星　士　怀着敬畏迎接这吉日良辰，
用魔术的咒语束缚住理性；
让远古奇异而大胆的幻景
自由自在地向着我们靠近。
张大眼睛满足你们的渴望吧，
正因为不可能所以值得相信。[②]
（浮士德从另一侧登上台口）
头戴花冠、身着法衣的异人，[③]
正将已大胆开始的奇迹完成。
跟随他从深渊中飞出来宝鼎，
鼎里似乎已飘出阵阵的香氛。
他振作精神，祝福伟业成功；
从此以后只可能是一帆风顺。

浮士德　（庄严地）
请允许我以你们的名义，众母，
你们永远孤独却又群居的女神，
无涯之境的主宰。生命的意象
围着你们头颅飘荡，却无生命。
在那儿活动着似曾辉煌的一切，
为求永恒。你们分配光和伟力，
或给白昼晴空，或给夜晚穹顶。

① 这位建筑家一方面贬低古典建筑风格，一方面提倡中世纪以高耸的尖顶为特征的哥特式。前者富于人文精神，后者则充满宗教情绪，使人对天国、上帝产生敬畏和向往。

② 此处影射拉丁神学家特士良的诡辩名言：“（耶稣死而复活）才是可信的，因为它荒诞；才是确实的，因为它不可能。”

③ 浮士德以美的祭司形象出现。

有的人生活得淡泊而又安宁，
有的人为大胆的魔法所吸引：
后者才获得人人渴望的厚赠，
充满自信，让奇迹当众发生。

星　士　闪光的钥匙刚碰着宝鼎，
厅内立刻弥漫袅袅烟雾；
它们如同祥云冉冉飘来，
聚集复分散，舒卷自如。
快瞧这召唤幽灵的杰作！
它们一边游荡一边奏乐。
无名的音响涌溢自空中，
一起汇流成绝妙的乐曲。
列柱和三陇板[①]也在鸣响，
我相信整个神殿在歌唱。
烟雾下沉处，踏着节拍，
轻纱中走出英俊少年郎。
我在此住嘴，无须道他的名讳，
美少年帕里斯谁不认识、钦仰？
（帕里斯走到台前）

贵妇人　哦，瞧他青春焕发，满面红光！

贵妇人二　像一只鲜桃，充满甜蜜的汁浆！

贵妇人三　瞧他的嘴唇，线条细腻又丰盈！

贵妇人四　你恨不得捧着这杯儿猛吸猛吮！

贵妇人五　他真太漂亮，虽说还不算高贵。

贵妇人六　还该多点儿矫健，我这么以为。

① 三陇板（Triglyphe），古希腊陶立克柱式庙堂建筑特有的柱顶雕饰。

骑　士　我只觉得他像个牧童，
丝毫看不出王子的雍容。[①]
另一骑士　可不！光着膀子小青年倒漂亮；
须穿上盔甲才显得出男人本相！
贵妇人　他坐下了，姿态大方、舒展。
骑　士　坐在他怀中，您准称心如愿？
另一贵妇人　头倚着胳臂，多优雅的姿势。
内　侍　这样没坐相，实在是太放肆！
贵妇人　你们男人对什么都吹毛求疵。
内　侍　当着圣上哪能这样摊开四肢！
贵妇人　他只是表演！自该旁若无人。
内　侍　就算表演，也得守宫廷礼仪！[②]
贵妇人　睡眠温柔地控制了美男子。
内　侍　他已经在打鼾，真自然主义！[③]
年轻的贵妇人　（着迷地）
圣香中混合着什么芬芳气息，
我感觉神清气爽，沁人心脾。
年长的贵妇人　啊！一缕芳馨直入心灵深处，
芳馨来自他的身体！
年老的贵妇人　这是生长发育之花，
变作香膏形成在少年体内，
将气息散布于周围的空气。
（海伦上场）
靡非斯特　这就是她！对她我感觉冷漠；

① 帕里斯出生即被父王遗弃，经人收养后确实当过一段时间的牧童。
② 此处讽刺墨守成规的法国古典主义戏剧。
③ 此系对所谓自然主义的调侃。

她美是美啊，却不能打动我。

星　士　这下子我真叫无所施展，
身为正人君子，我可坦言。
美人到来，只恨我没如簧巧舌！
对于美貌，从来都要百般颂赞——
它青睐谁，谁就会陶醉销魂，
它属于谁，谁就会幸福无边。

浮士德　我还有眼珠吗？我心灵深处，
美的甘泉已经在喷涌不息？
恐怖旅程带来幸福的收获。
过去的世界何等闭塞、空虚！
自我成为美的祭司，它就变了，
变得坚实、持久、富有价值！
美啊，啥时候我要再离开你，
我将丧失掉生存的呼吸能力！
从前，反映在一面魔镜当中，
这完美的肢体也曾使我迷醉，
可那只是这美人的虚影而已！①
你才是真美啊，我要献给你
全部的生命力，全部的激情，
以及渴慕和爱恋、追求和痴迷。

靡非斯特　（从提词箱中）
控制住情绪，别离开角色！

年长的贵妇人　身材魁梧、匀称，只是头太小。

年轻的贵妇人　快瞧那脚！真叫粗大得不得了！②

① 指第一部《巫厨》一场浮士德曾在魔镜中见过海伦的形象。

② 影射当时一些人对古希腊美女雕塑的批评。

外交官　这样的贵族小姐我曾见过，
觉得她很美，从脑袋到脚。

廷　臣　她趋近那酣睡者，狡黠而温柔。

贵妇人　站在纯洁少年旁边，多么丑陋！

诗　人　她的美丽将他照耀、辉映！

贵妇人　恩底弥翁与露娜，与画不差毫分！[①]

诗　人　完全正确！像女神从天降临，
俯下身来吸吮他呼出的气息；
真羡煞人！——还吻他！——幸福绝顶。

侍女头儿　大庭广众！太不成体统！

浮士德　给了这小子太多的恩宠！

靡非斯特　静！安静！
幽灵干啥就让她干啥。

廷　臣　她轻轻地溜开；他苏醒啦。

贵夫人　她回首望他！这我能想象。

廷　臣　他惊讶，奇迹竟出现在自己身上。

贵妇人　可她不觉得，眼前出现了什么奇迹。

廷　臣　她从容地向着他转过身体。

贵妇人　我已经发现，她比他经验老到；
这种场合男人们通通都很愚蠢，
他还相信，是第一个把她弄到。

骑　士　得了吧！她秀丽而又端庄！

贵妇人　破烂货！我说她一副贱相！

侍　童　那个小子，我真愿把他替换！

廷　臣　坠入这样的情网，没谁不愿！

---

① 恩底弥翁，希腊神话中的美貌牧童，月神露娜恋慕他，每夜降临到拉特摩斯山偷吻熟睡的他。此情景常成为美术题材，歌德自己就藏有一张这样的版画。

贵妇人 就算她是金珠宝贝，
众手捏拿也会褪色。

另一贵妇人 从十岁起，她已全无贞洁。[①]

骑　士 瞅准时机，人人各取精华；
眼下我就抱紧这败柳残花。

学　究 她我能看清楚，可得坦白承认：
我怀疑啊，这确是海伦的真身[②]。
眼前的景象常诱使人想入非非，
我最坚信的是写在纸上的诗文。
我在书中确实读到：美女海伦
为特洛伊的老爷们儿特别欣赏；[③]
我觉得，这儿的情形也是一样，
我已不年轻，却仍旧把她迷上。

星　士 不再是少年！是一位英雄
抓住她，她难以挣扎反抗。
他使足臂力将她高高举起，
大概要掳她去远方？

浮士德 大胆狂徒！
你竟敢！你听着！站住！太无礼！

靡非斯特 是你自己搞来的呀，这幽灵闹剧！

星　士 再说一句！根据发生的所有事情，
我想把这出戏称为《掳走海伦》。

浮士德 什么掳走？难道我不在这里！

---

① 据希腊神话传说，海伦十岁时就已被男人诱骗。

② 在希腊神话中海伦有真身、化身和梦身。

③ 典出《荷马史诗·伊利昂纪》第三歌：特洛伊的老将、老臣们在城楼上看见海伦走近，一个个都赞叹不已。

难道我手中不握着这把钥匙？
是它带领我闯入那寂寥之境，
踏平惊涛骇浪，回到这陆地。
我在此扎根！此乃现实世界，
精神可以与幽灵在这里较量，
努力把伟大的双重王国①安排。
她离我多远，就能靠我多近。
我若救她，她就会加倍将我爱。②
干吧！众母，众母！允许我！
谁认识了她，没她再不能活。

星　士　你干啥，浮士德！浮士德！——
他使劲抓住她，她形象变得虚幻。
他掉转钥匙去打年轻的帕里斯，
一碰到他——完蛋啦！全完蛋！
（一声爆炸，浮士德倒在地上。幽灵们化作青烟散去）

靡非斯特　（把浮士德扛在肩上）
瞧见啦！和傻瓜拉扯打推，
临末魔鬼自己也得倒霉。
（黑暗中一片混乱）

① 双重王国，指理想与现实融合在一起的美妙境界。

② 因为从冥界里已救过她一次。

第二幕

高拱顶的哥特式房间

狭窄拥挤
和浮士德当初住在这里时一样
毫无改变

靡非斯特 （从帷幕后走出来。在他掀开帷幕回顾之时，可以看见浮士德仰卧在一张古式的床上）
您就躺在这儿吧，不幸的人哟！
只怪您被引诱，深深坠入情网！
谁要被海伦勾去了魂魄，
谁的理智就难恢复正常。
（环顾四周）
前后左右，我四处观望，
一切完好，全保持原样；
只觉彩绘的玻璃窗更加浑浊，
头顶上增加了一些蜘蛛网；
墨水凝结了，纸张已泛黄；
不过一切仍然摆在老位置；

甚至那枝鹅毛笔还在这里，
他用它画了押，在卖身契上。
是啊，笔管下端凝着一滴血，
一滴我从他身上诱出的鲜血！
这样一件珍宝啊，举世无双，
我祝伟大的收藏家有幸珍藏。
还有钉子上挂着那件旧皮袍，
它使我回忆起当初的瞎胡闹：
我曾经对那小后生循循善诱，
他今天也许还在品其中味道。[①]
真的，我心中油然生出欲望。
想把这温暖的袍子披在身上，
堂而皇之地重新充一回导师，
并要完完全全符合人们理想。
学究们十分精于此道，
咱魔鬼却早已不大在行。
（取下皮袍来抖动；从皮袍里飞出来蛐蛐、甲虫和蛾子）

昆虫合唱 欢迎！欢迎！欢迎您——
我们旧日的保护人！
我们嗡嗡嗡飞鸣，
早已经把您认清。
当初您只悄悄地
一只只培育我们；
如今我们成千飞舞，
为报答您养育之恩。

① 指他在第一部第四场戏弄一个来向浮士德请教的外地学生。

奸诈之徒总是
内心深藏凶险，
虱子们却宁肯
早些露出原形。

摩非斯特 这些新的造物真个教我惊喜！
谁下了种，谁就有收获之期。
我再抖搂抖搂手中的旧皮袍，
这儿那儿又飞出虫子一只只。
飞上来！转过去！宝贝们啊，
快在千万个角落中躲藏隐蔽。
藏到那边摆着的纸盒中，
藏到这边发黄的古书里，
藏到尘封的破旧罐子内，
藏到骷髅头的眼眶里去。
在这些腐烂发霉的所在，
必定永远有蟋蟀加怪癖。[1]
（套上皮袍）
来吧，来披在我的肩上！
今儿个我再把主人当当。
可自吹自擂全然没有用，
那买我账的人现在何方？
（他拽铃铛。铃铛发出尖锐、刺耳的声浪，震得房间都颤抖起来，门也弹开了）

助　手[2] （从黑暗的过道里蹒跚走来）
什么响声啊！真正叫可怕！

---

① 德文中“Grille”一词同时有蟋蟀和古怪念头的意思。

② 为已经当上教授的瓦格纳的助手。

楼梯在抖动，墙壁快摇垮。
透过哗哗响的彩色玻璃窗，
我看见阵阵闪电，亮花花。
大地迸裂；从头顶天花板，
落下来石灰、土块、碎瓦。
房门本来闩得牢牢的，
不知啥神力给启开啦？
那儿！好吓人哟！一个巨人
穿着浮士德的旧皮袍！
他瞪着我，向我招手，
我吓得差点儿没跪倒。
我该逃走，还是留下？
我会怎么样，鬼知道！

靡非斯特 （招手）
过来，朋友！——你叫尼科得穆斯。

助　手 这是我名字，大人！——俄瑞穆斯[①]。

靡非斯特 咱们别来这一套！

助　手 很荣幸，你了解我不少！

靡非斯特 我知道，你大把年纪还当学生，
成了老油条！只不过即使学者
也无他法，只能活到老学到老。
要是马马虎虎用纸牌搭建楼房，
即使伟大天才也不能完全造好。
你的老师，他可是位饱学夫子：
高贵的瓦格纳博士，谁人不知，

① 俄瑞穆斯，基督教教会内用的拉丁语，意为“让我们一同祈祷”。助手感到靡非斯特有些邪乎，想以此语镇住他。

当今学界头一个数他威望崇高！
是他一人维持学界的团结，
是他每天给学术添加养料。
渴求全知的莘莘学子
齐集他门下听讲受教。
他独立教坛，光芒四射，
开天上地下的知识库房，
如同圣彼得执掌着宝钥。[①]
他名震四海，光彩夺目，
再没谁能比他荣名显耀；
就连浮士德也声名暗淡，
只剩他还有所发明创造。

助　手　大人，请原谅，如果我
提出异议，如果我对您讲：
所有这一切全不是事实，
我老师乃是谦虚的榜样。
对那位夫子的神秘消失，
他总是不能够理解释怀，
仍日夜祈求，盼他归来。
这间浮士德博士的居室，
他走后就保持原封原样，
一直等候着它的老主子。
我几乎不敢踏进这房门，
今儿个想必是良辰吉日？
墙壁似乎曾经哆嗦颤抖，

① 典出《新约全书·马太福音》第16章：耶稣把天国的钥匙交给圣彼得掌管，让他负责开关天国和地狱之门。

门框歪斜了，门闩已迸开，
否则您自己也没法儿进来。

靡非斯特 你的老师跑哪儿去了？
领我去找他，叫他来！

助 手 唉，他严禁我将他打扰！
去叫行不行，我不知道。
几个月来，他闭门谢客，
专心致志完成伟大事业。
身子骨羸弱得一塌糊涂，
不像书生倒像个烧炭夫，
耳朵鼻子全糊得漆黑，
老是吹火所以两眼充血——
如此孜孜以求，一刻不停，
火钳叮当于他美如音乐。

靡非斯特 这么说他要让我吃闭门羹？
我可是能加速他成功的人。
（助手离去，靡非斯特大摇大摆地坐下）
刚刚才等我在这儿落座，
那后边已出现一位熟客。
如今他成了超级摩登人士，
定会趾高气扬，信口开河。

学 士[①] （从过道冲进来）
大门小门全都开着！
这回总算有了希望：
他不再埋首故纸堆，

① 即曾经被靡非斯特戏弄的学生，他已取得学士学位。

活人变成个死鬼样，
枯萎憔悴，可悲可怜，
不死不活，苟延残喘。

外墙内壁全已倾斜，
最后难免都会倒塌，
咱们要不马上躲避，
肯定将会遭压挨砸。
我虽胆量比谁都大，
仍旧不愿往门里跨。

今天我又会有何遭遇？
许多年前不也在这里，
诚惶诚恐，虚心求教，
只因我刚刚上一年级？
对老头子我满怀信赖，
从他的胡扯里寻找教益？

从那故纸堆中知道多少，
他们就塞多少进我耳里。
有的连他们自己也不信，
就这样将彼此生命耗去。
怎么？——那边斗室里面。
仍坐着谁，光线半明不暗？

走近一看真吓我一跳：
他坐在那儿，穿着皮袍，

真的，和我离开时一样，
他仍披件灰色大皮袄！
当时他尽管能说会道，
我还是听不怎么明了。
今天老一套完全不灵，
我该大胆去和他聊聊！

如果忘川的激流，老爷子，
没有冲昏您这歪斜的秃头，
那就睁大眼瞧瞧我这学生，
他如今已不用把教鞭忍受！
我看您呀仍旧老模老样，
这次我却另有一番景象。

靡非斯特 你听见铃声就来，我挺高兴。
即使当初，我也未把你看轻；
蛹和幼虫已经向我预示
一只花蝴蝶儿即将出世。
拳曲的头发和花边领子，
曾使你喜欢得像个孩子。
你看来从不曾留过小辫？
瞧今天你梳着瑞典发式。[①]
看上去你果敢而有决断，
指望别变得武断又极端。[②]

① 18 世纪至 19 世纪初，欧洲男子时兴在后脑勺留一小辫子，法国大革命开始后逐渐有所改变。瑞典人带头剪掉辫子，蓄新式短发。

② 原文这后两句用了“resolut”（决断）和“absolut”（武断、极端）这一对同根谐音词，既有文字游戏的意味，也暗示这个青年是个哲学上的绝对主义者，并通过他讽刺当时德国以费希特、黑格尔、谢林为代表的绝对主义哲学。

学 士 老先生！咱们是在旧地相逢；
可得考虑时代已经大大不同，
趁早收起你模棱两可的屁话；
如今咱们眼光也得变化变化。
当初您愚弄忠厚老实的青年，
而且成功用不着讲什么才艺，
可今儿个谁还有这样的勇气。

靡非斯特 向年轻人传授纯粹的真理，
黄口小儿永远不觉得惬意，
然而经过了许多年，
他们有了亲身体验，
却认为一切出自自己脑袋，
于是宣称：师傅是个笨蛋。

学 士 或许是个骗子！——须知老师
哪能径直将真理对我们宣示？
谁个不懂得要么增，要么减，
对弟子时而严肃，时而调侃。

靡非斯特 做学问自然是耗费时日，
我看你已够资格做教师。
自那以后过了许多岁月，
你想必已有丰富的阅历。

学 士 经验阅历不过泡沫尘埃！[①]
哪里能与精神同等看待！
承认吧，人历来的知识，
根本就没有认知的价值！

---

① 学士否定感性认识和经验的意义，也不承认知识的价值，是一个极端主观唯心的虚无主义者。

靡非斯特 （稍停）

我早有此预感。我是个傻瓜。

如今我更觉自己浅薄、呆傻。

学　士 我很高兴，听到您的明达之言！

第一位白发智者，终于被我发现！

靡非斯特 我寻觅秘藏的金银宝藏，

却将肮脏的煤炭往回扛。①

学　士 干脆承认您这秃头，这脑瓜，

不比那边那些个骷髅值价！

靡非斯特 （从容地）

你准不知道，朋友，你多粗暴。

学　士 在德国只有撒谎才会礼貌。

靡非斯特 （将轮椅摇到台口，冲池座里的观众）

我感到又憋又暗，在这台上，

到你们那儿藏身，我真希望。

学　士 原本已一钱不值却硬想有价值，

把昨天当今天，真叫狂妄至极！

人的生命仰赖血液的循环流动，

唯有血气方刚的青年充满朝气。

青年们蓬勃向上，浑身是精力，

由生命创造新生命靠青年自己。

这儿活动着一切，也有所作为，

羸弱的倒下，强悍的出人头地。

眼看我们已将半个世界征服掉，

你们却干了些啥？点头，思考，

---

① 与柏拉图对话的希腊哲学家费得鲁斯（Phaedrus）说过类似的话，其后成为广泛流传的俗语典故，意即收获极少、大失所望等。

做梦，斟酌，计划个没完没了。
说实在的，老年是一场寒热病，[①]
一边浑身哆嗦，一边头脑发昏！
人生在世只要一过了三十，
与其说还活着，不如说已死。[②]
最好把你们干掉，而且要及时！

磨非斯特 高见，高见，魔鬼也没说的。

学　士 根本没魔鬼，要是我不愿意。

磨非斯特 （冲着旁边）
可魔鬼这就教你小子摔一跤。

学　士 完成这崇高使命靠青年一代！
我不创造它，世界便不存在。
是我引导太阳从大海里升起，
月亮的盈亏运行也随我心意；
白昼辉煌灿烂，装饰我旅途，
大地花红草绿，为教我欣喜。
在那最初的夜晚，我一招手，
天穹中便缀满亮晶晶的星斗。
除了我，还有谁能帮助你们
冲破狭隘的市侩思想的樊篱？
而我却按照自己精神的指引，
自由快乐地追寻心中的明灯，
快步朝前迈进，斗志昂扬，

① 语出古罗马喜剧作家泰伦提乌斯。

② 费希特曾在著作中写道：“人们活过了三十岁，为他们的名誉着想，为了世界的利益，我们都唯愿他们死去……”在歌德时代，此话常被魏玛和耶拿的一些狂妄青年片面理解和滥用。

把黑暗抛身后，面向光明。[①]
（下）

靡非斯特 好个怪人，得你的意去吧！
会惭愧的，一旦你认识到：
不管是愚蠢还是聪明想法，
无一不已被前人反复思考。
不过对这小子不必在意，
过不了几年他准有所改变：
美酒最终还是会酿成的，
尽管发酵的葡萄汁难看。
（冲池座里没鼓掌的青年观众）
对我的一席话，你们表现冷淡，
孩子们啊，我现在随你们的便；
想想吧：如今的魔鬼已经老迈，
你们上了年纪，才能将他明白！

① 歌德用这位学士塑造了一个视一切为自己意识的产物的主观唯心主义者典型。

实验室

中世纪风格，塞满笨重、粗大的器械，
可用于种种想入非非的实验

瓦格纳 （在火炉旁）
铃响了，传来可怕的声浪，[①]
震撼我这烟火熏黑的石墙。
实验不能这么一直拖下去。
我难耐无止境的企盼渴望。
黑暗终于转化为光明；
在这曲颈瓶的最里面，
已燃烧着炽热的生命，
似炭团，更像红宝石，
在暗夜中闪烁、辉映。
看，出现明亮的白光！
哦，但愿我这次能成！
上帝啊！谁在嘭嘭嘭敲门？

① 指前一场靡非斯特猛力拉铃，发出震撼屋宇的响声。

靡非斯特 （走进室内）

欢迎！多谢你的好意。

瓦格纳 （胆怯地）

欢迎，在吉星高照的时辰！

（压低嗓门儿）

可是请闭紧嘴巴，屏住呼吸，

眼看就要完成一项辉煌业绩。

靡非斯特 （低声一些）

到底在搞什么？

瓦格纳 （更加低声）

在造一个人。

靡非斯特 造人？难道你把一对情侣

关在了这冒烟的窟窿里？

瓦格纳 上帝保佑！那种生殖方式，

我们认为既荒唐而且过时。

那产生生命的柔弱的质点，

那迸发温柔的力量的源泉，

它们互相授受而得以成形，

吸取养分，由近及远——[①]

这种搞法如今已显得粗俗；

尽管各种动物仍乐此不疲，

可人类原本具有伟大天赋，

必须能找到更高贵的来路。

（转身朝着火炉）

闪光啦！瞧！——真有希望，

① 这四句概括了受孕和胚胎发育的过程。瓦格纳视这自然的生殖方式为过时和粗俗，表明他是一个脱离实际的幻想家。

通过数百种物质的混合，
——重要的就是得混合——
从容地调配成人的元素，
然后将人素密封进烧瓶，
再加热蒸馏到一定程度，
工作便不声不响地完成。
（再次转向火炉）
快啦！那一大块越加清亮！
我的信心也在增强、增强。
世人常把自然的奥秘颂赞，
我们却大胆而理智地实验；
自然产生出不少的有机物，
我们以结晶方式将其析出。

靡非斯特 寿命长的人阅历定然丰富，
世上对他再没有新鲜事物。
鄙人早在漫游四海的年代，
就亲眼见识过结晶的种族。①

瓦格纳 （一直注视着烧瓶）
在上升，在闪亮，在聚积，
转眼之间你就会见到奇迹。
伟大抱负开头总显得狂妄，
随后我们又会把侥幸笑话；
制造这种善于思维的脑子，
在将来也要靠一位科学家。

① 靡非斯特讲起话来常常一语双关，他所谓“结晶的种族”（Kristallisierles Menschenvolk）和瓦格纳理解的并非一码事，更多的是指那种僵化、刻板的人。他出此言意在讽刺瓦格纳，说他搞的事情已不新鲜。

（欣喜地盯着烧瓶）
神秘的力量使烧瓶叮当作响，
先混浊，后澄清；成功在望！
我看见一个小小男孩，
动作优雅，仪态大方。
我们和世人还有何奢求？
造化之秘已揭示于眼前。
请认认真真倾听这妙音，
它正变成人声，变成语言。

荷蒙库鲁斯[①]（在烧瓶中呼唤瓦格纳）
爸爸！怎么样？这可不是儿戏。
来呀，把我亲亲热热抱在怀里！
只是别太紧，免得压碎玻璃瓶。
事物的特性原本如此：
自然的宇宙已经拥挤不堪，
人造的就必须被关闭隔离。
（冲靡非斯特）
你，滑头伯伯，来这里
多么赶巧？我要感谢您。
是好运气带领你到这里来，
我也得活动，既然已存在。
我想立刻穿上工作的制服，
您挺精明，能教我抄近路。

① 荷蒙库鲁斯（Homuncilus），又译霍尔蒙克斯，中世纪西方炼金术士给他们妄图用人工的方法制造的人所取的名称。歌德在剧中大致采用了瑞士医学家兼炼金术士帕拉塞尔苏斯（Paracelsus）关于这种人造小人的说法：他身子细小、透明，没有肉体，却具有超人的智慧和追求的毅力。因此，他开口就显出一种非一般小孩所有的机灵劲儿，口齿清楚，用词准确而且通达世情。

瓦格纳 再说一句！从前我没法不羞愧，
老老少少都来请教，问题成堆。
举个例子吧：还没谁能够解释，
灵魂和肉体何以会天衣无缝，
紧密结合，好似永远不分离，
然而呢又老是有扯不完的皮。
再如……

靡非斯特 等等！我倒想问另一个问题：
为什么男女之间搞不好关系？
朋友，这问题你永远扯不清。
处理这事小家伙正好乐意。

荷蒙库鲁斯 处理什么事？

靡非斯特 （指着侧门）
显示你的才能吧，就在这里。

瓦格纳 （仍然盯着烧瓶）
确实，你这孩子再可爱不过。
（侧门开启，可以看见浮士德仰卧在床上）

荷蒙库鲁斯 （惊讶）
真有意思！[①]
（烧瓶从瓦格纳手里滑脱，飘到浮士德头顶，照耀着他）
周围好美！——茂林沃野，
清清湖水！少女们宽衣解带，
千娇百媚！——一个赛一个。
可仍旧有位美人最最出众，
必是出自英雄或神的族类。

① 荷蒙库鲁斯已看见浮士德睡梦里的景象。

她把脚浸进透明的湖水中，
获取水晶般的柔波的清凉，
将高贵躯体的如火欲念抚慰。
然而是何等剧烈的振翅鼓翼声，
扑棱棱搅乱了湖面的平静？
少女们含羞躲避；唯有王后
从容举目观望，带着女性的
自豪和快意，看着天鹅之王
偎依到她膝间，温柔而性急。
天鹅渐渐习惯了新的安乐窝。[①]
可是突然间腾起一片烟雾，
像用一面密密实实的帷幕，
将这最最动人的场面蒙起。

靡非斯特 瞧你小子真会胡说八道！
大幻想家，年纪虽很小。
我什么也没看见——

荷蒙库鲁斯 这我信。你来自北方，
在蒙昧的世纪里成长，
混在骑士和僧侣堆里，
哪里会有开阔的目光！[②]
你只配主宰黑暗世界。
（环顾四周）
石墙发黄，霉臭刺鼻，

① 典出希腊神话：宙斯变成天鹅，飞临人间，与在湖边脱去衣服准备沐浴的斯巴达王妃丽达交媾。丽达后来因此生下了绝代美女海伦。

② 魔鬼靡非斯特是北欧中世纪迷信的产物，对他来说，古希腊的神话世界自然是异己和陌生的，因此也看不见。

尖拱涡饰[①]，低下粗鄙！
这位如果醒来又会有难，
会当场倒下，立刻完蛋。
林中湖泊、天鹅、裸女，
全都出现在他的酣梦里；
这地方他如何待得下去！
我尽管随便也忍受不了。
现在就得带他去那异地！

靡非斯特 我很喜欢这个办法。

荷蒙库鲁斯 只要命令战士去打仗，
只要带领女孩上舞场，
立刻便会万事大吉。
转念一想：眼下正值
古典的瓦普几斯之夜，[②]
运气真好得无以复加。
去那儿他定称心如意！

靡非斯特 这样的聚会我从未听说。

荷蒙库鲁斯 它哪儿能传进你的耳朵？
你只知道浪漫的精灵，
真正的还得是古典才成。[③]

靡非斯特 可到底咱们要奔向哪里？
一提古代同行我就有气。

荷蒙库鲁斯 西北方，撒旦，是你的乐土，

---

① 高高的尖拱和涡卷形浮雕花饰，是哥特式建筑的特征。

② 根据传说，古希腊的精怪于每年8月9日（恺撒战胜庞培纪念日）的前夜，都要在色萨利（Thessalia）平原上聚会。

③ 浪漫的，指北方德意志的。古典，指南方古希腊罗马的。

可这一次咱们要奔向东南方——
珀涅俄斯河在大平原上奔流，
葱茏的森林环抱宁静的海港；
大平原一直延伸到山脚底下，
法萨卢[①]新城老城都在山上。

靡非斯特 哎哟！去去去！别再烦我啦，
用有关暴政和奴隶制的争议。[②]
它使我觉得无聊，这儿刚完，
那儿又从头扯开，永无止息；
没谁察觉：他只是受了挑唆，
在背后捣鬼的原是阿斯蒙蒂斯[③]。
他们都自称为争取自由而战，
细加观察却是奴隶在斗奴隶。

荷蒙库鲁斯 反抗是人的禀性，您就别管。
人人从小都必须进行抗争，
只有这样才能终于长大成年。
眼下问题却是如何治好此人。
您要有办法，就赶快试一试；
您要没本领，就交给我来办。

靡非斯特 布罗肯峰的某些玩意儿倒是行，
异教的世界却对咱闩着门。
希腊民族从来都是些窝囊废，
然而以恣情纵欲迷惑你们，

---

① 法萨卢城，恺撒战胜庞培的地方。

② 靡非斯特听见这个古希腊城名，便想起与其有关的争论和战事，故如此说。

③ 阿斯蒙蒂斯（Asmodeus，亦译阿斯摩蒂尔斯），原系后期犹太教传说中的恶魔，后来在西方的民间传说中成了专事挑拨离间的魔鬼。

诱使人一个心眼儿地贪欢造孽，
而嫌我们的一套黑暗、阴森。
喏，现在怎么办？

荷蒙库鲁斯 您嘛原本也不愚蠢；
我只要一提色萨利的魔女，
我想，我已经无须再加说明。

靡非斯特 （色迷迷地）
色萨利的魔女！真的！
我早就把这些人打听。
一夜一夜地和她们同居，
我不相信会有多么安逸；
不过去走走，试试——

荷蒙库鲁斯 斗篷递过来，
用它把这位骑士[①]裹住！
这块毡子将一如既往，
把他和您托起在空中；
我在前边照路。

瓦格纳 （胆怯地）
我也去吗？

荷蒙库鲁斯 也好，也好，
您留在家里干您的大事。
翻开你的那些羊皮古书，
按照方子搜集生命元素，
把它们小心地合在一处。
既想好干什么，又想好怎么干。

---

① 在西方习惯以“骑士”称呼对妇女殷勤有礼和有风度的男人，浮士德曾为救助海伦挺身而出，所以也这么称呼他。

等我周游世界归来以后，
想必会发现“i”字头上那个点。[①]
随后就算是已大功告成，
艰苦奋斗本该获得报偿：
黄金、荣誉、声名、健康长寿，
学问和德行——也许还有。
再见！

瓦格纳 （抑郁地）
再见！这教我心中好生难受。
我担心，要再见你永不能够。

靡非斯特 果然迅速地向珀涅俄斯河飞去！
真不可轻视哩，这位小兄弟。
（朝着观众）
搞来搞去还是得依靠
咱们自己的小小创造。

---

① 德语成语里所谓“i”上的那个点，意即我们所说的画龙点睛的一笔，是大功告成的最后之举。

古典的瓦普几斯之夜[①]

法萨卢旷野

一片黑暗

厄里克托[②] 我忧郁的厄里克托，和以往多次一样，
今晚又来参加阴森可怖的瓦普几斯节；
讨厌的诗人们对我肆意丑化、诽谤，
我却并不那么可憎……赞扬和指责，
他们永远忙个不停……我似乎觉得，
漫山遍野有如海浪起伏的灰色营帐[③]，
构成这充满忧惧和恐怖的夜的景象。
这一切已经一次次重演！而且仍将
无休无止地演下去……谁也不愿意
将帝国拱手让人；也没有谁会乐意

① 古典的，即古代希腊罗马的，在书中有时也被称作南方的，系与歌德当时生活的北国德意志地区相对而言。古典的瓦普几斯之夜也就带有希腊罗马色彩，人物、典故也多取自希腊罗马的神话和传说，气氛也凝重、庄严，与诗剧上部布罗肯峰上的群魔乱舞、荒淫无耻的情形大异其趣。

② 厄里克托，古战场法萨卢荒原的魔女。卢卡努斯和奥维德都在诗中写到过她，说她形象可怖，性情乖戾凶暴。

③ 四处弥漫的夜雾看上去像是战场连绵起伏的营帐。

把它让给以武力夺权和掌权的君王。
要知道没能力控制自己内心的人，
太容易心高气傲，太喜欢驾驭他人……
这儿就曾殊死战斗，留下伟大范例：
对暴力统治，曾经以暴力进行抗击，
千万朵鲜花编结的自由花冠扯碎了，
刚硬的月桂枝绕着暴君的头颅弯曲。[①]
这边，马格努斯[②]梦想着昔日的光荣，
那边，恺撒彻夜倾听着命运的消息！
较量就在眼前。世人知道谁已胜利。

篝火炽烈燃烧，腾起来红色的火苗，
大地泛着红雾，是无辜的血光映照，
被这暗夜中罕见的奇光异彩吸引，
希腊神话传说的魑魅魍魉纷纷来到。
围绕着一堆堆的篝火，古代的精灵
或舒舒服服坐着，或飘飘摇摇……
月亮虽然还没圆，却清朗明亮，
它冉冉升起，把柔辉洒遍周遭；
营帐的幻影消失，遍野是蓝色火苗。

可是在我头上，突然飞来什么彗星！
它光芒耀眼，照着蜷成球状的人身。[③]
我嗅到了生气。这可对我很不相宜；

① 庞培实际上是为维护元老院的贵族统治而与恺撒作战，结果失败了。魔女厄里克托所言与史实不符。

② 马格努斯，庞培的别名，意即伟大的人。

③ 盛着荷蒙库鲁斯的烧瓶闪闪发亮，被厄里克托误以为是彗星。

只要我一接近就会给生命造成损害，[①]
因此也教我背上恶名，我实不乐意。
彗星已经在下降。我趁早小心回避！
（离开）
（空中出现飞人）

荷蒙库鲁斯 我又盘旋了一圈，
在篝火和魔怪上边；
只见原野和山谷，
鬼影憧憧妖雾弥漫。

靡非斯特 我像透过昔日的窗户，
窥见北方的混乱和恐怖，
幽灵一个个面目可憎，
这儿那儿我一样蛮舒服。

荷蒙库鲁斯 瞧，一个高大女鬼
大步地走向我们！

靡非斯特 看见我们飞过空中，
她好像胆战心惊。

荷蒙库鲁斯 随她去！快快放下
你的骑士，他马上
就会重新获得生命，
好把神话之国探寻。

浮士德 （触及地面）
她在哪儿？[②]

---

① 根据诗人卢卡努斯的描述，厄里克托不仅面目狰狞，而且住在墓穴里，敌视人类，嗜血成性，故有害于生命。

② 浮士德仍念念不忘海伦。

荷蒙库鲁斯 纵然咱们不知她在何处，
却可以在这儿将她打听。
您不妨趁白天尚未到来，
去一处处篝火旁边搜寻。
您既有胆量寻找众母，
就不会再畏惧任何事情。

靡非斯特 在此我也该尽一份力量，
然而不知其他妙计良方，
只能说：那一处处篝火，
各人都不妨去闯上一闯。[①]
随后作为会合信号，小鬼，
让你的灯再发出亮光声响。

荷蒙库鲁斯 就这么闪烁，就这么震响。
（烧瓶发出轰鸣和闪电）
快快去把新的奇迹寻访！

浮士德 （独自）
她在哪儿？——现在别再打听……
纵然这地方她不曾驻足流连，
纵然这儿水波不曾朝她飞溅，
这里空气却传递过她的语音。
这里是奇迹领我来到的希腊！
在此我立刻感觉到脚踏实地，
酣睡者又充满了热情和朝气，

① 三者虽同行却各有所求：浮士德寻找海伦，荷蒙库鲁斯寻找生命的实体，靡非斯特想与魔女寻欢作乐。

仿佛安泰[①]重新回到大地怀里。

我发现这地方真是千奇百怪，

在篝火的迷宫中我认真寻觅。

（慢慢地走远）

① 安泰，罗马神话中的巨人，海神波塞冬和大地女神该亚的儿子，只要一接触到大地，便力大无穷，不可战胜。

珀涅俄斯河上游（一）

靡非斯特　（四下窥视）

我在这些篝火间游游荡荡，
感觉到完全陌生和异样，
几乎都是裸体，只偶尔穿件衣裳；
斯芬克司和格里芬[①]同样寡廉鲜耻，
前前后后映入我眼帘的，
无不披着鬈发，胁生双翅……
虽说咱们内心里也不正派，
可发现更放肆是古代世界；
要想习惯它必须更新头脑，
给它涂抹上种种时髦香膏……
讨厌的种族！可我得忍耐，
得殷勤致意，于乍到初来……
你们好，美丽的夫人，聪明的老爷子！

格里芬　（狺狺然）

不是老爷子！是格里芬！——谁个乐意
被人称老？每一个词儿

① 斯芬克司和格里芬，二者都是神话传说中的怪兽。前者人面狮身，千万年来静卧在古埃及的金字塔前；后者狮身鹰头。

都有显示其渊源的声调：
灰色、厌恶、忧郁、恐怖、墓穴、狂暴，
因词源相同而发音近似，
在我们听来全都不美妙。[①]

靡非斯特 可是别扯得太远，尊号的
词根“格里芬”你也喜欢。

格里芬 （依旧狺狺然，一直如此）
当然！这亲缘关系已受过考验，
虽然常常挨骂，更多却是称赞；
被抓取的不外少女、皇冠、金子，
抓取者多半得到幸福女神照看。

巨种蚁群[②] 你们所谓金子我们积攒了许多，
全在岩缝和洞穴中秘密地藏着；
可阿里马斯朋人[③]探测出了它们，
并且搬到老远，一个个笑呵呵。

格里芬们 我们一定叫它们坦白交代。

巨种蚁群 只是别在这纵情狂欢的晚上，
可在黎明前将一切准备妥帖，
这一次啊咱们肯定不会上当。

靡非斯特 （坐到狮身人面兽斯芬克司之间）
习惯这地方我愉快而不费力，

① “格里芬”一词的复数（Greifen）与“老人们”（Greisen），以及动词“掠取、抓”（Greifen）的读音相近或相同，而且以“Gr”起头的还有文中所列举的一系列字词，故有这两段近乎文字游戏和带调侃意味的对话。

② 希罗多德在所著《历史》第27章第4节和普利尼所著《博物志》第11章第31节，曾述及一种生活在中亚的巨种蚂蚁，其大似狐狸，善于打洞掏取和掩藏金沙。

③ 希罗多德在所著《历史》里还写到住在斯库提亚北部的独眼族阿里马斯朋人，称他们曾为争夺黄金宝藏而与鹰头狮格里芬战斗不止。

因为懂得它们一个个的言语。

斯芬克司 我们轻轻吐出幽灵的音响，
你随即将它们转变成具体。
请报大名，让我们更了解你。

靡非斯特 世人以为可以给我各种名称——
这儿可有爱旅游的不列颠人？
他们都热衷于把古战场和瀑布，
以及残垣断壁和古老废墟探寻；
这儿该是值得他们一游的胜地。
他们还能证明：在昔日的戏里，
我总是扮演那个“老不正经”[①]。

斯芬克司 这怎么可能呢？

靡非斯特 我自己也不知道是何原因。

斯芬克司 就算是吧！你可懂点星象学？
能否说说眼下是啥样的时辰？

靡非斯特 （抬头望天）
星星飞来蹿去，弦月大放光明，
这地方使我感觉亲切而又舒适，
可以靠你的狮皮增加我的体温。
冒失向上登攀可能会招来损害；
还是出个谜语，抑或字谜也成。[②]

斯芬克司 只讲出你自己，就是一个哑谜。

---

① 在英国古时候以劝人弃恶从善为宗旨的戏剧里，作为魔鬼随从和帮手出现的小丑常常被称作“老不正经”（Old Iniquity）。

② 相传在古希腊的忒拜，狮身人面的斯芬克司常吃掉不能猜出它的谜语的过路人。这个谜语是“早晨四只脚，中午两只脚，晚上三只脚”。后来，俄狄浦斯猜中了谜底为“人”，斯芬克司便从它稳坐的悬崖上掉了下来。

试着分析你本身，要深刻彻底：
“虔诚者和凶险者对你同样需要，
给前者当护胸，抵挡苦行的剑击，
为后者当伙伴，好为非作歹到底，
干这或做那，都只为讨宙斯欢喜。”①

鹰头狮格里芬一 （狺狺地）
这样的家伙我不欣赏。

格里芬二 （更加怒气冲冲）
他想把咱们怎么样?

两个鹰头狮同时 这讨厌鬼本不该来这里!

靡非斯特 你们也许以为，客人的指甲
不如你们的爪子尖锐锋利?
那就请来试上一试!

斯芬克司 （温和地）
你只管留在这里吧，
不过你自己会渴望离开我们;
在自己的领地你能自得其乐，
我要没说错，在这儿却不快活。

靡非斯特 看上边你倒真对我口味，
下边的兽身却令人生畏。

斯芬克司 你这虚伪的家伙定遭报应，
要知道我们前爪很是有劲;
你小子长着只萎缩的马脚，
在我们团体里难有好心情。

① 斯芬克司是富有智慧的灵兽，故能看透靡非斯特作为“恶”的化身的本质，以及其正反两方面的作用。

（美人鸟赛壬[①]在头上合唱）

靡非斯特 河岸边白杨树的枝头上，
是什么鸟儿在那里歌唱？

斯芬克司 随你抗拒好啦！这歌声
战胜过最最优秀的人们。

赛壬们 嘿，你们干吗要俯就
这些丑陋的妖魔鬼怪？
听，我们歌声多悦耳，
成群地朝着你们飞来；
这样做赛壬原本应该。

斯芬克司们（以同样的曲调嘲讽美人鸟赛壬）
赶下她们，从枝头上！
在树枝间她们极力把
自己可憎的鹰爪掩藏；
你肯定会遭遇到不幸，
一旦将她们的歌倾听。

赛壬们 抛开仇恨！摒弃嫉妒！
让我们一同努力收集
散落在蓝天下的幸福！
在陆地，在江河湖海，
我们以最快活的神态，
迎接这位嘉宾的到来。

靡非斯特 好一派新腔、新调，
钻出嗓子，落下琴弦，

① 赛壬（Siren），希腊神话中的怪鸟，其腰部以上为美女，下边却生着翅膀和利爪，共三只，常栖息于江海的礁崖上，以歌声诱惑行船的人，使其覆没遭难。

交织出纯粹的时髦。[①]
可啦啦之声很快消沉,
我只觉耳际有些痒痒,
而心里仍旧空落落。

斯芬克司们 别扯什么淡!它很无聊,
只是一只萎缩的破皮囊,
更适合充当你的面貌。

浮士德 (走到近前)
多神奇啊!瞅着就使我满足,
寓于恶中的伟大、坚强之物。
我已预感到自己会有好运气;
这严肃的目光将置我于何地?
(冲着斯芬克司们说)
俄狄浦斯曾在她们跟前站立;
(冲着赛壬们说)
面对她们尤利西斯身陷囹圄;[②]
(指巨种蚁群)
最珍贵的宝藏依靠它们积攒,
(指鹰头狮格里芬们)
再由它们忠实、可靠地保管。
我感觉浑身上下充溢着生气,
伟大的形象唤起伟大的回忆。

靡非斯特 这类形象你往常很是鄙弃,
而今似乎深受着你的欢喜;

① 这几句大约在影射和讽刺歌德所不喜欢的浪漫派诗人。

② 典出《荷马史诗·奥德修纪》:为抗拒美人鸟赛壬的歌声,尤利西斯将自己捆绑在船桅上,并用蜡封住耳朵。

可不，在寻找爱人的地方，
就连碰着怪物也视为珍奇。

浮士德 （问众斯芬克司）
你们女士得对我说明：
你们可有谁见过海伦？

斯芬克司们 我们未曾活到她在世之日，
最后几个已被赫拉克勒斯杀死。①
这件事你最好去请教喀戎②，
他在这幽灵之夜往来驱驰；
有他的帮助，你准达到目的。

赛壬们 我们也祝你获得成功！……
当年尤利西斯来到鄙地，
也没有傲慢地匆匆而过，
而是带来了许多的消息；③
如果你愿涉过绿色海洋，
去我们多水多树的家园，
你就会获知所有的秘密。

斯芬克司们 贵客啊，你可别上当受骗。
与其像尤利西斯似的自缚，
不如接受我们的忠告良言：
只要能够找到高贵的喀戎，
你就知道我的许诺会实现。
（浮士德离去）

① 希腊神话中无此情节，为诗人自由发挥。

② 喀戎，河神俄刻阿诺斯之女菲吕拉所生。他上半身是人，下半身是马，看上去就像一个骑在马上的骑士。

③ 美人鸟为迷惑欺骗浮士德，编造了这个谎言。

靡非斯特 （厌烦地）

什么振翅声这么聒耳？
来不及见着已飞过去，
一只紧跟在一只后面，
弄得猎人也力竭精疲。

斯芬克司 来势如同寒冬的风暴，
阿尔喀得斯[①]之箭也追赶不到；
它们是神速的铁翅鸟[②]，
脚像白鹅，喙似金雕，
可嘎嘎叫唤原无恶意。
它们很希望参加聚会，
表明与我们本是同胞。

靡非斯特 （受惊的样子）

中间还有什么在咝咝作响。

斯芬克司 它们你完全不用放在心上！
那只是勒尔那水蛇的脑袋，[③]
虽与躯体分离仍趾高气扬。
你倒是说说自己有何打算？
干吗手足无措、惊惊慌慌？
你想去哪儿？就请自便吧！
我发现那边那群合唱队员
在使你东张西望。别拘束，
去吧，问候那些漂亮脸庞！

① 阿尔喀得斯，大力神赫拉克勒斯的别名。

② 铁翅鸟，相传为希腊阿卡狄亚地方的食人怪鸟，嘴和爪子都是铁的，后被赫拉克勒斯射杀。

③ 典出希腊神话：在勒尔那的沼泽中曾出没着生有九个脑袋的怪蛇，脑袋被砍掉又会再长出来，后来也被赫拉克勒斯除掉。

她们就是风流娘儿拉弥亚[①]，
嘴角挂着微笑，额头高扬，
以此博得萨蒂尔[②]们的喜爱；
生着山羊蹄[③]的你但去无妨。

靡非斯特 你们不走？我还要来见你们。

斯芬克司们 行！和那些轻浮女人厮混去。
我们来自古埃及，早已习惯
稳坐在这儿，千年复万年。
只是我们的方位受到重视，
我们以此调节年月日时。[④]
我们坐在金字塔前，
将各民族兴亡评判；
洪水、战争与和平——
我们一概处之泰然。

---

① 拉弥亚，希腊神话中的女吸血鬼，姿色迷人，专爱残害青少年男子。

② 萨蒂尔，希腊神话中的精灵，生着人身、马腿或羊蹄、羊尾，常出没于林中泉畔，生性淫荡。

③ 靡非斯特实际上长的是马蹄。

④ 在古埃及，斯芬克司多建在神庙之前、金字塔旁边，被认为有天文学意义。

珀涅俄斯河下游

河神珀涅俄斯，被众水精和
沼泽女神簇拥包围着

河神珀涅俄斯　摇曳吧，低吟的芦苇！
叹息吧，蒹葭众姐妹，
絮语吧，轻盈的柳丝，
喃喃吧，颤抖的杨枝，
请进入我时时中断的梦境！……
然而我被恐怖的预感惊醒，
一阵震撼一切的神秘战栗
打破了我枕流而息的恬静。

浮士德　（走到河边）
我要没听错，只能相信：
在这些低矮的灌木丛里，
在纵横交错的枝丫背后，
可以听见近似人的声音。
那水波好似在呶呶不休，
那风儿好似在笑语嬉戏。

众水精　（对浮士德）

你最好莫过
在这儿躺下，
用清凉水波
解四肢困乏，
好好地享受
难得的宁静；
我们飒飒飕飕，
对你说悄悄话。

浮士德 我醒着哪！哦，让那些
美好无比的姿影留下吧，
留在我的目力所及之地。
我心中充满了奇异之感，
不知是梦境，还是回忆？
你总算已得到一次幸福。①
溪水悄悄流进灌木丛里。
轻摇的小树散发出清香，
既没喧嚣，也难闻絮语；
四面涌溢出无数的泉水，
清澈澄明，渐渐汇聚成
一片深潭，招引人沐浴。
一群年轻、健壮的女郎
亭立在平明如镜的水边，
丽影双双，映入我眼底！
她们结伴沐浴好不畅快，
大胆地游泳，小心地涉水，

① 指他在瓦格纳的实验室里做的美梦。

最后闹嚷嚷打起水仗来。
对此景象我该心满意足，
本可以在这儿饱享眼福，
然而心思老是奔向远处。
目光随之钻进茂密丛林，
那儿有一片绿色的纱帐，
将高贵的女王[①]保护掩藏。
多么奇妙啊！还有天鹅[②]
也从水湾深处游来眼前，
姿态端庄、大度、威严。
亲亲热热地、静静地漂浮，
摇摆着脑袋，翕动着嘴巴，
又显得那么自豪而满足……
可有一只显得与众不同，
它昂首挺胸，扬扬自得，
迅速地穿过鹅群游向远处；
它鼓张起了全身的羽翼，
随着水波而波动而起伏，
一直闯进那神圣的地域……
其他的天鹅则来回游弋，
羽翼上静静闪动着白光，
一会儿又快活地打闹嬉戏，
吸引胆怯的姑娘们注意，
使她们只想着自身安全，
把守卫女王的职责忘记。

① 女王，海伦的母亲丽达，斯巴达的王后。

② 典出希腊神话：宙斯变成天鹅与丽达交媾，使丽达生下海伦、克吕泰涅斯特拉、卡斯托耳、波路克斯。

众水精 请把耳朵，姐妹们，
贴在绿色湖岸上倾听；
我要没听错，从远方
似乎传来了马蹄声。
可惜不知在这深夜，
是谁传递紧急音信。

浮士德 我也感觉大地隆隆震响，
好似有骏马在急驰奔忙。
赶快举目一望！
难道是好运气
就要让我碰上？
这奇迹举世无双！
一个骑手狂奔而来，
显得聪慧而又勇敢，
胯下坐骑白得发亮……
我没看错，我认出了他，
菲吕拉声名赫赫的儿子！
等等，喀戎！我有话和你讲……

喀　戎 什么事？究竟是什么事？

浮士德 请放慢你的步伐！

喀　戎 我可不能耽搁啊。

浮士德 那就带上我！求你！

喀　戎 骑上来吧！这样我就好问：
去啥地方？瞧你立在岸边，
我愿带你过河去对面岸上。

浮士德 （骑到马人背上）
你愿上哪儿就上哪儿。我永远感激……

你这位伟人，这位高贵的教育家，
曾培养大批英才，因而誉满天下，
还有“阿尔戈”号上出类拔萃的乘客，
还有创造诗人世界的人中精华……

喀　戎　这些事咱们最好就别再提！
帕拉斯变作门托尔并未赢得荣誉；[①]
到头来弟子们仍自行其是，
好像压根儿没有受过教育。

浮士德　作为医生你熟知百草的名字，
也透彻了解植物根茎的奥秘，
你治病救人，减轻世人伤痛，
我要用全身心的力量拥抱你！

喀　戎　有英雄在我身旁受伤，
我总是能够将他救助；
可这救死扶伤的技艺，
最终传给了牧师女巫。

浮士德　你是位真正的伟人，
听不得别人阿谀奉承。
对赞扬总是谦逊回避，
好像你原本平淡无奇。

喀　戎　你这人我看很会扯淡，
溜须拍马全不分贵贱。

浮士德　可你无论如何得对我承认：
你见过同时代许多伟人，

① 帕拉斯，即智慧女神雅典娜。她曾变成俄底修斯的好友门托尔，并充当其子忒勒玛科斯的师傅（此外门托尔也泛指老师、师傅）。《荷马史诗·奥德修纪》写到了这个故事。喀戎接着说的弟子们的情况则为歌德随意发挥。

你还效法他们，建功立业，
半神一般严肃地度过时辰。
可告诉我在那些英雄中间，
你认为哪一位最出色能干？

喀　戎　“阿尔戈”号上那高贵的一群，
他们各个有着独特的本领，
一个个浑身都充满了力量，
能以己之长，去弥补他人。
若论朝气蓬勃，英俊漂亮，
宙斯的孪生子没谁比得上。
若论助人为乐，决断果敢，
玻瑞阿斯[①]的儿子堪称好汉。
若论足智多谋，孔武有力，
首推伊阿宋[②]，妇女们也满意。
俄耳甫斯[③]，温柔而又庄重，
弹起七弦琴，没谁不感动。
林叩斯[④]目光锐利，昼夜操劳，
驾驶圣船，绕过浅滩暗礁……
只有齐心协力方能脱离危险，
一人努力干，众人齐称赞。

浮士德　为何赫拉克勒斯一点儿不谈？

喀　戎　唉！不要勾起我的思念……

① 玻瑞阿斯，北风之神。他有两个儿子，一名泽忒斯，一名卡拉伊斯，是“阿尔戈”号船上的桨手。

② 伊阿宋，色萨利的王子，“阿尔戈”号船上的众英雄的首领。他为从篡位的叔父手里索回王位，率众出海寻找金羊毛。

③ 俄耳甫斯，在船上充当乐师。他的琴声能感动禽兽和草木。

④ 林叩斯，船上的舵手。他长着千里眼，能透视海、陆、空。

福玻斯[①]我可是从未见过，
阿瑞斯、赫耳墨斯[②]等也是；
现在我仍旧历历在目的，
多系世人奉为神的勇士。
例如那一位天生的国王，
还小小年纪便仪表堂堂，
他对他的兄长忠心耿耿，[③]
也忠于最最可爱的女郎[④]。
大地女神生不出第二个，
赫柏[⑤]没法带他去天上；
没诗歌能唱出他的容颜，
没岩石能雕出他的肖像。

浮士德 不管雕塑家们如何夸口，
总不比你讲的有血有肉。
现在讲讲最美的女性吧，
最美的男子已说得足够。

喀　戎 嘿，女性的美貌算个啥，
往往不过是呆板的图画；
我赞颂的只是那种女人，
她生机勃勃，快乐机灵。
美貌只能教人自我陶醉；

① 福玻斯，希腊神话里的太阳神，也叫阿波罗。

② 阿瑞斯，宙斯和赫拉之子，希腊神话里的战神，即罗马神话里的玛尔斯。赫耳墨斯，希腊神话里的神使，亡灵的接引神，即罗马神话里的墨丘利。

③ 指赫拉克勒斯对欧律斯透斯。他俩的关系实为侄叔。

④ 指赫拉克勒斯先为吕狄亚女王翁法勒的奴仆，后来成为其丈夫。

⑤ 赫柏，青春女神，赫拉克勒斯升天后娶她为妻。

只有妩媚总是征服人心，
就像我曾背负过的海伦。

浮士德 你背负过海伦？

喀　戎 是的，在我这背上。

浮士德 教我如何能不心醉神迷？
竟幸福地骑上她的坐骑！

喀　戎 她也抓住我的头发，
和你现在一样。

浮士德 哦，我简直
要发狂！讲，后来又怎样？
她是我心中唯一的渴望啊！
你背她，唉，何来复何往？

喀　戎 这个问题挺容易回答。
话说当初，宙斯的孪生子
把小妹妹搭救出强盗之手。
可强盗们下狠心在后猛赶，
对失败他们岂能善罢甘休。
兄妹们加快了逃遁的脚步，
却遭厄琉西斯的沼泽羁留；
兄弟俩自己涉水，妹妹是我背走。[①]
当她跨下我的脊背，轻轻地
抚摩我湿润的鬃毛，亲热我，
感激我，可爱、灵慧又自觉。
那么迷人！年轻，真教老人快乐！

浮士德 她当时才十岁哩……[②]

---

① 海伦十岁时，从斯巴达被忒修斯和珀里托俄斯拐至阿提卡，后为两位兄长所救。喀戎的说法为歌德杜撰。

② 关于海伦被诱拐的年龄，考据家们众说纷纭。歌德最初写七岁，后改为十岁。

喀　戎　我看啊，那些考据学家，
他们既骗了你，也欺骗了自己。
神话里边的女性实在太特别，
诗人根据需要随意进行描写：
她永远不会成年，也不会老，
始终是秀色可餐，身段苗条，
幼年遭拐骗，老了仍被追求；
一句话，诗人不为时间所囿。

浮士德　如此说她一样不受时间的羁绊！
可不，阿喀琉斯在费赖阿发现她，[①]
也曾超越时间。多难得多幸运：
通过斗争得到爱情，抗拒天命！
难道我就不能凭借苦恋之力，
使举世无双的美女转世还魂？
那永恒的丽质，堪与天神媲美，
既伟大又温柔，既高贵又可亲！
你曾经见过她，今天我也有幸：
完全如我期望，那么楚楚动人。
如今我的心、我的身全被束缚，
我得不到她，就再不能够生存。

喀　戎　异乡人啊！作为凡人你算痴情，
在精灵眼里却叫得了疯病。
只不过现在你运气正好，
因为每年也有少数几次，
我总要前去将曼托访问。

① 典出希腊神话：海伦死后，与阿喀琉斯亡灵结合，生一子名欧福里翁。费赖阿是色萨利的一个城市，传说中通往冥府的入口即在此地，故歌德说二人结合于此。

她是阿斯克勒庇俄斯之女，[①]
曾私下求他父亲珍惜名誉，
好好开导属下那一帮医生，
别再肆意妄为，杀害生灵……
她是女巫中最可爱的一个，
不狰狞丑陋，倒慈蔼温顺；
你稍事逗留，她一定能够
借药草之力除掉你的病根。

浮士德 我不想医治，我意志坚定；
不然我也卑鄙如同别的人。

喀　戎 别错过饮用这圣泉的良机！
快下来！我们已到目的地。

浮士德 告诉我，在这恐怖的夜晚，
你带我涉过沙溪到了哪里？

喀　戎 罗马和希腊曾在这里决战，
右为珀涅俄斯河，左为神山奥林匹斯；
最大的帝国就此折戟沉沙；
国君逃走，平民获得胜利。
往上瞧！那永恒的神圣庙堂，
它耸立在近在眼前的月光里。[②]

曼　托 （在神殿里做着梦）
马蹄声嘚嘚嘚。
圣阶发出回响，
定有半神到来。

喀　戎 完全正确！

① 曼托，忒拜的盲预言家提瑞西阿斯之女。古代预言术和医术都类似巫卜，故歌德将曼托之父说成医神阿斯克勒庇俄斯。

② 据传在奥林匹斯山也有通冥府的入口。

请把眼张开！

曼　托　（苏醒过来）

欢迎啊！我知你不会滞留在外。

喀　戎　这神庙不也让你留恋吗？

曼　托　你仍四处游荡，不知倦怠？

喀　戎　你永远爱宁静独处，

我却喜欢周游四海。

曼　托　我坚守故地，任时间绕着我流。

这位是……？

喀　戎　那臭名昭著的夜晚

卷裹着他来到了此地。

他因为海伦如痴如狂，

一心想把她搞到手里。

却不知在何处和怎样；

治他最好用神医秘方。

曼　托　对存非分之想者我倒喜爱。

（喀戎已经远去）

曼　托　进来，鲁莽家伙，我会教你高兴！

这条暗道通向冥后[①]的幽境。

在奥林匹斯山脚下的洞穴，

她不顾禁令偷听阳世音信。

我曾偷偷把俄耳甫斯送进；[②]

快把握好机会！大胆前行！

（他们一起走下去）

① 冥后，珀耳塞福涅是宙斯和谷物女神得墨忒耳的女儿，被冥王哈得斯抢到冥府为后。说她因留念阳世而偷听人间的消息为歌德发挥。

② 俄耳甫斯到冥府寻找亡妻欧律狄刻，冥后珀耳塞福涅被其充满真情的琴声感动，答应让他带妻子回人间，不幸因他途中违背诺言而失败。曼托说送他入冥府为歌德杜撰。

珀涅俄斯河上游（二）

同前

赛壬们　你们快跳进珀涅俄斯河！
在激流中该当击水弄波，
为了帮助那不幸的世人，
同声唱一支歌又一支歌。
没有水也就不存在幸福！[①]
只要我们带领清清巨流，
迅速地朝着爱琴海行进，
我们就会获得一切快乐。
（地震）

赛壬们　泡沫汹涌，波涛回旋，
大江不再沿河床下流；
洪水淤塞，大地震颤，
迸裂的沙岸冒出浓烟。
咱们快逃！大家一起逃！

① 关于地质的形成和生命的起源，歌德时代科学界曾有水成论与火成论之争。歌德本人也做过这方面的考察研究，较倾向于水成论。这也反映在《浮士德》的多处内容中。后文更有水成论者的代表泰勒斯与火成论者的代表阿拉克萨戈拉斯直接出场，进行论战。

没有奇迹帮谁幸免于难。
走啊！你们快乐的贵客，
和我们共庆大海的佳节，
看万顷波涛银光闪闪，
舔噬海岸，静静伸展；
在那儿月亮倍加光明，
有圣洁清露滋润我们。
在那儿生活自由自在，
在这里饱受地震惊骇；
凡是聪明人都快走啊！
这恐怖世界可不能待。

塞斯摩斯[①]（在地底嘟囔，发火）
再使劲儿来一下推搡，
将地壳好好扛在肩上！
这样咱们就钻出地面，
叫万物只得回避退让。

斯芬克司们 多么令人讨厌的战栗！
到处弥漫难闻的气息！
摇来晃去，颠上簸下，
何等惊心，何等可怕！
真是教人啊难以忍受！
可我们仍旧岿然稳坐，
哪怕整个地狱都震破。
突然升起来一座穹庐，
好奇怪！原来就是他，

① 塞斯摩斯（Seismos），原意为震动、地震，在此被歌德写成了人格化的地震之神。

是那早已白头的老翁，
他为了帮助一位产妇，
曾经建造起得罗斯岛，
在汹涌澎湃的海涛中。[①]
他眼下拼命推拼命挤，
挺直臂膀，躬着身体，
俨然阿特拉斯[②]的架势，
扛起海岸、草地、田野，
扛起黏土、碎石、沙砾，
以及我们静静的海底。
就这样在山谷的中间，
他横着撕开一片幽境。
孜孜不倦，全力以赴，
像根雕成女像的巨柱[③]，
将可怕的石屋梁高擎，
胸部下边仍陷在土里。
可他不能继续往上钻，
斯芬克司已将位子占。

塞斯摩斯 世人终有一天会承认，
这全是我一人的功劳；
要不是我摇晃、抖动，
世界哪会有这么美好？
要不是我把群山托举，

---

① 老翁，指海神波塞冬。他受宙斯的指使，让海中涌出得罗斯岛，作为宙斯的情人勒托逃避天后赫拉迫害的分娩地。

② 阿特拉斯，希腊神话里肩上扛着天穹的提坦神族巨人。

③ 古希腊神庙常用这种披着长袍的女石像做顶梁柱。

它们怎么会岿然耸立，
直插清澈碧蓝的云霄，
像画里一般雄伟美妙？
当初，面对着老祖宗
黑夜和混沌我太放肆，
曾伙同提坦族的子弟，
将俄萨、珀利翁当球玩，
年少气盛，一时兴起，
竟不耐烦地将它们一抛抛到
帕尔那索斯山上，使它多出
两座峰，像戴上两顶尖帽子……[①]
阿波罗和幸福的众缪斯
如今在山上快活地流连。
就连手持霹雳棒的宙斯，
他的宝座我也扛举在肩。
眼下我鼓起最大的劲头，
从地底钻到了地球表面，
对快乐的居民大声疾呼，
要他们使生活改换新颜。

斯芬克司们 要是不曾亲眼看见
它从地底挣扎出来，
我们就必定会认为，
这高峰远古已存在。
茂密森林不断延伸，
山岩也在推挤山岩。

① 俄萨山和珀利翁山在色萨利平原，神话里被提坦巨人族搬到了奥林匹斯山上，好爬上去攻击宙斯。歌德则做了改动。

对此斯芬克司毫不在乎：
咱神圣的座位不容侵犯。

格里芬们

我看见金叶、金箔，
在地缝中颤动闪烁。
蚂蚁们，赶快挖掘！
别让财宝遭人掠夺。

蚂蚁合唱

一旦巨人们
将山峰高举，
好动的蚂蚁，
赶紧爬上去！
敏捷地钻出钻进！
这地缝中间，
任何的碎屑，
都值得获取。
迅速地搜遍
每一个角落，
即使一丁点儿
也不能放过。
可得尽量勤快，
不光成群结伙！
只需拣回金子，
山石通通忽略。

格里芬们

来！来！来堆砌金山！
我们把脚爪搭在上边；
它们是最牢实的门闩，
无价的宝藏十分安全。

皮格迈俄族 [1]

也不知怎么搞的，
我们确实已安居。
别问我们何处来，
反正已住在这里！
不论在什么地方，
同样有生活乐趣；
山岩一出现裂缝，
便可见侏儒踪迹。
男女侏儒多勤快，
对对都是好样的；
不知在天堂里边，
是否也同样如此。
反正这里乐融融，
我们心怀着感激；
不论东方还是西方，
大地母亲总爱生育。

达克提洛族 [2]

大地在一夜之间，
生养出这帮小鬼；
还会生些最小的，
可一样不乏同类。

皮格迈俄族元老

快来，快来，
占个好位子！

---

① 皮格迈俄族，希腊神话里的侏儒族，住在俄刻阿诺斯河畔，为鹤的宿敌，经常与之争战。皮格迈俄族也因此迁怒于鹤的同类苍鹭。

② 达克提洛族，希腊神话中善于打铁和制造兵器的族群，住在伊达山区。它得名于希腊语中的“daktylos”一词，这个词原意为手指，是说他们系指头灵巧的手艺人，而非指其为只有指头那么大的侏儒。歌德将他们与德国民间传说里的大拇指小人有意无意地混为一谈。

抓紧干活儿！
赶快用力气！
建起铁工厂，
趁和平时期，
为军队打造
铠甲和兵器。
你们众蚂蚁，
集合采矿去，
运来铁砂粒！
达克提洛族，
最小的侏儒，
我命令尔等，
打柴别含糊！
堆架好柴薪，
再用细火焚，
木炭归咱们。

总司令 带上弓和箭，
马上去参战！
一群群苍鹭
筑巢水池畔，
昂首又挺胸，
模样好傲慢。
一齐给我射，
通通叫完蛋！
鹭翎饰头盔，
咱们真好看。

蚂蚁和达克提洛族 谁来救我们！

我们开铁矿，
他们打锁链。
想要挣脱掉，
还不是时间，
且随机应变。

伊比科斯的仙鹤[①] 杀戮的喊叫，垂死的怨诉！
啪啦啦扑翅之声令人恐怖！
一声声哀鸣，一阵阵呻吟，
直冲向在空中飞翔的我们！
苍鹭们全都已经被杀死，
池水让鲜血染成了红色。
面目狰狞丑陋的占有欲
夺去了它们高贵的饰物。
鹭翎已在他们头盔上飘扬，
那些个盘腿的大肚皮流氓。
成天在海洋上翱翔的苍鹭啊，
你们是我们的伙伴和兄弟，
我们呼唤着你们报仇雪恨，
我们之间存在着血缘关系。
谁也不要吝惜热血和精力，
誓与这帮坏家伙斗争到底！
（咯咯咯叫着在空中散开）

靡非斯特 （在平原上）
北方的魔女我善于对付，

① 希腊传说中诗人伊比科斯遭强盗杀害，临死时呼吁天空中飞过的仙鹤为他报仇。后来凶手果然因鹤群再次出现而失声喊出诗人的名字，暴露了罪行而遭到惩罚。“伊比科斯的仙鹤”遂成为文学作品中复仇者的化身。

异教的妖精却没法制伏。
布罗肯峰始终是个乐园，
不论哪儿全都自在悠闲。
伊尔泽夫人端坐在石上守望，
亨利高踞峰顶，心情挺舒畅，
打鼾崖虽说破口大骂穷困村，[①]
可一切千年不变，直至如今。
眼下这地方不管走到哪里，
谁都不知脚下会不会凸起……
一次我漫步在平坦的谷中，
背后突然耸起来一座山峰，
说是山峰也真有些个勉强，
但仍成了斯芬克司与我的隔墙，
够高的啊——还火光闪闪，
整个山谷和山峰一片明亮……
一群狡猾的魔女翩翩起舞，
时而引诱我时而又躲远处。
轻轻扑上去！一向爱偷嘴，
不管在哪儿也想法饱口福。

拉弥亚们 （纷纷拉扯靡非斯特）
赶快，赶快！
一个劲地拽！
然后歇一歇，
扯淡又瞎掰。

---

① 哈尔茨山地区的民间传说中有一个公主，她每天在伊尔泽河里沐浴，碰见她的男人就会被带回去过国王般的生活，布罗肯峰的一座峭岩就以她命名为伊尔泽崖。此外那附近一带也确实还有亨利峰、打鼾岩和穷困村。

勾引老坏蛋，
叫他跟后面，
吃苦加受罪，
瞧着蛮有味：
僵着一条腿，
一瘸复一拐，
踉跄随后追；
我们想逃避，
他便拖着腿，
紧追不泄气！

靡非斯特 （停下来）
总倒霉遭殃！总上当受骗！
自亚当以来的所有男子汉！[①]
哪怕是老了，却有谁变聪明？
你可已当够了傻瓜、愚人！

谁不知这帮娘儿们毫无用处，
尽管涂脂抹粉，腰身紧束。
她们不能给任何健康回报，
满身腐肉，一挨着就知道。
谁都看在眼里，心中有数，
却忍不住听任贱货们摆布！

拉弥亚们 （站住）
等等！他在思考，踟蹰不前；
别让他溜走啦，快上前阻拦！

① 典出《旧约全书·创世记》：蛇引诱人类始祖亚当的伴侣夏娃偷吃了伊甸园中的禁果，亚当又与夏娃犯了同样的错误，结果双双被赶到了凡间。

靡非斯特　（又往前走）

只管上！别稀里糊涂，
自己钻进疑惑的网罗：
要知道如果没有魔女，
哪个恶魔还甘当恶魔！

拉弥亚们　（极妩媚地）

咱们来围住这位好汉！
他心中将会产生爱情，
准有个姐妹讨他喜欢。

靡非斯特　尽管光线闪烁不定，
姐儿们还是蛮迷人，
骂你们我于心不忍。

恩浦萨[①]　（挤上前来）

也别骂我！我也挺美，
请让我加入你们一伙。

拉弥亚们　她在我们中显得多余，
老会破坏咱们的游戏。

恩浦萨　（冲靡非斯特）

恩浦萨表妹这厢有礼！
她是您生着驴腿的亲戚。
尽管您生的是一只马蹄，
对表兄您我仍亲切致意！

靡非斯特　原以为这里全是生人，
谁料想却碰见个近亲；
从哈尔茨到希腊净表兄妹，

---

① 恩浦萨，希腊神话传说中可怖的幽灵，生着一只人脚和一条驴腿（也有说铁腿或牛腿的），能变成木、石、牛、蛇和美女等。

跟翻阅古书一样没劲！

恩浦萨 我知道如何当机立断，
并且还能够七十二变；
眼下为对您表示敬意，
我特地长上驴头驴脸。

靡非斯特 我已看出这人的脾气，
她们很重视亲戚关系；
可不论出现什么情形，
对驴脑袋我绝不领情。

拉弥亚们 千万别招惹这丑八怪，
她会把美妙情感败坏；
赏心乐事全烟消云散——
只要有这鬼婆子到来！

靡非斯特 这几位表妹倒娇娇滴滴，
只不过全教我心中起疑；
小脸儿虽说玫瑰般鲜艳，
我却害怕也会发生形变。

拉弥亚们 试试看！咱们人数挺多。
抓呀！只要你运气不错，
定会把最好的一个抓着。
你这色鬼干吗光讲空话！
动真格就显得可怜巴巴，
早知如此大模大样个啥！
他真的混进了咱们当中；
姐妹们可慢慢摘下面具，
好教他了解你们的实际。

靡非斯特 哈，最美的让我挑到手……

（搂抱她）
妈的！干瘪得像破扫帚！
（抓住另一个）
这个呢？……脸太难看！

拉弥亚们 你配更好的？别存妄念。

靡非斯特 这个小的我想抱牢……
一只壁虎从指缝里溜掉！
辫子光光，活像一条蛇。
转过身再逮这个高的……
谁知抓住了酒神的拐杖，
疙瘩杖头活像松果一样。
怎么收场？……再逮个胖的，
搂抱着她我准称心如意。
最后干一次！管他好歹！
哟，软绵绵、肥墩墩，
东方苏丹会出高价收买……[①]
哎哟！大蘑菇已裂成两块！

拉弥亚们 咱们散开，快似闪电，
翻飞飘摇，如同黑云，
把这鬼崽子围在中间！
可怖的圆圈，飘飘荡荡！
无声的羽翼，蝙蝠一样！
轻易脱身？冒失鬼休想！

靡非斯特 （哆哆嗦嗦）
看来我没变得更加聪明；

① 据说古时阿拉伯国家的苏丹爱挑选肥胖美女做后宫嫔妃。

这儿挺荒唐，北方也不行，
妖精们同样难于对付，
民众和诗人都无聊透顶。
这地方正举行化装舞会，
到处一样，声色犬马杂烩。
我伸手去抓可爱的面具，
抓到以后只令我惊惧……
要是继续维持这种状况，
我倒也甘愿受骗上当。
（在岩石间胡乱窜）
我究竟在哪儿？怎样脱身？
小路变成危岩，令我心惊。
我沿着平坦大道来到这里，
而今眼前却一片怪石嶙峋。
我攀上又爬下，白费气力，
我的斯芬克司她现在哪里？
一夜之间便冒出绵绵群山，
如此疯狂我真正叫没想到！
好像女巫们又在狂奔乱窜，
整个布罗肯峰都被搬来了。

俄瑞阿斯[①] （从天然的岩石上）
上这儿来！我的山很古老，
却保持着原始的风貌。
你得尊敬这些陡峭的石阶，
它们是品多斯山[②]的最后余脉。

① 俄瑞阿斯，希腊神话里的山精。

② 品多斯山，位于色萨利平原的西端。

当庞培越过我逃窜的时日，[①]
我就已经这么样巍然耸峙。
反之旁边那些幻想的形象
当雄鸡高唱便马上会消失。[②]
类似的怪事我已见惯不惊，
它总突然逝去如突然产生。

靡非斯特 高贵的山峰，荣耀属于你，
挺拔的橡树将你环绕荫蔽！
即使最最明朗的月色
也钻不进这幽暗之地。
可是在那林莽的旁边，
有小小亮光闪亮、游弋。
不知怎么全得碰到一起！
真的，正是荷蒙库鲁斯！
小伙计，你打哪儿来这里？

荷蒙库鲁斯 一处一处，我飘来荡去，
想让我的诞生富有意义，
想撞破这玻璃瓶，迫不及待；
只是我迄今见过的地方，
没有一处为我真正喜爱。
不过，对你讲讲也无妨：
眼下我正跟踪两位哲人，
听他们“自然！自然！”连声嚷嚷。
离开他们我真是不乐意，
他俩必定了解人世真谛；

---

① 庞培兵败后实际并未经过此地，而是由腾珀逃到了海上。

② 西方人迷信以为，鬼怪精灵一听见雄鸡报晓便会遁去。

到头来我多半能够领悟，
何方是我最明智的出路。

靡非斯特 这件事你得靠自己完成。
须知在哪里有精灵出没，
哪里哲学家也会受欢迎。
为了教人赞赏他、感激他，
他立刻造一打新的精灵。[①]
你不迷误，便不会清醒。[②]
你想生成，须自力生成！

荷蒙库鲁斯 好的劝告也不能够轻视。

靡非斯特 那去吧！咱们看看它会怎的。
（分手）

阿拉克萨戈拉斯 （对泰勒斯）[③]
你这顽固脑袋不肯低下；
为说服你，我还能讲啥？

泰勒斯 波浪愿向任何风儿低头，
面对礁石却远远地溜走。

阿拉克萨戈拉斯 这种峭岩经由烟火生成。

泰勒斯 有生命的东西产生于湿润。

荷蒙库鲁斯 （置身两人中间）
让我在你们旁边随行，

---

① 靡非斯特一贯讨厌他所谓“灰色的”理论，因此视哲学家难于捉摸的思辨和玄虚的理论为精灵。

② “不迷误，便不会清醒”，靡非斯特这话不仅表示他赞成实践（哪怕在实践里会有迷误），而且也富有辩证意味。

③ 阿拉克萨戈拉斯（约前 500—前 428），古希腊的自然哲学家，主张火为自然万物形成的原动力的所谓火成论。泰勒斯（约前 624—前 547），古希腊哲人，主张“水为万物之源”的水成论。他们两个并不生活于同一时代，在一起争论的只可能是他们死后的灵魂。

我自己也巴不得诞生。

阿拉克萨戈拉斯 泰勒斯，你可曾一夜之间，
用黏土造出这样一座山？

泰勒斯 大自然及其生动的涌溢
从来不仰赖短暂的时日。
它按部就班地创造万物，
规模虽大也不使用蛮力。

阿拉克萨戈拉斯 可这里用过！冥王的狱火炽烧，
风神的气焰凶猛、暴躁，
冲破了平原的古老地面，
一座新的高山只好出现。

泰勒斯 可以后还有什么新情况？
山是成了，仅仅就这样。
如此争论真叫浪费时光，
只有好性子人随便你诳。

阿拉克萨戈拉斯 还有密耳弥冬[①]迅速涌现，
然后居住在岩缝的里面；
还住着皮格迈俄族、巨蚁族、拇指族，
以及其他勤劳的小侏儒。
（冲荷蒙库鲁斯）
你从来没有伟大的抱负，
像隐士在深山里边居住；
你要能养成统治的习惯，
就让我给你戴上顶王冠。

荷蒙库鲁斯 不知我的泰勒斯怎么说？

① 密耳弥冬，原是希腊英雄阿喀琉斯麾下的勇士，曾参加特洛伊战争。在神话里他们是宙斯用蚂蚁变成的，以蚂蚁般的勤劳著称。

泰勒斯　　这件事我不赞成：
跟侏儒一起只能干小事情，
跟巨人一起侏儒能变巨人。
瞧天空！那鹤群有如黑云，
威胁着惊慌失措的众侏儒，
当他们国王你一样会受惊。
鹤们正伸出尖嘴和利爪，
向下边成群的侏儒逼近；
厄运好似闪电降临头顶。
侏儒曾罪恶地杀害苍鹭，
把宁静的池塘团团围住；
而今嗜杀的箭雨自天降，
品味血腥而残忍的报复；
苍鹭的近亲异常地愤慨，
向罪恶的皮格迈俄族讨还血债。
盾牌、盔、矛有何用处？
漂亮的鹭羽可能救侏儒？
达克提洛族和巨蚁族仓皇逃窜！
阵线已动摇，大军已溃散。

阿拉克萨戈拉斯　（稍停，庄严地）
适才我称颂过地下的伟力，
现在该转而把天空的赞誉……
您！高高在上，永不衰老，
有三种形象，有三个称号，①
我求您解救我臣民的困厄，

① 月神三位一体，塑像有三个头，也有三个名字：在天空称露娜，在地上称狄安娜，在冥界称赫卡忒。阿拉克萨戈拉斯在此祈求月神用月食造成黑暗，帮助遭受攻击的侏儒们逃生。

狄安娜、露娜、赫卡忒!
你胸襟博大，你思想深邃，
你光明宁静，你内蕴丰裕，
请张开你阴影的可怕咽喉，
显昔日威力，别等念咒语!
（停顿）
我这么快就被听见?
我对上天
发出的呼唤，
已把自然安排打乱?

女神的圆形宝座已经
越来越大，越来越近，
我看在眼里实在震惊!
它的火焰映红了黑暗……
别逼拢来，你可怕的巨轮!
你会毁灭陆地、海洋和我们!

果真是吗：色萨利的魔女
唱着罪恶而迷人的曲调，
诱使你离开自己的正道，
逼迫你造成了大灾大难? ……[1]
明亮的圆盘变得暗淡，
突然裂开了，火光闪闪!
吱吱嗞嗞! 噼里啪啦!

① 相传色萨利的魔女也能念咒呼唤月食，因此在月食真的出现之时，阿拉克萨戈拉斯拿不准究竟是谁的法力起了作用。

雷声和风暴夹杂其间！①
我谦卑地匍匐宝座阶前！
原谅我！是我将它召唤。
（俯伏在地上）

泰勒斯 真不知他听见看见了什么？
我不明白究竟出了啥事情，
全然没有和他一样的感觉。
坦白说，真是狂乱的时辰，
露娜不依旧在老位子上，
自在而舒服地摇摇晃晃？②

荷蒙库鲁斯 瞧那边皮格迈俄族的驻地！
圆形的山峰已变成尖的。
我听见一声猛烈的撞击，
一块岩石坠落，从月亮里；
也不管是敌人还是朋友，
它通通砸死，压成肉泥。

不过我得称赞这种技艺，
它完成创造，在一个夜里，
从地下和天上同时着手，
搬来一座大山，巍然耸立。

泰勒斯 别吵吵！他不过是幻想。
这些怪胎，可随它消亡！
很好，你没当侏儒国王。
现在动身去参加海洋节，

---

① 在月食出现的同时下起了陨石雨。

② 对于论敌泰勒斯，阿拉克萨戈拉斯所见所言自然纯属幻想。

那儿会欢迎和尊重稀客。
（一同离去）

靡非斯特 （在另一边攀登）
穿越过老橡树僵硬的根须，
我吃力地爬上陡峭的石梯！
那哈尔茨山上的树脂芳香
夹带着沥青味，我蛮欢喜，
还有硫黄味道……可这儿，[①]
在希腊嗅不到这样的气息；
然而我好奇地想要弄清楚，
他们用啥使炼狱之火燃起。

德吕阿斯[②] 你在本国倒也算聪明，
到了异邦却不够清醒。
不要一心只想着故土，
该尊重这神圣的橡树。

靡非斯特 人总怀念已离开的地方，
他的习惯便是他的天堂。
可告诉我：在那洞穴里面，
朦胧中蹲着什么一变为三？

德吕阿斯 是福基亚斯姐妹[③]！你要
不畏惧，就上前搭话去。

靡非斯特 咱不畏惧！——只看着吃惊！
我尽管骄傲却必须承认：

① 传说在冥间的炼狱里烧着熊熊大火，沥青和硫黄为其燃料。

② 德吕阿斯，橡树精。

③ 福基亚斯姐妹，老海神福耳库斯和海妖刻托所生，三人共用一只眼睛和一颗长长的门牙，要吃要看得轮流使用。她们白发婆娑，形象丑怪，总是蹲在不见天日的黑暗之中。

我从未见过此等丑八怪，
她们比阿尔劳涅[①]还厉害……
谁见过这仨丑陋的妖精，
就对什么也会见惯不惊，
哪还有不可饶恕的罪行？

即使在最可怖的地狱里，
她们也教我们承受不起。
如今居然扎根美的国度，
古典的荣名已遭玷污……
她们在动，像发现了我，
吱吱尖叫，似吸血蝙蝠。

福基亚斯之一 给我眼睛，姐妹们，我看看，
谁胆敢走近咱们的神殿。

靡非斯特 夫人，请允许我走到面前，
以便接受你们的三重祝愿。
虽是冒昧造访，素昧谋面，
要没弄错咱们也沾亲带故。
我已经拜谒过古老的尊神，
曾对俄普斯和该亚鞠躬致敬，
还有混沌女，你们的姐妹帕耳开，[②]
昨天或前天我也见过她们。
可你们这样的我见所未见，
只感觉到兴奋，不用多言。

---

① 阿尔劳涅，一种丑陋的小妖精。

② 俄普斯，罗马神话里的大地女神。该亚，希腊神话里的大地女神，主神宙斯之母。帕耳开三姐妹是宙斯和忒弥斯所生，为命运女神；歌德视她们和福基亚斯同为混沌之女，故称姐妹。

福基亚斯姐妹 你似乎倒懂事，这位客人。

靡非斯特 好奇怪，没诗人歌颂你们，
是怎么搞的，这怎么可能？
在画里我从未见到过尊容，
也没有雕塑家碰你们一碰，
只一味将朱诺、帕拉斯、维纳斯吹捧。[①]

福基亚斯姐妹 沉潜于寂寥和夜的静境，
咱姐妹仨从不操这份心！

靡非斯特 不管怎么说，你们远离尘世，
见不到人，也没人见到你们。
你们必须栖身在那样的地方，
荣华和艺术都高踞在宝座上，
那里每天以敏捷快速的步履，
让大理石的英雄走进生活里。
那里……

福基亚斯姐妹 快住嘴，别来将咱们引诱！
少知道少烦恼，这还不够？
生于黑夜，只和黑暗亲近，
不为人知晓，也不知自身。

靡非斯特 既如此，就没有多少好说，
不过可把自己向别人委托。
你们三人一目一齿已够啰；
在神话传说里肯定通得过。
三位的本质能被二位体现，
请把第三个形象借我一用，

① 朱诺，宙斯之妻天后赫拉的罗马名称。帕拉斯，智慧女神雅典娜。维纳斯，美神和爱神。在靡非斯特看来，丑也应该成为文艺表现和歌颂的对象，观点颇为现代。

借期短暂……

福基亚斯之一 想入非非！这怎么可以？

另外两姐妹 咱们试试！——但除去一目一齿。

麽非斯特 精华部分恰恰被你们扣下；
严格说来，模样很不像话！

福基亚斯之一 睁只眼闭只眼，还不容易，
同时只露出一颗龅牙！
这一来看侧面立刻奏效，
你与咱姐妹仨完全毕肖。

靡非斯特 高明高明！就这么办！

福基亚斯姐妹 就这么办！

靡非斯特 （侧面已像福基亚斯）
我说变就变，
混沌的爱子已站在面前！

福基亚斯姐妹 咱们是混沌之女，也毋庸置疑！

靡非斯特 可耻，我不女不男，遭人唾弃。

福基亚斯姐妹 咱姐妹新的三合一真美丽！
我们终于有了二目加二齿。[①]

靡非斯特 可我得避免让任何人见到，
在地狱，鬼也会被我吓一跳。
（下）

① 因为加上了靡非斯特的一只眼睛和一颗牙齿。

爱琴海的岩湾

皓月当空

赛壬们 （在礁石上四处坐着，吹着笛子唱着歌）

趁着这恐怖的夜晚，
色萨利的魔女们
放肆地引诱你降临，
那就请从夜的穹庐，
将颤动的柔波流转，
看千万点银光闪烁，
将这从海里涌出的、
熙熙攘攘的一群照映！
我们随时听从你的差遣，
美丽的露娜，请予我们青眼！

涅瑞伊得斯和特里同们[①] （充当海怪）

发出更加尖厉的叫喊，
将这茫茫的大海震撼，

① 涅瑞伊得斯，希腊神话里的内海女神，为海神涅柔斯和水精多里斯所生，有姐妹五十多人。特里同，希腊神话里的海神，为波塞冬和安菲特里忒的儿子，下半身像鱼。他有一个吹起来声音能传遍世界的海螺，既可用它兴风作浪，也可使风平浪静。

从海底把众水族召唤！
我们逃出风暴的巨口，
来到这静悄悄的海湾，
受着柔婉的歌声引诱。
瞧咱们多么得意扬扬，
脖子上饰着黄金项链，
钻石的王冠戴在头上，
金簪、宝带闪闪发亮！
一切全都靠你们实现。
大海吞没了许多珍宝，
是你们海湾边的精灵
用歌声为我们来打捞。

赛壬们

我们知道大海很清凉，
鱼儿在里边生活舒适，
优哉游哉，无忧无虑；
可今天我们但愿知悉
你们喜气洋洋的一群，
你们原本不只是些鱼。

涅瑞伊得斯和特里同们

在动身来到这里之前，
我们就已经明白这点；
兄弟姐妹们，快快游！
咱们确实比鱼胜一筹；
为了给予充分的证明，
今天得做这小小旅行。
（离去）

赛壬们

他们转眼就去远了。

直奔萨摩特拉刻岛[①]！
在顺风里踪影顿消。
在高贵的卡比利[②]之国，
他们想成就什么事业？
那是些奇异的尊神！
他们不断地自身繁衍，[③]
从来缺少自知之明。
留下吧，温柔的月神，
请慈蔼地流连空中，
别让白昼驱赶我们，
要使夜晚持续下去！

泰勒斯

（在岸边对荷蒙库鲁斯说）
我乐意领你去找涅柔斯[④]老头，
到他洞窟已不要多久，
只是老家伙脾气古怪，
长着一颗死顽固脑袋。
在他这乖戾的人眼里，
人类从来都不是东西。
然而只有他洞悉未来，
因此得到人人的爱戴；
他在宝座上接受膜拜，

① 萨摩特拉刻岛，即萨莫色雷斯岛，在爱琴海北部。

② 卡比利（Kabeiroi），远古时代珀拉斯戈斯人信奉的农神和土地神，萨摩特拉刻岛及附近为其祭祀地，他们一共可能有二至四位。在歌德时代，关于他们的起源、数目、职司和象征等，研究者们都争论不休，而且说得十分神秘，所以歌德在此加以讽刺。

③ 不断自身繁衍，系针对也研究卡比利的德国哲学家谢林。1815 年他出版《萨摩特拉刻的神》一书，企图证明四位卡比利神形成了“有生的累进”，因此数量增加到了七至八个。

④ 涅柔斯，希腊神话里的海神和预言者，是个仁慈和蔼的老人，说他乖戾是歌德的自由发挥。

也没少对人施恩垂爱。

荷蒙库鲁斯 咱们去试着敲一敲门看！
未必就毁了烧瓶和火焰。

涅柔斯 有人类的声音传来我耳际？
一下子我已打心眼里来气！
俗物们拼着老命想要成神，
岂料命中已注定永远是人。
多年来我便乐享神的清福，
却总忍不住把善良人帮助，
可最终去观察完成的业绩，
我又好像完全在白费气力。

泰勒斯 谁说啊！世人信赖你，海神；
你是位智者，请别驱走我们！
瞧瞧这火焰，虽然已经像人，
却听从你指导，为了能长成。

涅柔斯 指导！指导何曾被人类看重？
在愚钝的耳里忠言不起作用。
人们尽管也常常将自己痛斥，
到头来仍如同当初刚愎自用。
我不曾苦口婆心劝告帕里斯？
可情欲仍使他迷上异邦女子！
那时他昂然挺立在希腊海边，
我对他宣告了我心灵的预见：
彤云翻卷，天空弥漫着红光，
房屋燃烧，遍地是杀戮死亡；
特洛伊的末日永远留在诗里，
惊心动魄，千万年不会消逝。

老人的忠告被狂妄者当戏言，
只求满足私欲，任伊利俄斯[①]沦陷——
受尽折磨，巨人的遗体僵直，
品多斯的山鹰[②]可真有了美食。
我也警告尤利西斯，要当心
那阴险的巨人和狠毒的女妖！[③]
他犹豫不决，部下轻举妄动，
如此种种，还能带给他成功？
直到受尽漂泊之苦，却为时已晚，
海浪才仁慈地把他送上海岸。

泰勒斯 这样的行径真正令智者伤悲，
不过善良的你不妨再试一回。
一点儿感激会使你心满意足，
忘记那无数个背信弃义之徒。
要知道我们求你的并非小事：
这孩子想长大，且符合理智。

涅柔斯 请你别破坏我少有的好心情！
今儿个再说我得干别的事情：
我召来了多里斯生的女儿们[④]，
她们乃是海洋里的美惠女神。
她们的相貌俊俏，举止文雅，

---

① 伊利俄斯，特洛伊京城伊利翁的别称。

② 品多斯山在色萨利平原。品多斯的山鹰，指特洛伊战争中获得胜利的希腊联军。

③ 尤利西斯，特洛伊战争中希腊一方的英雄（即奥德修，亦译底修斯），希腊联军得以制胜的木马计便出自他。可是在回国途中，他却受尽磨难：被独眼巨人囚禁山洞，被魔女喀耳刻变成猪，等等；当他终于回归故里，家中已挤满来向他妻子求婚的人……只是在希腊传说里涅柔斯并不曾警告过他，剧中此说也是歌德杜撰。

④ 涅柔斯和多里斯生的女儿们就是内海女神。

贵地和奥林匹斯找不出这等娇娃。
从海龙身上她们优美地一跃，
就骑在了海神波塞冬的马背，
她们与海水完全融为了一体，
就连泡沫也像在将她们托举。
维纳斯的贝车真叫五彩缤纷，
载来了伽拉忒亚[①]这绝色美人；
自打那库普里斯背弃了我们，[②]
在帕福斯城就将她尊为美神。
这温柔的女子她早已经继位，
接管了那辆贝车和神庙之城。

去吧！在我享天伦之乐时，
不宜心生怨恨，口吐詈辞。
去，去请教普洛透斯[③]这位异人，
问人如何演变，怎样产生。
（说完向大海走去）

泰勒斯 这一趟我们叫作毫无收获，
普洛透斯会马上逝去，即使碰着。
就算他停下来并终于发言，
也只会教人惊讶而又茫然。
不过既然你需要他的忠告，

① 伽拉忒亚，内海女神中最美的一位。

② 库普里斯，美神和爱神维纳斯的别称，因为据信她诞生在库普洛斯岛（即塞浦路斯）旁边的海泡中。她先在该岛西岸的帕福斯城落脚并接受供奉，后来因升为奥林匹斯的大神而离去，故被涅柔斯称为背叛。后来伽拉忒亚成了帕福斯的美神，接管了维纳斯的贝车。

③ 普洛透斯，也是一位海神，善于变换形象并能预知未来。

就不妨试一试再走这险道。
（同下）

赛壬们　（在岩顶上）
咱们快瞧那远方，
是啥在劈波斩浪？
顺着风吹的方向，
一片片白帆飞扬，
形态圣洁又鲜亮，
好似我海国女郎。
咱们快爬下岩岸，
歌声已传到耳畔。

涅瑞伊得斯和特里同们　我们手捧的东西
令你们大家欣喜。
刻罗涅[①]龟甲闪光，
映照出威严神像：
我们领来的神祇，
该将赞美诗高唱。

赛壬们　个头小不点，
法力大无边，
常救覆舟人，
自古尊为神。[②]

涅瑞伊得斯和特里同们　我们请来卡比利，
欢度和平的节日；
有他们圣驾在此，
海神也不敢放肆。

① 刻罗涅，原为水泽仙女，因嘲笑宙斯和赫拉的婚姻而被赫耳墨斯变成巨龟。
② 男女海神请来的卡比利神，是落水人的救星，对大海也有威慑力。

赛壬们 我们不及你们；
每当大海船沉，
你们法力无比，
能将船员救起。

涅瑞伊得斯和特里同们 已请来三位神灵，
第四位不肯屈尊，
自称他才是真神，
得替大伙儿操心。

赛壬们 这神瞧不起那神，
也是可能的事情。
请敬重所有神明，
请惧怕一切灾星。

涅瑞伊得斯和特里同们 卡比利原本七位。

赛壬们 还有三位又在哪里？

涅瑞伊得斯和特里同们 这事我们没法说明，
得去奥林匹斯打听；
那里或许有第八位，
还没谁想到这位尊神！[①]
虽然已在赐福我们，
他们却未全部长成。

这无比杰出的神灵，
他们渴望不断长进，
如饥似渴地在追求
那不可企及的佳境。

---

① 以上几节又反复影射关于卡比利数量的争论。

赛壬们　不论是何方神道，
只要有日月照耀，
我们总虔诚祈祷，
相信会得到偿报。

涅瑞伊得斯和特里同们　主持这迎神大礼，
我们真荣耀无比！

赛壬们　古代的那些英雄，
也不及你们光荣，
不管多么了不起，
他们只赢得金羊皮，[①]
你们领卡比利来这里。
（全体反复合唱）
他们只赢得金羊皮，
我们 / 你们　领卡比利来这里。
（涅瑞伊得斯和特里同们走过去）

荷蒙库鲁斯　我看这些个怪物，
活像粗糙的瓦壶，[②]
智者不小心撞着，
脑袋也会被碰破。

泰勒斯　这正好是世人的贪求，
铜钱要值价得先生锈。

普洛透斯　（未现形）
这样的老哥我也欢喜，

---

① 指色萨利王子伊阿宋率众英雄驾“阿尔戈”号船出海寻找金羊毛皮的故事。

② 卡比利神像的脑袋像只破瓦罐，歌德以此讽刺那些关于卡比利神数量的所谓研究。

越是古怪，越加稀奇。

泰勒斯 普洛透斯，你在哪里？

普洛透斯 （用腹语应答，忽远忽近）

这里！在这里！

泰勒斯 我原谅这老一套玩笑；

可是对朋友别讲废话！

你未张嘴，这我知道。

普洛透斯 （像是从远方）

那就再见！

泰勒斯 （轻声对荷蒙库鲁斯）

他近在身旁。快放光明！

他好奇得像一条鱼；

总是会被火光吸引，

不管变什么，在哪里。

荷蒙库鲁斯 我马上就放出大量光明，

可是也当心别弄碎烧瓶。

普洛透斯 （变成一只巨龟）

什么亮光，这般优美？

泰勒斯 （遮掩住荷蒙库鲁斯）

好！如有兴趣，可走近瞧瞧。

不过请你别偷懒，别嫌烦，

要使用你那人类的腿和脚。

谁想看我们遮掩着的东西，

就必须令我们高兴和乐意。

普洛透斯 （显露高贵形象）

你还没忘记处世的诀窍。

泰勒斯 变幻莫测始终是你的爱好。

（露出荷蒙库鲁斯）

普洛透斯 发光的小人儿！从未见过！

泰勒斯 他来请教，渴望真正成活。
他只算一半降生到人世，
非常奇怪，据他告诉我。
尽管并不缺少精神品质，
他却没有实体可以捉摸。
迄今只是烧瓶给他重量，
有个身体是他迫切愿望。

普洛透斯 你是一个真正的私生子，
还不该诞生，甚或出世。

泰勒斯 （低声）
其他方面似乎也成问题，
我觉得他像是雌雄一体。

普洛透斯 真这样情况倒更加好；
到时候问题便解决了。
可眼下不用多加考虑，[①]
倒必须投身大海中去！
在那儿先从小处着眼，
乐于吸取丁丁点点儿。
如此这般慢慢地长成，
最终变为更完美的人。

荷蒙库鲁斯 可这岸边有和风吹拂，
绿草如茵，芳香馥郁。

普洛透斯 这我相信，可爱的孩子！

① 应该说不具实体的荷蒙库鲁斯还不存在性别问题，因此普洛透斯也不以为意。

但再往前走会更加舒适，
在那狭长狭长的海滩上，
空气当中说不出地芬芳；
那前边能看见一队精灵，
正飘然到来，已经很近。
走，一块儿去！

泰勒斯 我也同往。

荷蒙库鲁斯 仨精灵走一道，真叫奇妙！

（罗得岛的忒尔喀涅斯族骑着海象和海龙，手持着海神的三叉戟到来）[①]

合　唱 手中这三叉戟是我们铸造，
尼普顿[②]用它平息怒海狂涛。
雷神让天空弥漫乌云，
海神回应以恶浪翻滚；
天空掣动着道道闪电，
海潮汹涌，向上激溅；
众生在其间惶恐挣扎，
受尽拨弄被深渊吞下；
既然他今天授予我们权杖，
就该轻松快活地漂行海上。

赛壬们 你们日神的信徒，
得享晴天的幸福；
此刻仍欢迎你们，
来一起敬奉月神！

① 罗得岛的忒尔喀涅斯族善于锻铸铜铁器具，海神波塞冬幼年时曾由他们抚养。

② 尼普顿，波塞冬在罗马神话中的称呼。

忒尔喀涅斯族 可爱的女神，高居苍穹！
你多喜欢听人称赞令兄。
请把幸福的罗得岛倾听，
那儿的赞歌永不会歇停。
他一上路就将伟业完成，
注视我们用火热的眼睛。
山岳、城池、湖滨、海浪，
都得他欢心，都欣荣向上。
没浓雾笼罩；它即使潜来，
一有阳光和风岛上便晴朗！
日神于是看见他的千百个化身，
有青年有巨人，或伟大或温顺。①
是我们将神们的堂堂威仪，
塑造、体现于尊贵的人形。②

普洛透斯 让他们歌唱，让他们炫耀！
对于太阳神圣的生命之光。
僵死的作品只会滑稽可笑。
他们不断冶炼，不断塑造，
不倦地用金属把形象铸浇，
然后就自以为大功告成啦。
这些自负的家伙下场怎样？
神像固然都威严高大
可一遇地震立即倒塌；

① 说罗得岛的忒尔喀涅斯族是日神信徒不可稽考，可歌德确实让他们好好地唱了一曲太阳的赞歌。

② 相传忒尔喀涅斯族是最早以人为原型塑造神像的族群。

早都已经被回炉熔化。[①]

尘世的活动不管多好，
最终不过是自找烦恼
水波对生命更为适宜，
我普洛透斯变作海豚，
好把你送入大海波涛。
（说变就变）
这就成啦！
在那里你定心满意足；
我这就把你驮在背上，
让你与海洋结为眷属。

泰勒斯 按照这值得嘉许的心愿，
把生命的历史从头体验。
你要做迅速行动的准备！
但仍须遵循永恒的规范，
经过千千万万次的变形，
到变成人还需相当时间。[②]
（荷蒙库鲁斯骑上普洛透斯变的海豚）

普洛透斯 让你的精神随我去海洋，
那里生活空间又宽又广，
你的活动可以随心所欲；
只是千万不可越级跳档，
须知你只有首先变成人，

---

① 罗得岛北端的罗得港有一尊高达三十四米的日神铸像，曾被誉为古代世界的七大奇观之一，毁于公元前 224 年的地震。

② 这里也表现了歌德的进化论自然观。

才算完成了充分的发育。

泰勒斯 等到那时节想必很痛快，
做个奇男子不辜负时代。

普洛透斯 多半会成为你一样的人！
为此可得持续相当时辰；
在众多苍白的精灵里面，
我几百年前已将你发现。

赛壬们 （在岩石上）
哪儿来的一朵朵祥云，
围绕着露娜形成月晕？
是一群白鸽满怀情爱，
光洁的羽翼雪一般白。
这情意绵绵的鸟儿们，
它们来自帕福斯圣城；①
我们的节日十分圆满，
兴致勃勃，纵情尽欢！

涅柔斯 （走向泰勒斯）
一个夜游者将月晕
也许称为气候现象，
咱们精灵却有异议，
坚持唯一正确主张。
那是些鸽子正在将
我女儿的贝车护送，
左右盘旋上下飞翔，
和古时候一模一样。

① 帕福斯，在库普洛斯岛上，是维纳斯的圣城。白鸽，维纳斯的神鸟，故护送接替她职务的伽拉忒亚前来赴会。

泰勒斯

明达之士既喜爱此说，
我也认为十分正确：
那鸽窝里宁静又温暖，
确是神们生活的处所。

普绪罗族和马耳西族[①]

（骑着大小海牛和公羊）
库普洛斯的原始洞窟，
未经海神的汪洋淹没，
未遭地震的暴力颠覆，
四周永远有大气保护，
我们就住在洞窟里面，
自在逍遥仍如同远古，
护卫库普洛斯的车辇，
顶着夜风的飕飗吹拂，
穿过交织起伏的柔波，
瞒过那新崛起的种族[②]，
护送可爱的少女赶路。
我们静悄悄地往前行，
不怕雄鹰和狮头怪鹰，
不怕十字架和新月旗，[③]
不管王公们高高在上，
称王称霸，颐指气使，
你追我逐，相互杀戮，

① 普绪罗族本为非洲住民，马耳西族则生活在意大利，都善于耍蛇，因此被歌德“移居”到多蛇的库普洛斯岛，做了伽拉忒亚贝车的护卫者。

② 指库普洛斯岛上的异族征服者。

③ 雄鹰、狮头怪鹰、十字架和新月旗，是异族征服者的纹章或旗帜：雄鹰代表罗马人，狮头怪鹰代表威尼斯人，十字架代表基督徒，新月旗代表伊斯兰教徒。

捣毁了多少田园城池……
我们护送可爱的公主，
一往无前，来到此处。

赛壬们 动作轻盈，不疾不徐，
一圈一圈将车辇围起，
时而一排排渗透交织，
时而如长蛇向前逶迤，
涅柔斯之女矫健结实，
多里斯姑娘活泼调皮，
请你们送来伽拉忒亚，
她和母亲是一个样的：
体貌端庄恰如同天神，
气质高贵足以为永恒，
却又像凡间绝色美女，
妩媚温柔实在是迷人。

多里斯的女儿们 （全骑着海豚，合唱着打涅柔斯身旁走过）
月神请借我们光和影，
使我们的青春更光明！
我们领着可爱的夫君，
前往拜见我们的父亲。
（冲涅柔斯）
从那恶浪涛天的巨口，
我们救出了这些青年，
放在芦苇和苔藓上面，
使他们身体重新温暖，
而今他们用热烈亲吻，
真诚地表示感激我们；

请开恩瞧瞧这些好人！

涅柔斯 一举两得，好大的成绩：
既搭救他人又取悦自己。

多里斯的女儿们
既然你夸女儿有成绩，
就请让女儿称心如意，
赐予他们不朽的躯体，
好紧紧偎在我们怀里。

涅柔斯 随你们享用这美丽的猎物，
将青年调教成你们的丈夫；
可我没法使他们永生不死。
这种福分只有宙斯能赏赐。
就连颠簸摇荡你们的波浪，
也不会让你们的爱情久长。
一旦恋慕的深情变得虚妄，
就该把他们轻轻放回岸上。

多里斯的女儿们 可爱的青年，我们的宝贝，
和你们分手，我们将心碎；
我们渴望永生永世的忠诚，
这样的离别天神也难容忍。

青年们 我们这些好样的船家后代，
希望继续得到你们的眷爱；
我们从来没有像这样幸福，
也不希望比现在更加幸福。
（伽拉忒亚乘贝车而来）

涅柔斯 是你啊，我的宝贝儿！

伽拉忒亚 哦，父亲，真幸福！

等一等，海豚！我已迷了眼目。

涅柔斯 她们过去了，已经走远，
欢蹦乱跳着，兜着圆圈；
对内心的激动不顾不管！
唉，真想她们带我同往！
只要有一瞬间快乐时光，
就能将一年的离别补偿。

泰勒斯 万岁！万岁！万万岁！
美和真渗透我的全身，
我感觉无限快慰……
万物都起源于水！
万物都靠水维系！
海洋，请永远统治！
你如不使云雾翻滚，
你如不使溪水丰盈，
你如不让河流延伸，
你如不让大江奔腾，
山野田原会是啥情形？
是你啊，使生命之树常青。①

回　声 （四周一同应和）
是你啊，孕育新鲜的生命！

涅柔斯 她们飘飘然从远处回返，
却不再如刚才左顾右盼；
组成一个个更大的圆圈，
举手投足合乎庆典规范，

---

① 泰勒斯在海洋中欢欣鼓舞，对水成论做了生动形象的总结。

聚成一大群在舞蹈飞旋。
可伽拉忒亚的贝车，
已让我不时地发现。
它从人群中间驶过，
如同明星闪闪烁烁：
是可爱的人儿光芒耀眼！
虽仍相隔遥远，
却已真切清楚，
历历如在眼前。

荷蒙库鲁斯 在这温柔的水里，
我所照见的一切
全都迷人而美丽。

普洛透斯 在这生命的水里，
你的光才更明亮，
声调更美妙清晰。

涅柔斯 在一大群多里斯的女儿中间，
是什么稀罕东西展现在眼前？
像火焰绕着伽拉忒亚的贝车和脚
在时明时暗地、可爱地飞旋，
好似爱情的脉搏跃动、流贯。

泰勒斯 是人造人受普洛透斯指引……
他象征着热情奔放的憧憬，
我似乎听到了惊惧的呻吟；
他已撞碎在辉煌的贝车上；
已在燃烧，在闪烁，在流浸。[①]

① 人造人荷蒙库鲁斯被美和爱迷住了，以为就此可以获得真实的生命，于是在辉煌的贝车上撞碎玻璃烧瓶，急切地想与海洋结合。

赛壬们 什么样的怪火照亮了海浪，
使它们汹涌、闪烁、碰撞？
是什么东西亮闪闪地漂来，
像夜行的航船散射出亮光，
使周围的一切被烈火包裹？
是爱神做主，将万物开创！
大海万岁！波涛万岁！
海涛有神圣爱火包围！
万岁海水！万岁火焰！
万岁罕见的惊险场面！[①]

全　体 万岁轻轻拂动的和风！
万岁神秘莫测的岩洞！
我们欢呼这儿的一切，
欢呼四大元素：土水火风！

① 美人鸟赛壬们唱起了海洋的赞歌，生命之源水的赞歌，构成宇宙万物的四大元素土水火风（空气）的赞歌。歌德以此结束这内容极其丰富的一幕，并对自然哲学的一系列根本问题做出了形象而深刻的回答。

第三幕

斯巴达，墨涅拉斯的王宫前[①]

海伦上，特洛伊女战俘合唱队紧随其后

潘塔利斯[②]指挥合唱

海　伦　海伦我常受赞扬也常遭诽谤，
而今从登陆的海岸来到这里，
心神恍惚似仍在颠簸的海洋，
蒙波塞冬之恩和欧洛斯之助，[③]
海涛高耸起桀骜不驯的脊背，
驮负我从特洛伊回到了祖邦。
在下边的人海处，墨涅拉斯
正和最勇敢的战士庆祝凯旋。
你该欢迎我啊，巍峨的宫殿！

① 斯巴达，在古希腊时代又名拉刻代蒙，是除雅典外最重要的城市，位于欧洛塔斯河畔。墨涅拉斯，斯巴达国王，也叫墨涅拉俄斯，他为夺回被特洛伊王子帕里斯拐走的妻子海伦而围攻特洛伊城十年之久，终于凯旋。

② 潘塔利斯，海伦的贴身侍女。

③ 波塞冬，希腊神话里的海神。欧洛斯，东风之神。

是我父廷达瑞俄斯[1]从异乡归来，
在帕拉斯[2]山的陡壁旁将你修建。
你比斯巴达所有屋宇都富丽辉煌，
在此我跟姐姐克吕泰涅斯特拉、
兄长卡斯托耳和波路克斯欢度过童年。
你们铜铸的宫门，我向你们致敬！
当初你们大大开着，为迎接嘉宾；
墨涅拉斯便穿着新郎的盛装走来，
喜气洋洋地迎娶我这绝代的佳人。
重新对我开启吧，好让我去完成
王上的紧急差遣，尽妻子的责任。
放我入内吧！把其余全关在外边，
让我摆脱迄今纠缠我的一切厄运。
要知道自打我无忧无虑地跨出门槛，
去尽神圣的义务，朝拜库忒拉神殿，[3]
谁料想却遭到佛律奎亚的强人掳掠，
从此就祸乱丛生，四面八方的人们
对此都津津乐道，没有谁愿意考虑
传言如何添枝加叶，变成神话奇闻。

合唱队　煊赫的夫人啊，别轻视
你拥有的最宝贵的财富！

---

① 廷达瑞俄斯，海伦之母丽达的丈夫（海伦为宙斯变成天鹅与丽达野合所生），斯巴达的先王；墨涅拉斯为他招赘并继承了王位。

② 帕拉斯，原为海神特里同之女，被雅典娜误杀。后来雅典娜自称帕拉斯或帕拉斯・雅典娜。位于斯巴达城的山被命名为帕拉斯山，因为山上建有雅典娜神庙。

③ 库忒拉，一个隶属斯巴达的小岛，海伦就是去岛上的阿尔特弥斯神殿祭神时被佛律奎亚（即特洛伊）王子帕里斯拐走的。

须知美的荣耀高出一切，
唯你享有这最大的幸福。
英雄凭借着盛名开路，
于是他们高视阔步；
但面对征服一切的美色，
再倔强的汉子也得认输。

海　伦　够啦！我和丈夫一同乘船归来，
现在他却打发我独自先进京城；
我猜测不出，他究竟有何居心。
带我回来做他妻子？做他王后？
还是作为牺牲，以弥补他这君王
心灵的巨痛和希腊人的长期不幸？
我被夺回来了；不知是否当俘虏！
真的，神们注定我的名声和命运
模棱两可，是好、是坏难以分明，
让他们做我绝色之姿的可虑伙伴，
到家门口仍将我阴郁地威逼紧跟。
要知道我的丈夫在船舱里已对我
不屑一顾，也不说一句宽慰之言。
他默坐在我对面，像是居心险恶。
可是一等我们驶进欧洛塔斯港湾，
几艘先行船的船头刚刚靠上河岸，
他便像受着神的指示一样开口道：
“我的战士都要在这里依次下船，
为让我检阅，队伍将排列在海滩；
你呢坐船继续前进，沿着神圣的
欧洛塔斯河丰饶的河岸继续前进，

然后骑着马越过水足草茂的牧场，
大胆前行，直到那片美丽的平原，
那儿巍巍群山包围着肥沃富庶的
旷野，京城拉刻代蒙就建在上边。
抵达后你就走进塔楼高耸的王宫，
把我的侍女清点清点，我把她们
留在宫里，还有那聪明的老总管。
让她领你看宫中的无数金银珠宝，
它们是你父亲留下，还有我亲自
在平时和战争中不断聚敛、积攒。
你会发现一切都井井有条，因为
这本是王侯的特权：他远行归来，
应当看见一切的一切仍原封未动，
就好像他刚离开自己家的那一天。
要知道下属没权力改变任何一点。”

合唱队 用那不断增多的金银珠宝，
娱悦你的眼睛，你的心田！
晶莹的项链，华丽的冠冕，
静静陈列着，何等地圆满。
可你只管进去与它们比美，
它们也会马上将自己打扮。
我喜欢观看美色和黄金、
珍珠以及宝石争妍斗艳。

海　伦 随后陛下又发出如下的指示：
“你在依次察看过一切之后，
就取来你认为足够用的铜鼎，
以及献祭者为举行神圣祭奠

手边随时需要用的各种器皿。
锅子、钵子以及平底的圆盘；
还要用长颈瓶取来圣泉净水，
还要备好柴薪，且干燥易燃；
最后，一把磨得飞快的钢刀
也不可缺少；而余下的一切
我留给你考虑，你准能想到。”
陛下一边说，一边催我快走；
但对宰杀什么样的牺牲祭祀
奥林匹斯众神，却守口如瓶。
可虑可疑啊，但我不再操心，
一切都听凭神们去安排决定：
他们做起事来不顾世人感觉，
是好是歹，完全随自己高兴；
咱们凡人没法子，只好忍受。
已有几次，献祭者举起利斧，
对准匍匐在地的牺牲的头颈，
可是都未砍下去，因为不是
敌兵来犯，就是惊动了神明。

合唱队　将来的事没法儿预料；
王后，放心进宫去，
别再烦恼！
不论祸福吉凶
都将不期而至；
我们岂能相信预兆。
特洛伊不是烧了，咱们不是
目睹过死亡，屈辱的死亡？

我们不是在这里
陪伴你，愉快地为你效劳，
仰望天空灿烂的太阳，
面对地上最美的京城，
还有你和幸运的我们？

海　伦　随它去吧！不管面前是吉是凶，
我一样得毫不迟疑地走进宫殿；
长期离别、挂念和几乎丢失的
一切，不知怎么又回到了眼前。
这些我儿时曾跳上跳下的台阶，
如今双腿却没勇气送我到上面。

合唱队　姐妹们啊，咱们
悲惨地沦为俘虏，
且抛开一切苦恼，
分享主妇的幸福，
分享海伦的幸福！
她虽说归来嫌迟，
毕竟接近了故居的
炉灶，而且欢快地，
以更坚定的脚步。

赞美吧，赞美那些
赐福于人的神灵，
是他们指点了归途！
获救的人们
像长着翅膀，
能飞越艰难险阻，

不像囚徒望眼欲穿，
徒然张开手臂，
在高墙内忍受痛苦。

可这背井离乡者，
她被一位神抓住，
从伊利俄斯的废墟，
带回到这儿的旧居，
带回到装饰一新的
祖上的古老住屋，
让她经历了难言的
欢乐和痛苦，
再来回忆、重温
少女时代的幸福。

潘塔利斯 （充任合唱队长）
姐妹们，快离开欢乐歌唱的幽径，
转过眼来，看看那进宫去的门户！
瞧见了吗？王后她不又脚步匆匆，
激动地踏上了走向我们的归途？
怎么回事，伟大的王后，您怎么
在宫中没受到应有如仪的欢迎？
是什么使您惊怵？您没法儿隐瞒，
额头上刻着的厌恶一眼能发现，
有什么使您既惊讶又深为愤怒？

海　伦 （让门开着，激动地）
一般的惊恐宙斯之女不会在乎，
倏忽的恐怖之手休想将她摸触；

可太初的古老黑夜腹中生出的
恐怖，形态千变万化如同火云，
从正在喷发的火山口滚滚涌出，
能使英雄心惊胆战，毛发倒竖。
我今天也像有地狱的鬼魅跟踪、
威逼，害得我下决心再次远离
这渴念的熟悉的家门，仿佛是
不速之客，遭到了主人的斥逐。
可是不行！我已避到了阳光下，
任它是何魔怪也绝不再退一步！
我想应该去斋戒净身，到那时
炉火会迎接主人一样迎接主妇。

合唱队长 高贵的夫人，您到底遇见什么，
请对你恭谨谦卑的侍女们诉说。

海　伦 我看见的你们也将会亲眼看见，
只要古老的黑夜不把它的产物
马上吞回那深深的怪异的肚腹。
为了让你们明白，我这么说吧：
我庄严地走进王宫肃穆的内堂，
边走边思考紧接着应该干什么，
感到奇怪的是过道寂静又荒凉。
没任何声响传入赶路者的耳鼓，
也不见有谁在她眼前操劳忙碌；
我不见一个侍女，一个女管家，
她们平时总是热情地迎接来客。
可是当我慢慢走近厅内的火炉，
却冷不丁看见快熄灭的余烬旁，

一个高大的蒙面女人席地而坐，
不像睡着了，倒像在沉思默想。
我于是以主人的口气将她差遣，
猜想她或许就是那管家的老妇，
我细心的丈夫留她在家伺候我。
谁料她仍蒙头盖脸，一动不动；
我呵斥她，她才终于抬起右臂，
像是要赶我离开那厅堂和火炉。
我愤怒地转过身，匆匆地奔向
通往我们夫妇华丽卧室的台阶，
在上边紧邻卧室有我们的宝库；
可那怪物迅速从地上跳了起来，
盛气凌人地挡住我去路；只见
她个子瘦高，充血的眼珠凹陷、
浑浊，模样怪得使人神思恍惚。
我这是白费口舌；语言再努力
也枉然，没法再现这奇异造物。
自己瞧吧！她竟敢来到阳光下！
在圣上到来前，这儿咱们做主。
美之友福玻斯，将把这可怖的
黑夜的产儿逐入地穴或者降服。

（福耳库斯[①]出现在宫门的门槛上）

合唱队 青春年少，鬈发覆鬓，
可我已经历许多事情！
我见过许多恐怖景象，

① 此处丑陋无比的福尔库斯系靡非斯特的化身。

战争苦难，伊利俄斯城的
沦陷之夜。

攻城的战士气势汹汹，
呐喊声中听得见神们
可怕的呼声，听得见
厄里斯[①]的铜嗓子响彻战地，
飘向围城。

啊！伊利俄斯的城墙
依然屹立，可是烈焰
已经从东邻冲向西邻，
一处处迅速蔓延开来，
随着自身激起的风暴，
席卷黑夜笼罩的围城。

透过烟、火和翻卷的
烈焰，我匆匆地瞥见
狂怒的群神降临人寰，
奇形怪状，硕大无朋，
高视阔步，出入来往
在火光中的浓烟里面。

那混乱景象是我目睹，
还是恐怖的心所妄想？

① 厄里斯，希腊神话中专事挑拨离间、制造纠葛和争斗的女神，特洛伊战争就是她挑起的。

这事我永远说不清楚；
然而眼前的可怕情景
却是我自己亲眼所见。
确实知道，毫不含糊；
我甚至能伸手抓住她，
要不是恐惧将我阻拦，
使我不敢向危险趋附。

福耳库斯的女儿们，
不知你是其中哪一个？
要知道我只能够将你
媲美于这个丑陋家族。
你也许就是天生白发、
仅有一只眼和一颗牙、
只能轮流用这牙眼的
格赖埃[①]中的某一个吧？

你这个丑八怪竟敢
和美人儿并肩而立，
在福玻斯的慧眼前
抛头露面显示自己？
你尽管往前挤好啦；
须知福玻斯的神眼
从不注视丑陋之物，
如对阴影永不在意。

① 格赖埃，希腊神话中海神福耳库斯的三个女儿，生下来便白发苍苍，也如福基亚斯三姐妹共用一只眼睛和一颗牙齿，奇丑无比。

可是我等凡人，唉，
却遭到命运的逼迫，
受难言的眼目之苦：
生而爱美却得正视
这永远不祥的怪物。

好，你既然放肆地
靠近我们，那就听
我们的威胁、诅咒
和谩骂；它们都出自
神们创造的福人之口。

福耳库斯　有句老话，含义始终实在、深奥，
说的是节操美艳永远不能同行，
手携手一起走世间的葱绿小道。
它俩间存在着根深蒂固的怨恨，
相互总是背道而驰，分道扬镳，
也不管它和它在什么地方碰着。
随后就各自加快步伐奔向远方，
节操忧心忡忡，美艳心高气傲，
直至冥府空虚的黑夜将它包围，
设若美艳还未事先屈服于衰老。
你们这些放肆的女人，我发现
你们来自异邦，真是傲慢透顶，
就像我们头上嘎嘎啼叫的雁鹅，
嘶声哑气，宛如长长一溜白云；
它们用叫声吸引沉静的漫游者

将它们仰望，最后仍自行飞去，
他也走他的路；我们是同样情形。
你们究竟是谁，竟在王宫重地
醉醺醺似的撒野，活像女酒神？
你们究竟是谁，竟敢对女总管
大呼小叫，像吠月的狂犬一群？
你们真以为我不知你们的门第，
你们战争里出生长大的小妖精？
你们勾引人、也被勾引的淫妇，
战士和平民的精力被你们耗尽！
见你们成群结队，我觉得好似
飞蝗铺天盖地，危害绿色生命。
你们是一帮寄生虫，馋嘴婆！
繁荣的萌芽已被你们吃得精光，
你们是被抢、被买、被换的下贱女人！

海　伦　谁当着主妇的面谩骂她的使女，
就狂妄地侵犯了她治家的权利；
只有她有权给受谴责者以惩罚，
只有她有权给受赞扬者以奖励。
再说当强大的伊利俄斯遭围困
和攻陷之时，她们竭诚地效力，
也令我十分满意；还有随后在
千辛万苦、颠沛流离的归途中，
她们同样忠心耿耿，不顾自己。
在这里我仍指望这些快活的人；
主子不管仆人是谁，只要他尽心。
因此别再呵斥她们，给我住口！

在此之前你很好地管理这王宫，
为主妇操劳，这理应受到尊敬。
而今她本人归来，你就该撒手，
切勿越俎代庖，敬酒不吃吃罚酒。

福耳库斯 身为蒙受神宠之君的高贵王后，
多年来治家贤明，你理当拥有
并永远拥有呵斥家奴们的特权。
既然您又获得承认，重新登上
原来的宝座，充任王后和主妇，
那就快快抓住久已松弛的缰绳，
掌管好宫中财富以及我等家奴。
可首先得维护我老太太的尊严；
在美如天鹅的你身旁，她们只是
一群羽毛难看、嘎嘎乱叫的母鹅。

合唱队长 在美女身旁丑婆娘更丑陋无比！

福耳库斯 在智者旁边无知者越显出无知！
（自此合唱队员一个个走出来反驳）

合唱队员一 先说你的父亲厄瑞玻斯，母亲黑夜。[①]

福耳库斯 且说斯库拉[②]，她是你的嫡亲堂姐。

合唱队员二 在你的族裔中出现过许多的怪物！

福耳库斯 下地狱去吧！那里有你众多亲属！

合唱队员三 地狱的居民比起你，一个个太年轻。

福耳库斯 忒瑞西阿斯[③]那老头，你倒可去勾引。

---

① 厄瑞玻斯，希腊神话中太古的黑暗的拟人化身，黑夜是他的妹妹，两者都为混沌所生。

② 斯库拉，荷马史诗中的女海妖，叫声似犬，有六个脑袋和十二只脚。

③ 忒瑞西阿斯，希腊神话中的盲预言家，宙斯赐予他七代人的寿数，活了二百多岁。

合唱队员四 俄里翁[①]的乳娘，她只是你的玄孙女。

福耳库斯 我想啊你是哈耳皮埃[②]用屎养大的。

合唱队员五 你这么皮包骨头，靠吃啥东西保养？

福耳库斯 我所吃的，不是你贪得无厌的血浆。

合唱队员六 你贪吃死尸，自己就是发臭的死尸。

福耳库斯 在你的臭嘴中，闪着吸血鬼的牙齿。

合唱队长 我若说出你是谁，就会堵住你臭嘴。

福耳库斯 你若通报出姓名，哑谜会不猜自明。

海　伦 夹在你们中，我不恼怒也心烦，
因此禁止你们吵个没了没完！
忠诚的仆人在暗中钩心斗角，
是一家之主最怕遭遇的祸患。
真这样他的命令不会迅速执行，
和谐地传来众口一词的回音；
不，他周围只会有固执的吵嚷，
吵得他昏昏然，责骂也白费劲。
还不止此。你们没廉耻的怒骂
会招来一群不祥的妖魔鬼怪，
他们挤在我周围，我像被拖进
地狱，尽管置身在故乡地界。
这袭扰我的是幻想，还是回忆？
那毁灭城邦的可怕的女人形象
整个是我？是我的过去、现在和未来？

---

① 俄里翁，希腊神话中的猎人。他高大如巨人，死后成了天上的猎户星座。因福耳库斯苍老而身材高大，故有此讥讽说法。

② 哈耳皮埃，希腊神话里的鸟身女妖，饥馑的化身。她好夺取他人的食物，并用污秽之物把吃不完的毁掉。

侍女们个个战栗，可你老婆子
处之泰然；那就给我说个道理。

福耳库斯 谁回想起多年来享受的种种幸福，
最大的神恩临末也似春梦一场。
您却获得了无边无际的神恩，
一生中遭遇的净是些痴情少年郎，
爱火一烧便铤而走险，不分西东。
忒修斯[①]如赫拉克勒斯一样强壮魁梧，
很早就迷上您，将您劫持到远方。

海　伦 遭劫时我才十岁，如幼鹿般弱小，
被关在阿菲德诺斯[②]的阿提卡城堡。

福耳库斯 不过很快被卡斯托耳和波吕丢克斯救出，
从此受到众多杰出的英雄追逐。

海　伦 帕特洛克罗斯他毕肖珀利得斯，[③]
我乐于承认，他最合我的心思。

福耳库斯 可父亲做主把您嫁给墨涅拉斯，
嫁给这位治国者和航海的勇士。

海　伦 他招他为婿，而且传给他王位；
我俩在婚后生下了赫耳弥俄涅。

福耳库斯 他远赴克里特岛，勇敢争夺遗产，

---

① 忒修斯，雅典王子，生长在异乡，曾接受人马怪喀戎的教育，力大无比，在返回故乡继承王位的途中历尽艰险，如赫拉克勒斯一样除掉了许多强人和妖魔，终于登基并统一全国，被认为是雅典的开国之君。

② 阿菲德诺斯，忒修斯的朋友。

③ 珀利得斯，意为珀琉斯之子，即希腊英雄阿喀琉斯。帕特洛克罗斯是他的好友，且面貌相像；在特洛伊战争中，他便穿着阿喀琉斯的铠甲代其出战，结果被赫克托耳杀死。说海伦属意于他，是歌德的自由发挥。

孤独的您面前却出现一位美少年。[①]

海　伦　干吗提起我那守活寡的不幸时光?
可知它给我生出多么可怕的祸殃!

福耳库斯　也因那次远征，我克里特岛的自由民
沦为了俘虏，遭受到长期的奴役。[②]

海　伦　他随即招你来做女总管，让宫中的
事务和由勇敢争得的财富归你总揽。

福耳库斯　你离开自己王宫去到围城特洛伊，
享受那无穷无尽的爱情的欢乐。

海　伦　别提欢乐！贯注于我身心的
是不绝的辛酸，无尽的苦涩。

福耳库斯　可是人们传说，您有两个身体，
一个在特洛伊城，一个在埃及。[③]

海　伦　请别把我迷乱的心搅得更糊涂，
就算现在，我也不知我为何物。

福耳库斯　人们还说：阿喀琉斯从空寂的
冥府逃出来，急欲要和您团聚！
他早就爱您，不顾命运的裁处。[④]

海　伦　那是我的幻象和他的幻象结合。
春梦一场罢了，传说也如此讲。
我即将逝去，对自己也成幻象。

---

① 墨涅拉斯的外祖父克瑞透斯生前为克里特岛的统治者。就是在墨涅拉斯去继承其遗产时，帕里斯拐走了他的妻子海伦。

② 此系变作福耳库斯的靡非斯特随口编造。

③ 在古希腊后期确有这样的传说。

④ 相传阿喀琉斯在特洛伊的城头上看见海伦就迷恋上了她，遂请母亲忒提斯帮助。忒提斯只好为他造一个海伦的幻象，让他与她在梦幻中相会。还传说他俩死后在冥府结成了夫妻。

（快要昏倒，被半数合唱队员扶住）

合唱队 住嘴！住嘴！
你贼眉鼠眼，一派胡言！
丑嘴里长着颗龅牙齿，
喉咙好似可怕的深潭，
吐出气来真臭味熏天！

须知披着羊皮的恶狼，
有着善人面目的坏蛋，
在我看比三个头的狗[①]
更加可怕，更加凶险。
我们提心吊胆，不知
这心怀鬼胎的怪物
何时、何地和怎样
将凶恶的本相呈现？

如今你不是善言抚慰，
让她忘记眼前的愁烦，
而是翻出陈年的老账，
专拣倒霉事大谈特谈，
不但使她的今天
失去一切的光彩，
也使她无所指望，
前景是一片黑暗。

① 指看守冥府入口的恶狗刻耳柏洛斯。它长着三个脑袋，尾巴是一条蛇。

住嘴！住嘴！
王后本来已经
快要魂飞魄散，
得让她坚持住，
让这绝代芳容
永远留驻世间。
（海伦恢复过来，又站在侍女们中间）

福耳库斯 从浮云中走出来吧，你高悬空中的太阳，
云雾缭绕楚楚动人，喷薄而出灿烂辉煌。
亲睹世界繁衍发展，用慈蔼温柔的目光。
尽管她们骂我丑陋，对于美我却会鉴赏。

海　伦 蹒跚走出包围着我的眩晕的荒原，
我仍渴望休息，因为身体太疲倦：
然而王后理应神情镇静、精神振作，
民众也如此，即使突然面对危险。

福耳库斯 而今您站在我们的面前，美丽而又威严，
目光似在吩咐什么；说吧，您有何心愿？

海　伦 你们的争吵误了许多事，得进行弥补；
赶快备办好牺牲，按主上给我的吩咐。

福耳库斯 锅、鼎、利斧，还有烹炙用的水与火，
宫中全已备齐；只请指出牺牲用什么。

海　伦 这个主上未曾明言。

福耳库斯 未曾明言？哦，可悲可叹！

海　伦 是什么使你感到悲伤？

福耳库斯 王后啊，这意味着将把您献上！

海　伦 我？

福耳库斯 还有她们。

合唱队 真可悲！真不幸！

福耳库斯 您将在利斧下丧命。

海　伦 太可怕啦！但在意料之中；我真可怜！

福耳库斯 这样的结局我看难以避免。

合唱队 唉！还有我们？结局会怎样？

福耳库斯 她倒可以高贵地赴死，
你们却挨个儿吊上支撑山墙的大梁，在高空中
挣扎，像鸫鸟陷进了罗网。①

（海伦与合唱队又惊又怕，站成了预先安排好的意味深长的队形）

福耳库斯 幽灵！——呆呆立着如僵死的木偶，
害怕与原本不属于你们的白昼分手，
世人也全是些幽灵，就同你们一样，
他们都不情愿失去庄严崇高的日光；
可没谁能为他们求情，将他们挽救；
他们全明白，却很少有人甘心忍受。
总之，你们完了！喏喏，赶快动手。

（拍手。一群蒙面的侏儒应声来到门边，迅速地执行福耳库斯下的命令）

过来，你们这帮阴郁的、滚圆的怪物！
滚过来吧，在此使坏可以随心所欲。
这镶着金角的活动祭坛得使它就位，
那亮晃晃的斧头要放在银盆上才对；
还把那些罐子全部灌满，因为洗去
可怕的黑色血污，需要不少的清水。
在此处的尘埃上，将地毯铺放整齐，

① 典出《荷马史诗·奥德修纪》卷22：忒勒玛科斯用绳子将十二个不忠的使女捆起来，并排吊在厨房的梁柱上，让她们像陷入罗网的鸫鸟一般在空中挣扎。

好让做牺牲的王后体面地跪在那里，
然后裹她在毯中，即使已身首异处，
接着就将她安葬，可是仍应有礼如仪。

合唱队长 王后站在旁边，在那儿默默思考，
侍女们垂头丧气，像枯萎的野草；
可作为她们中的长者，我却觉得
与老祖宗你交谈乃是我神圣职责。
你世故又聪明，对我们像有好感，
虽然她们有眼无珠，曾冒犯尊颜。
是否还可能有解救之法，请明言。

福耳库斯 说来也容易：要救她自己和你们，
这件事全系在王后她一人之身。
需要的只是当机立断，决心坚定。

合唱队 至尊的命运女神，最聪明的魔女，
请收起金剪[①]，将白昼和光明赐予；
我们已感觉吊在空中，摇摇荡荡，
全身好不难受，可它原欲去跳舞，
舒舒服服地倚靠在爱人的胸脯上。

海　伦 随她们害怕去！我虽痛心却无畏惧；
不过你要真有办法，我倒衷心感激。
真是哩，在见多识广的智者的眼中，
不可能常常显得可能。请快快言语！

合唱队 说吧，快说吧：可怕而讨厌的绞绳
我们怎样才能逃脱？这最坏的饰物，
它就要勒住我们脖颈！可怜的我们

① 希腊神话中有三位命运女神，其中最年长的阿特洛波斯手执剪断生命线的金剪。

已经感到憋气、窒息，如果瑞亚[①]你，
一切神灵的高贵母亲，不把我们怜悯。

福耳库斯 你们可有耐心，静听我慢慢地报告？
这中间有许多故事，你们应该知道。

合唱队 耐心有的是，只要听着能把命保！

福耳库斯 谁要能坚守在家中，管理好宝藏，
而且懂得用泥灰修补华屋的高墙，
并把屋顶封严密，不让雨水下淌，
谁就可以一辈子平平安安把福享；
反之则不然，谁要轻率而又冒失，
跨越自己神圣的家门，背井离乡，
他在归来之时也许还能找到故居，
然而面目全非，要不就满目荒凉。

海 伦 这已是老生常谈，干吗在此说起？
你要讲故事，别扯这种讨厌话题。

福耳库斯 我讲的是事实，绝无意将谁责备。
墨涅拉斯驾着海盗船去一个个海湾，
一座座岛屿，到哪儿都抢掠一气，
然后带回来战利品，深藏在宫里。
在围城特洛伊前他度过整整十年，
在返家的途中，又不知多少时间。
可如今，廷达瑞俄斯的宫殿
成了啥样？他的王国又成了啥样？

海 伦 难道谩骂世人在你已成瘾、成癖，
你不斥责什么人，就张不开嘴皮？

① 瑞亚，大地女神和宙斯的母亲。侍女们为了活命，不惜认魔鬼的化身福耳库斯为大地女神。

福耳库斯 在斯巴达的后面，多年来一片荒芜，
是一道道向北方升高的峻岭峡谷，
背靠塔伊革托峰，有条小溪欢快地
流下来，变成浩荡的欧洛塔斯河，
再流经谷地和苇岸，养育你的天鹅。
在那边的深山里，静静居住着一个
勇敢的种族，他们来自铿墨里人的
黑暗国度，建起了难以攀登的城堡，[①]
从此肆意将临近的国家和人民骚扰。

海　伦 他们能干这种事？看来完全不可能。

福耳库斯 他们花了许多时间，约二十年光景。

海　伦 可有个首领？可是许多强盗结帮成群？

福耳库斯 首领倒有一个，但他们并不是强盗。
我不责骂他，虽然他已经把我侵扰。
他原本能掠夺一切，却满足于获取
少许自愿馈赠，而不把它称为贡物。

海　伦 他看上去怎么样？

福耳库斯 不错！已使我很欣赏。
他生性快活、果敢，且仪表堂堂，
希腊人中少见，善于把女性体谅。
人们骂这种族蛮子[②]，我不以为然，
真野蛮是那些围困特洛伊的英雄，
他们中竟有人残忍地将人肉生啖。[③]

---

① 典出《荷马史诗·奥德修纪》卷 11：铿墨里人居住在终年浓雾弥漫和不见太阳的黑暗之国。歌德以此隐喻在北方的德意志，因为那儿也经常天气阴沉。

② 在文明古国的希腊人眼里，开化较晚而尚武的德意志人自然是蛮子。

③ 暗指围困特洛伊的英雄阿喀琉斯声称要吃敌人赫克托耳的肉。

我敬重他的伟大，对他怀着信任。
还有他的城堡，你们该目睹亲临！
它不同于你们这粗陋笨拙的墙垣；
你们的祖先胡乱地堆砌起这城堡，
把粗糙的原石径直垒在原石上面，
就像独眼巨人似的蛮干；反过来，
人家那儿却横竖有度，规矩谨严。
从城外看：城墙高耸，直插云霄，
坚固、牢实、平整如同钢铸一般！
从那儿爬上去——想一想也会吓破胆。
城堡里边宽广高敞，各式各样的、
不同用途的厅堂围绕着座座庭院。
你们看见大大小小的圆柱、拱顶，
以及可以内外眺望的阳台、回廊，
还有纹章图案！

合唱队 什么叫纹章？

福耳库斯 埃阿斯[①]不是在盾牌上
画了条盘着的蛇？你们也曾看见。
攻打忒拜的七位将领各自给盾牌[②]
画着不同的图样，无不意味深长。
它们要么是夜空中的月亮和星斗，
要么是女神、英雄、云梯、宝剑、火把，
以及其他令和平城市惊恐的形象。

① 埃阿斯，在攻打特洛伊城的希腊英雄中，有两位埃阿斯：小埃阿斯又称罗克里斯的埃阿斯，是俄琉斯的儿子；大埃阿斯是忒拉蒙的儿子。此处执画着蛇的纹章的盾牌者当为大埃阿斯。

② 典出希腊神话：堤丢斯等七位英雄带兵攻打有七座城门的忒拜，以失败告终。埃斯库罗斯以此为题材写了著名的悲剧《七将攻忒拜》。

我讲的异邦英雄也带着这种图案，
它们色彩鲜明，是祖宗代代相传。
你们将看见雄狮、鹰隼、鸟爪、鸟喙。
还有牛角、鸟翅、玫瑰和孔雀翎尾，
以及各色条纹，如金、银、红、蓝、黑。
这样的纹章饰物一排一排悬挂厅中，
那些大厅如世界一般宽广，可以做
你们的舞场！

合唱队 请问城堡内可有男性舞伴？

福耳库斯 净是高手！年轻活泼，满头金发。
洋溢着青春的芳香！只有帕里斯
当年走近王后时带着这样的气息。

海　伦 你已经
离题万里；快对我讲最后那一句！

福耳库斯 这得您讲，快认真地大声地说“好”！
我立刻就让您置身于那一座城堡。

合唱队 快说出
这个词，好救您自己，连同我们！

海　伦 怎么？难道我畏惧墨涅拉斯国王？
难道他会狠心而残忍地将我损伤？

福耳库斯 如此说，您忘记了您的得伊福玻斯，[①]
忘记了战死沙场的帕里斯的兄弟，
他被您丈夫碎尸万段，割去耳鼻，
真是惨不忍睹，闻所未闻，只因
他曾固执地追求和宠爱独居的您？

① 据传帕里斯战死后，其弟得伊福玻斯娶了海伦。特洛伊城陷落时墨涅拉斯捉住了他，将他残酷地杀死。

海　伦　他那样处置他，都是为我的缘故。

福耳库斯　可他会同样处置你，为他的缘故。
须知美色不可分享，独占它的人
宁肯毁掉它，也誓不把部分转让。
（远处传来喇叭声；合唱队的女子惊慌失措）
听喇叭声声震人耳鼓，撕心裂肺，
就像嫉妒的利爪把丈夫心胸抓碎，
他永远不会忘记曾经独占的至宝，
可而今失去了它，再也不能挽回。

合唱队　你没听见号声嘹亮，没看见刀斧闪光?

福耳库斯　欢迎主上凯旋，奴仆我伏乞禀报。

合唱队　可我们?

福耳库斯　你们心里明白，她将死在你们眼前，
你们也会死在宫里；不，在劫难逃。
（稍停）

海　伦　眼前该做何决断，我已经想好。
你是个捣蛋鬼，我已清楚地感到，
因此担心你会把好事弄成坏事。
不过无论怎样，我随你去那城堡；
下一步我心里有数；王后胸中
能将秘密深藏，不容许任何人
进入堂奥。带路吧，老婆子！

合唱队　哦，我们多希望
加快步伐前往；
死亡在后追赶，
前面却耸立着
巍峨的城楼，

难越的高墙。
愿它能保护她，
如同特洛伊城；
可是最后的诡计
弄得城陷人亡。
（突然浓雾弥漫，遮没了背景；也可让近处有一些雾气）
怎么？怎么？
姐妹们，快看看四面！
刚才不还晴天吗？
雾气却袅袅升起，
从欧洛塔斯圣河中间；
芦苇丛生的可爱河岸
已从视线里消失；
还有那自由而高傲地、
那优美而悠然自得地
浮游在河上的一群天鹅。
唉，再也看不见！

可是，可是啊，
我听见它们在鸣叫，
在远方嘶哑地鸣叫！
这叫声传递着噩耗。
唉，到头来它莫非
不带来获救的福音，
却预告我们的沉沦！
可悲啊，可悲啊，
我们也是天鹅苗裔，

王后也有雪白秀颈！

周围的一切一切
全已被浓雾遮掩。
我们相互看不见！
怎么啦？我们在走？
还只是踮着脚尖
在地面上飘飘然？
你没看见吗？可真是赫耳墨斯[①]
飘来面前？他的金杖闪闪，
是在示意我们，命令我们
返回讨厌的、黑暗的地狱，
返回空虚的、挤满不可捉摸的
憧憧鬼影的冥间？
是的，突然一片黑暗，雾散了却没亮光，
只见灰黑与暗褐，一道高墙耸峙在面前。
它挡住视线，是一座庭院，还是一道深堑？
反正可怕至极！姐妹们，啊，我们已经
被俘虏，比什么时候都更悲惨！

① 赫耳墨斯，希腊神话里的神使，负有接引亡灵去冥府的使命。

城堡内院

周围是一些华丽、怪异的中世纪建筑

合唱队长 你们轻率、痴傻，地道的女流！
你们只顾眼前，不论幸与不幸，
都甘做时运的玩偶！祸福当前，
全不能处之泰然。相互间总是
意见相左，没完没了辩论争斗；
乐叫苦也叫，笑起来同一声调。
快些住嘴吧！且洗耳恭听王后
为自己为我们有何决断、良谋。

海　伦 皮托尼萨[①]，随你叫啥，你在何处？
快快出来吧，从幽暗的城堡穹庐！
你要能去通报杰出而英雄的堡主
我已到来，让他殷勤地将我迎接，
我会感谢你，迅速随你去他跟前；
我渴望宁静，只求快将漂泊结束。

① 皮托尼萨，希腊德尔斐地方的阿波罗神庙的女祭司。相传阿波罗杀死了为害当地的凶龙皮托，那儿建立的神谕宣示所遂以皮托命名，此地预言的女祭司也就叫皮托尼萨。海伦不知变成福耳库斯的靡非斯特是谁，故猜想她可能为皮托尼萨。

合唱队长 王后啊，您四处张望，白费气力；
那丑八怪已经不见了，或许她还
待在我们刚摆脱掉的滚滚浓雾里；
我不知怎么一步未跨却到堡里来。
这由许多个部分组成的奇异城堡
宛如迷宫，也许她也在里边徘徊，
正想去求堡主给予您王侯的接待。
可瞧啊，那上边已经是人群聚集，
回廊上，窗户边，大门旁，到处
都见仆人侍女在迅速地奔来走去！
显然正将隆重的迎宾礼准备安排。

合唱队 真个心花怒放！瞧那边，
一群年轻人文质彬彬，
排着整齐的队伍走下来，
气宇轩昂，步履沉稳。
这些青年精英队列整齐，
早早到来，是谁之命？
最可爱是那优美的步伐，
是光亮额头上的鬈发？
抑或是细绒绒的小胡髭，
和那红如鲜桃的脸颊？
我恨不得咬咬却又害怕；
因为我咬过，真难堪，
到头来弄得满嘴的灰渣！①

① 典出《圣经·旧约全书》：濒临死海的古城所多玛的居民荒淫无度，罪孽深重，被神毁灭。相传那儿长着一种苹果，外表光鲜喜人，一摘下就变成灰。此处以所多玛苹果比喻年轻人的漂亮脸蛋儿，意蕴颇为丰富深刻。

可最美的人儿
已款款走过来；
他们抬着什么？
登宝座的引阶，
还有地毯、椅子，
还有椅披，以及
帐篷似的华盖。
华盖飘扬拂动，
围绕王后头顶
形成云状花带；
她已受到邀请，
登上华丽宝座。
你们快快跟上，
严格保持队形，
步步走上高台。
如此盛情迎接，
赞誉原本应该，应该，应该！

（合唱队所言逐一得到实现。由长长的侍童和近侍队伍开道，穿着中世纪骑士宫廷盛装的浮士德出现在高台上，然后庄严地缓步走下台阶）

合唱队长 （注意打量着他）

如果天神不是如经常那样，
只是短时间把魁梧的身躯、
高贵的举止和可爱的气质
暂借给此人，那他一定会
无往不胜，不论是与男人
交战，还是遭遇绝色美女。

我亲眼见过许多杰出之士，
唯有他出类拔萃、无人可比。
瞧他迈着徐缓、庄重的步子，
威严地走来；王后啊，向他行礼！

浮士德 （走过来，身边有个戴锁链的人）
我本该给您最隆重的欢迎，
向您表示我最崇高的敬意，
却给您领来这戴枷锁的人，
他是一个玩忽职守的奴隶。
快跪在这高贵的王后脚下，
如实招认你的过失在哪里。
这个人，我崇高的夫人啊，
他有世所罕有的敏锐视力；
我命他驻守在高塔，瞭望
浩瀚长空，监视广袤大地，
将四面八方的情况来禀报，
从丘陵地带到谷中的城堡，
不管是有畜群移动，还是
有敌军开到；我们保卫畜群、
抗击敌军。今天却误了大事！
您光临，他没及时来通报，
致使对您这贵客礼数不周，
有失迎接。他犯了滔天大罪，
原本该教他在血泊中倒下；
现在单请您来处置这罪人，
您可随意决定是赦还是罚。

海　伦 让我行使法官和主妇的权力，

您以此赐予我崇高的荣誉；
我斗胆猜想这只是考验我——
我仍履行法官的首要职责，
听听罪人申述。快讲，你！

守塔人林叩斯[①] 让我下跪，让我观看，
让我丧命，让我生还，
这天神派来的女子啊，
我的命运握在她手里面。

清晨我凝目遥望东方，
等待出现幸福的霞光，
突然之间真是奇妙啊：
在南边升起一轮朝阳。

它把我视线吸引过去，
我不再注视峡谷、山冈，
不再瞭望大地和天空，
眼中只见您这位太阳。

天生我目力敏锐犀利，
如那山猫高踞在树上；
可而今我得拼命挣扎，
活像是梦魇紧压胸膛。

难道我已经神不守舍？

① 希腊神话里就有一位长着“千里眼”的英雄林叩斯，歌德在这儿借用了他的名字命名守塔人。

城堞呢？塔呢？锁着的门呢？
只见雾气缭绕、消散，
一位女神出现在眼前！

眼盯着她，心系着她，
吸吮着她温柔的光芒；
如此耀眼迷人的美艳，
可怜我眼前一片迷茫。

我忘记了守望的职责，
全然没有把号角吹响；
您就请赐予我毁灭吧，
为美而死我无怨无怅。

海　伦　灾祸由我带来，我怎能将你
惩罚？可悲啊，命运太严酷！
它四处紧跟着我，让我迷惑
男人，使他们拼命将我追逐，
不爱惜自身和其他可贵之物。
抢夺，勾引，争战，东奔西走，
半神、英雄、天神甚至恶魔，[①]
他们带我从此处漂泊到彼处。
我单体已搞乱世界，双体再
加倍，三体四体更祸患无数。[②]
快带走这好老人，将他释放；

① 半神、英雄、天神和恶魔，分别指忒修斯、帕里斯、赫耳墨斯和福耳库斯。

② 据信海伦有多个化身。她在单体时即引起特洛伊战争，随后又以化身出现于埃及和斯巴达，造成纷争和不幸，现在则来到了浮士德的城堡中。

被神[①]迷惑者不应该遭受耻辱。

浮士德 女王啊，我真惊讶，同时看见
箭无虚发者和这个被射中的人；
我看见那张弓和它发出的箭矢，
将这人射伤。箭翎紧追着箭翎，
也射中了我。我只觉城堡里边
箭羽横飞，到处响起嗖嗖之声。
我是怎么啦？转眼之间，您使
最忠诚的奴仆背叛我，使城堡
不再安宁。我已担心我的军队
会对常胜不败的夫人俯首听命。
我还能做什么，除了把我自己
和我自以为拥有的一切献给您？
让我自愿而诚恳地拜倒在您脚下，
您一到来便赢得了财产和王位，
我心甘情愿承认您是我的主人。

林叩斯 （扛来一只箱子，跟在后面的一些人同样扛着）
女王，我回到您眼前！
富人也乞求您的青睐，
他见到您，就自以为
富敌王侯，贫如乞丐。

我曾怎样？现在怎样？
我想干啥？该当干啥？
目光的闪电无所作为！

① 这儿所谓的神和下文中的“箭不虚发者”，均指希腊或罗马神话里手持金箭的爱神阿摩耳或丘比特。

一碰您宝座就被弹回。

我们来自遥远的东方，
为了在西方开土拓疆；
我们的队伍人多势众，
排头不知排尾是怎样。

一个倒下另一个跟上，
第三个紧握手中长枪；
人人鼓起百倍的勇气，
死者千万没有谁在意。

我们进攻，我们扫荡，
征服一个又一个地方；
这里今天我发号施令，
明天再换成另外一帮。

我们匆匆地四下搜寻；
这个强抢最美的女性，
那个牵走健壮的公牛，
还有骏马一匹不准剩。①

我喜欢的却是发现
难得一见的稀世珍宝，
别人已经拥有的东西，

① 以上这一段战争描写可能影射北匈奴西侵欧洲，灭了东罗马帝国等历史事件。

在我眼里真贱如枯草。

我的目光无比犀利，
探宝只须循着它走去；
它能看穿任何的宝箱，
它能射进所有钱袋里。

大堆的金子归我所有，
钻石珠宝更美不胜收；
特别是这一颗绿宝石，
他唯独配挂在您胸口。

还有在您的耳口之间，
该晃荡着晶莹的珠串；
红宝石却将自惭形秽，
面对着红颜神色黯然。

就这样我把无数珍宝
放置于此地您的座前；
这一次次血战的收获，
请让我在您脚下奉献。

我于是扛来许多木箱，
铁柜我有的比这还多；
请允许我跟随您上路，
以珍宝装满您的仓库。

要知道您一登上王座，
智慧、财富以及权势
都立刻向您膜拜顶礼，
臣服于您绝代的美女。

这一切我曾牢牢据有，
而今为给您却放开手。
我曾视其为无价之宝，
而今只觉得虚无缥缈。

我曾拥有的已然消逝，
如断茎枯草意义尽失。
哦，请用您的明目观览，
还它全部原有的价值！

浮士德 快弄走这些大胆抢来的贼赃，
你虽不受惩罚，却也没奖赏。
这城堡里所收藏的一切财物
已经归女王您所有；再献上
别的毫无意义。把财宝搬走，
并好好垒放，让罕见的豪华
呈现崇高景观！让堡内穹顶
如朗朗晴空熠熠闪亮，造成
无生命之物充满生机的天堂。
赶在她之前铺好一幅幅地毯，
再撒上花瓣，用柔软的地面
迎接她的脚掌；用只对女神
不刺眼的豪华迎接她的目光。

林叩斯 主人吩咐的很是容易，
仆人做起来如同儿戏；
绝代的美女心高气傲，
统治着财产连同血液。
整个大军都对她驯服，
所有刀剑也柄寒锋钝；
在壮丽耀眼的形象前，
连太阳也显暗淡阴冷；
对着美不胜收的脸庞，
万事皆空，万物皆亡。[①]

海伦 （对浮士德）
我希望和您说一说。请您走上来，
紧紧挨着我就座！这儿的空位子
呼唤主人，您坐下我心里才踏实。

浮士德 先让我跪着向您表示我的忠诚，
高贵的夫人；您伸出手来扶我
到您身边，让我先将它吻一吻。
您让我一同治理您的无边王国，
我深受鼓舞；请容我为您效力，
集崇拜者、奴仆、卫士于一身。

海　伦 我看见、听见太多太多的奇迹，
真惊讶莫名，心中有许多疑虑。
我想弄明白，为什么这人讲话
在我听来异样，既亲切又稀罕。[②]

---

① 这一段对于美的赞美，表达了这整幕剧的中心思想。下文中的“无边王国”也即美的王国。歌德和他的挚友席勒本身也曾把美看得至高无上，抱有过以美育改善人性和世界的理想。

② 来自古希腊的海伦对北方的浮士德用的格律音韵感到新奇。

一个音和另一个音显得很和谐，
这一句说出来，刚刚飘向耳边，
另一句接踵而至，对它好亲昵。

浮士德 咱们的人民的谈吐已教您高兴，
哦，他们唱起歌来也一样美妙，
会深深打动您，使您悦耳赏心。
为了万无一失，咱们立刻练习；
用对答的方式，定能引来歌声。

海　伦 告诉我，我如何也能谈吐动听？

浮士德 这挺简单，话语必须出自内心。
一旦您胸中充满着热烈的渴慕，
您便会回首四顾，问——

海　伦 谁是知音。

浮士德 于是心灵既不前瞻，也不后顾，
唯有眼前的现实——

海　伦 才是幸福。

浮士德 它就是珍宝、奖赏、财富和保障；
在何处获得证实？

海　伦 我们手上。[①]

合唱队 谁还责备咱们王后，
怪她对城堡的主人
表现出脉脉的温情？
老实说，我们大家
从特洛伊可耻地陷落，
已无数次沦为俘虏，

① 以上的三次对答，说明海伦与浮士德已心心相印，也可理解为希腊文化和北欧的日耳曼文化产生了共鸣。

在迷茫的漂泊途中
内心充满惊恐苦闷。

妇女惯于被男人爱，
虽然不具挑选眼光，
却有着识别的本能。
不管是金发的牧童
或黑毛刚硬的孚恩，
只要机会碰巧到来，
她就献出丰满躯体，
对待他们一律平等。

他俩坐得越来越近，
相互紧靠彼此偎依，
肩并着肩膝贴着膝，
手牵着手儿摇啊摇，
在柔软而又华丽的
宝座上，我我卿卿。
身为王者同样不肯
拒绝享受男欢女爱，
当着臣民恣意纵情，
恰似身在无人之境。

海　伦　我感觉远在天涯，却又近似咫尺；
只想讲：我确实在这儿！确实！

浮士德　我呼吸困难，浑身哆嗦，语无伦次；
好像在梦中，时间空间全已经消失。

海　伦　我好似既已衰老，却又十分年轻，与陌生的您融合，对您一片忠心。

浮士德 用不着老是考虑独特奇异的命运！

存在乃是义务，哪怕就这么一瞬。[①]

福耳库斯 （急急忙忙地跑来）

二位在此拼读发蒙爱经，

边打情骂俏边深思熟虑，

在深思熟虑时说爱调情，

可知道眼下全不是时候！

难道没感觉到风声很紧？

只听听那阵阵喇叭声吧，

你们的毁灭已经在临近。

墨涅拉斯率领大队人马，

正浩浩荡荡地开向你们，

快穿好戎装，准备苦战！

等你被胜利者团团围困，

像得伊福玻斯一样遭肢解，

你才会后悔胡乱姘女人。

先吊死那些轻浮的贱货[②]；

夫人特殊对待：祭坛旁，

新磨的斧头真个亮铮铮。

浮士德 放肆！大胆！胡冲乱闯特讨厌；

情况再危急我也不容慌张鲁莽。

再英俊的使者报凶信也变丑陋，

你奇丑无比，专欢喜将噩耗传。

这次你却失误啦；你这叫作

① 以上四句对答表明浮士德和海伦已完全陶醉在爱情中，忘乎所以。

② 靡非斯特骂的“贱货”，指组成合唱队的特洛伊女俘虏。

无事生非活见鬼，哪儿有危险！
危险倒也有，它出自你的妄念。
（从各处城楼上升起信号，接着便炮声隆隆，号角齐鸣，在军乐声中，行进着一支大军）

浮士德 不，我马上让您看见
勇士们汇集成的铁阵；
只有善于保护妇女者，
才配得到她们的宠幸。
（对走出队列来的指挥官）
同仇敌忾，沉毅冷静，
这将使你们无往不胜，
你们，北方的青年俊杰，
你们，东方的壮士精英。

身披铠甲，刀光剑影，
你们踏平一个个帝国，
齐步行进令大地震颤，
驰骋疆场如狂飙雷霆。
在皮罗斯我们靠岸登陆，
老王涅斯托耳[①]已经亡故，
我们的大军势不可挡，
摧毁所有的小邦王族。

事不宜迟，快从这儿
把墨涅拉斯赶回大海；

① 涅斯托耳，皮罗斯国王，是远征特洛伊的希腊英雄中最年长的一位。

随他在那里游荡抢掠，
那是他的命运和喜爱。

我在此向统帅们施礼，
禀承斯巴达王后的旨意；
请将山河献在她脚下，
新拓疆土归你们自己。
日耳曼人，科林斯港湾
由你们前去筑城镇守！
阿凯亚[①]沟壑纵横，我让
哥特人你去大显身手。

弗朗克军团开向厄里斯，
萨克森人命定上墨塞涅，
诺曼人去清剿海上流寇，
扩大阿尔戈利斯的基业。[②]

事成后你们各自安居，
对外邦显示强大武力；
却对斯巴达俯首称臣，
因为它是女王的故地。

她乐见你们个个封侯，
享有一方的无尽福利；

① 阿凯亚，位于伯罗奔尼撒半岛濒临科林斯海湾处，地势多山。歌德在此将日耳曼人与下边列举的哥特人、法兰克人、萨克森人、诺曼人并提，不妥，因为他们都是组成日耳曼民族的一个个部族。

② 厄里斯、墨塞涅、阿尔戈利斯，分别位于伯罗奔尼撒半岛的西部、西南和东北部。

你们可放心来她跟前，
觅取封赠、恩典、权力。
（浮士德走下来，诸侯们围上去，听他进一步的命令和安排）

合唱队 谁想占有这绝世美人，
最重要的是精明干练，
及时地募集一支大军；
靠阿谀逢迎固然也能
获得这人世间的至宝，
可没法与她长享太平：
奸人会用计谋拐走她，
强盗会冒险将她抢占；
得多加小心防患未然。

我因此赞美咱们主上，
对他的尊重超乎寻常，
他集勇敢智慧于一身，
好汉们对他唯命是听，
他指向何方奔向何方。
个个忠实执行他命令，
人人为自己争得报偿，
既赢得主上嘉奖感谢，
也可为双方添彩增光。

从这强悍的主子手里，
现在谁还能将她夺取？
她属于他，该他拥有，
我们的心愿加倍如此；

因为他庇护她和我们，
外拥大军，内凭城池。

浮士德 每人都得到一大片封地，
我们给在场诸位的赏赐
真是慷慨丰厚；让他们
去征战！中原咱俩镇守。

丘陵起伏蜿蜒的半岛啊，
你承欧罗巴的高山余脉，
欢跳着的碧波将你环抱，
勇士们争相把你来保卫。

这太阳最先升起的国土，
愿它给所有的部族赐福，
它如今属于我们的女王，
须知它早已将女王仰慕。

欧洛塔斯河的芦苇飒飒响，
女王随之破壳[①]来到世上，
光芒刺伤了兄弟们的眼，
高贵的母亲也满目迷茫。

我们这地方唯独归顺你，
献出它的鲜花绝顶美丽；
你纵有世界，哦，还是

① 海伦是斯巴达王后丽达与宙斯变成的天鹅在欧洛塔斯河畔野合而生，故出世时须先破卵。

应该最眷恋祖国的土地。

它在山脊上的齿状头颅
还受着阳光的冷箭袭击，
可岩石已泛青，山羊正
在贫瘠大地上将食觅。

山泉跳跃，汇聚成小溪，
峡谷、山坡、草地一片碧绿。
在绵延不断的万千丘陵，
毛茸茸的畜群漫过大地。

遍野的牛群犄角长又长，
缓步走向陡峭的崖边上；
岩壁穹隆为成百的洞穴，
是牲畜们避风雨的地方。

潘恩保护它们，活泼的宁芙[①]
在蓊郁清凉的谷中栖身，
挺拔的树木向往着蓝天，
挤挤挨挨，枝叶多茂盛。

原始老林！橡树真粗壮，
密集的枝丫倔强地延伸；
枫树柔婉，饱含着蜜汁，

① 宁芙，住在山林和水泽中的女仙。

亭亭耸立，轻摇着倩影。

宁静树荫下，温泉涌溢，
似母乳等待羊羔和幼婴；
已熟透的野果伸手可摘，
蜂蜜从空树干直向外渗。

这地方自古就舒适安闲，
脸颊嘴唇同样明朗红润，
男女老少全都健康、满足，
人人各得其所，不老长生。

纯真的男孩愉快地生活，
不觉已成为强壮的父亲。
我们惊讶不止，总想问：
他们到底是人，还是神？

所以阿波罗变成牧人模样，[①]
他们最俊那个和他真像；
在自然统治的纯净境界，
人神万界都能亲密交往。
（坐到海伦身边）

如此您我一样称心如意；
过去的一切就让它过去！

---

① 阿波罗年轻时曾在色萨利平原上放牧。

您原本属于第一个世界，
须知啊您是尊神的苗裔。

别让坚固城池将你束缚！
紧邻斯巴达有一片乐土，
阿卡狄亚[①]能使人永葆青春，
等我俩去那儿幸福同住。

应召唤去居住在乐土上，
您逃脱厄运，无比欢畅！
让我们的宝座化作凉亭，
乐享阿卡狄亚式的幸福！

① 阿卡狄亚，在伯罗奔尼撒半岛中部，自然环境如上边浮士德所描述的那样富庶优美，和平宁静，在西方人的想象中一如我们向往的世外桃源。

阿卡狄亚

场景彻底改变
紧靠着一排岩洞，是几座关着门的凉亭
树影婆娑的林苑一直延伸到四周的岩壁边
不见浮士德和海伦
合唱队员东一个西一个地憩息在地上

福耳库斯 姑娘们睡了多久，我不知道；
她们是否梦见我历历在目的
景象，我同样也无从知晓。
我唤醒她们。目睹眼前奇景，
不只教年轻的女子惊讶不止，
你们后排的诸位长者也一样。①
起来！起来！快摇摇脑袋！
睁开睡眼！别发愣，听好了！

合唱队 快讲，快讲，发生了什么奇妙的事情！
我们最爱听奇闻逸事，哪怕难以置信；
须知老看见这些岩石，我们实在烦闷。

① 这一段话系对观众所说，从此也可看出歌德模仿古希腊喜剧风格的一斑。

福耳库斯 刚揉清睡眼，姑娘们，你们就叫闷？
听我说：这些个洞窟，这些个凉亭，
将给我们的堡主和王后提供荫蔽和
保护，就像给予牧歌中的一对情人。

合唱队 怎么，在那里面？

福耳库斯 在那儿与世隔绝，
只我一人被唤去，静静地侍候他们，
荣幸地待在一旁，如同贴身亲信，
我总主动找事做；总在这儿那儿
寻觅我熟知效用的苔藓、树皮、草根，
于是洞中单独留下他们。

合唱队 听你讲来，那洞里仿佛是个广阔的世界，
森林、草地、溪流、湖泊全有，净胡扯瞎掰！

福耳库斯 反正你们缺少阅历！那地方实在深邃莫名：
广厅连广厅，庭院接庭院，我已留神探查。
谁料突然响起阵阵笑声，在洞内回响共鸣；
一抬头见有个男孩，从妈妈怀中跳向爸爸，
又从爸爸身边跳向妈妈；无尽的亲昵逗弄，
痴迷的抚爱戏耍，诱发出狂喜的嘻嘻哈哈，
反复震撼我使我脑袋发麻。
裸体男孩像天使却没翅膀，像羊人少野性，
他一跳跳到硬地上；然而地面发生反作用，
把男孩弹回到高空中，他又一次一次跳起，
直至快要碰着头上的穹顶。
母亲担心地呼喊：“你可反复跳，直到尽兴，
只是千万别飞啊，你缺少自由飞翔的本领！”
忠实的父亲也同样警告：“大地富有反弹力，

它能把你抛到空中；你只要脚趾一碰大地，
就会像大地之子安泰一样，浑身充满活力。”
于是男孩跳上巨岩，从这个边缘纵身跳向
那个边缘，像被拍打的皮球似的跳来蹦去。
可是突然他滚进了一处深涧的岩缝，仿佛
我们已经把他失去。母亲哀泣，父亲劝慰，
我害怕地耸耸肩。他却又安然出现在那里！
深涧中埋着宝藏不成？他怎么换上了一件
花条子的体面上衣？
他胳臂上摇晃着流苏，胸口上飘荡着丝带，
手捧着一把金琴，俨然一位小小的福玻斯[①]，
得意扬扬地走到峭崖边上；我们好不惊讶。
父亲母亲喜出望外，高兴得不断相互拥抱。
须知他脑袋周围闪闪发光！说不清是什么，
是金首饰，还是超强的精神力迸射的火花？
这便是他的行事举止，虽然还是个小男孩，
却已经显示出能创造一切的美的大师端倪，
永恒的旋律在他体内回荡；只要一听见他，
一看见他，你们定会惊讶赞叹，五体投地。[②]

合唱队 你把这个称作奇迹，
克里特岛生的女人？[③]
那富于教益的诗句，
你大概从未曾聆听？

---

① 希腊神话里的太阳神福玻斯手持的是一把近似竖琴的六弦古琴。

② 这一大段所描写的神奇小男孩是浮士德和海伦所生。他的名字欧福里翁系从古希腊的传说中借用，相传海伦与阿喀琉斯结合后的孩子即叫此名字。

③ 由靡非斯特化身的福耳库斯曾自称出生在克里特岛。

还有关于爱奥尼亚
以及关于赫拉斯的[①]
天神和英雄的传说，
那祖先的丰厚遗赠？

今天发生的一切，
都不过是先祖们
辉煌灿烂的往昔
留下的凄凉余音；
你讲的这个故事，
与迈亚之子的传说[②]
没法相比，它虽属
虚构，却可爱可信。

这小家伙刚刚出世，
胳膊腿儿已蛮有力，
一帮饶舌的保姆
心中生出荒唐念头，
用华丽的饰带把他
紧扎在鸭绒襁褓里。
可强壮的小淘气儿
已狡猾地伸出他那
柔软灵活的胳膊腿，

① 爱奥尼亚，位于小亚细亚西海岸，一部分希腊人原来就住在这里。赫拉斯，希腊古称。这一段讲的都是希腊的古代传说以及《荷马史诗》。

② 据希腊传说，迈亚是一个水精，与宙斯结合生了神使赫耳墨斯。因赫耳墨斯也出生在阿卡狄亚，所以联想到了他。

将使他憋闷难受的
紫色襁褓轻轻地褪去；
就像已长成的蝴蝶
蜕出僵硬的茧壳儿，
轻快地鼓动着羽翼，
勇敢地翩跹飞舞在
阳光灿烂的太空里。

他的手脚极为灵敏，
因此成为一切的
小偷扒手和骗子
永远仁慈的保护神，①
并且马上出手不凡，
给了世人一个明证。
他很快偷走海神的
三叉戟，还狡猾地
窃取了战神的宝剑；
又盗走日神的弓矢，
以至火神的火钳；
连宙斯的闪电也会偷，
要是他不怕天火焚。
在一次角力比赛中，
他使绊子摔倒小爱神；
趁美神与他亲热时，
他抢走她的束胸巾。

（洞中飘出清脆、动人的琴声。众人侧耳倾听，好像顿时深受感

① 赫耳墨斯又是盗贼和商人的保护神。

染。从此开始至下文标明“休止”之处，一直回响着嘹亮的乐音）

福耳库斯 快听这美妙的音乐，
好把那些神话摆脱！
你们的神全老掉牙，
早已过时不用再说。

没谁还肯理解你们，
我们已经提高标准：
须知想将人心打动，
言语就得出自内心。
（退回到岩石旁）

合唱队 连你这可怕的怪物
也爱软绵绵的乐音，
我们有如大病初愈，
更感动得涕泪淋淋。

可让太阳失去光辉，
只要心中晴朗光明；
全世界缺少的东西，
都存在于我们内心。
（海伦、浮士德、欧福里翁上，欧福里翁服饰如上文所述）

欧福里翁 你们听见孩儿唱歌，
胸中立刻充满快乐；
你们看见孩儿舞蹈，
慈心随之欢呼雀跃。

海　伦 爱情要赐予凡人幸福，
便使高贵者成为夫妇；

为给予他们天神之乐，
让一家三口和和睦睦。

浮士德 事实上已经如愿以偿：
我属于你，你属于我；[①]
我们如此结合成一体，
不容许过别样的生活！

合唱队 多少年的恋慕之情
在这夫妇身上凝聚，
从孩子的容貌表明，
这结合啊实在动人！

欧福里翁 现在让我跳吧，
现在让我蹦吧！
冲进高高天空，
飞临九霄之上，
这是我的渴望，
我已心驰神往。

浮士德 别急！别着急！
不能鲁莽行事，
免得你掉下来，
免得你被摔死，
教失去爱子的
我们活不下去！

欧福里翁 我再也不情愿
滞留在地面上；
放开我的双手，

① 这是一首德国民歌开头的一句，通常直译为“我是你的，你是我的”。歌德把它自然地嵌入自己的作品，反映出他受民歌的影响。

放开我的鬈发，
放开我的衣裳！[①]
它们归我所有。

海　伦　想想啊！想想
你属于什么人！
如果你遭不测，
我们会多伤心，
我的、你的、他的
幸福全会毁灭！

合唱队　我担心这一家
很快就要分手。

海伦和浮士德　克制！快克制
你激烈的欲望，
你过分的冲动，
为父母想一想！
何不静处田园，
煊赫于跳舞场。

欧福里翁　为遂你们心意，
我克制住自己。
（在合唱队中穿来绕去，拖她们跳舞）
围绕快活女性，
舞步格外轻盈。
这曲调可合拍？
这姿态可动人？

海　伦　好，真太好啦！

---

① 这几句是想要摆脱地心引力的欧福里翁对大地呼吁。

快带这些美人，
跳起美妙轮舞。

浮士德 我看不如休息！
对这骗人勾当，
我根本没兴趣。
（欧福里翁与合唱队员们跳着唱着，围绕成一圈又一圈）

合唱队 你只需优雅地
摆动你的双臂，
只需在阳光里
让你鬈发飘起，
只需让你的脚
轻轻滑过地面，
并适时让手脚
或穿插或交替，
可爱的孩子啊，
你就达到目的；
我们所有姐妹
都将倾心于你。
（暂停）

欧福里翁 你们是一群
敏捷的牝鹿；
为玩新游戏，
从近旁跳出！
我本是猎人，
你们是猎物。

合唱队 你想逮我们，
无须跑太快，

因为到最后，
我们自会来，
热烈拥抱你，
漂亮小乖乖！

欧福里翁 快奔进丛林！
快越过障碍！
轻易弄到的，
我实在不爱；
奋力夺得的，
我才喜心怀。

海伦和浮士德 放肆轻狂！横冲直撞！
要他节制已毫无希望。
然而好似吹起了号角，
在山谷和森林间回响；
胡作非为！狂呼乱嚷！

合唱队 （一个接一个匆匆地上场）
他跑过我们面前，
轻蔑地嘲笑我们，
从我们队伍里面，
拖走最浪的那名。

欧福里翁 （抱着一个少女上场）
拖来这小蛮丫头，
强迫她供我消受；
紧贴着她的酥胸，
快乐幸福似梦中；
吻她倔强的嘴唇，
表明我无所不能。

少　女　放开我！在这躯体里面，
也有精神的力量和勇气；
我的意志和你一样顽强，
不会轻易忍受他人压抑。
你大概以为我一筹莫展？
你是过分相信你的臂力！
抱紧吧，我这就烧一烧
你这傻瓜，权当玩玩游戏。
（她燃烧起来，火焰往上直冲）
有本事跟我去缥缈太空，
有本事跟我去僵硬墓冢，
攫住猎物，她快无影无踪！

欧福里翁　（抖落身上的余火）
在这丛林之间，
乱石挤挤攘攘，
可我并不在乎，
照样年轻欢畅。
狂风飕飕吹刮，
巨浪哗哗激荡；
它们俱在远处，
我倒想去近旁。
（一个劲儿地向更高的崖头跳去）

海伦、浮士德与合唱队　难道你想学那羚羊？
我们真怕你会摔伤。

欧福里翁　我得往上再往上，
让眼界更加宽广。
我看清了在何处！

我身处半岛中央，
伯罗奔尼撒中央，
紧邻陆地和海洋！

合唱队 难道不能平静地
在山林里边逍遥？
我们去为你找寻
成行成排的葡萄，
还有金色的苹果
和无花果满山坳。
在宁静的大地上，
你呀也宁静才好！

欧福里翁 你们梦想宁静和平？
梦去吧，谁要高兴。
战争！这就是口号。
胜利！这就是回应。

合唱队 谁身处和平环境
却盼望战争再起，
谁就与幸福决裂，
谁就被希望抛弃。

欧福里翁 这座岛屿出生的人
经常在危险中出入，
自由自在、勇敢无畏，
惯于洒热血抛头颅，
神圣的志愿和激情
难以压抑——
愿战士一个个
从它得到助益！

合唱队 往上瞧，他爬得好高！
在我们眼中他并不小：
身披铠甲，志在必得，
寒光闪闪似钢铸铁造。

欧福里翁 壁垒不要，墙垣不要，
人人都只将自身依靠；
男子汉铁一般的胸脯
才是御敌的坚固城堡。
你们要想不被人奴役，
那就快快轻装上阵去；
妇女全变阿玛宗女杰[①]，
儿童个个都成为勇士。

合唱队 神圣的诗歌，
请升上天庭！
遥远而又遥远，
粲然一颗明星！
它却照耀我们，
总被我们与闻，
人人爱把它听。

欧福里翁 不，我出世已不是个儿童，
而是一位披坚执锐的青年；
我在精神上已经长大成熟，
伙伴们都强壮、自由、勇敢。
前进啊！
在那边，

① 相传在小亚细亚有一个阿玛宗女人国，国中的女人都是勇猛强悍的斗士。

荣誉之路宽广平坦。

海伦和浮士德　刚刚被召唤进尘世生活，
明媚的日子几乎还没过，
你便从令人晕眩的高台，
向往着战场的痛苦折磨。
难道你的心中
全然没有我们？
难道美好姻缘只是梦影？

欧福里翁　你们可听见海上的轰鸣？
那边道道峡谷也在回应，
大军过处掀起烟尘激浪，
向前向前，奔赴痛苦牺牲。
纵然死亡，
不过天命，
这道理何须说明？①

海伦、浮士德与合唱队　多么可怕！多么残忍！
夭亡乃是他命里注定！

欧福里翁　难道要我远远地观望？
不！要同把苦难担当。

海伦、浮士德与合唱队　心高气傲带来危险，
送死丧命不可避免！

欧福里翁　丧命何妨！——我定要
张开翅膀！
我必须！必须前往！前往！
请允许我高高地飞翔！

① 这儿似应指希腊人民反抗土耳其统治的战争开始了，作为拜伦化身的欧福里翁欲往参战。

（他奋力飞到空中，被衣服托着飞了一会儿，脑袋放射出光华，身后曳着光芒）

合唱队

恰似伊卡洛斯！伊卡洛斯！[①]
好不教人悲伤！

（一个美少年坠落在父母亲脚边，大家对死者似曾相识；[②] 可尸体很快便没有了，只见一束光芒如彗星冲向天空，舞台上只剩下了衣服、披风和七弦琴[③]）

海伦和浮士德

紧随着欢乐后边
就已是痛苦折磨！

欧福里翁的声音

（从舞台深处传来）
在黑暗王国，妈妈，
别抛下我，让我孤独！

（稍停）

合唱队

（唱起挽歌）
不会孤独！——须知不论在哪儿，
我们自信总能将你认出；
唉！在你匆匆辞世之日，
没谁的心不和你在一处。
我们几乎已把怨尤忘记，
只唱你的命运，怀着嫉妒：

---

① 根据希腊传说，伊卡洛斯和父亲代达罗斯都能凭借蜡制的翅膀飞行。儿子不听父亲的劝告飞得太高，靠近了太阳，结果翅膀熔化，坠海身亡。

② 歌德用欧福里翁这个充满活力、酷爱自由、向往斗争然而又失之轻浮莽撞的形象，来哀悼他所喜爱的英国诗人拜伦。在写成这一场之前不久的 1824 年，拜伦在参加希腊人民争取自由的战斗时不幸牺牲，如一颗划过夜空的彗星早早夭亡。关于欧福里翁形象的这一解释，可参看 1829 年 12 月 20 日歌德与艾克曼的谈话。

③ 里拉琴，一种六弦古琴。

你无论日子晴朗或阴沉，
总是勇敢雄壮，浩歌一路。

你出身名门，气壮力大，
生来该享受世间的荣华，
叹只叹你早早迷失自我，
像才开放就凋零的鲜花！
敏锐慧目善于观照世界，
博大心胸能将众望体察，
众多绝代美女把你热恋，
你的诗乃世间无二奇葩。

你无拘无束，纵横驱驰，
陷入了不能自主的网罟，
你和风化礼俗格格不入，
你与法律规章激烈冲突；
你崇高的理想最后裁定：
纯粹的勇气才价值无数。
你渴望获得辉煌的胜利，
可实际却没有赢只是输。①

谁赢了呢？——可悲的问题，
连命运也对此沉默不语；
就在这万分不幸的时日，
全民缄默，血泪洒遍大地。②

① 这几节“挽歌”更直接而明白地在哀悼天才诗人拜伦。

② 指希腊自由战争遭到惨重失败，人民痛苦倍增。

可得振作精神，重新歌唱，
别老低头弯腰，神情沮丧，
须知大地不断地创造新歌，
正像它从来所做的那样。
（完全停止。不再有音乐）

海　伦　（对浮士德）
可惜在我身上应验了一句古语：
幸福和美貌不能长久结合为一。
生命与爱情的纽带已同时扯断；
我痛惜它俩，含悲忍泪道再见！
请允许我再一次投入你的怀抱。
冥后啊，请把我和孩子接回去！
（她拥抱浮士德，形体消失了，只留下衣服和面纱在浮士德怀中）

福耳库斯　（冲浮士德）
快抓紧她留给你的一切。
别把衣服放开。恶灵们
已经在拽衣角，想把它
拖入冥界。快将它抓紧！
它不再是你失去的女神，
却富于神性。它会给你
大恩大德，托着你飞升：
它会使你超越一切凡俗，
翱翔太空，你只须忍耐。
我们会重逢，远离这所在。
（海伦的衣服化作云朵，裹住浮士德，将他托到空中，冉冉飞去）

福耳库斯　（从地上拾起欧福里翁的衣服、披风和里拉琴，高举着走到台口）
能有这些也算是幸运！

天才的火焰纵然熄灭，
我不为世界感到痛心。
有这些足以加封诗人，
使得同行们顿生嫉恨；
我尽管不能借给天才，
却至少有行头供租赁。[①]
（靠着台口的一根柱子坐下）

潘塔利斯 赶快，姑娘们！我们已经摆脱魔法，
摆脱了古色萨利妖婆的精神钳制，
以及叮叮当当乱作一团的吵嚷喧哗，
这些声音不只聒耳，对内心更可怕。
快前往冥府！咱们的王后正急匆匆
走下去，迈着沉重的步伐。忠实的
侍女们当亦步亦趋，紧紧将她跟随。
在神秘莫测的后座[②]旁我们会找到她。

合唱队 女王们自然去哪儿都乐意，
在冥府里她们也高高在上，
骄傲地与她们的同辈交往，
和珀耳塞福涅也十分亲密；
我们侍女却只能待在
长阿福花[③]的草地后边，
与高挑挑的白杨，以及
不结果实的垂柳做伴，
有什么好用来消遣呢？

---

① 魔鬼靡非斯特在此又显示出善于调侃、讥讽的本领。

② 神秘莫测的后座，指冥后珀耳塞福涅的宝座。

③ 阿福花，据传为生长在冥间的一种颜色惨淡的白花。

幽灵的絮语如蝙蝠叫，
吱吱吱吱实在太没趣。

潘塔利斯 谁要既不能成名又无高尚志向，
他就只能回归元素[①]，快快滚吧！
和王后在一起是我热烈的向往；
立身不只靠功勋，忠诚也一样。
（下）

合唱队全体 我们重新回到了人间，
虽然不再有人格实体，
这我们感觉到，也知道，
却再也不愿回地狱去。
大自然永远生机勃勃，
有全权支配我们精灵，
我们对她也有充分权利。

合唱队的一部分[②] 我们千棵万枝飘摇、颤动，窸窣细语，
或挑逗或引诱，从根吸取、向枝输送
生命汁液；时而花满树，时而叶繁密，
为装点秀发似的柔枝，助它伸向空际。
但等蒂落果熟，立刻便有欢乐的人群
和牲畜跑来，挤挤攘攘地捡拾或吞食，
并围着我们躬身低头，如对神灵顶礼。

合唱队第二部分[③] 紧贴着平滑如镜、光耀远方的岩壁，
我们像微波荡漾般柔媚地蠕动身体；

① 回归元素，可理解为死亡、物化、回归泥土、回归自然，等等。在后文中合唱队的全体成员都真的失去了“人格”，因为她们不愿忠心耿耿地跟随海伦去冥府。

② 这部分合唱队员变成了树（木）。

③ 这部分合唱队员变成了山（土）。

倾听万籁，不管是鸟啼还是芦苇萧萧，
即使潘恩可怕地怒吼，同样立刻回报；
沙沙之声应以沙沙，隆隆雷鸣应以雷鸣，
且要有两倍、三倍、十倍的震撼力。

合唱队第三部分[①] 姐妹们！我们生性活泼，随着小溪奔流；
因为远方有吸引我们的风姿绰约的山丘。
蜿蜒如迈安德洛斯河[②]，一直流向山谷深处，
滋润草地、牧场，于屋前屋后灌溉园圃。
那儿有一片柏树，亭亭的梢头直插蓝空，
绿野、河岸和明镜似的水面全在树荫中。

合唱队第四部分[③] 你们诸位可随意漂流；我们只绕着山丘
发出喧嚣，看葡萄遍山冈，藤蔓绿杆头；
每日每时，葡萄园展现着种园人的辛劳，
每时每日，显示他对辛劳的结果的担忧。
时而锄草、翻地，时而培土、剪枝、压条；
他求所有神灵保佑，最常向太阳神祷告。
酒神稀里糊涂，很少关心他忠实的仆人，
只在亭中和洞里歇息，和年轻的萨提罗斯厮混。
为了半醉半醒，如在梦中，他需要的酒
永远不缺，总是盛满皮囊、罐子、木桶，
时时存放在阴凉的地窖，叫他取之不尽。
可只要所有的天神，特别是日神阿波罗
送来和风、湿润、温暖、炎热，让丰收之角满盈，

① 这部分合唱队员变成了水。

② 迈安德洛斯河，在小亚细亚，以蜿蜒曲折著称。

③ 这部分合唱队员变成了水、土、木结合而成的葡萄，它们生动地唱出了葡萄种植、生长、收获和以其酿酒及随之进行的酒神祭的整个情景。

那平日默默耕耘的地方便顿时热闹起来，
每座凉亭下唰唰作响，每株葡萄边飒飒有声。
箩筐轧轧叫，木盆嘭嘭响，背桶一步一呻吟，
一齐运往大黄桶，让榨酒人在上边尽情蹦跳；
于是生来清白而多汁的神圣果实遭到践踏，
被挤压得泡沫翻翻，一片糊糊，形容可憎。
随即便传来扬琴、铙钹刺耳的金属声响，
须知酒神狄俄尼索斯已脱去神秘的外衣，
带领长着羊蹄的男女，歪歪倒倒地来临；
在他们队里，西勒诺斯的长耳兽①嘶声狂叫。
一切全不顾忌！风化礼仪尽遭分趾蹄蹂躏。②
人被搞得啊神经错乱，头昏、目眩、耳鸣。
醉汉摸索寻大杯，不管脑袋肚子已经灌满，
也有清醒者设法劝阻，却引来更大的闹腾；
须知要腾出革囊盛新酿，陈酒得快喝干净。

（幕落。福耳库斯巨人似的立起在台口，脱下厚底半筒靴，把面具、面纱放到身后，露出靡非斯特的本相。可按需要做个收场说白，解释这一幕的剧情）

① 西勒诺斯，在希腊神话中为一骑着毛驴的醉醺醺的老汉。他是酒神狄俄尼索斯的师傅。他的长耳兽即毛驴。

② 分趾蹄，即中间裂开的羊蹄。山羊喜淫，故讲风化礼仪遭到蹂躏。

第四幕

连绵的群山

一座座高峻、峭拔的山峰
一朵白云飘到峰前，落在一块
突出的平台上，分散开来

浮士德 （从云中走出）
俯瞰着脚下深不可测的寂寥，
我小心翼翼踏上峰顶的边缘，
抛开这驮负我的云朵，是它
带我飞越陆海安然来到此间。
它慢慢地离开我，却不肯消散。
它向东方飘去，聚集成一团，
我目送着它，胸中满怀惊叹。
它聚散、汹涌，不停地变化，
像要塑造形象——我没看花眼！
可不，在阳光映照的卧榻上躺着个
女巨人，气宇轩昂如同女神。
看清楚啦！像朱诺、丽达或海伦，

我眼前晃动着她高贵可爱的身影。
唉，已经飘开！散漫，耸峙，无形，
停歇在东边，像遥远的冰山，
将易逝的伟大往昔炫目地反映。

然而仍有一条莹洁、纤细的雾带
环绕我胸和额，轻快、凉爽、温馨。
它缓缓地、迟疑地升高，再升高，
又聚拢——我恍然如见迷人姿影，
我久违的宝贝儿，我初恋的爱人？
内心深处初次涌溢出宝贵的情感：
向我显示奥罗拉[①]的爱正轻盈飞临，
那最初的一瞥虽未理解却已感到，
一旦捕捉住，比所有珍宝更晶莹。
温柔的姿影如美的灵魂冉冉升起，
它没有消散，一直飞到了太空里，
并已把我内心最宝贵的情感带去。
（一只七里靴[②]踏上舞台，另一只紧跟其后。靡非斯特从靴上跨下。七里靴迅速地跑远）

靡非斯特 这一趟我跑得可真正叫急！
说呗，您到底打的啥主意？
干吗降落在荒凉的群山中，
降落在张大嘴的怪石堆里？
这景象我熟，但不在这儿，

① 奥罗拉，罗马神话中的曙光女神，此处以她暗喻浮士德“初恋的爱人”玛格莉特。

② 七里靴，德国民间传说中的魔靴。歌德在这里特地用到它，和上边对初恋的爱人的回忆一样，都意在表明主人公已从梦幻中的古希腊回到了现实的德国。

须知它原本是幽深的地狱。

浮士德 你啥时候都没少胡说八道，
现在又开始玩你那老一套。

靡非斯特 当我们的主——我自然知道为什么——
把咱们逐出天堂，赶进地狱，
地狱中央烈焰熊熊，四周也
被这永恒之火燃遍，使我们
一直待在刺目耀眼的亮光里，
处境十分难堪，真是不舒服。
猛可里魔鬼们一齐咳嗽起来，
一个个活像要咳出五脏六腑。
地狱充满硫黄的恶臭和硫酸，
能够产生气体，并无限膨胀！
即使世界各地的地壳再厚实，
它也很快轰隆隆从地下冲出。
于是我们来到了另一个极端，
从前的深渊如今变成了山巅。
人们也就据此创立正统理论[①]，
硬把最底下的翻到了最上面。
我们逃脱灼热的地底的奴役，
来到这自由的空中当家做主。
这个公开的秘密得好好保守，
只有等将来才能向世人公布。

① 指解释地球成因的所谓火成论。

（《新约全书·以弗所书》第6章第12节）[1]

浮士德 群山对于我始终是庄严肃穆，
我不问它为什么和来自何处。
当初大自然自行发育和造化，
已将地球纯粹而完美地捏塑，
它高兴地造成了山峰、深谷，
它让岩石连绵，让群山起伏，
然后让丘陵徐缓地向下倾斜，
曲折蜿蜒地融入幽谷的底部。
在那儿绿树婆娑，花果繁茂，
不需要激流狂涛，旋涡起伏。

靡非斯特 瞧你说的！好像你一清二楚；
其实并非这样，如我所目睹。
我曾身临其境，当地底熔岩
沸腾，熊熊烈焰弥漫、奔突；
摩洛[2]抡起大锤将山岩锻在一起，
群山的碎屑被打得飞到远处。
眼下到处兀立着异域的巨石，
是哪位力士抛来的你可有数？
即使哲人也说不出个所以然，
它们立在这里，只好听其自便，
我们想破脑袋仍没任何解答。

---

① 原文中这个注释为歌德的秘书李默所加，用以说明靡非斯特的所谓“我们逃脱灼热的地底的奴役，来到这自由的空中当家做主”的出处。《新约全书·以弗所书》的原文为：“因我们并不是与属血气的争战，乃是与那些执政的、掌权的、管辖这幽暗世界的，以及天空属灵气的恶魔争战。”

② 摩洛，《圣经·旧约全书》中腓尼基人信奉的火神。在英国诗人弥尔顿的《失乐园》中，他被演化成了富于反抗精神的魔鬼，被逐出乐园的撒旦的同类，为抵御耶和华的攻击，曾在地狱周围垒筑石山。

只有忠厚纯朴的民众能领悟，
不会受到干扰，因此变糊涂；
他们早已经具有成熟的认识：
要显示奇迹，定非撒旦莫属。
漫游者拄着信仰之杖长途跋涉，
为寻找魔岩、魔桥不惧艰苦。[①]

浮士德 魔鬼怎么样把自然观察，
倒也值得人留心、审视。

靡非斯特 与我无关！自然界反正这样！
荣幸的只是：魔鬼当时在场！
我们本是能成就大事的伟人；
混乱、暴力、疯狂！瞧这象征！[②]
不过呢，还是打开天窗说亮话，
咱们这地球就没啥教您称心？
您曾经遥望远方，曾经纵观
世间的无数国度和富贵荣华。
（《新约全书·马太福音》第 4 章）[③]
可是生来就不知道满足的您，
难道对它们全然没有占有欲？

浮士德 怎么没有！欲望大着呢。
你猜一猜！

靡非斯特 这还不容易。
我挑选一座大大的都城，

---

① 自然界中形状怪异的岩石在老百姓的迷信中具有魔力，并且常常被认为系魔鬼创造，因而受到膜拜。

② 混乱、暴力、疯狂等现象的存在，都表明这世界受到魔鬼的影响。

③ 此为歌德自注。《新约全书·马太福音》第 4 章的原文为：“恶魔又带他上了一座最高的山，将世上的万国和万国的荣华都指给他看。”

无数食品店开在市中心，
弯弯的小巷，尖尖的屋脊，
白菜萝卜洋葱全都丰盛；
肉摊周围苍蝇嗡嗡飞舞，
争着把肥腻的烧烤咬吞；
在那城中您时时找得到
喜欢的气味，爱干的事情。
宽宽的广场，长长的大街，
十分气派，硬是叫带劲；
最后，没有城门的阻拦，
郊区一直向着远方延伸。
我喜欢那些滚动的车辆，
爱看它们辚辚来往穿行，
还有似蚂蚁云集的民众，
在碌碌奔走，永远不停。
我经常地乘车或者骑马，
出现在熙熙攘攘的街头，
接受千百万市民的尊敬。

浮士德 这不能令我心满意足。
人口繁殖固然是可喜，
加之他们还丰衣足食，
你甚至想给他们教诲——
谁料只教出来些叛逆。

靡非斯特 既这样我就去找一片乐土，
好好地建一座行乐的华第。
山丘、草地、树林和田野
全改建成花园，美丽无比。

绿色的树墙前草坪如绒毯，
小径笔直，树荫错落有致；
一道瀑布漫过一级级石阶，
还有各式喷泉在漱珠吐玉；
水柱飞向空中，光彩耀眼，
溅落四周，哗哗流满遍地。
随后再为那些绝色的娇娃，
修建幢幢幽静舒适的香居；
您和她们卿卿我我地独处，
打发掉漫漫的黑夜和白日。
我说那些个娇娃，是因为
她们成群出现在我脑子里。

浮士德 萨丹纳帕路斯[①]！低劣又时髦！

靡非斯特 看来已猜中您的欲望？
它确实是勇敢又崇高。
您飞得离月亮已很近，
莫非渴望把乐土寻找？

浮士德 才不！这地球宽广无垠，
足以供我将伟业完成。
我要做出惊人的成就，
我感觉能勇敢又勤奋。

靡非斯特 这么说，您想要赢得声名，
看来啊您有一位英雄母亲。

浮士德 我要赢得统治权连同财富！

---

① 萨丹纳帕路斯，公元前 7 世纪的亚述王，以荒淫无度为人不齿。

事业是一切，声名乃虚无。[①]

靡非斯特 然而也会有一些诗人，
向后世宣扬你的荣名，
用愚蠢再去点燃愚蠢。

浮士德 特别是你毫无一点收获。
你可知人究竟需要什么?
你生性可憎，尖酸刻薄，
怎知道什么是人的渴慕?

靡非斯特 那就让我满足您的愿望!
但请把怪念头全告诉我。

浮士德 我的目光已经被大海吸引，
见它激涨汹涌，滔天入云，
随即又落下来，洪涛翻滚，
冲向那平缓、宽广的海滨。
我真是厌烦：大海像一个
心高气傲的家伙，在践踏
珍视一切权利的自由心灵，
实实在在教它难堪、扫兴。
我当这是偶然，遂凝目审视。
洪涛停下来，又滚回海上，
离开它已傲然达到的目的;
等时辰一到再重玩这游戏。

靡非斯特 （面向观众）
这现象在我一点也不新奇，
千万年来我对它已很熟悉。

① 这是一句颇能表现浮士德精神的名言，常常被人引用。它意味着浮士德在追求虚幻的美失败后，又把目光转回现实世界，决心开始对新的事业的追求。

浮士德　（激动地继续讲）

海水偷偷潜来，弥漫天涯，
自身贫瘠，还把贫瘠播撒；
眼下它激涨、翻滚、汹涌，
将大片不毛之地淹没冲刷。
它一浪胜一浪地逞威撒野，
在退回去时什么也没干成，
这情景足令我绝望又惊吓！
狂暴的元素[①]，盲目的力量！
我抖起精神，要超越自身，
要在此战斗，要在此获胜！

完全可能啊！——潮水再湍急，
在任何小丘旁也流得柔顺；
尽管气势汹汹，浊浪滔天，
高地仍可骄傲地与它对峙，
凹地仍可有力地将它吸引。
我心中迅速生出许多计划：
把狂暴的潮水从岸边驱走，
让无垠的大海变成为有垠，
甚至逼它退回去老远老远，
这样的幸运值得奋力一争。
我知道一步步地考虑策划；
这是我的心愿，你快促成！

（远远地，从观众背后和右侧传来战鼓声和军乐声）

① 狂暴的元素，指海水。

靡非斯特 这太容易！可听见远处战鼓声急？

浮士德 又打仗啦！这声音聪明人不欢喜。

靡非斯特 战也好和也好，真正聪明
是拼命从其中把好处捞。
快抓住稍纵即逝的机遇。
它来啦，浮士德，快抓牢！

浮士德 别用你这些破谜语折磨我！
干脆讲怎么开始吧！你说。

靡非斯特 一路之上，我已时有所闻：
那位老好皇帝正忧心如焚。
您也认识他。咱俩曾变出
虚假财富，供他消遣解闷，
使他自以为是世界的主人。
要知道他早早地登上皇位，
喜欢胡思乱想，妄下结论，
以为治理国家和声色之娱
并行不悖，能够兼而有之，
乃是最美、最难得的事情。

浮士德 大错特错。发号施令的人，
必须感觉这是天赐的福分。
在他胸中充满崇高的愿望，
他之所欲，不容他人探明。
他只需对亲信们低声吩咐，
命令便执行，叫举世皆惊。
如此他才能永远至尊至大；
耽于享乐却使他成为庸君。

靡非斯特 他不是这样。他纵欲无度！

国家分裂，政府名存实亡，
大小诸侯相互征讨、攻击，
兄弟阋墙，彼此杀戮损伤，
堡寨对堡寨，城邑对城邑，
为反对贵族市民结成行帮，
主教跟教士会和教区为敌，
谁见着谁全变成仇人一样。
教堂内谋杀凶杀层出不穷，
城门外再不见游人、客商。
无论什么人都敢铤而走险；
想活就自卫——喏，也行。

浮士德 行—— 一瘸一拐，跌倒又爬起，
然后一跟头摔下去，滚成一群。

靡非斯特 这样的情况谁也不好咒骂。
不管什么人，全想充老大。
连最弱小的也都不可一世，
最强大的最终也容不下他。
有为者凭实力站出来发言：
谁能安天下，谁才配当家。
皇帝不能又不愿，于是只好
另立新皇，领导帝国振兴，
让黎民百姓不再担惊受怕，
共同缔造一个崭新的世界，
让和平正义结亲，共度年华。

浮士德 一副牧师腔调。

靡非斯特 牧师就牧师，
只要保证能仍旧大腹便便。

他们比别人有更多的牵连。
暴乱蔓延，并且变得神圣；
我们曾逗他开心的皇帝
已撤退至此，怕要最后决战。

浮士德 我可怜他；他那么善良，老好。

靡菲斯特 走，去瞧瞧！活着就该有望。
让咱们救他出这逼仄峡谷！
救他一回抵得上救人千回。
眼下可以讲还叫前途未卜，
他命好，就会有臣仆相助。
（他们翻过中部的群山，俯瞰谷中大军的阵形。从下边传来战鼓声和军号声）

靡菲斯特 这阵形，依我看，摆得不错，
再有咱俩参加，定胜券在握。

浮士德 在那儿能对你抱啥希望？
骗术！魔法！虚影幻象。

靡菲斯特 还有打胜仗的战术谋略！
您考虑实现自己的目的，
就得牢牢把大方向掌握。
一旦为他保住皇位社稷，
您就可跪倒在皇帝跟前，
将无边海滩当封地求索。

浮士德 你已经完成了许多任务，
再替我打赢这一场战役！

靡菲斯特 不不，取胜这次靠您本人，
您可是全军的总司令。

浮士德 这教我真正无所适从，

指挥打仗我一窍不通！

靡非斯特 指挥的事交给参谋部，
当大元帅舒服又保险。
我早已嗅到硝烟战火，
预先用林中的原始人
组建成了一个参谋团；
有他们你定稳操胜券。

浮士德 瞧，那边来了武装人群？
莫非是你煽动的原始人？

靡非斯特 不，从破烂堆里挑出些精英，
就像当年彼得·昆斯[①]先生。
（三勇士上。《圣经·旧约全书·撒母耳记》下篇第23章第8节）[②]
那边可不来了我的小兄弟！
您瞧，他们年龄相差很大，
穿各色衣服，持不同武器；
有他们当伙计，您还怕啥。
（面向观众）
时下小年轻没一个不欢喜
身穿铠甲，再套上骑士衣；
这仨小子原本是寓意形象，
因此只会令您更加满意。

好斗崽 （年轻，武器轻便，着五彩花衣）

---

① 彼得·昆斯，原为莎士比亚喜剧《仲夏夜之梦》中的木匠和一个手工业者业余剧团的领导人，他手中掌握着一个名单，自以为能从名单上的平庸演员中挑选出剧坛精英。德国作家格吕菲乌斯借用这个人物形象写成一部喜剧《彼得·昆斯先生》，以讽刺德国17世纪时流行的低劣戏剧表演。

② 《圣经·旧约全书·撒母耳记》下篇第23章第9节（不是第8节）记述了三勇士帮助大卫击杀非利士人的经过。而歌德描写的所谓三勇士的形象，则包含着对人生世态的深刻讽喻。

哪个敢正面瞅咱一眼，
咱立刻给他脸上一拳，
如果碰上逃跑的懦夫，
定拽住他脑后的发辫。

长手汉　（已成年，全副武装，衣着讲究）
那么搞纯属无谓胡闹，
只白白把光阴糟蹋掉；
只有获取才永远带劲，
其余一切可事后探讨。

抠老头　（上了年纪，武装笨重，没穿衣服）
这样干也没多少收获！
巨额财产将如同逝水，
哗哗哗流入生命长河。
获取是好，抠住更不错。
让我这白发人当总管，
谁也甭想把什么抢夺。
（三人一起下山去了）

前山顶上

山下传来战鼓声和军号声

皇帝的营帐

皇帝，元帅，近卫军多人

元　帅　　这决断看来仍旧不错：
为了据守有利的山谷，
让大军一起往后收缩；
我希望咱们胜券在握。

皇　帝　　错或是不错终会见分晓；
我反正讨厌退让、逃跑。

元　帅　　请主上瞧瞧咱们的右翼！
这样的地形真兵家福地：
山丘不太陡却不便行进，
对敌人麻烦于我军有利；
我们埋伏在起伏的丘陵，
敌人骑兵不敢前来袭击。

皇　帝　　真这样我只有极尽称赞；
力与智将在此经受考验。

元　帅　　这里，平整开阔的牧场中央，您瞧，咱们的方阵斗志昂扬。
枪和矛刺破早晨的薄雾，
被日光辉映得闪闪发亮。
黑压压的队伍威风凛凛！
千万颗心怀着建功热望。
可见众志成城威力无穷，
相信能瓦解敌军的力量。

皇　帝　这样的场面我见所未见，
这样的军队实在不一般。

元　帅　对我军我无须细说。
陡峭的岩壁有勇士据守，
嶙峋的山石间刀光闪烁，
峡谷险隘已经布下奇兵。
我料定这儿有一场血战，
敌人将在这儿全军覆没。

皇　帝　虚伪的亲戚们纷纷跑来，
称呼我御弟、皇兄、叔伯，
全得寸进尺，贪得无厌，
欲占我御座，夺我皇权，
随后内战不休，帝国遭难，
眼下却在一起共谋造反。
民众心无定见，摇摇摆摆，
将随大溜，倒向强者一边。

元　帅　我曾派出亲信，侦察敌情。
他正奔下山岩，愿他走运！

第一个侦察兵　机智、勇敢又干练，
我们确实身手不凡，

往来敌阵出生入死；
却难博主上的青眼。
衮衮诸公貌似忠良，
发誓赌咒效忠圣上；
袖手旁观倒有道理——
内乱将起，人心惶惶。

皇　帝　坚守利己信条，事事明哲保身，
不思忠君报国，不顾职责声名。
你们何不想想，一旦坏事做尽，
邻家失火，是否也会殃及自身？

元　帅　第二个侦察兵正慢慢下山，
他浑身颤抖，已疲惫不堪。

第二个侦察兵　起初他们相互混战，
我们乐得袖手旁观；
突然冒出个新皇帝，
教我们完全傻了眼。
民众沿着指定路线，
越过田野走上战场；
驯顺得像一群绵羊，
队前叛旗高高飘扬。

皇　帝　出了个伪帝对我倒有裨益，
现在我才觉得自己是皇帝。
从前顶盔披甲只为充战士，
而今穿铠甲为更高的目的。
每逢庆典虽说也兵甲辉煌，
什么都有只心中缺少危机。

照你们谏劝参加挑环比赛[①]，
我曾呼吸急促，心跳不已；
若不是你们教我息兵罢战，
我早已经建立辉煌的业绩。
曾记得是那一次置身火海，
我胸中才感到独立的期待；[②]
那火焰扑向我，煞是可怕，
虽只是幻象，幻象却伟大。
胜利和荣誉之梦令我迷惘，
轻率放过的，我就要补上。
（派出使者去向伪帝挑战。浮士德身穿铠甲，头带遮住半个面孔的金盔。三勇士装备穿戴如前）

浮士德

我们不请自来，望主上勿怪；
即使未雨绸缪，作用仍存在。
山民们好沉思默想，您知道，
对自然和岩石文字真正通晓。[③]
精灵们老早已经逃离了平原，
比从前任何时候更留恋高山。
他们默默工作，在山涧迷宫，
那儿有金银的高贵气体弥漫；
一个劲地挑拣、试验、熔合，
一个心眼地渴望发现新结果。
灵巧的手指，强有力的精神，
他们制造出的物体晶莹透明；

① 欧洲16世纪时流行于骑士中的一种演武活动：参加者纵马奔驰，用枪矛挑悬空铁环。

② 皇帝回忆起诗剧上部在御花园为靡非斯特变出的虚幻火灾所惊扰时的内心感受。

③ 喻指山精们比凡人熟悉地形，在野外和山间往来自如。

随后在这永远沉默的结晶中，
他们观察人世间发生的事情。[①]

皇　帝　你的话我听见了，并且相信；
可勇士在此说它，不知何因？

浮士德　诺尔齐亚的巫师，萨比尼人，
他是陛下您忠诚可靠的臣民。
他曾受命运威胁，险遭不幸！
柴薪噼啪燃烧，火舌袅袅升腾，
周围已一圈一圈架起干柴，
上面还撒了硫黄浇了沥青；
在这人、鬼、神莫救的危急关头，
是陛下的洪恩使他免遭火刑。
这事发生在罗马。他无比感激，
始终惦记着陛下的行止安宁。
从那时起他就完全忘了自己，
观星象问吉凶，只为陛下您。
眼下他交给我们这紧急任务，
借大山的伟力来将陛下帮助；
自然的行动自由而不受限制，
却被愚蠢的牧师斥之为邪术。[②]

皇　帝　欢乐的日子我们欢迎嘉宾，
他们欣然而来，尽情享受，
熙熙攘攘，挤满一个个大厅，
我们看着他们心里真高兴。

---

① 据西方民间传说，巫师之流能在水晶球中观察人生世象，预言占卜。

② 意大利诺尔齐亚城的巫师在受火刑时为新加冕的罗马皇帝赦免，是历史上的真事；可随后他对皇帝感激终生，因此派山精来救驾云云，均为歌德杜撰，目的是让皇帝将他置于麾下。

可最受欢迎的是忠诚的人，
当命运的天平出现了倾斜，
我们在一天清晨面临厄运。
他赶来做我们的有力支撑。
可在这个十分危急的关头，
还望壮士们暂时放开剑柄，
且等千军万马开到的一刻，
再投身护驾与叛逆们拼争。
男儿当自立！欲得皇冠皇位，
就应该亲自表明当之无愧。
那谋反称帝、窃取社稷者，
那篡夺兵权、自充霸主者，
不管他是何样的精怪鬼神，
我也要亲手把他赶进地狱！

浮士德 不管怎么说，要大展宏图，
您还是不该用脑袋去打赌。
军盔可不饰有鸡冠和羽翎，
给脑袋保护，将勇气鼓舞？
没有脑袋靠什么驱动脚手？
脑袋瞌睡了四肢也会疲乏；
头颅一负伤全身也喊难受，
头脑一康复便又精神抖擞。
胳臂马上会行使它的权力，
为了掩护头颅将盾牌高举；
宝剑立刻会履行它的职责，
有力地招架，接连地还击；
机灵的脚同样也不甘落后，

猛地向败北者的脖子踩去。

皇　帝　我义愤填膺，正想这样惩治他，
恨不得用他傲慢的头颅当脚踏。[①]

使者们　不被尊重，横遭藐视，
是我们在那边的遭遇。
我们严正的交涉通报，
被讥笑为浅薄的胡闹；
你们的皇帝不知去向，
似空谷回音无处寻找；
一定要我们将他回忆，
只好借童话开头，道："从前有个……"

浮士德　事态发展正合勇士们的心意，
他们忠诚而坚定地捍卫着你。
敌军逼近，勇士们渴望战斗，
快命令进攻，抓住有利时机。

皇　帝　在此地我愿放弃我的指挥权。
（对元帅）
侯爵，我把它交到你的手里。

元　帅　好，右翼部队马上出击！
左翼敌军正将山顶夺取，
不等他们完全爬上山顶，
忠勇青年就要赶他下去。

浮士德　请把这位生龙活虎的好汉
毫不迟疑地编进队伍里面，
让他与战友们变成一个人，

① 典出《旧约全书·诗篇》第 110 篇第 1 节："耶和华对我主说：'你坐在我的右边，等我使你仇敌做你的脚凳。'"

和大伙一起，他会更勇敢。
（指指右手边）

好斗崽 （走上前）
谁要与我照面就别想回返，
除非脸颊下巴全被我捶烂；
谁要背朝着我也立刻倒霉，
脑袋会扭歪，脖子会折断。
您的士兵可趁机挥剑抡棒，
大砍大杀，等到我一恼怒，
敌人就会一个一个倒下去，
淹死在它自己的血泊里面。
（下）

元　帅 我中央方队正缓缓跟进，
迎击敌军，强大又机警；
朝右一点血战已经开始，
我军即将打乱敌方阵形。

浮士德 （指着中立者）
让这位好汉也来听您的提调！
他眼尖手长，可把一切卷跑。

长手汉 （上前）
皇家将士不只有英雄气概，
还必须懂得拼命捞取钱财；
让大家都看清眼前的目标：
伪帝帐中金银财宝真不少。
他小子在宝座上已待不久，
看我这就冲在方队最前头。

快手婆 （随军女贩，紧偎着长手汉）

我虽没有与他结婚，
他却是我头号情人。
眼下正是收获季节！
女人动起手来更狠，
抢夺掠取毫不留情；
快放手干吧。前进！
（二人同下）

元　帅　正如所料，敌军的右翼
已经扑向我左边的阵地。
为了守住山道上的隘口，
战士们一个个争先御敌。

浮士德　（向左边招手）
大人，这一位也请您关照，
锦上添花嘛没有什么不好。

抠老头　（上前）
左翼一点儿用不着忧虑！
有我在阵地绝不会失去；
老汉我就这样露上一手，
抓住了什么死也不放弃。

靡非斯特　（从山上下来）
各位请瞧一瞧那后面，
一道道峡谷曲折蜿蜒，
武装人员从谷中拥出，
狭窄的山道已被塞满，
盔甲、刀剑、盾牌无数，
在我们背后形同墙垣，
一声令下就可以出战。

（悄声告诉知情人）
不要问他们从何而来。
自然我是一刻没耽误，
搬光了四周的兵器库；
瞧他们或徒步，或骑马，
好像世界仍由其做主；
虽曾是骑士、国王、皇帝，
而今却蜗牛壳般空虚；
不少幽灵藏身在壳内，
上演一场中世纪活剧。
登台的妖魔尽管渺小，
搞出的效果这次蛮好。
（提高嗓门儿）
听吧，他们好不气势汹汹，
兵甲撞击，像敲打白铁桶！
骑兵队的破旗也猎猎飘动，
焦急地等待吹来清新和风。
请注意，这是古人跃跃欲试，
巴不得参加今日的战事。
（从上方传来可怖的大喇叭声，敌军阵线出现动摇迹象）

浮士德 地平线渐渐变得昏暗，
只在这儿那儿见得着
神秘的红光一闪一闪；
刀剑已经被映得血红；
山峰、森林和整个天空
全部笼罩在红光里面。

靡非斯特 我军的右翼岿然不动；

只见好斗崽鹤立鸡群，
敏捷矫健，左突右冲，
好像进入无人之境。

皇　帝　先只见抬起一条胳臂，
转眼间便挥动着一打；
这情景可是反常悖理。①

浮士德　难道您压根儿没听说过
西西里海岸的奇异景象？
当雾絮游移，日光明朗，
蓦然间便会有罕见景观
出现在半空，摇摇荡荡，
如流云投影于海面远方：
只见座座市镇来回晃动，
只见片片园林沉下浮上，
真美不胜收，引人遐想。②

皇　帝　可眼前的情形实在不祥！
长长的矛尖全闪着电光；
在我军密集的方阵中间，
明晃晃的枪头火星跳荡。
我恐怕那是些魑魅魍魉。

浮士德　请原谅，陛下，那是些
已然逝去的灵性的遗迹，

---

① 山精想必也有分身之术，迂阔的皇帝大惊小怪。

② 指墨西拿海峡常出现的海市蜃楼现象。

是狄俄斯库里回光返照，[①]
船夫们遇险总求他兄弟；
他们在此会尽最后之力。

皇　帝　可告诉我：是谁使我们
幸运地得到自然的偏袒，
让它为帮助我们而显灵？

靡非斯特　除了这位大法师[②]还有谁？
他时刻关心着您的命运。
得知陛下受到强敌威胁，
他心里深深地感觉震惊。
怀着感激，他誓死救驾，
哪怕为此牺牲自己生命。

皇　帝　想当初朕出巡万民欢腾，
于是想试一试朕的威信，
一找着机会没再多考虑，
帮一个老头子逃脱火刑。
这一来倒了教士们胃口，
从此再得不到他们欢心。
许多年前做的这件好事，
难道眼下终于有了回应？

浮士德　自觉行善定会得到厚报；
请陛下用目光往上面瞧！
我预感到他会送来信息，

① 狄俄斯库里，海伦的两位兄弟卡斯托耳和波吕丢克斯的合称。他俩被古代的航海者奉为保护神，传说在暴风雨之夜会变成电光球出现于桅杆顶或教堂塔尖上，为临难的海员指路。浮士德以它来解释矛尖上的火光。

② 大法师，即上边浮士德说过的诺尔齐亚城的巫师。

注意，天空马上有征兆。

皇　帝　一只雄鹰高高地翱翔在天上，
一只格里芬对它紧逼不放。[1]

浮士德　注意：我觉得兆头很吉利。
格里芬只是只幻想的猛禽，
怎么忘记了自己是啥东西，
竟敢来与真正的雄鹰为敌？

皇　帝　瞧，瞧，它们绕着大圈，
相互包抄—— 一眨眼，
它们已凶猛地冲向对方，
撕咬对方的胸脯和颈项。

浮士德　快看啊，可恶的格里芬
已羽毛凌乱，遍体鳞伤，
垂着狮子尾巴落荒而逃，
消失在密林覆盖的山上。

皇　帝　但愿结果真如这个兆头！
我虽惊讶，却乐于接受。

靡非斯特　（冲右方）
经不住我军反复地冲击，
我们的敌人不得不退避，
他们稀里糊涂乱打一通，
并且争先恐后向右转移，
如此一来也就自乱阵脚，
影响到自己主力的左翼。
我军的方阵向右方猛突，

① 雄鹰象征皇帝，格里芬（鹰头狮）象征伪帝。

锋利似钢刀，迅猛如霹雳，
直插进敌人的软肋中去。
一场恶斗正在两翼展开，
看，敌我双方势均力敌，
都气势汹汹如怒海狂涛；
场面之壮观真难以想象，
我军肯定获得战役胜利！

皇　帝　（对左手边的浮士德）
看！那儿情况令人担忧，
我们的部队有可能失手。
我再看不见石块满天飞，
敌军已夺占下边的崖头，
上边的阵地也没人据守。
完啦！——敌军蜂拥而至，
一步一步逼近我军阵地，
或许已经将那险关夺走，
这就是装神弄鬼的下场！
你们的那一套白费气力。
（稍停）

靡非斯特　此刻飞来我的一对乌鸦[①]，
可是有什么信息要传达？
咱们情况不妙啊，我恐怕。

皇　帝　这讨厌的鸟儿想干什么？
它们来自那激战的崖头，
翅膀如同黑帆似的张着。

① 西方民间认为乌鸦乃不祥的鸟儿，常为巫婆或魔鬼的化身，故在剧中充任靡非斯特的奴仆。

靡非斯特 （冲乌鸦）

快快降落在我的耳朵近旁。
谁有你们保护定平平安安，
须知你们的预言屡试不爽。

浮士德 （对皇帝说）

您一定了解鸽子的情形：
它们从遥远的国度飞来，
到窝里孵化和养育幼婴。
不过这儿有个重大区别：
鸽子只传递和平的信息，
乌鸦却为战争通风报信。

靡非斯特 果真带来了特坏的消息：
瞧那边！情况多么紧急，
我军的崖头眼看要失去！
敌人已登上邻近的高峰。
他们一旦夺取那道隘口，
就将置我们于危险境地。

皇　帝 我到底还是受到了诓骗！
被你们拖进了罗网里面；
身遭束缚，能不心惊胆战。

靡非斯特 勇敢点！事情还没有完。
得耐心机智，坚持到底！
最后关头大多局面凶险。
我这两个信使十分可靠，
下旨吧，授予我指挥大权。

元　帅 （适才已来到旁边）

陛下和这号人搅在一起，

叫微臣时刻难过又惋惜，
装神弄鬼哪里会靠得住！
眼下我已无力挽回败局。
他们捅的娄子他们收场，
这权杖我奉还给陛下你。

皇　帝　继续掌着权杖，等待时机，
没准儿它能给咱们好运气。
我讨厌这家伙与乌鸦亲近，
在他面前我感到不寒而栗。
（冲靡非斯特）
把权杖授予你我不情愿，
看起来你不是适合人选；
去指挥呀，设法救我们呀！
你能干什么，都请随便。
（和元帅走进帐中）

靡非斯特　让那死木棒将他保护！
它对于我们毫无用处，
就像十字架也是废物。

浮士德　现在怎么办？

靡非斯特　现在还不好办！
黑哥们儿，快快替我效力，
去山上大湖，向水精致意！
请她们借给我洪水的虚影，
娘儿们的伎俩不容易识破；
可她们能辨别虚影与实体，
还都信誓旦旦，指虚为实。

浮士德　乌鸦去讨好水精小姐，

一定深得她们的欢心；
请看那边已水湿淋淋。
在几处干燥的秃岩间，
已可见泉水迅速涌现；
敌军的优势就此完蛋。

靡非斯特 这样的欢迎真正叫稀奇，
勇敢的登山者没了主意。

浮士德 一条条小水沟潺潺流泻，
汇集成小溪向山下奔去，
小溪激涨，水急似箭羽；
落到开阔处便放慢脚步，
弥漫开来，向四壁涌溢，
随后一级一级跳向谷底。
勇敢顽强又有什么用处？
洪涛激流将把一切荡涤。
目睹如此狂澜我也惊惧。

靡非斯特 这莫须有的水我全然不见，
它只能把凡人的眼睛欺骗。
这奇妙的情景真令我快意：
敌人们一堆堆向山下滚去。
那些傻瓜硬以为快要淹死，
各自趴在山坡上张嘴喘息，
还可笑地拼命蹬腿儿划手。
无处不是乱糟糟的。

（乌鸦们飞了回来）

我要向高贵的大师[①]称赞你们；
如果你们自己也想显显本领，
那就快去炉火熊熊的铁匠铺，
在那儿侏儒们永远不知疲倦，
敲打矿石生铁，火星溅满屋。
你们请求他们借给一把火种，
噼啪响、闪闪亮，如所希望，
为此要把话讲得耐心又从容。
说什么电光不断在天边闪烁，
还有流星从高空向地面坠落，
这情景纵然每个夏夜看得见，
可是迷乱的丛莽中电闪雷鸣，
潮湿的地面上陨星嘭嘭作声，
这可是难得一睹的稀罕事情。
就这样，你们用不着太劳神，
但是得先请求，然后下命令。
（乌鸦飞去。结果如所述）

靡非斯特 让敌军陷入浓重的黑暗！
他们如履薄冰，举步艰难！
只见四面鬼火忽闪忽闪，
突然一道亮光令人目眩。
这一切已经叫美不胜收，
没恐怖声响仍然是缺点。

浮士德 出自墓穴山洞的虚假武器，
在光天化日之下倍增威力；

① 大师，仍指诺尔齐亚城的巫师。

那上边早已打得乒乒乓乓，
是多么奇妙的虚假的声响。

摩非斯特 可不！已经一发不可收拾；
那声音似来自美好的往昔，
当骑士们以兵器撞击兵器。
捆绑好腕甲，胫甲也一样，
没完没了地争斗紧接争斗，
一方教皇党，一方保皇党。
怀着世代相传的深仇大恨，
双方势难两立，誓不相让；
战争的喧嚣来自四野八荒。
就像魔鬼们每次大摆宴席，
朋党间的冤仇已天高海深，
直闹到最后的可怖结局；
一阵阵刺耳、可厌的惊叫，
夹杂着鬼王尖利的呼啸声，
令人毛骨悚然地响彻山坳。

（乐队奏出战地的喧嚣声，最后过渡为欢快的军乐曲）

伪帝营帐

皇帝的御座，四周的陈设奢华

长手汉与快手婆

快手婆 看样子咱俩是捷足先登！

长手汉 连乌鸦也休想快过咱们。

快手婆 哦，这儿的财宝堆积如山！
从何处下手？怎么拿得完？

长手汉 整个营帐塞满金银财宝，
真不知道该抢什么才好。

快手婆 这条毯子我倒是挺称心，
我的床铺经常很是寒碜。

长手汉 此处挂着条钢制狼牙棒，
得到它是我很久的渴望。

快手婆 那件镶金边的红色斗篷，
同样早就是我日思夜想。

长手汉 （摘下狼牙棒）
有这家伙我定马到成功，
谁敢来挡道就要他老命。
瞧瞧你捞的实在是不少，

然而没任何值价的珍宝。
快把那些破烂原地放下，
宁可只弄走这一只铁匣！
它是为士兵准备的饷银，
匣子内装着的净是黄金。

快手婆 这家伙真重得要死！
我提不动，也扛不起。

长手汉 快给我蹲下！把腰拱起！
我把它放上你粗壮的背脊。

快手婆 哎哟，哎哟，真要老命！
脊梁快断啦，这么死沉！
（铁箱坠地，箱盖迸开）

长手汉 箱内让赤金塞得老满，
快快动手抓，动手捡！

快手婆 （弯下腰身）
快快捞一些进我衣兜！
就这么样也已经足够。

长手汉 够就好！咱们得快跑！
（她站起来）
糟糕，你衣兜有个破洞！
你无论走哪儿，站哪儿，
都大把大把用金币撒种。

近卫军 （皇帝一方的）
你们在这禁地搞啥名堂？
皇家的财宝怎么好乱抢？

长手汉 咱们都是挣卖命钱的人，
对战利品自然也该有份。

抢敌军的营地司空见惯，
咱哥们儿一样也是大兵。

近卫军 既当兵又兼干强盗营生，
在咱们的部队可是不行；
谁要想在皇上左右守卫，
谁就必须为人正派才对。

长手汉 你那正派咱早已经领教，
不外乎向平民强索硬要。
你们一伙全是一路货色，
口头禅叫：拿来，该我得！
（冲快手婆）
快跑，捞到什么算什么。
这地方不欢迎咱们两个。
（下）

近卫军一 你说，为什么你不马上
给那放肆的小子一耳光？

近卫军二 我不知怎么就浑身无力，
这俩家伙带着阴森鬼气。

近卫军三 我眼睛也突然不对劲儿。
直冒金花，啥也看不清。

近卫军四 我更压根儿不知该讲什么。
一整天都感觉得非常闷热，
只感觉心中非常憋闷、害怕，
见这个爬起来那个又倒下，
大家瞎摸瞎闯，边走边打，
每一次刚动手，敌人已垮，
眼前活像飘着一层纱幕，

耳里老响着嗡嗡、嗖嗖、喳喳；
如此这般咱们就到了这里，
全稀里糊涂，不知干了啥。
（皇帝率四大臣上。近卫军离去）

皇　帝　不管怎么讲吧，胜利属于我方！
敌军仓皇逃窜，消失在平原上。
帐中空留宝座，叛逆者的财富，
四周围着毛毯，地方狭窄局促。
有近卫军簇拥，我们何等荣耀，
威严地等待着各国的使节来朝；
从四面八方传来了佳音、喜讯：
帝国恢复平静，天下乐于归顺。
纵然有妖术魔法来为我们助战，
可取胜终究靠咱们自己的铁腕。
不错，斗士有时也会得益于偶然：
天上掉下来石块，敌人头破血流，
一些奇怪的巨响，来自岩洞里头，
使我们士气高涨，敌人怕得发抖。
失败者纷纷倒下，成为千古笑谈，
胜利者得意扬扬，赞颂上帝恩典。
万民齐将赞歌唱，无须君王下令，
主啊，我们赞美你，用亿万嗓音！
可把虔诚的目光转向我的内心，
极力赞美它，却是少有的事情。
年轻快活的君主会将光阴虚掷，
只有上年岁才明白瞬间的价值。
所以我毫不迟疑地和你们结盟，

与四位尊者共同掌管江山社稷。
（对第一个）
全仗你，侯爵，我军阵容才那么整齐，
在千钧一发的紧要关头英勇出击；
希望和平时期继续做必须的贡献，
朕封你为大元帅，赐你这柄宝剑。

大元帅 忠于陛下的军队曾维护国内安宁，
而今还守卫边疆，使您皇位更稳，
因此请恩准在您世居的城堡里面，
为了庆祝平叛胜利，大张庆功宴。
我将手捧明亮的宝剑立在您身旁，
时时刻刻在左右护卫着至尊圣上。

皇　帝 （对第二个）
你是一位勇士，然而又善解人意，
朕封你为侍从长，这差使不容易。
宫中的男仆女侍通通都归你管辖，
他们经常闹内讧，我看太不像话。
你要以身作则，树立光辉的榜样，
他们方知怎样博得君臣们的赞赏。

侍从长 尊从主上意旨，能够带给我恩宠：
给贤明者助益，对不肖者也宽容，
世道清明安定，奸诈欺骗皆清除！
主上洞察我心，我便已心满意足。
对未来的盛宴，可容我驰骋幻想？
陛下走向筵席，我定把金盆捧上；
陛下盥洗御手，好享受口福之娱，
我接着戒指，为得您一瞥而欣喜。

皇　帝　我心情沉重，难以想象未来的盛宴，
可也依你们！让它成为愉快的开端。
（对第三人）
我封你为御膳总监！也就是说，
你统领狩猎、家禽饲养和庄园。
一年四季要选好朕爱吃的菜肴，
各种时鲜美味更要精致地烹调。

御膳总监　严格节食将是我最愉快的任务，
直至奉上佳肴，满足陛下口福。
要让大小厨子们和我齐心协力，
拉近远方距离，加速季节更替。
不过您并不以远和早炫耀餐台，
又简单又营养，才是您所心爱。

皇　帝　（对第四个大臣）
既然这儿只能把宴会之事商谈，
年轻勇士就权充我的御窖总管。
名为总管，就该保证咱们酒窖
不但储藏充足，而且品质上好。
可你自己得节制，别忘乎所以，
禁不住滥用你眼皮底下的机遇！

御窖总管　陛下啊，年轻人只要获得信任，
您还没察觉，他已经长大成人。
我也想对未来的大典设想一番；
皇家宴席我会布置得无比光鲜，
桌上摆满各式的玉钵金杯银盘，
还为陛下预先挑出只珍奇酒盏：
晶莹明亮，用威尼斯玻璃制造，

它盛的酒喝不醉，味道更美妙。
对这宝贝酒杯，人们常太信任，
可您能够节制，更是安全保证。

皇　帝　我在这庄严的时刻给你们封赏，
你们信赖地聆听，我有诺必偿。
御口一言九鼎，本身即是保证，
可我仍须下诏，并且加盖御印，
以增法律力量。为了起草御诏，
我看见有个合适的人正好来到。
（大主教兼宰相上）

皇　帝　穹隆屋顶仰赖收尾的冠石维系，
只有这样它才会永远平安无虞。
你看这四位大臣！我们刚讨论，
什么最能促进王室和朝廷安宁。
可是不管帝国有多少重任急务，
通通都要托付给你们五位台柱。
你们的封邑理当比别人更气派，
我这就来扩展你们领地的边界。
祖先留下封邑，离开我们而去，
对诸位忠良我将加赠肥沃土地，
并授予崇高的特权，一遇时机
就拓宽疆土，可买、可换、可承继：
凡是授予诸侯的一切权力权益，
你们都可尽量享有，无碍无忌。
作为法官你们可以做终审裁判，
不能上诉，你们享有最高法权。

捐税、地租、贡赋、过境费你们收取，[①]
开矿、熬盐、铸币也归你们受益。
为了充分表示我对你们的感激，
我提升你们到仅次于我这皇帝。

大主教 我代表大家对您表示深深的谢意！
您使我们壮大，帝国也更加强盛。

皇　帝 我还要加给五位爱卿更高的荣耀。
我为帝国活着，也乐意活得更好；
只是高贵的先祖们已引起我思虑，
使我进取的目光正视可怕的定律。
总有一天，我也要与亲人们诀别，
那时你们有义务为我挑选继承者。
然后在高高圣坛上使他加冕登基，
让时局终于稳定，动乱永远平息。

宰　相 内心骄傲自豪，举止谦卑恭顺，
对陛下效忠的乃世间一等人臣。
只要血管中搏动着忠诚的血液，
我们就是您可随意驱使的躯体。

皇　帝 最后再重申，我们刚谈的事情，
要形成文书御笔签发加以确认。
尽管你们对封地享有充分权益，
但有一个条件：不得再分下去。
即使将来你们的封邑得到扩展，
也要把它原封原样交长子掌管。

宰　相 我欣然用羊皮纸立刻把它记录，

① 其时所谓日耳曼民族的神圣罗马帝国分裂成无数小邦，国中赋税名目繁多，关卡林立，商旅不仅要缴过境费，还得给士兵护送费。

这重大决定为帝国和我等造福；
誊清盖章随后由秘书处来办理，
陛下的神圣签名会使它更有力。

皇　帝　好啦，请诸位退下，以便大家
都把盛大的节日冷静思考一下。
（世俗的臣子们退去）

神职人员[①]　（留下来慷慨陈词）
宰相总算走了，大主教仍然还在，
责任感驱使他要对您发出告诫！
他慈父般的心为您充满了忧虑。

皇　帝　说！在这欢乐时刻你有何担忧？

大主教　在这个时候我的心情异常沉痛，
发现神圣的陛下竟与撒旦结盟！
表面上看来您的宝座很是稳固，
可遗憾啊已把尊主和教皇亵渎！
圣座一得知定将迅速给予惩处，
用神圣之光毁灭您罪恶的国度。
对您加冕那天的事他耿耿于怀，
从火刑堆救下那巫师实在不该。[②]
皇冠上射出的第一道仁爱之光
竟危害教会，落到罪人的头上。
为赎罪，您得捶胸顿足进行忏悔，
把不义之财立刻还一些给教会：
您曾安营扎寨的那片广阔丘陵，
恶灵们纠集起来充您保驾之臣，

① 神职人员，即兼任宰相的大教主。

② 指前一场述及的他在加冕时赦免诺尔齐亚城的巫师一事。

您竟然对那江湖骗子言听计从，
要悔改啊，把那土地给教廷使用，
连同那延伸开去的深山和密林，
连同高原牧场，那上面绿草如茵，
还有湖泊鱼多水碧，还有那无数
蜿蜒的溪流，急泻进深深的幽谷，
还有谷地、凹地连同草场、平野；
只有这样忏悔，才能得到恩赦。

皇　帝　对自己的深重罪孽我大为震惊，
献给教廷的土地请您随意划定。

大主教　首先！那片作孽的土地已被亵渎，
要马上宣布奉献给至上的天主。
迅速地在周围筑起高高的墙垣，
让清晨的阳光很快照耀着圣坛，
把正在扩建的侧堂变成十字形，
正殿也要延长，令信徒们更高兴；
第一声钟声响彻山谷，发出召唤，
教友便诚心诚意拥进大门里面，
钟声回荡在那高耸入云的塔顶，
忏悔者纷纷到来，为求得新生。
隆重的落成典礼——愿早日到来！
如果有陛下莅临，将会无比光彩。

皇　帝　愿伟大壮举能表现我虔诚心迹，
既赞美主耶稣，也洗雪我自己。
行啦！我感觉受到了振奋激励。

大主教　作为宰相，我来收场并办手续。

皇　帝　拟好给教会的财产移交公文，

呈上来，我乐意用御笔签名。

大主教 （告退，到了门口又回过头来）

再有，请还在教堂创建的时日，
将它什一税、地租和贡赋免去，
永远免去。认真维护开销巨大，
精心管理一样也要许多的钱花。
想在荒凉的山坡加快建设进度，
您得慷慨解囊，分出一些赃物。
除此之外还有一点我不能不讲，
木料、石灰、片石得取自远方。
布道圣坛会动员民众长途运输，
对来服役的人将施予祝福。

（下）

皇　帝 我身负的罪孽深重而又巨大，
可恶的巫师们真把我害惨啦。

大主教 （又折回来，深深地一鞠躬）

请陛下原谅！那家伙臭名昭著，
却获赐帝国海滩，他必遭惩处。
你得把那里的捐税、地租、贡赋
通通献给崇高教会，以示悔悟。

皇　帝 （不耐烦）

那封地还不存在，还是一片大海。

大主教 谁有权力和耐心，时机总会到来。
愿陛下之言对我们永远管用生效！

皇　帝 （独自）

长此以往我怕会把整个帝国葬送。

第五幕

旷野

漫游者 是！就是这些菩提树，
枝叶蓊郁，古老苍劲。
经过了多少年的漫游，
我重新来将它们访寻！
仍旧还是那个老地方，
那个小茅屋，它曾经
庇护我，当我被惊浪
冲上沙丘，险遭不幸！
我要祝福我的主人家，
那对乐于助人的好人，
当时他们已经很苍老，
今日可还能将我欢迎？
真正是些虔诚的人哟！
我呼唤？敲门？向你们致敬，
要是你们仍一如既往，
乐善好施，待客殷勤！

巴乌希斯[1] （老妈妈，老态龙钟）

亲爱的客人！轻些！轻些！
让我的老伴儿好好歇息！
老年人需要长时间睡眠，
醒着那会儿才干事麻利。

漫游者 告诉我，老妈妈：您可就是
我念念不忘的救命恩人？
当初可是您和您的丈夫，
搭救过一个年轻人性命？
可是您巴乌希斯急急忙忙
用温汤将垂死的人灌醒？
（老爷子上场）
还有菲利门，为捞我的财宝，
您可曾与海潮拼命抗争？
你们迅速地燃起熊熊篝火，
你们敲响银铃般的钟声，[2]
在危难当头的紧急时刻，
真多亏有你们排难救命。
现在请允许我去到门外，
我要看看那无垠的大海；
让我跪下吧，让我祈祷吧，
我的胸脯真是憋闷难耐。
（朝沙丘走去）

---

① 据希腊神话传说，巴乌希斯和菲利门是弗里吉亚地方的一对老夫妇，因殷勤款待了乔装出巡的宙斯和赫耳墨斯而得到厚报，所拥有的茅屋变成了宫殿，并于高龄时同时获得善终。歌德把这两个人物移植到自己的诗剧中，改变了他们的遭遇和结局。

② 燃起篝火和敲钟的目的，都是给海上迷航的人指引方向。

菲利门 （对巴乌希斯）
快，快把餐桌摆放整齐，
在鲜花盛开的小园子里。
让他先跑跑，然后惊讶，
不相信亲眼看见的东西。
（站在漫游者身旁）
这将你残暴虐待的海洋，
曾澎湃汹涌，一浪高一浪，
而今你眼前是一片花园，
呈现着天堂般美好景象。
我年事已高，再也不能
像当初那么样舍身救人；
然而随着我精力的消失，
大海也已经远远地退去。
主人英明，仆人也勇敢，
挖沟、筑坝把潮水阻拦，
渐渐地削弱大海的权势，
自己代替它把海滩掌管。
你瞧那一片片绿色牧场，
与村落、森林、花园紧相连。
可你快过来享受这日光，
须知太阳就要沉入海面。
远远的海上有点点帆影，
正寻找过夜的安全港湾。
倦鸟仍然认识自己旧巢，
尽管那边已将港口兴建。
因此你只在远远的天边，

才见到大海蓝蓝的边缘；
这左右两边的广阔地带，
却人烟稠密，屋宇成片。
（小园中，三人围桌而坐）

巴乌希斯 怎么不言语？既已饥渴，
却为什么不吃一口东西？

菲利门 他准想弄清奇迹的由来；
你好唠叨，就给他说明白。

巴希乌斯 真的！确实出现了奇迹！
它教我今天还心存疑虑；
要知道整个的事情经过，
都实在蹊跷，不合常理。

菲利门 可能是皇帝存心要作孽，
才赐予他这海滩当封地？
不有个传令官来宣圣谕，
一路又吹喇叭又把鼓击？
就在离此沙丘的不远处，
他们开始了工程第一步，
搭营帐，建工棚！——可转眼间，
绿野中便耸起一座宫殿。

巴乌希斯 白天只听民工闹嚷喧哗，
又挖又铲，效果却不大，
可夜里工地上火苗千万，
第二天一道大坝已建完。
必定是宰杀活人做牺牲，
半夜曾传来阵阵惨叫声；
一道道火流向海边涌去，

清晨一看已成一条水渠。
那家伙不信上帝，急欲
将我们的茅屋园林攫取；
有了他这样傲慢的邻居，
你只好忍气吞声当奴隶。

菲利门 不过他也曾向我们建议，
重建美好家园再新垦地。

巴乌希斯 别相信那什么围海造田，
坚守你的高丘才真保险！

菲利门 让咱们一起去小教堂，
观看落日的最后霞光！
让咱们敲钟、下跪、祈祷，
诚心将永生的主依靠！

宫　　殿

广阔的园林，笔直的大运河

浮士德年事已高，一边踱步一边沉思[①]

守塔人林叩斯[②]　（通过话筒说道）

夕阳西下，最后几条船
已经徐徐地驶进海港。
一艘大船正做好准备，
要来停泊在这运河上。
粗大的桅杆昂然耸立，
五色的旗帜随风飘扬。
船长也蒙受您[③]的恩惠，
您变危难为幸福吉祥。

（沙丘上响起钟声）

浮士德　（愤慨地）

① 1831年6月6日，歌德曾告诉艾克曼："按照我的设想，浮士德在第五幕出场时，应该已有整整一百岁。"

② 这位守塔人也袭用了希腊神话中的千里眼林叩斯之名，一如他在前一幕里的那位同行。也就是说他俩并非同一个人，只是职司相同且同名而已。

③ 这两行诗中的"您"可理解为浮士德，也有译者认为系指海港。

该死的钟声！它像暗箭
深深地射进了我的心灵！
我眼前的帝国无边无垠，
背后的情形却大煞风景，
满含妒意的钟声提醒我：
我神圣的疆土并不完整。
那菩提树、那棕色小屋
连同小破教堂尚属他人。
我希望去那儿休息休息，
可害怕见到他人的身影；
真像是眼中钉肉中刺啊，
我恨不得离开这儿远行！

守塔人 （仍通过话筒）
在清新的晚风中扬着帆，
驶拢来彩旗飞舞的大船！
只见它乘风破浪多快捷，
箱子匣子包裹堆积如山！
（华丽的货船，满载着各种外洋物产。靡非斯特和三勇士同上）

合　唱 我们靠了岸，
回到家里面。
恭喜您东家，
恭喜您老板！
（众人下了船，开始卸货）

靡非斯特 我们就这样将身手小试，
有东家夸奖已称心如意。
我们出去时只有两艘船，
而今却带二十艘把家还。

要知道我们的丰功伟绩，
只需瞧瞧装载些啥东西。
自由的大海使思想自由，
谁还顾得上去思前想后！
总而言之是先下手为强，
见鱼只管捕，见船只管抢，
先可能只有三条船归你，
可马上会钩上那第四条；
第五条同样也情况紧急，
谁武力强大谁便有权力。
只关心目的，不择手段。
我不懂什么航海不航海：
战争、贸易、杀人越货
三位一体，根本分不开。[①]

三勇士 不感激、致意！
不致意、感激！
好像咱们给他
运回一船狗屁。
阴沉着一张脸，
对啥也没好气，
就连皇家珍宝
他也不感兴趣。

靡非斯特 别再指望有
其他的报酬！
你们的这份

① 这一段话生动而又深刻地写出了西方资本主义原始积累的手段和过程。“杀人越货”系“海盗行径”一词的意译。

快给我拿走。

三勇士 这么一丁点儿
只够闹着玩儿；
咱哥们儿要求
好处平均分摊。

靡非斯特 首先把财宝
安顿存放好，
大厅连大厅，
地方真不小！
然后再等他
来清点视察，
一一做计算，
分毫不能差；
他这个老兄
绝不会装穷，
一定给船队
设宴来庆功。
明天有一群花雏儿[①]到来，
我得好好地将她们招待。
（货物已全运走）

靡非斯特 （对浮士德）
听着我报告您的伟大业绩，
您仍表情严肃，目光忧郁。
大海与陆地终于和睦相处，
卓越的智慧已经登峰造极；

① 花雏儿（字面意义为“彩色的鸟儿”），可能指花枝招展的妓女。

一艘艘舰船迅速驶离岸边，
大海将它们亲切揽进怀里；
可以说您身虽住在这宫中，
掌握世界却只需伸伸手臂。
整个工程都是从这里起步，
这里曾搭建起第一间棚屋；
最初这儿只流过条小溪沟，
而今已万桨竞飞，百舸争流。
您的崇高理想、臣民的辛劳
从海洋和陆地得到了偿报。
就从此处——

浮士德 该死的此处！
正是此处教我心力交瘁。
对世故的你我只能实说，
我的心好似被尖刀狠戳，
说起来自己也感到羞耻。
我真受不了这痛苦折磨！
快让那边俩老家伙迁移，
我希望在菩提树下安居；
这几株树如果不归我有，
纵然统治世界仍觉难受。
我渴望在那儿开阔眼界，
在扶疏的枝间搭建高台，
从高台上纵目遥望大地，
好把我的成就尽收眼底，
它本是人类精神的杰作，
我真希望将它一览无余，

以便发挥我的聪明智慧，
为万民争得安居的实惠。

因此我痛苦得无以复加，
在富足中仍感觉到匮乏。
钟声悠扬，菩提树芬芳，
围着我却似墓穴和教堂。
我无比坚强的意志毅力
竟然撞碎在此处的沙漠。
我怎么能将这心事摆脱！
一听钟声我就怒不可遏。

靡非斯特 当然当然！您大动肝火
必定败坏您自己的生活。
谁能否认，高贵的耳朵
听见这钟声都感到难过！
该死的叮当叮当叮叮当，
使晴朗的黄昏迷雾茫茫，
任何事情它都要来参与，
从出生受洗到举行葬礼，[1]
好似在这叮叮当当之间，
生命如梦一般杳然逝去。

浮士德 他们的拒绝和顽固不化
搅乱了我最宏伟的计划，
使我内心深处痛楚难耐，
也将我的正义感泯灭破坏。

---

① 对于一个基督教徒，教堂的钟声确实伴随着他的一生，在他听来总是十分神圣的；而在魔鬼靡非斯特和处处表现出反感教会的浮士德来说，又恰是另一回事。

靡非斯特　您为何还在这儿客气？
难道不早该扩大领地？

浮士德　那就去把他们给我赶走！
你知道我选中的小庄园，
可以在那儿安顿老两口。

靡非斯特　把他们弄远点儿随手扔下，
一眨眼他俩已重新安家；
虽迫不得已，可时过境迁，
他们就会习惯锦上添花。
（尖厉地打一声呼哨，三勇士应声而来）

靡非斯特　走，执行主人的命令去！
明天将为船队大摆宴席。

三勇士　老先生接待我们特差劲，
是应当好好地犒劳咱们。

靡非斯特　（冲观众）
古老的故事又在此重演，
它曾发生在拿伯的葡萄园。
（《旧约全书·列王纪》上篇，第 21 章）[①]

---

① 撒玛利亚王亚哈欲取拿伯的葡萄园做菜园，拿伯拒绝出卖或交换。王后耶洗别便指使人诬告他亵渎上帝和国王，用石头将他砸死，强夺了他祖传的葡萄园。歌德自己在剧中注明了此一典故的出处。

深夜

守塔人林叩斯　（在宫城的塔楼上歌唱）

生来为了观看，
瞭望是我使命，
矢志驻守高塔，
世界令我欣幸。
我遥望那远方，
我俯瞰这近景，
上有月亮星辰，
下有林莽鹿群。
我看大千世界，
永远欣欣向荣，
就像我爱世界，
我也爱我自身。
幸福的双眸啊，
你们所见一切，
尽管变化万千，
莫不美妙悦人！
（稍停）
我奉命伫立塔上，

不仅为自寻欢乐；
何等可怕的景象
从暗处威逼着我！
深黑的菩提树间，
但只见火星飞溅，
劲风煽动着大火，
火势越来越险恶。
哎呀，林中霉湿的茅屋
已经被火焰包裹！
现在急需救援，
救援者却见不着。
哎呀，那对善良的老人，
平素特小心火烛，
竟会被烟火吞没！
多么可怖的一幕啊！
火焰熊熊，黑色的
茅屋已烧成红色；
愿善良人能自救，
从那炼狱中逃脱！
在树枝和树叶中，
蠕动着条条火舌；
枯枝随即被引燃，
很快地烧红、坠落。
我竟目睹如此惨景！
看得远仅仅为这个！
枝条折断、落下，
小教堂已被压倒。

一条条火蛇蹿起，
已经把树顶缠绕。
空树干烧得紫红，
从树根直至树梢。
（停了好一会儿。再唱）
千百年的悦目风景
一眨眼已化为灰烬。

浮士德 （在阳台上，面对沙丘）
塔上的歌声何等凄惨！
可词曲传来为时已晚。
我的守塔人唉声叹气；
我内心讨厌操之过急。
可是菩提林已经毁灭，
树干烧得只剩下焦黑，
那儿很快将建瞭望台，
让目光遥瞩千里之外。
我还会看见一幢新屋，
里边住着那对老夫妇，
感受着我的大度宽容，
他俩的晚年其乐融融。

靡非斯特和三勇士 （在阳台下）
我们急急忙忙跑了回来，
请原谅不得不使用暴力！
不管我们轻敲还是猛捶，
那道死门始终不肯开启；
我们一个劲地摇呀捶呀，
那破门终于躺倒在地；

我们大声叫嚷，严厉告诫，
老家伙仍旧是不睬不理。
这种事情通常就是如此，
人家反正不听也不乐意；
咱们呢可没有拖拖拉拉，
干脆给您把他们扔出去。
老两口也未受多少折磨，
咱们只一吓就失魂落魄。
有个生人藏在屋子里面，
他想要动手也立刻完蛋。
殊死的战斗短暂而迅速，
火红的木炭随之撒满屋；
被引燃的干草烈焰腾腾，
他们仨于是乎遭受火刑。

浮士德　我的话你们怎么充耳不闻？
我想要交换，不愿意抢人。
我诅咒你们这样莽撞蛮干；
我这个诅咒你们共同分摊。

靡非斯特等合唱　有一句古话说得透彻：
面对强权得服服帖帖！
好勇斗狠，固执逞强，
招灾惹祸，家破人亡。
（同下）

浮士德　（在阳台上）
群星收敛了光辉，
火势也逐渐衰微；
四周围阴风阵阵，

我眼前烟雾腾腾。
吩咐快，执行更快！
是何黑影向我飘来？

子夜

四个灰色女人上场①

第一个 我名叫匮乏。

第二个 我名叫负债。

第三个 我名叫忧愁。

第四个 我名叫穷困。

三个一起 房门紧紧关闭，我们没法进去；
里面住着富人，我们不想进去。②

匮 乏 我来变成影子。

负 债 我来变成虚无。

穷 困 阔人见我总转开面孔。

忧 愁 姐妹们，你们进不去，不好进去。
忧愁我却能从锁孔溜进屋。
（忧愁消逝）

匮 乏 灰色的姐妹，咱们快离开。

① 四个灰色女人，可以理解为四个模模糊糊的幽灵般的人影，象征着人生常有的四种祸患。大概因为她们具有缓和、渐进等一类的特点，所以都是女性，相反死亡来得干脆、激烈，就成了她们的兄弟，即男性。

② 匮乏、负债、穷困自然与富人无缘，不能靠近富人，而忧愁则不分贫富，人皆有之。

负　债　那我就来紧紧地跟着你。

穷　困　困穷我与你们寸步不离。

三人合唱　乌云飘移，星星消隐！
那后边，后边！从远方，远方，
快瞧他来啦，咱们的兄长——死神！

浮士德　（在宫殿内）
眼见来了四个，却只有三个离开；
还有她们话中的意义，我也不明白。
声调如此沉郁，像在将困厄诉说，
只有死亡阴暗的调子能与它应和。
听起来空虚低沉，妖声鬼气。
我努力挣扎仍未入自由境地。
我愿将魔法从我的路上清除，
完完全全忘记那些个咒语，
在你面前，自然啊，做个堂堂男子，
只有这样，做人才真有意义。

我从前也是个汉子，那时我还不曾
寻魔求道，恶言诅咒自己和世人。
眼下空气中充满着鬼氛妖气，
没有谁知道如何能将它逃避。
白昼理智清明地向我们微笑，
黑夜却仍用梦魇将我们缠绕；
我们从青葱的田野欣然归来，
一只鸟儿嘎声啼叫，预示着祸害？
从早到晚都受着迷信的纠缠：
总是现形，总有预示，总在警告。

于是我们总战战兢兢、孤孤单单。
只听门吱吱响，却不见谁进房间。

（惊恐地）
这儿有人吗？

忧　愁　这问题要求回答：有！

浮士德　你？可你究竟是谁呢？

忧　愁　反正我已在这里。

浮士德　你给我出去！

忧　愁　可我适得其所。

浮士德　（一开始很气愤，随后缓和下来，自言自语）
可得小心点儿，别念咒语。

忧　愁　没有耳朵能够将我听见，
可是心灵会被我震撼；
我的形象可以千变万化，
我发挥的威力巨大可怕。
不论在陆地，还是在海洋，
有我做旅伴，你永远紧张；
从没谁找我，却总遇着我，
谁都巴结我，谁也诅咒我。
难道你从来不知道忧愁是什么？

浮士德　我只匆匆奔走在这世上，
任何欢乐都抓紧尝一尝，
不满意的立刻将它抛弃，
抓不住的干脆将它释放。
我只顾追求，只顾实现，
然后又渴望将人生体验。

用巨大心力，先猛冲蛮干，
而今行事却明智、谨严。
对于尘世我已了如指掌，
对于彼岸我不再存希望；
只有傻瓜才会盯着云端，
以为有同类居住在上面！
强者应立住足，放开眼，
世界对他不会默默无言。
他何须去永恒之境悠游？
凡能认识，便可把握拥有。
他该如此踏上人生旅途，
任鬼魅出没而我行我素，
于行进中寻找痛苦、幸福，
他呀，没有一瞬感到满足！①

忧　愁　什么人一旦被我抓住，
世界对他便毫无用处；
天空永远被黑幕罩着，
再也没有日出和日落。
外部感官虽然还健全，
内心却会是一片黑暗；
纵然知道有无数宝藏，
也没法攥进自己手掌。
幸福和不幸俱成妄念，
他将饿死在富足里面；
欢乐也好，痛苦也好，

① 浮士德面对忧愁的这一番夫子自道，也是剧中可以作为所谓“浮士德精神”注脚的一个重要片段。

他都一天天忍受煎熬；
只能将未来视为希望，
可永远没法如愿以偿。

浮士德 住口！别给我来这一套！
我可不爱听你胡说八道。
滚吧！你这拙劣的废话，
没准儿能把聪明人变傻。

忧　愁 不知该来还是该去，
他已经丧失决断能力；
停留止步在大道中途，
畏缩犹豫，徘徊踟蹰。
他陷入了深深的迷惘，
看任何事物都觉异样，
于己于人俱成了包袱，
胸口憋闷，呼吸急促；
虽未憋死，却少生气，
虽不绝望，却没毅力。
随波逐流，得过且过，
痛苦放弃，勉强凑合，
时而开朗，时而抑郁，
睡不安宁，醒来萎靡，
周而复始，原地踏步，
如此一天天走近地狱。

浮士德 不祥的幽灵，你们就如此
整治我们人类，千次万次！
你们竟让平和安定的日子
被烦恼、纠葛和痛苦交织。

我知道，摆脱鬼魅很困难，
更没法儿割断那精神的羁绊；
你的力量，忧愁，虽大而隐蔽
我对它却不承认、不畏惧。

忧　愁　当我发着诅咒，将你离开，
你就会知道，它多么厉害！
人生在世通通都是睁眼瞎，
喏，浮士德，临末你也瞎了吧！
（冲浮士德吹了一口气）

浮士德　（业已失明）
夜色似乎已经很暗、很深，
可我心中豁亮而又光明；
我所想到的必须赶快实现，
真正重要的，是主人之言。
快起床，臣民们！一个接一个！
为帮我大展宏图抓紧干活儿。
拿起工具，挥动铁锨铁镐！
已圈定的地段得立刻挖好。
严守规章，迅速而又辛劳，
事成之后，自会得到厚报。
万众一条心，人人齐发奋，
让最伟大的事业圆满完成。

宫中宽广的前院

无数的火炬

靡非斯特 （站在前边，充任监工）
过来，过来！朝里边走！
你们晃晃悠悠的骷髅，
只剩韧带、肌腱、骨头，
勉强凑合，行尸走肉。

僵尸鬼[①] （合唱）
一听见您的吩咐，
我们立刻来帮助，
要开出大片疆土，
由咱们当家做主。

已备好尖尖界桩，
还有长绳做丈量，
可唤我们为哪样，
已被哥们儿遗忘。

① 古罗马人想象中的邪恶的游魂，类似我们民间迷信传说中的僵尸鬼。歌德在研究古代艺术品时接触过这样的形象，并在自己的不止一部作品中加以采用。

靡非斯特 这儿用不着斤斤计较；
你们爱怎么搞怎么搞！
最高的给我挺直躺倒，
其他人拔去四周野草；
挖出个长方形的土坑
就像伺候咱们的父亲！
从宫殿往这斗室迁移，
世人终归都如此发痴。

僵尸鬼 （动作怪诞地挖掘）
我曾年轻、活泼又多情，
总觉那么活着特迷人；
只要哪儿热闹又快乐，
哪儿我双脚就准去得勤。

可是老年心怀鬼胎，
击中了我用它的长拐；
我颤颤巍巍地走向墓穴，
怪的是墓门已经洞开！①

浮士德 （走出宫殿，摸索着宫门）
镐铲响叮当，真令我高兴！
是民众在为我劳苦、辛勤，
新垦地与大陆将融为一体，
给汹涌的波涛把疆域划定，
围绕大海筑起坚固的长堤。

靡非斯特 （冲一旁）

① 这首死鬼之歌系莎士比亚悲剧《哈姆雷特》第五幕第一场的掘墓人之歌的仿作。

你筑坝修堤，实在是辛苦，
可只有咱哥们儿捞到好处；
要知道尼普顿[①]这海中魔鬼，
他正等着你开盛大的宴会。
无论如何你都已完蛋——
四大元素誓与咱结成一派，
正为你把毁灭的结局安排。

浮士德 监工！

靡非斯特 在这儿哪！

浮士德 不管你怎么样干，
招工要多多益善，
利诱、恐吓、逼迫，
吃硬给硬吃软给软！
我要每天听你汇报，
沟渠又延伸了多少。

靡非斯特 （低声）
汇报什么的我倒是已听闻，
可不是说开沟而是讲挖坟。

浮士德 一片沼泽漫延至山麓，
新垦的土地全遭玷污；
伟大事业要圆满完成，
还必须将臭水洼清除。
我为千万人开拓疆土，
不尽安全却可勤劳和自由地居住。
绿色的田野结满果实；

① 尼普顿，罗马神话中的海神，在基督教的魔鬼靡非斯特眼里自然成了海鬼。

人畜在新垦地上都感幸福，
勇敢奋发的民众垒起高丘，
移居者会得到它有力保护。
任外边狂潮汹涌，冲击岸壁，
里面仍旧是人间乐土；
一旦潮水噬岸，冲入堤防，
便群策群力，将缺口封堵。
是啊，我完全沉迷于这个理想，
它是智慧的最后结论：
只有每天争取自由和生存者，
才配享受自由和生存。
于是少年、壮年和老年人
不惧风险，在这里度过有为的时辰。
我愿看见这样熙熙攘攘的一群——
在自由的土地立足的自由之民。
那时对眼前的一瞬我便可以说：
你真美啊，请停一停！
于是，我有生之年的痕迹
不会泯灭，而将世代长存——
我怀着对崇高幸福的预感，
享受着这至神至圣的一瞬。①

（浮士德仰面倒下，骷髅们接住他，把他放在地上）

靡非斯特　他不满足于任何的欢乐和幸福，
一个劲儿地把变换的形象追逐；

① 这是剧中主人公浮士德最重要的一段独白，常被视为他一生追求的总结，也就是他自己说的“智慧的最后结论”。因为它出自即将辞世的歌德笔下一据说其中倒数第三、第四行为诗人临终前数星期的绝笔一也可以说是他自己对未来人类充满希望的遗嘱。

就连最后这空虚无聊的一瞬，
这可怜虫也恨不得把它抓紧。
他拼死拼活地对我进行反抗，
时间终归得胜，老人倒卧地上。
时钟一声不响——

僵尸鬼 （合唱）
一声不响！似夜深人静。
指针已低沉。

靡非斯特 指针低沉，大功告成。[①]

合 唱 消失殆尽。

靡非斯特 消失！废话。
干吗要讲消失？
消失与虚无完全是一码事！
要这样何须永恒的创造？
把创造物变成虚无更好！
“消失殆尽！”这话如何理解？
它几乎等于说，根本不曾存在，
却像煞有介事，将废话颠去倒来。
因此，永远的虚无更为我喜爱。

① 和上边的“你真美啊，请停一停”一样，“指针低沉”也对应着靡非斯特和浮士德在打赌的时候说过的话。与此相联系，靡非斯特所谓的“大功告成”就意味着他自以为打赌赢了。

埋　　葬

僵尸之一　（独唱）

是谁挥动铁铲和铁镐，
把小屋建得如此蹩脚？

众僵尸　（齐唱）

身披麻衣的阴郁过客，
给你居住真十分适合。

僵尸之一　（独唱）

谁布置厅堂如此寒碜？
怎么见不着桌椅板凳？

众僵尸　（齐唱）

桌椅板凳[①]只暂时借来，
登门索还者大有人在。

靡非斯特　肉体已躺下，灵魂却想逃跑，
我得赶快出示那血写的字条[②]；
可惜如今世人手段很多，
为了与魔鬼把灵魂争夺。[③]

---

① “桌椅板凳”可视为物质财富的象征，当然不具永恒的意义。

② 字条，指浮士德与魔鬼订的契约。

③ 为了拯救灵魂，人们可以祷告、忏悔、苦修、做赎罪弥撒以及向教会捐款等。

用老办法我们惹人讨厌，
用新办法也不讨人喜欢；
从前我还能够独自完成，
如今少了帮手硬叫不行。

真是什么事情都不顺心！
传统的习惯，古老的法令，
没什么东西你还能信任。
从前一断气灵魂便出窍，
我留神一抓，啪！它就像
蹿出的小老鼠被我攥牢。
而今灵魂却犹豫又迟疑，
不离开腐烂发臭的肉体；
直等到相互仇视的元素[①]
将它粗暴地逐出那破屋。
我一刻不停地苦苦思索，
总弄不清何时、何地、如何。
衰老的死神已动作迟缓，
是否真死？还久久是疑问；
我常瞅着尸体垂涎欲滴——
谁知又活动起来，只是假死。
（一本正经地做着种种怪诞的召唤死神的动作）

快来呀！加快你们的步伐，
不管长的是直角还是弯角，

① 元素，指构成世间万物的基本元素“火、水、土、风（空气）”，它们“相互仇视”，即我们说的相克。

你们都出自古老的魔鬼世家，
请同时捎来那地狱的入口。
虽说地狱之口很不少！不少！
并且是分等级把人吞下；
对进入未来的最后一跳，
人们却不怎么顾虑、害怕。
（可怖的地狱入口在左边张开）

獠牙森森；从穹隆的喉腔，
火热狂暴的岩浆往外涌迸，
但见那后边烟雾汹涌翻腾，
烟雾中是永远炽烈的火城[①]。
火红的激浪直冲到獠牙上，
盼得救的罪人游淌至近旁；
不料被狱犬一阵狠狠撕咬，
他们重又在火海惊恐挣扎。
旮旮旯旯可发现的还很多，
空间虽窄景象却狰狞可怕！
为吓唬罪人你们干得不错；
只是被当成了梦幻和欺诈。

（对头上犄角短而直的胖鬼）
面孔火红、大腹便便的浑蛋！
让地狱的硫黄烧成红肉一团；
脖子粗短强直永远不能转动！

① 火城，指永远烈火熊熊的炼狱。

瞅瞅这底下，可有磷光闪闪：
要有就是长着翅膀的小灵魂，
拔去蝴蝶翅膀，蛆虫般难看；[①]
我还要给它打上自己的印记，
然后把它带到飞旋的火中去！

好好地盯住底下那些区域，
胖鬼们，你们的职责在这里；
至于灵魂可喜欢藏身其间，
人们可糊里糊涂，心中没底。
它喜欢住的地方乃是肚脐，
当心，别让它从那儿逃逸。[②]

（对犄角又弯又长的瘦鬼）
你们这些窝囊废，晾衣杆，
总是在空中抓，往空中蹿！
你们胳臂贼长，爪子溜尖，
正好把那飞逃的灵魂紧攥。
它待在老地方肯定怪难受，
这小蝴蝶想立刻飞往天边。

一群天使 走，天使们，
天国的亲属，
从容地飞行：
给罪人宽恕，

① 在希腊文中，灵魂和蝴蝶都是“psyche”这同一个字。在希腊神话里还有一位被视为人类灵魂化身的少女，就叫这个名字（译作普叙赫，亦作普赛克）。

② 此处讽刺基督教内所谓的观脐派。该派迷信，长时间地盯住自己的肚脐观看，就会神思悠悠，与神灵交流。

还尘埃生命；[①]
徐徐以为伍，
飘飘而行进，
留慈爱印痕，
于芸芸众生！

靡非斯特 随着从天而降的讨厌天光，
难听的嘈杂声传来我耳旁；
是半男不女[②]的家伙在瞎吵吵，
伪善者听着可能觉得美妙。
你们清楚，在作孽的时刻，
我们考虑好了将人类毁灭，
为此发明十恶不赦的大罪，
恰好被他们用去虔诚忏悔。[③]
这些个纨袴子好假仁假义！
从我们手中夺走不少灵魂，
并用的是我们自己的武器；
他们同为魔鬼，却披着羊皮。
这次再输掉你们永远丢人；
快围住墓坑，给我抵抗到底！

天使合唱 （抛撒玫瑰花[④]）
玫瑰鲜艳，
馨香四溢！

---

① 人死了会化作尘埃，“还尘埃生命”意味着让人死而复生或者拯救死者的灵魂。

② 天使本无性别，形象多为少年，是纯洁的意思，而在魔鬼看来这是令人讨厌的“半男不女”。

③ 魔鬼起反面教员的作用，由恶而引出善，有我们所谓善恶相生之意。

④ 在基督教会中，玫瑰花有着神圣的象征意义。耶稣基督和其他殉道者都是戴着用玫瑰编的荆冠而死，玫瑰花瓣因此象征着纯洁无私的天国之爱。

飘飘摇摇，
暗度生机，
纤枝添翼，
蓓蕾轻启，
盛开在即。

春啊，让大地
姹紫嫣红！
送安息者
进天国去。

靡非斯特 （对众恶魔）
怎么颤抖、退缩？地狱就兴这个？
快快给我顶住，随他再撒几多！
各人都回到位子上，混账王八蛋！
他们真以为这么撒他妈的花瓣，
就能把咱浑身火热的魔鬼淹没？
岂知你们一哈气，花就熔化萎缩。
吹呀，喷火鬼[①]们！——行！行！
一遇你们的热气，花全苍白失色。
别吹太猛！收紧鼻翼，嘟起嘴唇！
可不是嘛，你们吹得过于凶狠。
怎么搞的，你们永远不知分寸。
花不但萎缩，还发黄、变焦、燃烧！
已带着毒辣的火焰，向着我飘摇，
快筑起坚固人墙，把它们挡在外面！

① “喷火鬼”这个形象出自但丁的《神曲》和德国民间传说，为歌德巧妙移植。

可他们力竭气虚！士气完全丧失！
魔鬼嗅到了陌生、迷人的灼热气息。

天使合唱 幸福之花，
欣悦之火，
传播慈爱，
创造欢乐，
心所欲得。
真理之言，
浩气澄清，
天光普照，
天使永生！

靡非斯特 该死的草包！丢人现眼！
身为魔鬼竟也双脚朝天，
笨蛋们一个个连爬带滚，
一屁股摔进了地狱里面。
你们活该去炼狱泡个澡！
可我要坚持战斗在此间。
（扑打四周飞舞的玫瑰花）
滚开！尽管你鬼火般贼亮，
一被抓住仍不过稀糊烂酱。
飞什么飞？难道还逃得脱！
像沥青硫黄粘在我后颈窝。

天使合唱 不属于你们的，
你们必须避开，
叫你们忧心的，
你们不可忍耐。

它若强行侵入，
必须坚决顶住，
只对爱人之人，
爱能指引道路。①

靡非斯特 我脑袋发烧，心肝似焚，
这火花竟比魔鬼还凶狠！
竟比炼狱之火更加炽烈！
难怪你们，不幸的恋人，
会哭天喊地，回首频频，
不顾人家已经表示不屑。②

我也是嘛！怎么老向那边转头？
和他们我可是发誓要坚决战斗！
过去一看见他们我就满怀敌意。
什么东西改变了我，如此彻底？
我真爱见到这些最可爱的少年；
想要诅咒但嘴不知怎么不听使唤？
眼下我要甘心受他们迷惑，
那么将来谁还可以称蠢货？
这些浪荡子，我恨死他们，
然而风度翩翩实在爱煞人。

漂亮的宝贝儿，我想请问：
你们与卢齐弗③可也是至亲？

① 天使们唱这一段似乎是为鼓舞自己与魔鬼战斗的士气。

② 靡非斯特把纯洁的仁爱之火当作了世俗的情欲之火。

③ 卢齐弗，原来也是天使，因反叛天主而堕入地狱，变成了鬼王。

你们真俊，我特想吻吻你们，
觉得你们来这里本是缘分。
我心中实在痛快，真是舒坦，
好像咱们已经千万次相见；
我像只馋猫似的心痒难熬，
越看你们越觉得无比娇艳，
哦，过来，让我好好看一眼！

众天使 叫来就来，你干吗要退避？
我们来啦，你敢留在原地！
（天使们兜着圈子，占据了整个舞台）

靡非斯特 （被挤到了台口）
你们骂我们是该死的精灵，
自己却是地地道道的妖精；
须知你们诱惑男人和妇女，
这勾当是何等可耻、可恨！
莫非这就是爱情的元素？
我浑身上下已火烧火燎，
几乎忘记已烧着的头颈。
你们飘飘荡荡，何不降落，
像俗人优雅地动一动手脚；
是的，端庄使你们怪好看，
可我更想看你们含笑嫣然！
这模样儿啊叫我永远迷恋。
我是讲像情人传送秋波：
只有一丝笑意挂在唇边。
高个儿乖乖，我最喜欢你，

牧师的嘴脸对你太不相宜，
你的目光得带点淫荡之气！
你们不妨大方地多多裸露，
穿多皱的长袍过于老气！
他们转过身——瞧瞧背后啊！
雏儿们真个叫人垂涎欲滴！

天使合唱 愿情爱的火焰，
向着清明转变！
罪人遭受诅咒，
愿真理来拯救；
罪孽获得解脱，
心中充满欢乐，
从此共享天福，
在万众的归宿。

靡非斯特 （镇定下来）
我怎么啦？——倒像约伯似的
浑身起了水泡，自己也觉惊惧，[①]
同时却看透自己，对他的出身
和自己充满信赖，又扬扬得意；
魔鬼高贵的躯体已经获救，
爱的幻象只触到他的表皮；
该死的火焰已经完全熄灭，
我理所当然诅咒你们全体！

天使合唱 神圣的烈火啊！
你们将谁环绕，

① 典出《旧约全书·约伯记》第 2 章第 7 节：“撒旦从耶和华面前退去，打击约伯，使他从脚掌到头顶长毒疮。”

谁就亲近善人，
活得幸福美好。
大家结为一体，
赞歌响彻云霓！
天空已归澄清，
灵魂[①]请来呼吸！
（天使们带着浮士德的灵魂飞升）

靡非斯特 （环顾四周）
怎么啦！——他们飞向哪里？
黄口小儿们搞得我措手不及，
带着我的猎物向着空中逃遁；
难怪他们在墓坑边垂涎欲滴！
我唯一的至宝已被他们夺走：
那个抵押给我的高贵的灵魂，
他们已狡猾地从我手中窃取。

而今教我去向何人诉苦抱怨？
谁帮我夺回得来不易的权益？
一大把年纪却遭到戏弄欺骗，
自作自受，少不了遭罪怄气。
我行事偏颇，真个丢人现眼，
白花了大笔开销，可耻可鄙！
卑劣的情欲，荒唐的爱恋，
魔鬼老奸巨猾却身不由己。
咱哥们儿也算得精明老练，

① 指浮士德博士的灵魂。

可仍旧醉心这幼稚的把戏，
归根结底是他妈个大笨蛋，
发痴犯傻，不识南北东西。

高山深谷

森林、岩壁、旷野
由山脚至山顶，圣隐修士们悠闲地
坐卧在沟壑和洞穴间[①]

合唱与回声 林莽摇曳延伸，
山岩岿然坐定，
树根盘绕纠结，
树干相依相并。
洪涛激溅汹涌，
深穴足以栖身。
狮群悄然驯顺，
徘徊我等左近，
面对爱的圣地，
敬畏深藏于心。

---

① 歌德在这一场使用的舞台背景，可能有两个来源：一为意大利古城比萨的一处墓地壁画，画上表现的是礼拜的隐修士在尼罗河畔岩壁上的苦修地；一为他的友人洪堡在信中所描写的西班牙蒙特塞拉特山的情景，山上相互隔绝的茅庐中栖息着十二个隐修士，茅庐的最上边有一座圣母教堂。

极乐神父[①] （飘上飘下）

永恒的欢乐焰火，
炽热的情爱绳索，
胸中的痛苦沸腾，
主赐的欢悦涌迸。
箭矢，请射穿我，
长矛，请刺透我，
棍棒，请捶烂我，
闪电，请劈碎我！
让一切空虚物事
速速地逃逸消逝；
愿爱的核心闪亮，
如同长明灯一样。

沉思神父 （在低处）

如同我脚下的岩壁
由深渊支撑着休息，
如同千条闪亮溪流
汹涌着向山下奔去，
如同树干急切难耐
拼命生长到蓝天里：
同样，是万能的爱
将一切创造和哺育。

周围传来狂暴轰鸣，
似林涛吼空谷回应，

① “极乐神父”以及下文中诸如此类的称号，在基督教的历史上确实被不同的教派使用过，歌德借用它们，只着眼于它们显而易见的象征意义。

清清溪流，丰盈充沛，
湍急坠下，谷底幽深，
不负灌溉山谷使命；
长空霹雳，电火闪明，
驱散大气胸中毒雾，
令它变得更加清新。

这些爱的使者宣告：
有永恒创造力围绕。
它引燃我内心之火，
当我精神混乱冷漠，
被痛苦的长链紧锁，
受迟钝的感官困扰。
主啊！请抚平我的忧烦，
将我黑暗的心窝照耀！

近似天使的神父　（在中部）
一朵朝云飘过枞林，
如发林梢轻轻摇曳！
我料云中存在生命：
年轻精灵在此聚集。

升天童子合唱[①]　请问，神父，我们飘在何地，
说吧，善人，谁为我等本体？
我们幸福，生存在我们
全都平静而又惬意。

近似天使的神父　孩儿们！你们午夜出世，

① 在信奉基督教的人看来，那些出生后即夭折的婴儿是纯洁的，虽未受洗礼仍然可以升天堂。

精神感官只得一半开启，[①]
对于父母你们已经丧失，
却给天使带来意外收益。
一位仁爱者已来到近前，
要有所感，只管靠拢去；
可坎坷崎岖的人生之路，
幸福的人啊，无尔等足迹！
快下来，进入我的双目，
它们已适应世界和大地；
权当它们是自己的器官，
好好看一看眼前这地区。
（将众童子摄于眼中）
树木森森，怪石林立，
浩荡山洪，奔泻不息，
急浪翻滚，铺天盖地，
一往无前，履险如夷。

升天童子　（从体内）
看起来的确是挺壮观，
然而这地方过分阴暗，
我们禁不住心惊胆战。
放我们走吧，高贵的善人！

近似天使的神父　飞向那更加崇高的境界，
在暗中不断地长大起来，
遵循着永远纯洁的法则，
主的亲近乃是力量所在。

---

① 民间迷信午夜出生的婴儿长不大，器官尚未发育，所以要借用他人的眼睛。

须知无比自由的太空里，
处处有精灵的养分充溢，
这便是永恒的爱的启示，
它将给你们天福的赏赐。

升天童子合唱 （绕着最高峰飞翔）
快活地手拉手，
结成一个环形，
大家载歌载舞，
怀着神圣激情！
对于神的教诲，
尔等应当虔信；
你们即将见着
自己敬仰的神。

天使 （漂浮在半空中，抬着浮士德的灵魂）
灵界的高贵成员，
已逃离恶魔手掌，
我们能将他搭救，
他永远奋发向上。[①]
还有上天也给他
如此的关怀厚爱，
还有幸福的一群
衷心欢迎他到来。

较年幼的天使 仁爱虔诚的赎罪女
送来了那些个玫瑰，
帮助我们成就伟业，

① 这句话点明了主人公得救的原因，体现了“浮士德精神”，歌德非常重视，在原文中也用了异体字加以强调。

战胜了那一群魔鬼，
将宝贵的灵魂夺回。
我们撒花，群魔退避，
我们命中，恶魔逃逸。
恶灵遭到爱火烧灼，
难受胜过冥间苦役；
就连那老练的魔头
也感觉着浑身刺痛。
欢跃吧！我们已胜利。

较成熟的天使　　搬运尘世的遗骸，
实在是令人扫兴，
即使它就是石棉，
也不会多么干净。
当强大的精神力
把自然界的元素，
在自己周围聚集，
于是灵与肉结成
紧密的二位一体，
天使也难以分离，
唯有那永恒之爱，
能使其各奔东西。[①]

较年幼的天使　　山顶雾气缭绕，
适才我已感到
有生动的灵气，
活跃在这周遭。

---

① 永恒之爱来自天国和上帝，人回归上帝之时，灵魂和肉体自然得分开。

云朵豁然明朗，
但见一群童子，
活泼而又逍遥，
摆脱尘世重负，
围成一个圆圈。
沐浴上界恩赐，
有如大地回春，
光景绮丽美妙。
开始时得让他
与童子们结伴，
再一步步升高！

升天的童子 我们欣然接纳
这蜕变中的人；
我们已然获得
做天使的保证。
剥去缠绕他的
一层层的茧皮！
神圣的新生命
使他高大英俊。

崇奉马利亚的博士 （在最高、最洁净的石窟中）
这里视野开阔，
精神无比振奋。
从眼前正飘过
升天女性一群。
她们拥着一位
戴星冠的夫人，
如此光明灿烂，

显然天国至尊。
（喜不自禁）

世间至高无上的女皇！
请您给予我恩准，
让我在蓝色天穹，
将您的隐秘探询。
容我怀着神圣的爱恋，
将激荡在男子胸中的
一切庄严和柔情，
殷勤地向您奉敬。

一旦您威严下令，
我的勇气便不可战胜；
只要您给我抚慰，
炽烈爱火马上会平静。
美丽圣洁童贞女，
令人钦仰的母亲，
主为我们挑选的女王，
与众神般配平等。

一朵朵浮云
绕在她身旁，
一群悔罪女，
如云朵一样，
跪在她膝下，
吸吮着灵氛，

渴求着恩赏。

您，严守着童贞，
然而也并不拒绝
易受诱惑的人们，
信赖地向您走近。

人一旦软弱倒下，
他们就难以挽救；
谁能够自力挣脱
情欲的锁链拘囚？
失足跌倒太容易，
地面倾斜又滑溜！
媚眼和阿谀逢迎，
有谁能不为所诱？
（光明圣母飘然而至）

悔罪女子合唱

在永恒之国，
您高高飘扬，
听我们乞求，
您举世无双，
您仁慈善良！

罪孽深重的女人

（《新约全书·路加福音》第 7 章第 36 节[①]）
不顾法利赛人的嘲笑，

---

① 《新约全书·路加福音》在该处的内容为："有一个法利赛人请耶稣和他吃饭，耶稣就到法利赛人家里去坐席。那城里有一个女人，是个罪人，知道耶稣在法利赛人家里坐席，就拿着盛香膏的玉瓶，站在耶稣背后，挨着他的脚哭。眼泪湿了耶稣的脚，就用自己的头发擦干，又用嘴连连亲他的脚，把香膏抹上。"

我曾用眼泪浇洒
您那圣子的赤脚，
让泪流注似香膏——
凭这挚爱，凭那只
芳香四溢的油瓶，
凭我拭干圣体的发丝，
我要向圣母祷告——

撒玛利亚的妇人　（《新约全书·约翰福音》第 4 章[①]）
凭这口亚伯拉罕也曾[②]
饮过自己牲口的井泉，
凭这口清凉和滋润过
救世主的焦唇的水罐，
凭这洁净丰沛的泉眼——
瞧它正汩汩滔滔，
永远清澈而明亮，
涌流向四方八面——

埃及的马利亚　（《圣徒传》[③]）
凭着人们在那儿
安葬救世主的圣地，
凭着将我从门旁

---

① 在《新约全书·约翰福音》第 4 章第 7 至 31 节，讲了耶稣感化一个有过五个丈夫的打水女人的故事。撒玛利亚为古代以色列国的首都。

② 亚伯拉罕，犹太人的始祖。《新约全书·约翰福音》第 4 章第 12 节，上述打水女人曾告诉耶稣：“我们的祖先雅各将这井留给我们，他自己和儿子并牲畜也都喝这井里的水……”歌德将雅各改成了亚伯拉罕。

③ 《圣徒传》，有关罗马天主教圣徒和殉教者的故事集，其中讲到的埃及的马利亚本是一个淫妇。一次她想进入耶路撒冷的圣墓教堂，在门口被无形的手挡回，于是痛改前非，皈依圣母马利亚，并坚持在沙漠中忏悔了四十八年，死后成为圣女。

劝诫开的那条手臂；
凭着我苦守沙漠，
做了四十年的忏悔，
凭着欣慰的诀别，
我把它留在了沙堆——

三悔罪女合唱
对罪孽深重的女人，
您不拒绝接近她们，
只要她们真诚忏悔，
就让她们获得永生。
她本是善良的灵魂，
只怪一时忘乎所以，
不经意间犯下罪行，
请也给她宽恕怜悯！

悔罪女子之一
（旧名格莉琴。靠近圣母）
举世无双的女性，
光明灿烂的圣母，
请低下，低下头颅，
看看我有多幸福！
我那昔日的爱人，
他又回到我身边，
不再是悲伤忧郁。

升天童子
（兜着圈子靠拢来）
他活得比我们久长，
四肢已然结实粗壮，
我们对他忠心服侍，
定然获得丰厚报偿。
我们早早地断绝

尘世众生的缘分，
他却通达世情，
将会来指点我们。

悔罪女之一 （原名格莉琴）

高贵的灵魂围绕着他，
新来者尚未完全苏醒，
他不料已经脱胎换骨，
跻身于这神圣的一群。
瞧，丢弃了旧的躯壳，
他摆脱了尘世的羁绊，
青春焕发，朝气蓬勃，
从那祥云瑞霭中出现。
请允许我去将他指点，
新的天光还使他目眩。

光明神母 来！升入更高的灵境！
他知道你在定会紧跟。

崇奉马利亚的博士 （俯伏拜祷）

快来仰承救世者的青睐，
所有悔恨的脆弱的罪人，
以便怀着感激蜕去凡胎，
获得那享受天福的幸运！
让一切心地高尚的人，
都来皈依您，为您效命；
童贞女、圣母、女王、女神，
请待我们以不变的慈心！

神秘的合唱 一切无常世象，
无非是个比方；

人生欠缺遗憾，
在此得到补偿；
无可名状境界，
在此已成现实；
跟随永恒女性，
我等向上、向上。[①]

——剧终

① 这一小节诗为浮士德博士人生悲剧的一个总结。其“神秘”表面上看似宗教情绪，实际上为深厚的哲学意蕴。至于“永恒女性”，也可做不同解释，说它是以圣母马利亚或者格莉琴为化身的人类赖以生存、繁衍和发展的仁爱，似乎比较合乎作者歌德的伟大人道主义理想。

附录

宇宙和人生　预言和寓言

——试析《浮士德》的哲学内涵（上）

恩格斯在《英国状况》一文中指出，只有熟悉德国民族发展的另一个方面（即哲学方面）的人，才能真正理解诗人歌德的伟大，并且说："歌德只是直接地——在某种意义上当然是'预言式地'——陈述的事物，在德国现代哲学中都得到了发展和论证。"①

恩格斯的这段话明白地告诉我们，歌德不只是伟大的诗人和作家，也是伟大的思想家和哲人，只不过他陈述事物的方式并非一般哲学家通常使用的逻辑推理和思辨，而是用了文学家的形象思维，仰仗的是作品中的艺术形象和情节，也即恩格斯所谓"直接地""预言式地"罢了。

反过来，我们甚至也不妨讲，歌德正因为是伟大的哲人和伟大的思想家，才成为真正伟大的诗人和作家，才成为世界文学史上光照古今的巨星。纵观德国文学乃至世界文学的全部历史，能像歌德一样称得上伟大思想家的，确乎没有几人。

对诗人歌德做如是观，我们自然会想起他的《浮士德》，想起这部凝结着他毕生心血和智慧的代表作。不，岂止是想起，应该讲歌德之为歌德，歌德之所以称得上伟大的哲人和思想家，主要是因为他写成了《浮士德》这部旷世不朽的巨著。

歌德没有写过任何专门的哲学著作，更未试图建立自己的理论体系，对此他甚至可以说抱有反感；然而，在《浮士德》中，他探讨和回答了德国古典哲学所涉及的种种重要问题。正是丰富而深刻的哲学内涵，构成了《浮士德》宽大厚实的思想意义基础，教人说不完道不尽。这也就难怪，黑格尔干脆称它为一部"绝对哲学悲剧"②。我们呢，为了加深对

① 见《马克思恩格斯全集》第1卷第652页。

② 见黑格尔《美学》第3卷下册第310页。

《浮士德》的认识和理解，就非常有必要从哲学的角度分析分析这部杰作，有必要揭示出隐藏在它变幻莫测的场面情节和多姿多彩的人物形象背后的“哲学意义”。

一

“全部哲学，特别是近代哲学的重大的基本问题，是思维和存在的关系问题。”[①]在诗剧《浮士德》中，歌德对这个问题做了形象生动的直截了当的回答。

在全剧开始即《天堂里的序幕》里，诗人便对大自然唱了一曲庄严的颂歌：宇宙恢宏无际，世界光明灿烂，日月星辰、风雨雷霆、海洋潮汐，各自按照永恒的轨道和法则而运动而存在。这样一个壮丽无比的宇宙和自然界，尽管对于天使和魔鬼都“不明白何以这样”，但确定无疑的已是一个实体，一个物质存在。余下的问题仅仅是“开辟”宇宙的造化之力究竟存在于何处，世界的本原究竟是什么：是精神和意识呢，还是物质？是造物主上帝呢，还是永远运动变化着的自然本身？

对这个问题，诗剧的主人公老博士浮士德也苦苦思索，力求解答。在第一部的《书斋》一场，他冥思苦想，重新翻译《圣经·新约全书》中的《约翰福音》，刚翻译第一句，便犯了嘀咕：

我写上了：“太初有言！”
笔已停住！没法儿向前。
对“言”字不可估计过高，
我得将别的译法寻找，

① 见《马克思恩格斯选集》第4卷第219页。

如果我真得到神的启示。
我又写上："太初有意！"
仔细考虑好这第一行，
下笔绝不能过分匆忙！
难道万物能创化于"意"？
看来该译作："太初有力！"
然而就在我写下"力"字，
已有什么提醒我欠合适。
神助我也！心中豁然开朗，
"太初有为！"我欣然写上。

浮士德老博士哪里是在"翻译"？他完全是在独立思考，力求索解宇宙形成之初造化天地万物的本原究竟是什么的问题。在《圣经·新约全书》的希伯来原文中，"太初有道"的道字为"Logos"，按照基督教教义可解释为"神的理性""创世的原则"和上帝的肉身（即耶稣基督）；马丁·路德把"Logos"译作"das wort"（言），浮士德一开始也用了同一译法；中文通行本的《圣经》则将"Logos"译成了道。可是，无论怎么译，浮士德否认太初有"Logos"，就等于否定它是造化天地万物的本原，就等于否定基督教关于上帝是造物主的说法。因为《约翰福音》明明白白写道："太初有道（Logos），道与上帝同在，道就是上帝。这道太初与上帝同在。万物是借着他造的。凡被造的，没有一样不是借着他造的。"①

浮士德不仅以否定"太初有道"否定了上帝造物的说法，而且不认为能造化天地万物的是属于精神范畴的"意"和难于界定、捉摸的"力"；

① 《新约·约翰福音》，香港圣经公会，1983年，125页。

他的最后结论叫作“为”。“为”的德文原文为“die Tat”。这个词于人可以理解为行动、行为和实践，于生物可理解为生存或进化，于自然界包括社会可理解为运动和发展等。对于宇宙万物之形成、产生，这个“为”字在浮士德看来再重要不过。由此，宣示了一种无神论的、强调自然界本身的运动、进化、发展的宇宙观。

可是，在万物伊始的“太初”，任何进化、发展仍然必须有个基础，有个依托，任何生物和非生命存在仍然必须有个本原。这本原是基督教所谓上帝的意志吗？是唯心哲学的精神或意识吗？是老庄哲学的“无”或“空”吗？这个问题，我们在诗剧第二部第二幕的《爱琴海的岩湾》一场，得到了明确的解答。

瓦格纳造的小人荷蒙库鲁斯为了追求生命的实体，同时引导浮士德寻找古希腊美女海伦，在途中邂逅了两位古希腊的自然哲学家阿拉克萨戈拉斯和泰勒斯。他俩对宇宙的成因和万物的本原问题争论了两千年，一个坚持火成论，一个坚持水成论。在《浮士德》中，水成论者泰勒斯取得了最后的胜利。只听他无比兴奋地唱道：

万岁！万岁！万万岁！
美和真渗透我的全身，
我感觉无限快慰……
万物都起源于水！
万物都靠水维系！
海洋，请永远统治！
你如不使云雾翻滚，
你如不使溪水丰盈，
你如不让河流延伸，

你如不让大江奔腾，
山野田原会是啥情形？
是你啊，使生命之树常青。

回声　（四周一同应和）
是你啊，孕育新鲜的生命！

水是万化之源，一切都生成于水。姑且勿论这个答案是否完全符合科学的真理，但它肯定了世界本原的物质性。从这一点讲，这个答案就是正确的，唯物主义的。

关于宇宙和生命的成因、思维与存在的关系、精神与物质的关系等自然哲学方面的问题，在诗剧《浮士德》中，还有另外一些艺术形象和情节，从不同的角度做了陈述和阐明。例如在第一部刚开始的《夜》一场，老博士浮士德怀着对“无尽的自然”，对这“众生之源”“天地之根”的热切渴慕，用符箓召唤来了地灵。可在这硕大无朋、面目可怖的自然的实际存在面前，久居书斋的老博士退缩了，战栗了，渺小得如同一条蛆虫。此时，地灵在嘲笑浮士德之余，兀自唱起了对永远运动、永远新鲜、永远生生不息的大自然的颂歌：

生命的狂潮，
行为的激浪，
我上下沉浮，
我来而复往！
生生复死死，
永恒的海洋，
往返地交织，
火热地生长，

傍着时光飞转的纺车，
我织造神性生命之裳。

地灵现形的情节和这一曲颂歌，也“预言式地”或者说寓言式地表明了一种带有唯物主义和进化论倾向的自然哲学和宇宙观。在这种宇宙观中，至关重要的基本概念是“无尽的自然”“众生之源”“天地之根”“生命的狂潮”“生生复死死”“行为的激浪”等；反之，却没有“精神”“意识”“理性”之类非自然实际存在的地位。

再如瓦格纳关在书斋内凭智慧和人工造出的小人荷蒙库鲁斯，他只是一个精神的产物，所以就只能待在玻璃瓶里与世隔绝，所以就必须去寻找生命的实体，然后才可变成真正的人。为此，他接受前文说过的水成论自然哲学家泰勒斯和善变的海神普洛透斯的指点、引导，在撞碎玻璃瓶后变成火苗融汇入“众生之源”——大海，接受爱神的化育，并且经历千万种形式的变化，直到成人。这些情节，对揭示《浮士德》包含的宇宙观和自然哲学同样十分重要。对此，冯至老师早在20世纪40年代就做过详细而精辟的论述，有兴趣的读者不妨找来细细地阅读。[①]

诗剧《浮士德》所表现的上述带有唯物主义和进化论倾向的宇宙观，无疑就是诗人歌德自身的自然哲学思想的反映。他青年时代深受荷兰哲学家斯宾诺莎和德国哲学家哈曼以及赫尔德的影响，成了一个泛神论者和自然神论者，在诗歌和小说《少年维特的烦恼》中都对“无尽的自然”进行过近乎狂热的颂赞。还有，在《浮士德》第一部的《玛尔特的花园》一场里，那段主人公谈宗教、信仰和上帝的话，也把歌德的泛神论倾向

① 见冯至《论歌德》，上海文艺出版社，1986年；《冯至学术精华录》，北京师范学院出版社，1988年。

表现得十分明显，而泛神论究其实质，即无神论。歌德于二十六岁到魏玛，通过主持公国的矿务而接触到地质学，进而对自然科学的研究产生了浓厚兴趣。他常年亲手采集矿物和动物、植物标本，一次一次地做颜色学和光学实验。他提出的生物蜕变论（die Lehreder Metamorphose），使他成了达尔文之前的进化论先驱。因此，也就难怪《浮士德》有那样的自然哲学观，也就难怪恩格斯在《英国状况》中强调歌德的哲人一面时，要直呼他为“无神论者”。

二

除去自然哲学和宇宙观，《浮士德》对哲学的认识论和人生观问题同样地，不，应该说是更加着重地和更加深入地进行了探讨。

这部悲剧篇幅巨大，内容庞杂，头绪纷繁，幻想、现实、神话、历史交叠结在一起，主人公在魔鬼靡非斯特帮助下时而上天，时而入地，故事情节可谓光怪陆离，场面变化教人眼花缭乱，目不暇接，思想含义似乎难于捉摸。其实呢，有一条贯穿全剧的红线，抓住它即可提纲挈领。这就是主人公浮士德对宇宙奥秘和人生意义的探索，对真理的追求。他的探索和追求能不能成功？宇宙是可知还是不可知？人生有没有意义？诗剧的主要矛盾冲突，就是围绕着这些认识论和人生观的哲学问题展开的。

开宗明义，还在《天堂里的序幕》里，这些问题便直接、干脆地提了出来：自称“否定的精灵”的魔鬼作为不可知论和虚无主义的代言者，他一出场就认定理性对于人只不过是“天光的虚影”，全然没有用处，反而会使人更加愚蠢和痛苦，人还是浑浑噩噩地活着为好。天主则完全相反，认为“人要奋斗失误免不了”，但“善良人在追求中纵然迷惘，却终将意识到有一条正途”。就这个带根本性的认识论方面的分歧，魔鬼和天主打了赌；而诗剧主人公便作为人类的一个代表或者典型，充当了他们赌赛的验证工具和实施对象。

紧接着，魔鬼便找上浮士德博士的门，诱使他和自己签了约。我们不必在此重述这份独特契约的众所周知的内容，而只想讲它又是一次赌赛，而且跟上一次赌赛紧密相关。不过，它的内容更加具体，性质已演变成了人生观方面的：浮士德相信自己永远不会满足于人世间的享受而放弃追求，无所作为，苟且偷安，哪怕只是短暂的一瞬；魔鬼怀着对人类根深蒂固的轻蔑和怀疑，认为人之所求不过声色犬马、荣华权势而已，浮士德这个他心目中的狂妄的傻瓜同样不会例外，因此毫不怀疑老博士最终会说出“你真美啊，请停一停”，从而沦为他的奴隶。也就是说他们赌的是，一个积极有为、永远追求、自强不息的人生观，一个消极混世、耽于享乐、得过且过的人生观，到底孰对孰错，孰优孰劣。

就剧情而言，第一次赌赛的结果取决于第二次赌赛的胜负；就思想意义而言，诗剧可以说是将对哲学中的认识论和人生观这两个问题的探讨，紧密结合在了一起。这是因为，主人公浮士德是一个知识分子，是一个哲人，他的“有为”，他的人生意义和价值，本身就在于认识宇宙和人生，就在于追求真理。

浮士德的人生观是积极的，向上的，他信奉的是有为哲学。他作为一个人的可贵之处，他之所以被天主称作“善良人”、被魔鬼视为“傻瓜”，就在于他把自己这种人生哲学坚持始终，推向极致。

不是吗？诗剧一开始歌德就借魔鬼之口，说出他是一个野心勃勃、妄想摘取天上最美丽的星辰的不知足的家伙。紧接着，他在重译《圣经》时竟然亵渎神圣，离经叛道，以“为”字代替与上帝同义的“道”（Logos）字，这表明他把行动、行为看得高于一切。在经历了半生的追求、四幕悲剧之后，他仍不满足，仍不灰心，仍梦想着要在地球上大干一番，完成惊天动地的业绩。经历了一世奋斗和追求，受尽了痛苦磨难，浮士德了解了人生，认识了“小世界”和“大世界”，认识了自然和宇宙，终于得出了“智慧的最后结论”，那就是“只有每天争取自由和生存者，才配享受自己和生存”。

剧终，年已百岁的主人公在为群众造福的事业中找到了人生的意义，情不自禁地对眼前的一瞬说出了“你真美啊，请停一停”这句决定命运的话。但是，他的灵魂并未如当初约定的那样让魔鬼掳去，而是被天使拯救上了天堂。在天使们的合唱中，我们知道了浮士德获救的原因：

我们能将他搭救，
他永远奋发向上。

浮士德得救了，胜利了！诗剧的这一结尾，明白无误地对上述的两个重大哲学问题做出了回答。这个回答，同时也是对诗剧开始时魔鬼与天主的赌赛做的裁判，其结果是否定理性、蔑视人类和人生的魔鬼——不可知论和虚无主义的化身输了，而肯定人类对真理的追求、相信“神之子”——人一定能创造自己的幸福的上帝获得了胜利。

总而言之，诗剧《浮士德》宣示的是一种源于对人类存在的肯定，源于积极乐观的、本体论的有为哲学。

这样一种本体论的人生哲学，在歌德可以说根深蒂固，由来已久，贯穿于他一生的思想、行动和创作。例如他青年时代的《神性》和《普罗米修斯》等作品，就把这样的哲学思想表现得充分、强烈而震撼人心。人和积极有为的人生，在这些早期的作品中便受到了狂热的讴歌和赞颂。

三

在诗剧《浮士德》里，还丰富而深刻地蕴涵着分析和认识事物的辩证思维，尽管它们不是借助抽象的概念和逻辑思辨阐释出来，而是运用艺术形象和情节“象征地”“寓意地”进行表现。之所以能如此，恐怕与德国古典哲学高度发展的辩证法有关。康德以他的“星云假说”，把运动、变化、发展的观点引进了自然界；黑格尔以“凡是现实的都是合理的，凡是合理的都是现实的”这个命题，把辩证思维运用到了人类社会。同样，在歌德的《浮士德》里，无论人、社会还是自然，全处于不断的运动、变化和发展中；而所有这些运动、变化和发展的原因，又都在于事物本身所固有的矛盾。

以人为例，主人公浮士德便自谓胸中存在着“两个灵魂”，“一个要与另一个各奔东西；一个沉溺在粗鄙的爱欲，用吸盘把尘世紧紧地抱住；另一个却拼命想挣脱凡尘，飞升到崇高的先人的净土”——这便是他的内在矛盾。同时，他这种不断向上的“灵魂”或者说“精神”，必然受着客观环境的束缚而总是不得满足，这又形成了他与外界社会的矛盾。加之“天主”鉴于人的精神易于弛靡怠惰，贪图绝对的安逸，又造出魔鬼来激发他的努力，于是在浮士德博士身边有了一个对立面靡非斯特。

正是在上述错综复杂的内外矛盾推动下，诗剧主人公走完了漫长曲折的人生旅程，一个一个地克服矛盾、超越旧我，一次一次地战胜毁灭、获得新生，终于达到了“崇高的灵的境界”。可以认为，除去最后的光明结局尚属未来的理想以外，浮士德的生活道路确实是人类发展历史的一段缩影。可以讲，没有矛盾和通过斗争对矛盾的克服，人类和浮士德一样，都得不到发展、进步，都不可能不断向上。

在诗剧《浮士德》里，辩证地看待事物的精神在靡非斯特身上体现得尤为生动，尤其深刻。他自称是否定的精灵，明白地供认自己的本质便是一个“恶”字。但是，辩证地看，这否定和“恶”并不等于绝对的消极和坏。恩格斯曾经指出：“在黑格尔那里，恶是历史发展的动力借以表现出来的形式。这里有双重的意思，一方面，每一种新的进步都必然表现为对某一种神圣事物的亵渎，表现为对陈旧的、日渐衰亡的、但为习惯所崇奉的秩序的叛逆；另一方面，自从阶级对立产生以来，正是人的恶劣的情欲——贪欲和权势欲成了历史发展的杠杆。”①

歌德对恶的认识与黑格尔可谓不谋而合。在《浮士德》的两位主人公浮士德和靡非斯特身上，都有恩格斯指出的恶两个方面的表现，不同只在于程度和侧重，只在于本质的差异。真正集中了恶的品性的，是靡非斯特；通过他，恶的作用和意义被充分地展现在我们面前。

魔鬼靡非斯特正是以“人的恶劣情欲”，以一般人贪恋的酒、色、财、权等为诱饵，力图使浮士德上当受骗，苟且偷安，不思进取；结果呢，反倒刺激了他不断上进，促使他一步步超越自己，认识了人生的真正意义。拿魔鬼自己的话来说，他就是那种永远想作恶结果却总是创造了善的力量的一部分。作为浮士德的对立面，他明显地起了相反相成的作用。没有他便没有浮士德，正如没有恶便无所谓善。他与浮士德如影随形，浮士德本人身上也有他的影子，就是那个沉溺爱欲、执着尘世的拖后腿的心灵。所以，在他俩身上，恶与善并非截然分开的，而是彼此渗透，彼此影响。

作为恶的化身，魔鬼靡非斯特在剧中的确起到了“杠杆”的作用，积极而至关重要的作用。离了他，老学究浮士德一筹莫展，寸步难行，多半只能困死在书斋里；靠着他，浮士德才进入了“小世界”和“大世界”，完成了自己的人生使命，找到了“智慧的最后结论”，升入了“灵境”。

① 见《马克思恩格斯选集》第4卷第233页。

再者，魔鬼作为“恶”的化身和“否定的精灵”，也确如恩格斯说的对各个时期陈旧的、日渐衰亡的“神圣事物”进行了肆无忌惮的“亵渎”。这便是革命导师们大为称道的靡非斯特菲勒士的辛辣的嘲笑。

您看，他嘲笑教会的伪善，嘲笑宫廷的腐败，嘲笑大学里的迂腐教条，嘲笑浪漫派死气沉沉的诗歌……他还对资本主义社会金钱的巨大魔力和罪恶，对所谓自由贸易之与战争和海上掠夺实为“三位一体”，进行了无情的揭露和尖刻的讽刺。例子真叫不胜枚举。这里仅择取富于哲理的两个。

在诗剧第二部第一幕，他当着皇帝的面，把道貌岸然的大主教兼宰相大肆奚落了一番：

听这番高论，先生实在很有学问！
凡摸不着的，您便以为远在天边，
凡抓不住的，您便根本不予承认，
凡算不出的，您便否认真实确凿，
凡没称过的，您便相信分量为零，
凡非您铸的，那金币便不值分文。

在这里，靡非斯特刻画出了一个主观唯心主义者的嘴脸，真正是愚蠢而顽固，可笑而又可厌！

再听他在第一部的《书斋》一幕，如何给年轻学子貌似答疑解惑，实则狠狠地嘲笑了名为逻辑的形而上学：

光阴似箭哪，时间真得抓紧，
想节约时间，唯有有条不紊。
亲爱的朋友，因此我劝你

首先选修逻辑学。在课堂，
你的精神将受严格的培训，
恰像穿上西班牙的长筒靴，
一旦将来上了思维的跑道，
就不会东倒西歪，昏昏沉沉，
就不会胡跑乱跳，撞鬼迷路，
而是迈起步来更稳重、谨慎。
随后还要对你反复训练，
养成你按部就班的习惯，
比如吃喝这种一下就成的事，
也必须分它个一、二、三！
须知思维工厂就像纺织厂，
出好的产品得有能干工匠；
要脚一踩就牵动万千纱线，
梭子来而复往，急如飞燕，
棉纱悄悄流动着，流动着，
万千经纬交织只需一转眼。
哲学家随后登上讲堂，
向你证明必须这个样：
假如甲不存在，乙不存在，
那么丙和丁只能如此；
假如甲不存在，乙不存在，
丙和丁也就永远不会存在。
…………

值得一提的是，“恶”的化身靡非斯特还经常成为一些深刻哲理的昭示者，例如马克思、恩格斯和列宁都引用过的“理论是灰色的，而生命之树长青”这句名言，便出自他这个魔鬼之口。今天，它也常出现在我们的文章里。细想起来，这同样符合辩证法。

伟大的诗剧《浮士德》的确处处闪耀着辩证思维的光辉，而通过靡非斯特这个形象，更是充分表现了歌德本身以及整个时代的智慧。

“浮士德精神”与西方近现代文明
——试析《浮士德》的哲学内涵（下）

从本文上篇概略、粗浅的分析可以看出，《浮士德》这部巨著蕴涵的哲学思想可谓包罗万象、博大精深。这样丰富深刻的哲学内涵，当然不是从天上掉下来的，也绝非一个孤立的存在，正如天才诗人歌德和他的不朽杰作《浮士德》，也不会自动地、无因地产生在 18 世纪的德意志这块贫瘠的土地上一样。起决定性作用的，应该还是时代的大气候和德国周围的大环境。因为，在特定的相互依傍的地理条件下，在同样的文化历史传统中，欧洲各国联系密切、频繁，相互影响强烈、迅速，地处欧洲中心地带的德意志帝国，不但毗邻着瑞士、荷兰、英国、法国等先后领导思想潮流的国家，而且一度把文明古国意大利包括在版图之内，因而说得上是四通八达、人文荟萃、各种思潮的流传汇聚之地。从这个着眼点看，《浮士德》就不仅仅属于德国，而是属于整个欧洲，不然，它也就不可能成为“欧洲文艺复兴以来的总结”。《浮士德》所蕴涵的哲理、所表现的精神，即所谓的“浮士德精神”，也非纯粹的德意志精神，而是整个欧洲文化和哲学传统的延续，是意大利文艺复兴以来三百年的欧洲精神的凝聚和结晶。

为了尝试着阐明这个应该讲是相当宏大的论题，且容笔者也来个“摸着石头过河”，一步一步地小心前行。

一

我借以支撑自己论点的头一块大“石头”，就是《浮士德》的具体思想内容，就是作为它主要哲学内涵的世界观和人生观，即人们所津津乐道的“浮士德精神”。

“浮士德精神”为什么是块“大石头”，为什么如此重要？

如前所述，诗人歌德之所以能兼为哲人和思想家，是因为他在自己的作品里，深刻地探讨和回答了一系列有关宇宙、人生的重大哲学问题。但是仅仅指出这点，似乎还不能完全说明歌德作为思想家何以格外伟大，出类拔萃。事实上，歌德之为歌德，本是文学家的他作为思想家之特别受到世人重视和景仰，而且这种景仰历久不衰，应该说还有一个更加重要的、带决定意义的理由，就是他在其伟大的诗剧里，将自己的主要思想浓缩、凝聚成了一个闪闪发光的巨大“宝石”——“浮士德精神”。

一两个世纪以来，人们只要一提起歌德，自然会想到“浮士德精神”；一提起“浮士德精神”，自然会想到大文豪兼大思想家歌德。可以说，鲜明而突出的“浮士德精神”的创立，乃是哲人歌德的主要建树。可以说，正是因为凝聚着这种精神，《浮士德》这部诗剧才在众多同一题材的作品中脱颖而出，独树一帜，在世界文学史上占据着难以被其他作品取代的地位。

“浮士德精神”既然如此重要，它的具体内容究竟是什么呢？

这个问题，一直受到歌德研究者乃至普通读者的关注。国外对此问题的回答可谓异彩纷呈，人言人殊，我们的答案几十年来却似乎失之简单，往往仍然重复辜鸿铭老先生半个多世纪前的用语和提法，称“浮士德精神”为“自强不息”的精神，云云。今天，无疑已有必要对它做进一步的展开和阐述。

为此，窃以为首先得走出一个误区，即不能希望对一个形而上的、复杂的人文精神取向也跟对自然科学现象似的下个言简意赅的定义，甚或列出一个什么等于什么的简单公式来。须知，所谓“浮士德精神”，就是诗剧主人公以其一生的奋斗、失败、再奋斗所体现出来的全部人生态度和精神追求，绝非干巴巴的一则公式、一个定义、一句教条所能概括和涵盖的。

“浮士德精神”，照我看具有十分丰富的、多方面的内容。小而论之，它涉及个人的立身行事、荣辱观念、理想追求；大而论之，它涉及对社会、对人类、对宇宙的认识和态度。积极乐观，奋发进取，自强不息；永远向上，永不自满自足，不断精益求精；勇于探索真理，不畏艰险，不怕牺牲，上下求索，九死不悔；热爱生活，心系大众，敢把天下的苦乐承担，宏己救人；以奋斗为乐，为拯济人类而大胆改造自然，征服自然；高瞻远瞩，永远乐观地面向未来……所有这些，不都体现在诗剧的主人公身上，不都可以称作浮士德精神吗？

刚刚与靡非斯特签完打赌的契约，浮士德面对这个只知道以声色犬马之娱诱惑世人的魔鬼，如此展示了自己的抱负和理想：

真正的男子汉只能是
不断进取，不断拼搏。

听着，这儿讲的并非什么享乐，
而是要陶醉于最痛苦的体验，
还有由爱生恨，由厌倦转活跃。
我胸中对知识的饥渴业已消逝，
不会再对任何的痛苦关闭封锁。
整个人类注定要承受的一切，
我都渴望在灵魂深处体验感觉，
用我的精神去攫取至高、至深，
在我的心上堆积全人类的苦乐，
把我的自我扩展成人类的自我，
哪怕最后也同样失败、沦落。

老博士的这段自白，应该讲就是所谓“浮士德精神”的权威解释。

他这样的精神，在《浮士德》产生的年代，在欧洲的启蒙运动时期，在新兴资产阶级登上历史舞台并逐渐成为主角的十七八世纪，正体现着一种新的文化精神，一种新的人生态度，一种不断拼搏、进取，永远追求“至高、至深”，在“把我的自我扩展成人类的自我”的道路上无所畏惧的积极进步的人生观和世界观。

二

阐明了“浮士德精神”是什么以后，有必要明确地指出，这新的文化精神和新的人生态度，这种新的、进步积极的人生观和世界观，正如本篇一开始说《浮士德》不是一个偶然产生的、孤立的存在一样，它也并非无源之水、无本之木，而是一棵有着三百年树龄的参天大树。这棵树深深地扎根在欧洲的历史里，扎根在它的文化传统中，只是在歌德的笔下，在诗剧《浮士德》里，它变得格外枝繁叶茂、高大挺拔罢了。它本是文艺复兴以后逐渐成长、壮大起来的欧洲新兴资产阶级所具有的精神，本是随着资产阶级的成长、壮大而提高和弘扬了的人文主义和启蒙运动精神，也即及至19世纪初叶整个新兴资产阶级的积极的人生态度和先进世界观。这种人生态度和世界观，在歌德的《浮士德》中，只是“预言式”地、集中地、鲜明突出地体现和汇集在诗剧的主人公身上罢了。

具体讲，意大利文艺复兴时期的人文主义肯定人生，确立了人对于神独立不羁的地位和价值，尊重自然和自然的人性，承认了人的欲望——包括对艺术美和异性美的喜好、追求的正当合理性，使人性获得了解放。

歌德的浮士德则更进一大步。他不只肯定人生，而且要体验、感受、享有人生的方方面面，他说“整个人类注定要承受的一切，我都渴望在灵魂深处体验感觉”，甚至包括人生的痛苦，而且永远不知餍足。在神的面前岂止独立不羁，他甚至像歌德的颂歌《普罗米修斯》的主人公一样敢于藐视神，与神平起平坐，甚至亵渎神，不但肆意篡改《圣经》，而且与魔鬼结盟。他不但拼命追求美，而且从往昔和彼岸招来美的化身海伦，与她结婚生子。在他身上，我们看见的不只是人性的解放，而且是人性的极度张扬，人身上各种潜能的充分发挥。他不只是尊重自然，亲近自然，而且勇敢地投身于自然的改造。更加难能可贵的是，他身上还显示出资产阶级人道主义精神已开始升华，企图扩展一己的小我为全人类的大我，以实现从追求个人的自我完成到为大众造福的转变……

法国、英国的启蒙思潮视理性高于一切，尊重知识，主张返回自然，倡言自由、平等、博爱，同时却贬抑人的情感。

浮士德呢不只博学深思，而且是个富有批判精神的思想者，所以能摆脱书本教条的束缚，冲破中世纪僵死的知识的迷雾，为认识人生的真谛而断然逃出牢笼似的书斋，投身现实生活，全身心地去“小世界”和“大世界”中闯荡、体验，经历了人间的种种失败和成功，亲身感受了人类的喜怒哀乐，并以围海造田的宏大工程“为千万人开拓疆土”，身体力行地努力实现着自由、平等、博爱的理想，最后终于在临死前获得了对于“智慧的最后结论”的感悟……

人们都说，不厌其烦地说，《浮士德》是“欧洲文艺复兴以来三百年历史的总结”，却难以具体阐明“浮士德精神”的内涵，并理清它的文化历史渊源，指出它乃是“总结”的核心内容——这不能不讲是我们过去对《浮士德》研究和理解的一个缺陷。

同样，如果我们只重视对过去的“总结”，只注意挖掘“浮士德精神”的文化历史根源，而忽视了它在后世的承袭，对未来的影响，也有失偏颇。须知，回顾、总结固然重要，前瞻却更加具有现实意义。事实上，前述那种体现在“浮士德精神”里的资产阶级世界观和人生观，在后世不但得到了继承、发展，而且影响既大又深广。是的，“浮士德精神”直到今天仍然活着，特别是在资本主义的西方世界，但又不局限于西方的资本主义世界。可以讲，整个西方现代文明，都或多或少，或直接或间接，或正面或反面，受到它的侵袭和渗透。须知，“浮士德精神”在歌德时代作为一种新的文化精神和新的人生态度，原本就具有强大而持久的生命力，原本就是面向未来的。它曾是文艺复兴以后逐渐成长、壮大起来的欧洲新兴资产阶级赖以安身立命的精神支柱，正是依靠着它，资产阶级才能战胜消极保守、代表着业已过时的世界观的封建势力，建立起自己的经济和政治统治，创造出了《共产党宣言》中列举的种种人间奇迹；而且，“浮士德精神”还代表随后欧洲文明的发展方向，因而也影响着后来的整个西方资本主义世界。所以，它长久地得到西方世界的人们认同，以至被誉为“世俗的《圣经》”。

似乎可以断言：在地球上资产阶级和资本主义制度彻底消亡以前，“浮士德精神”不会泯灭；甚至在那以后，它也未必会完全消失。因为，“浮士德精神”的某些组成部分原本具有普遍的、永恒的价值，如自强不息的积极人生态度，就并非资产阶级所专有；“宏己救人”[①]的理想，更已超出资产阶级世界观的范畴，人人都可以和应该努力学习和发扬。而后面这点，正是革命导师马克思、列宁特别喜爱《浮士德》的原因，也是这部杰作在资本主义世界以外广为流传、影响深远的原因。

三

说“浮士德精神”影响了后来的整个资本主义的西方世界，渗透到了全部的西方现代文明之中，此话听来似乎有些夸大，似乎难以自圆其说。但是，只要认真仔细地做一番考虑、分析，它又并非不可理解。为此，

① 郭沫若以此语概括浮士德造福大众的理想，见其《题〈浮士德〉第一部新版》。

我们首先必须明确：所谓影响，可以是正反两个方面的，可以是直接的和间接的；所谓渗透，则多半隐晦而曲折，必须细加清理和辨识。就这个问题，无疑可以写一部厚厚的专著。笔者没有这样的精力和功力，只能抛砖引玉，提出一些粗浅的看法或者只是说感觉；深入的探讨、论证，就留给我们希望还会出现的新一代歌德研究者吧。

请看，一两个世纪以来，工业革命和政治革命成功后的西方资产阶级，他们并未“躺上软床”，而是仍然一个劲儿地创造财富，积累财富，没有一天停止，没有一刻餍足。他们不断地改进创造财富的手段，革新技术，优化管理，进行科学实验和发明创造。他们进而征服自然，改造自然，不但使地球的面貌日新月异，而且开始探索和开发宇宙，比起浮士德的上天入地、围海造田来，实在尤有过之。他们无止境地追求生活的享受，可谓极尽舒适、豪华、奢靡之能事，浮士德博士的那些享受——不管是金钱、权力和美色的拥有，还是事业的成功——与他们相比真是小巫见大巫。《浮士德》中那些看似神奇的事物，例如魔女“巫厨”中能窥见裸体美女的“宝镜”和使人恢复青春的汤药之类，在他们老早已变成生活中的现实和掌中的玩物……

所有这些比《共产党宣言》列举的人间奇迹更加伟大的奇迹，当然有其产生的经济基础、物质技术条件和社会前提，但是，就上层建筑而言，上述以“浮士德精神”为代表的永远积极进取的人生态度，不是仍然对其产生起了举足轻重的作用吗？何况，经济基础和物质技术条件乃至制度前提，也同样是人的创造，同样是某种人生态度的产物。

当然，随着时间的推移，欧洲资产阶级和资本主义的发展，“浮士德精神”的影响和作用发生了变化。有意无意地，它某些部分被夸大和绝对化了，某些部分被忽视了、阉割或者曲解了，[①] 以致产生消极和反面

① 关于“浮士德精神”之被曲解、阉割，高中甫学长的《歌德接受史》有详细记述，见该书 167—174 页，220—222 页。

的影响。到了 19 世纪 20 世纪之交，随着资本主义发展进入晚期，以我为中心，自视为超人，利己唯我，声色犬马，纵欲无度，贪得无厌，为达到目的不择手段，殖民掠夺，无度地利用自然资源，破坏生态环境……这些社会的弊病和恶行，同样也隐隐约约地投影出被夸大、扭曲和滥用了的“浮士德精神”。

这种现象，不只可以用“真理跨前一步即成为谬误”进行解释，也反映出资产阶级世界观本身所固有的矛盾和缺陷。浮士德不是自谓“我的胸中，唉！藏着两个灵魂，一个要与另一个各奔西东”吗？“浮士德精神”也和世间的万事万物一样具有两面性，它在后世继续发挥积极作用的同时，也产生某些消极影响，应该讲并不为怪。

四

对于西方近现代文明的特征和根源问题，解答很是不少。例如，德国近代大思想家和宗教社会学的创立者马克斯·韦伯（Max Weber, 1864—1920）一生研究西方近代文化和近代人的特性和产生的原因，研究西方资本主义的起源，他的答案曰：根本原因系所谓“资本主义精神”。在他的名著《新教伦理与资本主义精神》中，他又把这“资本主义精神”本身的根源归之于基督教新教，特别是新教中的加尔文教派所奉行的“前定论”教义（Prädestination）。该教派的教徒坚信自己的尘世祸福尚在生前已被上帝决定了，他们作为被上帝挑中了注定享受其恩宠的所谓“选民”，在世上只能以努力进取证实上帝的挑选正确，既以此荣耀上帝，同时也承受、体验上帝的恩宠。因此，资本家的克勤克俭，兢兢业业地经商办工厂，聚敛财富，发展事业，都超越了功利的考虑，而仅仅出于对永恒的天国之福的追求和希冀。

我们所讲的“浮士德精神”，显然与韦伯源于基督教新教教义的“资本主义精神”大异其趣。请听在诗剧结尾年已百岁的浮士德面对灰衣女子“忧愁”的一番“夫子自道”：

我只匆匆奔走在这世上，
任何欢乐都抓紧尝一尝，
不满意的立刻将它抛弃，
抓不住的干脆将它释放。
我只顾追求，只顾实现，
然后又渴望将人生体验。
用巨大心力，先猛冲蛮干，
而今行事却明智、谨严。
对于尘世我已了如指掌，
对于彼岸我不再存希望；
只有傻瓜才会盯着云端，
以为有同类居住在上面！
强者应立住足，放开眼，
世界对他不会默默无言。
他何须去永恒之境悠游？
凡能认识，便可把握拥有。
他该如此踏上人生旅途，
任鬼魅出没而我行我素，
于行进中寻找痛苦、幸福，
他呀，没有一瞬感到满足！

在这段概括地描绘和总结他一生行事和思想、对“浮士德精神”加了一个很好注脚的自白中，老博士明确地宣示的是一种无神论的、现实而积极的人生观。他认为“只有傻瓜才会盯着云端”，“强者”应立足现世，无须寄希望于彼岸，去所谓的“永恒之境”寻求幸福。

众所周知，我国当代新儒家的代表人物梁漱溟先生，在他著名的《东西文化及其哲学》里，把人类的处世态度和人生观概括为三个类型：一、西方的，遇到问题都正视它，努力解决它，积极进取，不达目的绝不罢休；二、中国的，遇到问题不求解决，得过且过，自满知足；三、印度的，根本无视问题的存在，消极出世，唯望来生之福。

对梁漱溟大师的东西文化分类和分析定性，早就有不少学者提出异议，它是否完全准确，是否能涵盖人类丰富多彩的文化类型，不是本文要讨论的问题。[①] 我这儿引述他，就像上面提到韦伯有关“资本主义精神”和西方文化的理论一样，只是想提供一个从侧面来观察“浮士德精神”及其与西方文化关系的参照。同时我也想说，梁漱溟先生的上述分类和分析，似乎还更加切合以“浮士德精神”为代表的西方处世哲学和人生观的实际。

五

“浮士德精神”尽管植根滋生在西方资本主义世界的文化历史中，发育成长在其兴盛发达的近代和现代，但是它所代表的积极进取的人生态度，并非一直为西方的资产阶级所专有，而是已经成为人类共同的宝贵精神财富。例如东方的日本，在实行明治维新之后不久，歌德的《浮士德》已经由著名作家森鸥外译成了日文，“浮士德精神”便也在日本西化即资本主义化的过程中产生积极影响。

① 关于这个问题，可参见陈弱水《梁漱溟与 <东西文化及其哲学>》，载罗义俊编著《评新儒家》，302—312 页。

19 世纪中叶，大清朝闭关锁国的藩篱被外国列强的坚船利炮击碎了，开始了“西学东渐”。继而以“中学为用，西学为体”为纲领的洋务运动，以革新政体为目标的戊戌变法和辛亥革命，都遭到了失败，中国的有识之士这才感到在精神领域革故鼎新的必要和重要。德国大汉学家魏礼贤一针见血地指出，洋务运动失败的原因就在于主事者们把西方的先进科技错误地当成了“一个随随便便的没有灵魂的东西”（ein beliebiges seeleloses Gebilde）；这所谓“灵魂”，显然指的就是西方的精神，就是西方的人生态度和世界观。[①] 总结改良和革命失败的教训，陈独秀、胡适等领导的五四运动，提出“文学革命”和“文学改良”的主张，大声疾呼“今欲革新政治，势不得不革新盘踞于运用此政治者精神界之文学”，并且将《浮士德》的作者桂特（歌德）列为了中国文化人应当努力学习的榜样。此后不久，歌德的《浮士德》便开始引起重视，对此田汉、宗白华、郭沫若的通信汇编《三叶集》（1920 年）是一个很好的佐证。又过了两年，张闻天在他由《东方杂志》连载的长篇论文《歌德的浮士德》中，更详细地对这部杰作的方方面面做了分析，高度评价它宣扬的“活动主义”，即有为哲学，并于结尾时发出一声意味深长的感叹：“唉！保守的苟安的中国人啊！”

也就是说，在 20 世纪 20 年代的新文化运动时期，我们知识分子中的先知先觉者已开始学习“浮士德精神”，企图利用它所代表的积极进取的人生观和世界观，来革新我们失于“保守、苟安”的精神文化传统，推动社会的进步、发展。而事实上，从此，在我们这个古老的国度里，“浮士德精神”也确实在不同的时期和不同的人身上发生了或大或小的影响。例如 1932 年尽管已经是国难当头，为纪念歌德逝世一百周年，北京、上海、广州等地仍举行隆重纪念活动。在沙面的广州俱乐部，连演了两个

① 见 Richard Wilhelm：*Die chinesische Literatur*，Akademische Verlagsgesellschaft Athenauin, Wildpark-Potsdam 1930，S. 191.

晚上的《浮士德》片断，在观看演出的六百多人中有不少的军官和士兵；而在纪念会的请柬上，印着的正是引自《浮士德》中的著名诗句：“只有每天去争取自由与生活权利的人，才配享受自由与生活”。显然，主办者希望用这句体现着“浮士德精神”的名言，激励自己的同胞为争取和捍卫民族自由和生存权利而战斗的勇气。①

这儿我还要提到一篇十年前刊载在《文学评论》上的一篇长文，以作为“浮士德精神”在我国影响深远的例子。此文题目就叫《刘再复现象批判——兼论当代中国文化思潮中的浮士德精神》，文中毫不含糊地把包括从五四时期的陈独秀、胡适、李大钊、鲁迅到当代的刘再复在内的一大批知识分子代表人物，称为具有浮士德的精神和性格的理想主义者。②

六

综全文所述，在《浮士德》中，歌德提出和阐明了一系列堪与同时代的大哲学家媲美的思想，在继承西欧优秀的文化哲学传统的基础上，创造性地塑造了光照千秋的“浮士德精神”。这实在难能可贵，然而同样并不偶然，而是由于他出身市民之家，自幼受到很好的教养和文化熏陶，享有八十三岁的高龄，饱尝人生悲欢苦乐，历经时代风云变幻，目睹科技日新月异，以及他既有天才的头脑，又勤于实践、敏于思考。歌德作为新兴资产阶级的精神代表，在他用毕生心血创作的《浮士德》中，为自己理想的人和人生，提供了一个富于启发性的样板。

我们高度评价《浮士德》丰富、深邃的哲学内涵，特别推崇体现在

① 关于《浮士德》和“浮士德精神”在我国的接受详情，可参阅拙作《歌德与中国》。

② 作者陈燕谷、靳大成，载《文学评论》1988年第2期。笔者引用此文为例只是指出“浮士德精神”在我国产生影响的历史事实；至于对文中的观点，不妨仁者见仁，智者见智。

它的主人公身上的积极向上的人生观和世界观——“浮士德精神”，但这并不意味着它的哲学思想完美无缺。应该看到，《浮士德》的哲学思想，所表现的人生观和世界观，仍然属于资产阶级精神文化的范畴，其中特别是它的政治哲学，仍不可避免地存在着多方面的局限性。

然而，瑕不掩瑜，《浮士德》所蕴涵的宇宙观和人生观，它的整体精神取向，毫无疑问却是积极的、乐观的、进步的。在光芒四射的“浮士德精神”面前，包括上述政治哲学的局限在内的种种不足，可谓微乎其微。

“博集典藏馆”书目

001《爱的教育》
002《飞鸟集·新月集》
003《假如给我三天光明》
004《再别康桥·人间四月天》
005《朝花夕拾》
006《落花生》
007《背影》
008《伊索寓言》
009《呼兰河传》
010《雾都孤儿》
011《春风沉醉的晚上》
012《春醪集》
013《城南旧事》
014《少年维特的烦恼》
015《绿野仙踪》
016《名人传》
017《猎人笔记》
018《格列佛游记》
019《鲁滨孙漂流记》
020《哈姆雷特》
021《十四行诗》
022《最后一课》
023《缀网劳蛛》
024《子夜》
025《汤姆·索亚历险记》
026《格兰特船长的儿女》
027《海底两万里》
028《神秘岛》
029《羊脂球》
030《小王子》
031《古希腊罗马神话》
032《一千零一夜》
033《瓦尔登湖》
034《钢铁是怎样炼成的》
035《巴黎圣母院》
036《红与黑》
037《八十天环游地球》
038《呐喊》
039《野草》
040《茶花女》
041《林家铺子》
042《复活》
043《基督山伯爵》（全2册）
044《童年·在人间·我的大学》
045《安妮日记》
046《培根人生论》
047《机器岛》
048《格林童话》
049《安徒生童话》
050《麦琪的礼物》
051《木偶奇遇记》
052《圣经故事》
053《堂吉诃德》（全2册）
054《简·爱》
055《呼啸山庄》
056《安娜·卡列尼娜》

057《包法利夫人》
058《哈克贝利·费恩历险记》
059《淘气包日记》
060《从地球到月球》
061《环月飞行》
062《气球上的五星期》
063《地心游记》
064《傲慢与偏见》
065《变色龙：契诃夫短篇小说精选》
066《吉檀迦利》
067《寄小读者》
068《秘密花园》
069《老人与海》
070《先知·沙与沫》
071《繁星·春水》
072《园丁集》
073《小桔灯》
074《森林报》（全2册）
075《热爱生命·野性的呼唤》
076《绿山墙的安妮》
077《局外人》
078《吹牛大王历险记》
079《老舍儿童文学作品选·小说卷》
080《爱丽丝漫游仙境》
081《柳林风声》
082《大林和小林》
083《彷徨》
084《宝葫芦的秘密·秃秃大王》
085《湘行散记：沈从文散文菁华》
086《边城：沈从文小说菁华》
087《雷雨·日出：曹禺作品菁华集》
088《稻草人：叶圣陶作品菁华集》
089《老舍儿童文学作品选·散文卷》
090《昆虫记》
091《了不起的盖茨比》
092《小飞侠彼得·潘》
093《尼尔斯骑鹅旅行记》（全2册）
094《大卫·科波菲尔》（全2册）
095《月牙儿·我这一辈子：老舍短篇小说选》
096《百万英镑》
097《双城记》
098《神曲·地狱篇》
099《神曲·炼狱篇》
100《神曲·天堂篇》
101《女神：郭沫若作品菁华集》
102《汤姆叔叔的小屋》
103《罗密欧与朱丽叶》
104《忏悔录》（全2册）
105《青鸟》
106《嘉莉妹妹》
107《珍妮姑娘》
108《美国悲剧》（上、下）
109《恶之花：波德莱尔作品菁华集》
110《欧也妮·葛朗台》
111《露着衬衫角的小蚂蚁》
112《高老头》
113《一个陌生女人的来信：茨威格小说菁华集》
114《爱的教育2》
115《浮士德》（全2册）
116《金银岛》
117《小鹿斑比》